NÃO SOU EU, É VOCÊ

Da mesma autora de
Amor à segunda vista

Mhairi McFarlane

Não sou eu, é você

Tradução:
Alyne Azuma

HarperCollins *Brasil*
Rio de Janeiro, 2016

Título original: It's not Me. It's You

Contatos:
Rua Nova Jerusalém, 345 – Bonsucesso – 21042-235
Rio de Janeiro – RJ – Brasil
Tel.: (21) 3882-8200 – Fax: (21) 3882-8212/831

CIP-Brasil. Catalogação na Publicação
Sindicato Nacional dos Editores de Livros, RJ

M429n

McFarlane, Mhairi
Não sou eu, é você / Mhairi McFarlane ; tradução Alyne Azuma. – 1. ed. – Rio de Janeiro : Harper Collins Brasil, 2016.
432 p. : il ; 23 cm.

Tradução de: It's not me it's you
ISBN 978.85.698.0987-6

1. Romance escocês. I. Azuma, Alyne. II. Título.

16-32678 CDD: 828.99113
CDU: 821.111(411)-3

Agradecimentos

Teria sido impossível pensar que, no começo deste ano, nos despediríamos da minha incrível agente literária Ali Gunn, mas nos despedimos, e ainda vai levar um tempo para nos habituarmos à perda. Descanse em paz, Ali, devo muito a você, e o mundo está mais chato sem sua presença.

Na sua ausência, Doug Kean, da Gunn Media, foi ainda mais heroico do que costuma ser, além de um amigo querido e uma força dinâmica de representação. Como sempre, um enorme agradecimento para minha maravilhosa editora, Helen Bolton: é nossa terceira maratona, e minha gratidão por sua dedicação em fazer deste livro o melhor possível só aumenta. Desta vez também me beneficiei das habilidades de Martha Ashby e Kimberley Young, na HarperFiction: obrigada pelo trabalho árduo! A preparação de texto de Keshini Naidoo foi, como sempre, brilhantemente eficiente e divertida, e o departamento de arte me deixou orgulhosa com a capa. Uma grande saudação para toda a família HarperCollins por tanto entusiasmo e apoio. E pelas festas, com tanto champanhe.

Obrigada a Chris King, cujas ilustrações trouxeram *The Fox* à vida de maneira tão impressionante: tenho a sorte de trabalhar com pessoas tão talentosas. Também trabalho com pessoas, como meu agente de roteiros Mark Casarotto, da Casarotto Ramsay & Associates. (Haha! Estou brincando, Marco. Ah, qual é, não fique chateado. Obrigada pelo seu grande talento também.)

Pessoas que leem as primeiras versões e dizem coisas gentis me ajudam mais do que imaginam: obrigada ao meu irmão Ewan, Sean

Hewitt, Tara de Cozar, Jenny Howe, Jennifer Whitehead, Mark Casarotto, Tim Lee e Kristy Berry. Roubei uma piada de Tom Bennett, o superprofessor — me avise se precisar que eu prepare um plano de aulas ou coisa do tipo para retribuir. E uma de James Donaghy, o genial crítico de televisão. Eu não poderia fazer jus às resenhas de Aerial Telly, então vou mandar algumas trufas confeitadas Lindt.

Agradeço a Andy Welch, jornalista de primeira linha e um cara gente fina que, de um jeito muito gentil e engraçado, me ajudou com o mundo da imprensa e das relações públicas.

O gênio dos computadores e galês genuíno Colin Jones ajudou com os pormenores necessários para criar o Peshwari Naan; obrigada por ocultar minha vergonha com seu grande cérebro.

O *bon vivant* e crítico de restaurante Jay Rayner deu a ideia para a incrível cena do pedido de pizza; estou em dívida convosco, *sir* (e, para constar, acho que você definitivamente deveria fazer isso).

Serena Mandair me deu consultoria jurídica sobre como denunciar um exibicionista indecente e nunca disse: "Tem certeza de que é para um livro, V?"

Obrigada, Rachael Burns, que nem sabe que ajudou por gostar de Cherry Amaretto Sours, preparar muitos e ser legal de modo geral e ter um pouco de Delia, e obrigada à Katie de Cozar Rushforth, por ser muito Emma, mesmo que ela seja a inimiga dos fígados.

Por último, mas em especial, obrigada a Alex, cuja ajuda no "processo criativo" desta vez foi incrível.

E obrigada se você comprou este livro! Ter leitores é o privilégio mais incrível e, se estiver ao meu alcance, tentarei não desperdiçar seu tempo.

Para Tara
Uma das mulheres mais heroicas que conheço.

Um

Ann apareceu andando pesadamente com suas pantufas de King Kong, um iogurte, uma colher e uma expressão incomodada.

— Aquela coisa no Tupperware de tampa azul é sua?

Delia piscou os dois olhos.

— Na geladeira? — Ann esclareceu.

— É.

— Está fedendo. O que é?

— Camarão apimentado. É uma receita marroquina. Sobras do que preparei no jantar de ontem.

— Bom, o cheiro passou todo para o meu iogurte Müller Greek Corner. Você poderia não trazer comidas tão agressivas para o trabalho?

— Achei que ela fosse apenas convencida.

— é igual a levar sanduíches de ovos no trem. Não pode. Nem hambúrgueres em ônibus.

— Não?

Era um pouco surreal levar um esporro alimentício de uma mulher que tinha um pezinho na selva. Ann usava as pantufas por causa dos terríveis joanetes. A aparência de seus pés sugeria que eles não gostavam um do outro.

— Não. E Roger quer falar com você — ela concluiu.

Ela voltou para sua cadeira, colocou o iogurte contaminado sobre a mesa e voltou a digitar, desferindo golpes no teclado com indicadores pesados. Fazia aquele cabelo tingido de preto arroxeado tremer. Ao ver isso, Delia pensou em berinjelas fritas.

O policiamento que Ann fazia da geladeira do escritório era assustador. Apesar de estar na menopausa, ela passava seu leite semidesnatado para um recipiente e o rotulava como "LEITE MATERNO" para afastar os ladrões.

Era uma dessas mulheres que, de alguma forma, combinava um excesso de sentimentos com uma selvageria extrema. Ann tinha, em sua mesa, um porta-retratos que emoldurava um bordado com uma passagem de Coríntios sobre o amor ao lado de uma lista exata dos devedores da vaquinha do escritório. No amigo não tão oculto de Natal do ano anterior, ela deu um alarme antiestupro para Delia.

Delia se levantou da cadeira e foi até a mesa de Roger. A vida como assessora de imprensa da Câmara dos Vereadores de Newcastle não oferecia um panorama especialmente inspirador. A vista agradável era recortada pelas persianas verticais e irregulares, naquele tom de mingau feito para parecerem sujas antes de ficarem sujas, para economizar na limpeza. Havia plantas com pontas amarronzadas que pareciam ter tentado fugir das prateleiras e morrido no meio do caminho. As luzes amarelo-brilhantes, embutidas nos ladrilhos quadrados do teto, faziam parecer que tudo estava acontecendo em 1972.

Delia se dava bem com o resto da equipe, que estava predominantemente na casa dos quarenta, mas, do ponto de vista geográfico, ela estava presa atrás da parede de infelicidade de Ann. Era inevitável que as conversas que passavam por ela fossem interceptadas.

Delia atravessou o escritório e chegou à mesa de Roger, no fim da sala.

— Ah, Delia! Como nossa especialista em mídias sociais e investigadora residente, tenho um jogo de gato e rato para você — ele anunciou, empurrando algumas folhas A4 impressas em sua direção.

Ela não achava muito justo ter sido coroada como "olho vivo e faro fino" do escritório só porque descobriu que o cheiro persistente que havia no lavabo feminino viera de um "submarino marrom" deixado em uma das cisternas por um estagiário descontente que devia ter problemas profundos com mulheres. Foi uma epifania que ela poderia ter guardado para si.

Roger juntou as mãos e respirou fundo, em um gesto teatral.

— Parece que temos um duende.

Delia fez uma pausa.

— Você quer dizer um infiltrado?

— Do que você chama uma pessoa que entra na internet com a intenção de tentar irritar as pessoas?

— Um cuzão? — Delia respondeu.

Roger se encolheu. Ele não gostava de palavrões.

— Não, estou falando de um ciberchato.

— Um robô? — perguntou ela, hesitante.

— Não! Não estou falando de um ciborgue, mas de um cara que usa o ciberespaço.

— Ser grosseiro com as pessoas on-line... um troll?

— Troll! Isso!

Delia deu uma olhada nas folhas impressas. Eram matérias de interesse local baseadas em relatórios da câmara no jornal. Nada especialmente impactante, mas em geral não eram mesmo.

— Então, esse indivíduo, se gabando com o pseudônimo "Peshwari Naan", começa um rebuliço nos comentários das matérias on-line do *Chronicle* — Roger explicou.

Delia leu a folha de novo.

— Não podemos ignorá-lo? Quero dizer, existem muitos trolls on-line.

— Normalmente, sim — Roger respondeu, segurando uma caneta na horizontal, como se fosse Mycroft Holmes passando um briefing para a M16.

Ele levava o trabalho mortalmente a sério. Ou, melhor dizendo, Roger não tratava nada com leveza.

— Mas a natureza disso é especialmente vexatória. Ele inventa citações, citações fictícias, de membros da câmara. é uma zombaria com os membros, prejudica a reputação e faz o debate todo desandar com base em falsidades. Os desavisados são tragados pelo vórtice de inverdades. Dê uma olhada neste aqui, por exemplo.

Ele apontou para uma folha sobre a mesa — uma matéria recente do *Newcastle Chronicle*.

— *Câmara dá sinal verde para clube de strip* — Delia leu a manchete em voz alta.

Roger pegou a página impressa:

— Agora, se você olhar para os comentários embaixo da matéria, nosso querido acompanhamento indiano afirma que... — ele colocou os óculos — ... *Não estou surpreso, considerando que, na reunião de planejamento de 4 de novembro do ano passado, o vereador Inácio Pinto anunciou: "Vou ser o primeiro da fila a colocar minhas mãozinhas peludas naquelas peitolas quicando."*

O queixo de Delia caiu.

— O vereador Inácio disse isso?

— Não! — Roger exclamou, irritado, enquanto tirava os óculos. — Mas essa premissa falsa cria muita especulação gratuita sobre as inclinações dele, como você vai ver. O vereador não ficou nada feliz quando viu isso. A mulher dele é membro do Rotary.

Delia tentou não rir, mas não conseguiu quando Roger acrescentou:

— E, claro, escolher o vereador Inácio Pinto tinha como objetivo incitar mais piadas infantis com o nome estranho dele.

O tremor que ela não conseguiu evitar foi recebido com um olhar de desapontamento.

— Sua missão é achar esse babaquinha e dizer a ele com todo seu poder persuasivo que deve parar.

Delia tentou recuperar a compostura.

— Tudo o que temos são os comentários dele no site do *Chronicle*? Você ao menos sabe se ele é um "ele"?

— Eu reconheço humor adolescente masculino quando vejo.

Delia não tinha certeza se Roger sabia a diferença entre humor e um sapato, ou um pepino, ou mesmo um aromatizador de ambiente.

— Use quaisquer contatos que tiver, mexa os pauzinhos — Roger acrescentou. — Use todos os meios, bons ou maus. Precisamos fazer isso parar.

— Nós temos o direito de mandá-lo parar?

— Ameace processá-lo por calúnia. Assim, tente usar a razão antes. O principal é abrir um diálogo.

Entendendo como um *não, eles não tinham o direito de mandá-lo parar*, Delia emitiu "ahans" educados e voltou para sua mesa.

Caçar o troll era uma tarefa mais interessante do que escrever um release sobre o novo chafariz ao lado da estação metroviária de Haymarket. Ela folheou mais alguns exemplos do trabalho de Peshwari Naan. O sr. Naan parecia ter um profundo conhecimento da câmara e falava sem parar sobre ela.

Delia estava brincando com o telefone. Ela podia pelo menos tentar falar com Stephen Treadaway. Stephen era um repórter do *Chronicle*, na casa dos vinte. Ele parecia ter doze anos com seus ternos largos e demonstrava um tipo de machismo antiquado, que Delia imaginava ter sido copiado do pai.

— Dona Delia! O que posso fazer por você? — disse ele, depois que o ramal transferiu a ligação.

— Eu queria saber se posso implorar um favor — Delia respondeu, com sua voz mais animada e agradável.

Ah, ser assessora de imprensa às vezes era um atentado à dignidade.

— Um *favor*. Veja só. Depende, o que você pode fazer por mim em troca?

Stephen Treadaway sem dúvida tinha um lado babaquinha. Ele podia até ser o que Roger chamava de "um babaquara".

— Haha — Delia riu, em tom neutro. — Não, a questão é: temos um problema com alguém chamado Peshwari Naan nos seus murais de notícias.

— Não é nossa responsabilidade, sabe.

— Na verdade, é. Vocês recebem os posts dele.

Uma pausa.

— Essa pessoa está postando um monte de mentiras sobre a câmara. Não temos nenhum problema com vocês. Queremos um endereço de e-mail para resolvermos a parada.

— Ah, não vai dar. É confidencial.

— Você não pode me dizer com que e-mail ele está registrado? Deve ser algo como caminhodasindias@hotmail.com, bem anônimo.

— Sinto muito, Deliazinha. Ato de Proteção aos Dados e essas coisas.

— As pessoas não deveriam usar essa frase contra você?

— Haha! Dez pontos para a Grifinória! Ainda vamos transformar você em uma jornalista.

Delia rasgou um pouco mais de seda entre dentes cerrados e desligou. O sujeito tinha razão, eles não podiam dar aquela informação. Ela não gostava de estar do lado infrator num embate com Stephen Treadaway. Então tentou fazer uma busca no Google juntando "Peshwari-Naan" em uma única palavra e encontrou montes de receitas. Tentou várias combinações de "Peshwari Naan" e "Câmara Municipal de Newcastle", mas somente encontrou resenhas raivosas no TripAdvisor e um blog estranho e impenetrável.

Ela gostava de desafios, mas de repente a tarefa estava parecendo quase impossível. Ela podia entrar nos fóruns de discussão e pedir abertamente que ele entrasse em contato, mas não dava para chamar aquilo de gerenciamento furtivo de crise.

E ele *era* uma crise? Peshwari era ativo, mas dificilmente era mau. Ao dar uma olhada nas matérias do *Chronicle*, ficava claro que a maior parte das pessoas sabia que ele estava brincando, e as respostas eram igualmente bobas.

Em uma matéria da série "Vandalismo em lixeiras encoraja ratos", Peshwari afirmou que o vereador Benton tinha começado a cantar "Bichos Escrotos", dos Titãs.

Delia conteve uma risada.

— Você está se divertindo com alguma coisa — Ann comentou, desconfiada.

— É um encrenqueiro do site do *Chronicle*. Roger me pediu para dar uma olhada.

— Vestido novo? — Ann acrescentou, sem interesse na resposta de Delia. Seus olhos percorreram a peça da colega, comprada na Topshop, com estampa de libélulas.

Estava claro que Ann considerava as roupas de Delia alegres e não profissionais. Com exceção das pantufas medicinais peculiares, ela acreditava em trajes simples e sóbrios. Delia usava vestidos coloridos e divertidos, meias-calças estampadas e sapatilhas, além de um casaco magenta.

Ann vestia peças lisas da Next. E pés de gorila.

As pessoas diziam que Delia tinha um estilo muito feminino e único. Ela ficava feliz e surpresa com isso, uma vez que ele tinha surgido basicamente por uma questão de necessidade. Jeans e androginia não combinavam muito bem com suas formas grandes, curvas e femininas.

Anos antes de chegar à puberdade, Delia se deu conta de que, com seu cabelo ruivo, não havia muita escolha além de se destacar. Não era um ruivo cor de morangos, era um tom flamejante, um castanho enferrujado. Ela deixava os cabelos compridos presos, com uma franja pesada, e compensava a brancura de sua pele, que tinha a cor do interior de uma ostra, com camadas de delineador preto líquido.

Com seus olhos largos e suas roupas juvenis, Delia era frequentemente confundida com uma aluna da universidade local. Especialmente quando ia para o trabalho com sua bicicleta vermelha. Aos trinta e três anos, ela ficava bem satisfeita com essa confusão que faziam.

Delia tamborilou os dedos sobre a mesa. Ela tinha uma forte suspeita de que Peshwari era homem, entediado e na casa dos trinta.

As referências do sujeito eram músicas e programas de televisão que ela também conhecia. Hummm. Onde mais ele aparecia on-line? De acordo com a experiência dela, guerreiros de fóruns sempre treinavam em outro lugar. O Twitter? Ela começou a digitar. Espere. ESPERE.

Sim — com avatar de pão chato e tudo, havia um Peshwari ali. Que mencionava em sua biografia ser um "Geordie", isto é, nascido em Newcastle (junto com a referência local *Snog On The Tyne*). Ela clicou na localização do GPS nos tweets, rezando por um Deus generoso. Tinham sido postados da rede, e não apenas isso — ARRÁ! — de um café no centro da cidade, Brewz and Beanz. Delia sempre considerou seu nome bem irritante para quem aprecia a escrita correta das palavras e bom gosto. O lugar era conhecido — seu namorado, Paul, o chamava de "Vou sem Jeans". Ela desceu pela timeline de Naan e notou que os tweets em geral eram postados na hora do almoço e nos fins de semana. Ele era alguém em um escritório, com firewall na rede, incomodado, entediado. Ela se solidarizou.

O projeto Naan a manteve ocupada por duas horas, até chegar o fim de semana. A produtividade das sextas à tarde no escritório nunca era hercúlea.

Bom, o destino do horário de almoço de segunda estava garantido. Uma vigília, o que era muito mais empolgante do que sua programação normal. Ela ainda não ia contar para Roger: não havia por que se gabar para depois se dar conta de que tinha encontrado um pão falante completamente diferente do que esperava.

Delia foi até os banheiros e se aprontou para a noite. Tinha deixado a bicicleta em casa e tomado o ônibus. Ela trocou os sapatos por um salto baixo e uma anágua estilo rock dos anos 1950 que tinha levado para o trabalho, socada em uma sacola de plástico. Ela chacoalhou a peça e a vestiu embaixo da roupa escolhida para sua noite.

O tafetá vincado tinha um tom lavanda escuro que ficava uns dois centímetros visível embaixo da barra e acompanhava a estampa do tecido. Delia ficou constrangida quando voltou para a companhia dos colegas e vestiu o casaco.

Mas não foi rápida o bastante para evitar o olhar penetrante de Ann.

— O que você está usando? — Ela cacarejou.

— É da Attica. Aquele brechó — Delia respondeu, com as bochechas esquentando.

— Você parece um abajur de bordel espanhol — Ann comentou.

Delia suspirou, murmurando "uau, obrigada" e fazendo uma careta.

De toda forma, nada entre nove e cinco da tarde tinha importado. Tudo o que importava era a noite: quando a vida ia dar uma daquelas pequenas reviravoltas, uma mudança de direção que levava a uma estrada nova e larga.

Dois

— Se ele está inventando histórias boas sobre a Câmara, deviam remunerar o sujeito, não processá-lo — Paul comentou, limpando as mãos sujas de pão *paratha* com um guardanapo de papel.

— Pois é — Delia comentou, com a boca cheia de batata apimentada. — Mas quando um vereador fica chateado, precisamos mostrar serviço. A maioria dos coroas não entendem a internet. Uma vez, um deles disse para nós: "Vão lá e passem a borracha naquilo!", e tivemos de explicar que um site não era um grande caderno.

— Eu tenho trinta e cinco anos e não entendo a internet. Griz estava me mostrando o Tinder no celular dele outro dia. Aquele aplicativo de encontros, sabe? Você passa o dedo para a esquerda ou direita para dizer sim ou não na foto de alguém. É isso. Uma foto, o martelo do juiz. Sim, não, *pum*. São tempos difíceis.

— Graças a Deus a gente se encontrou à moda antiga — Delia comentou. — Aulas de coquetelaria.

Os dois sorriram. Uma velha história, uma lembrança boa. Na primeira vez que se encontraram, Delia tinha entrado no bar dele com uma nuvem de Eternity, da Calvin Klein, um bando de amigos e pedido um Cherry Amaretto Sour. Paul não sabia preparar aquilo. Ela se ofereceu para pular para dentro do bar e mostrar como fazer. Delia ainda se lembrava da expressão de surpresa e satisfação dele quando ela passou as pernas pelo balcão.

— Belos sapatos — ele tinha comentado sobre suas plataformas de bico redondo vermelho-Superman com tiras no tornozelo. Paul ofereceu um emprego para ela. Quando Delia agradeceu, mas recusou, ele a chamou para sair.

— Do jeito que as coisas estão, nós seríamos aberrações marginalizadas que precisariam de um site especializado em ruivos. Ruivinder.

Delia riu.

— Fale por si só.

— Se não existem mulheres da minha espécie no Ruivinder, com quem vou me relacionar? Com o Fantástico Sr. Raposo?

— Que jeito de pescar elogios — disse Delia. — Você deveria fazer pesca esportiva, Paul Rafferty.

Ela riu e tomou um gole de cerveja. Delia era suspeita para falar, mas ele não tinha problemas de aparência.

Paul tinha cabelo ruivo escuro, em tons menos vermelhos que os dela. E tinha aquele estilo desajeitado, charmosamente desarrumado, de quem jogou pôquer a noite toda, uma barba sempre por fazer, e jeans gastos que se arrastavam pelos chãos molhados de cerveja. Não havia nenhuma piada sobre ser ruivo que os dois já não tivessem ouvido — o pior era quando achavam que eles eram irmãos.

Paul fez contato visual com o garçom.

— Mais duas Kingfishers quando você puder, por favor. Obrigado.

Ele tinha modos impecáveis com profissionais do ramo de serviços, e sempre dava belas gorjetas, em grande parte por administrar seu próprio bar. *Pub*, ele sempre corrigia Delia.

— Bar faz você pensar em um lugar para bêbados estagiários.

Delia achava mais correto dizer que o estabelecimento de Paul ficava no meio do caminho entre um pub e um bar. Tinha tijolos aparentes, luminárias de teto grandes e pão de massa fermentada no cardápio. Mas também tinha cervejas *ale* de verdade, uma política contra babacas e música ambiente em um volume que permitia conversar. Ficava entre os pilares da ponte do Tyne, estava no *Good Pub Guide*, e era a menina dos olhos de Paul.

— Estou encerrando por aqui — Delia anunciou, inspecionando o estrago em seu *dosa*.

— Ainda não terminei, sou uma máquina. Uma máquina que ama curry — Paul respondeu, espetando o garfo em um pedaço da panqueca indiana dela.

Os dois tinham cogitado restaurante caros com toalhas de mesa de linho para seu aniversário de dez anos de namoro e depois concordaram que preferiam muito mais seu restaurante favorito de culinária do sul da Índia, Rasa. Era um presente estar com Paul numa sexta à noite.

Talvez fosse bobo, mas Delia ficava empolgada sempre que o via em seu habitat, atrás do balcão, com um pano de prato sobre o ombro, anunciando os pedidos com a confiança de um policial de trânsito, andando para lá e para cá e fechando geladeiras com o pé, segurando três garrafas em cada mão.

Quando a via, ele fazia uma saudação de dois dedos na testa e gesticulava para dizer "um minuto, e já levo sua bebida assim que servir os clientes", e Delia sentia aquele ar de familiaridade.

— Como vai a busca por amor de Griz?

Paul sempre era bem paternal em relação a seus funcionários — Delia já transformara seu quarto extra em uma ala de recuperação para jovens embriagados mais de uma vez.

— Hum, não acho que seja amor. Se for, ele está batendo na porta errada. Sério, Dee, essas gerações abaixo de nós são estranhas. Meninas *e* meninos depilam os pelos pubianos, e ninguém ouve música.

Delia sorriu. Ela conhecia bem esse tipo de discurso. Não era apenas divertido. Paul tinha um talento especial para agir como se fosse mais velho do que era.

Foi na primeira onda de paixão que Delia descobriu o passado dele: Paul e seu irmão Michael ficaram órfãos no meio da adolescência quando um motorista de caminhão dormiu ao volante e bateu no carro dos pais deles, na rodovia A1. Os irmãos reagiram ao evento de modo diferente, e à herança. Michael desapareceu na Nova Zelândia quando chegou aos vinte, e nunca mais voltou. Paul plantou todas as raízes que conseguiu em Newcastle — comprando uma casa em Heaton e, mais adiante, o bar; ele buscava estabilidade.

A natureza delicada de Delia não poderia ter ficado mais comovida. A primeira vez que Paul revelou aquilo, ela já estava se apaixonando, e isso serviu para fazê-la mergulhar de cabeça no poço. Ele tinha passado por algo tão horrível e era tão afável, tão divertido. Ela soube no mesmo instante que queria dedicar a vida a afastar aquela dor, ser toda a família de que Paul precisava.

— Ah, foi uma merda. Sem dúvida — ele sempre dizia quando o assunto vinha à tona, esfregando os olhos e olhando para baixo, em parte constrangido diante da emoção excessiva de Delia, em parte fazendo o papel de herói ferido.

— Quem compôs uma letra como "Love Will Tear Us Apart", do Joy Division, nos últimos dez anos? — Paul continuou, ainda falando da música moderna.

— E aquela *that's not my name? Na, na, na, they call me DYE-ANNE, that's not my name...* — ele fez uma expressão triste, e gesticulou para pedir a conta ao garçom.

— Você adora fazer o papel de coroão, apesar de ser a maior criança que eu conheço — disse Delia, e Paul revirou os olhos e bateu de leve na mão dela sobre a mesa. *Crianças*. Ela imaginou Paul como pai, e seu coração ficou apertado.

— Saideira? — Ele propôs, oferecendo o braço à Delia.

— Podemos caminhar um pouco antes? — ela sugeriu, aceitando o braço.

— *Caminhar*? — Paul perguntou. — Não estamos em um daqueles filmes de que você gosta, com guarda-sóis e pessoas revirando o fogo. Vamos caminhar, mas até o pub.

— Vamos! É nosso aniversário de dez anos. Só até a ponte e voltar.

— Ah, não. Qual é? Está muito tarde. Outro dia.

— Não vai demorar — ela insistiu, forçando-o a andar, enquanto Paul expirava ruidosamente.

Eles saíram em silêncio — Paul talvez tenha ficado chateado, Delia lutava com os próprios nervos enquanto se perguntava se a surpresa tinha sido boa ideia.

Três

— O que vamos fazer quando chegarmos lá? — Paul perguntou, com humor e irritação na voz ao mesmo tempo.

— Compartilhar um momento.

— Eu poderia compartilhar o momento de estar dentro de um pub aquecido com um belo pint de cerveja.

Paul não gostava de demonstrações de afeto nem de *eu amo você.* (Delia teve de pedi-lo em namoro, depois de meses de relação. Paul ficou sem reação. "Por que outro motivo eu convidaria você para morar comigo?" *Porque meu contrato de aluguel ia vencer?*, Delia pensou.)

Afeto simples, evidente e descomplicado era tudo de que ela precisava, em geral. Solidez e companheirismo importavam muito mais do que buquês de flores e joias. Paul era seu melhor amigo — e isso era mais romântico do que qualquer outra coisa.

E Delia amava aquela cidade, com seus lindos quarteirões de construções de arenito, linha do horizonte baixa, vozes ricas e calor humano. Enquanto descia a ladeira até Quayside, respirando o ar mais fresco perto do rio, segurando o braço de Paul para se equilibrar, ela soube que estava no lugar certo, com a pessoa certa.

As lâmpadas laranja e amarelas da cidade riscavam listras de tigre nas águas pretas como petróleo do Tyne quando os dois chegaram à entrada da Millennium Bridge. O fino arco, pulsando com as diferentes cores da iluminação, brilhava em vermelho. Pareceu um sinal. Sapatos vermelhos, cabelos vermelhos, bicicleta vermelha. Por alguma razão, a expressão "encontro com o destino" surgiu na cabeça dela, o que soou como um romance de Agatha Christie. Não havia muita gente, mas o suficiente para que os dois não estivessem a sós. Ops, por que ela não tinha pensado nisso? Com alguns passantes persistentes, e o plano iria por água abaixo. Mas, naquela temperatura, perambular por pontes às quase nove da noite não era uma opção muito popular.

Delia sentiu os próprios batimentos na garganta quando os dois se aproximaram da metade do trajeto. O momento estava chegando.

— Precisamos percorrer a ponte toda ou já está bom? — Paul perguntou.

— Já está bom — ela respondeu, se desvencilhando do braço dele. — A cidade não fica linda daqui?

Paul passou os olhos pela paisagem e sorriu.

— Você está muito bêbada? Espere, você não está naqueles dias, né? Você não vai chorar por causa daquela maldita gaivota pedinte caolha e perneta de novo, vai? Já expliquei, *todas* as gaivotas são pedintes.

Delia riu.

Ela provavelmente estava fingindo — Paul fechou um olho, colocou uma perna para trás e começou a falar com um tom esganiçado: — *Por favor, seja generosa com uma gaivota deficiente, moça. Deus te dará em dobro.*

Delia riu mais.

— Que voz é essa?

— A voz de uma gaivota golpista.

— Uma gaivota golpista japonesa?

— Racista.

Os dois estavam rindo. Certo, ele tinha se animado. Respirar fundo. Ação. Era ridículo ficar nervosa, Delia pensou: ela e Paul *tinham* conversado sobre o futuro. Eles moravam juntos fazia nove anos. Não era como se ela estivesse na Torre Eiffel tentando a sorte com um compromissofóbico metido depois de um romance relâmpago.

Paul começou a resmungar sobre o frio de congelar as bolas, e Delia precisou interrompê-lo.

— Paul — ela começou, virando totalmente para o namorado. — É nosso aniversário de dez anos.

— Sim...? — disse ele, notando pela primeira vez o propósito dela.

— Eu amo você. E você me ama, espero. Somos um belo time...

— Somos?

Ele ficou de fato alerta.

— Nós falamos que queremos passar a vida juntos. Então. Quer casar comigo?

Pausa. Paul, com mãos nos bolsos, apertou os olhos acima da gola do casaco.

— Você está brincando?

Mau começo.

— Não. Eu, Delia Moss, estou pedindo você, Paul Rafferty, em casamento. Oficial e formalmente.

Paul parecia... constrangido. Era a única palavra cabível.

— Não era eu que deveria perguntar a você?

— Tradicionalmente. Mas não somos muito tradicionais, e é o século XXI. Estamos em pé de igualdade. Quem inventou as regras? Por que não posso ser eu a propor?

— Você não deveria ter um anel?

Delia podia ver um grupo de homens solteiros se aproximando por sobre o ombro de Paul, vestidos como prisioneiros de Guantánamo, com macacões laranja. Eles não teriam privacidade por muito mais tempo.

— Sei que você não gosta de usar anéis, então liberei você dessa parte. Mas eu vou usar aliança. Posso até já ter *escolhido uma*. Podemos ser tão modernos que vou até pagar por ela!

Houve um breve silêncio, e Delia já sabia que aquilo não era o que esperava nem queria que fosse.

Paul olhou para o rio.

— É um lindo gesto, claro. É só que...

Ele deu de ombros.

— O quê?

— Achei que eu fosse pedir você em casamento.

Hummm. Delia achou a súbita insistência em seguir um código de cavalheirismo falsa. Era mais provável que ele não tivesse gostado de ter sido colocado à força na situação.

Ela conteve o impulso de dizer *desculpe se é cedo demais para você. Mas nos últimos cinco anos a gente tem bebido durante as festas e falado sobre talvez fazer isso no ano seguinte. Estou com trinta e três. Deveríamos estar pensando em construir uma família: na lua de mel, com sorte. É nosso aniversário de dez anos. O que você está esperando? Quanto tempo você está esperando?*

Ela lutou para ignorar a irritação. O clima já tinha sido arruinado, e Delia não queria estragar tudo completamente com acusações e reclamações.

— Você não me deu uma resposta — ela disse, tentando fazer uma brincadeira.

— Sim. Sim. Claro que quero me casar com você — Paul respondeu. — Desculpe, eu não estava nada preparado para isso.

— Para a gente se casar? — Delia emendou, sorrindo.

— Parece...? — continuou, revirando os olhos, retribuindo o sorriso com relutância, e Delia o agarrou. Os dois se beijaram, um beijo duro e rápido nos lábios da familiaridade, e ela tentou ficar imóvel e gravar a sensação na memória.

Quando eles se afastaram, Delia comentou:

— E eu trouxe champanhe!

Ela se ajoelhou e revirou sua pesada bolsa saco para procurar a garrafa e as taças de plástico.

— Aqui? — Paul perguntou.

— Sim! — respondeu ela, olhando para cima, corada por causa da emoção, das Kingfishers e do frio.

— Ah, não. Vamos parecer essas pessoas que bebem na rua com um saco de papel em volta da garrafa. Bêbados que ficam caídos.

— Ou duas pessoas que ficaram noivas.

Uma expressão passou pelo rosto de Paul, e os músculos do estômago de Delia ficaram tensos e se recusaram a deixar a decepção entrar.

Talvez Paul tivesse notado, porque ele a puxou para perto, beijou sua cabeça e disse com a boca encostada em seu cabelo:

— Podemos ir a um lugar que sirva champanhe e tenha aquecimento central. Essa é minha proposta.

Delia fez uma pausa. *Não dá para tentar controlar o espetáculo todo. Deixe ele fazer as coisas a seu modo.* Ela pegou a mão de Paul e voltou com ele pela ponte, novamente de braços dados, andando mais rápido e com os pensamentos em polvorosa. *Noivos.*

Paul tinha dito a ela uma vez sobre a perda dos pais: você pode escolher se vai ser infeliz ou não. Mesmo diante de algo tão terrível, ele disse que tinha começado a se recuperar quando se deu conta de que tinha uma escolha.

— Mas e se tantas coisas ruins aconteceram a ponto de a culpa da infelicidade não poder ser atribuída a você? — perguntou ela.

E Paul respondeu:

— Quantas pessoas você conhece que são assim? Elas escolheram a tristeza, foi isso. Todo dia você faz uma escolha.

Delia se deu conta de duas coisas durante essa conversa: 1) parte do motivo de seu amor por Paul era sua positividade; 2) dali em diante, ela começou a enxergar os Góticos por Opção. O escritório tinha uma ou duas.

Então, naquela noite, Delia pensou, ela podia ou se apegar ao fato de nunca ter sido pedida em casamento, e que o pedido feito a ele tinha sido recebido com certa relutância; que Paul simplesmente nunca seria o tipo de homem que olha em seus olhos e diz que ela faz o mundo dele se iluminar.

Ou podia se concentrar no fato de que estava indo de mãos dadas com seu novo noivo para um pub em sua maravilhosa cidade para tomar champanhe e falar sobre os planos para o casamento, com a barriga cheia de curry com coco.

Ela optou por ser feliz.

Quatro

— Eles só servem champanhe em garrafa — Paul explicou, depois que os dois adentraram no calor do Crown Posada. Ele não bebia em lugares que não tivessem ganhado prêmios CAMRA. Os dois esfregaram as mãos e leram o cardápio plastificado como se estivessem no The Ritz.

— Vamos pedir o champanhe? Bebida é bebida e é bebida — disse Paul.

Delia se deu conta de que a noite que tinha imaginado não ia acontecer exatamente, *mas não force a barra*, ela disse para si mesma. Você tem os planos do casamento para tudo isso. (Planos do casamento! Era capaz de Delia ter um mural secreto no Pinterest, cheio de vestidos de renda de manga longa, espaços que realizavam casamentos da área de Newcastle, buquês de peônias, narcisos brancos e rosas em tons pastéis feitos à mão. Pelo menos, agora ela podia assumi-lo.)

Ela concordou animada, e Paul preparou os cotovelos para atravessar a multidão e fazer o pedido de sempre, uma garrafa de Brooklyn Lager para si mesmo, e uma cerveja de framboesa Liefmans para ela. Paul às vezes se preocupava que os dois fossem hipsters chegando à meia idade.

Ele gesticulou para Delia pegar uma mesa, e ela recuou do outro lado do salão para vê-lo esperar sua vez no bar, um olho no movimento, o outro no celular. "These Foolish Things (Remind Me of You)", de Nat King Cole, tocava no gramofone antigo do Posada, competindo com um salão cheio de conversas animadas e embriagadas.

A beleza desleixada de Paul ficava ainda melhor quando contrastada com algo mais elegante, Delia pensou, como o casaco de pescador daquela noite. Ela o imaginava com um terno Paul Smith, gravata e sapatos brogue para o casamento (o mural do Pinterest estava cheio), mas precisaria abordar o assunto com cuidado para que Paul não sentisse sua masculinidade ameaçada. Ela o queria totalmente envolvido. E sabia a maneira certa de fazer isso — fazê-lo se interessar pelos drinques, depois pela música e, finalmente, pela comida.

"Encare como um jantar em casa, em larga escala", ela diria. Paul e Delia gostavam de receber gente para jantar. Quando foi morar na casa em Heaton, ela recebeu carta branca para sucumbir a todos os seus instintos de fazer o ninho. Paul tinha investido na casa como uma tela em branco, sem uma ideia específica do que fazer com o lugar. Ele gostava do fato de Delia gostar da decoração, e um acordo perfeito se firmou.

Quando outras pessoas da mesma idade estavam gastando em roupas, noitadas e drogas recreativas, Delia estava economizando para comprar uma escada de colher frutas, para poder pintá-la no tom perfeito de azul náutico, ou caçando leilões para comprar armários espelhados que tinham chaves com borlas. Ela sabia que tinha alma de velha, mas, quando se está feliz, você não se importa.

Delia também era uma cozinheira entusiasmada, e Paul sempre tinha montes de bebida comprada no atacado por causa do bar. Assim, os dois foram os primeiros entre seus amigos a ter uma casa adulta e acolhedora.

Muitos sábados à noite acabavam em uma cantoria alta e confusa com seus melhores amigos, Aled e Gina, e Paul atuando como DJ.

Aliás, Delia estava se perguntando sobre dar uma festa de noivado. Fazia pouco tempo que ela tinha encomendado uns livros de culinária originais dos anos 1970 e estava gostando de preparar comida retrô: camarão empanado ao molho tártaro, bolo floresta negra. E fantasiava com um bufê kitsch, como na peça *A Festa de Abigail.*

A família dela deveria ser convidada? Delia esperaria para ligar para os pais, deixar para o dia seguinte. Ela teria adorado contar para eles na hora, para tornar tudo mais real. Mas não suportava a ideia de que Paul não tinha uma ligação equivalente para fazer. Nem mesmo para o irmão, por causa do fuso horário.

Seu celular vibrou com a chegada de uma mensagem. *Paul*. Delia olhou com surpresa para frente. Ele estava disfarçando, colocando o aparelho no bolso enquanto fazia o pedido ao bartender.

Ela abriu um sorriso idiota, sentindo a alegria a percorrendo. *Ah, mulher de pouca fé*. Ela tinha conseguido seu momento. Paul precisara de um instante para se acostumar à ideia, só isso. Havia romance nele. Ela destravou a barra da tela, digitou a senha (o aniversário dela e o de Paul) e leu as palavras.

C, algo aconteceu com D, e não quero que você fique sabendo por outra pessoa. Ela me pediu em casamento. Não sei o que fazer. Vamos nos encontrar amanhã? Bjs, P.

Delia ficou paralisada, e o celular pesava em sua mão. De repente, nada fazia sentido. Ela precisou processar a informação desconexa, linha por linha, enquanto seu estômago se revirava.

"Não sei o que fazer" foi um soco no coração.

Havia "bjs" ao final da mensagem. Paul não mandava beijos eletrônicos. Delia tinha o privilégio de um "bj". E ela era sua família mais próxima.

Contudo, o mais assustador era o tom íntimo da mensagem. A voz que a acompanhava não era de Paul, ou a do Paul que ela conhecia.

Ela foi dura consigo mesma. *Delia. Pare de ser idiota por escolha. É só fazer as contas. A mensagem claramente era para outra mulher. A Outra Mulher*.

"Não quero que você fique sabendo por outra pessoa". Alguém sem rosto nem nome tinha tanto peso na vida deles? Delia sentiu ânsia de vômito.

Paul colocou as bebidas sobre a mesa e puxou a cadeira de frente para ela.

— Gosto da cerveja *ale* daqui, mas eles precisam melhorar o serviço. Ninguém lá dentro está com pressa — Paul fez uma pausa, enquanto Delia o olhava sem expressão. — Tudo bem?

Ela queria dizer algo inteligente, incisivo, acusador. Algo que partisse o ar ao meio, assim como a mensagem de Paul tinha caído como um golpe de caratê em sua vida, formando um Antes e um Depois.

Em vez disso, ela perguntou, olhando para o próprio celular:

— Quem é C?

Paul olhou para o aparelho, depois novamente para o rosto de Delia. E ficou vermelho e branco ao mesmo tempo — a cor de um homem que compartilhava um assento com Delia em um ônibus da National Express e teve um infarto na altura do Peak District.

Ela era a única passageira que sabia oferecer primeiros socorros, então acabou ajoelhando na lama da beira da estrada para fazer massagem cardíaca nele, tentando não vomitar com o cheiro de cerveja Tennant's Extra que ele exalava.

Ela não ia fazer respiração boca a boca em Paul.

— Delia — ele disse, com uma expressão de agonia no rosto.

Foi uma frase que começou e foi interrompida. O nome dela e a voz dele não soavam iguais. Daquele momento em diante, tudo seria diferente.

Cinco

A arte não prepara você para os momentos menores entre os grandes momentos, Delia pensou. A vida não tinha sala de edição para dar à narrativa uma forma fluida.

Se a chegada da mensagem de Paul tivesse acontecido na telona, depois do close no rosto horrorizado de Delia, haveria um corte para ela chorando pela rua, tropeçando nos saltos (uma comédia romântica), arremessando pratos pela cozinha (uma novela), jogando roupas com raiva em uma mala antiga de fivelas (videoclipe) ou olhando para os ventos do Tyne (filme de arte).

Em vez disso, o que aconteceu na sequência prejudicou a intensidade do horror com uma praticidade tediosa.

Ficou estabelecido com palavras de poucas silabas que Paul tinha mandado a mensagem para a pessoa que era o assunto, não para a pessoa a quem a mensagem deveria ir. Um erro relativamente comum que em geral tinha um impacto menos dramático. Houve um momento surreal em que Paul, de olhos arregalados, começou falar sobre só ter mandado o torpedo para Delia da segunda vez, quando achou que a mensagem não tinha sido enviada ou algo assim. Como se isso pudesse melhorar as coisas e fazer aquilo ser, de alguma forma, desvisto.

Isso suscitou muitas outras perguntas e respostas, que não seriam possíveis de se obter em um pub movimentado.

Delia conseguiu conter a vontade de vomitar. Mas precisava ir para casa.

Embora tenha considerado deixá-lo no pub, olhando para os dois copos cheios e para o vaivém da porta do pub, ele apenas iria atrás dela. Se conseguisse entrar sozinha em um táxi, tudo o que Delia faria em casa seria esperar para brigar com ele. Parecia um gesto de desafio autoderrotista que não resultaria em nada além de uma tarifa dupla de táxi.

Então ela enfrentou uma jornada agonizante e silenciosa em um Hackney, completamente afastada de Paul no banco, olhando pelo vidro embaçado, de vez em quando notando a expressão curiosa do taxista pelo retrovisor.

Quando colocou a chave na porta, veio a topada, o arranhar e a fungada familiares do cachorro, Nabo, do outro lado. Paul, obviamente feliz com a distração, fez o animal se acalmar e o acariciou, o que quase levou Delia a gritar: *Não seja gentil com o cachorro, seu cretino mentiroso e sonso.*

Nabo era um vira-lata de Labrador e Spaniel velho, surrado e incontinente que eles tinham resgatado do abrigo, sete anos atrás.

— A gente não consegue um lar para esse, ele faz xixi — o homem tinha explicado, acariciando Nabo, triste, de olhos pidões e dentes pronunciados.

— Será que é porque você conta para as pessoas que ele faz xixi? — Paul perguntou.

— A gente precisa contar — o homem respondeu. — Se não, vocês trazem ele de volta. O nome dele deveria ser Bumerangue, não Nabo.

— Nenhum controle sobre a própria bexiga e batizado em homenagem a um tubérculo. Pobre coitado — disse Paul, para em seguida suspirar e olhar para Delia. — Acho que ele vem para casa com a gente, não vem?

E era exatamente esse o motivo pelo qual Delia tinha se apaixonado por Paul. Engraçado, gentil, empático com os menos favorecidos — e estava dormindo com outra.

Delia tirou a pesada bolsa de trabalho do ombro e a soltou sobre o sofá de couro, o Chesterfield vermelho escuro que ela tinha passado um dia inteiro em um leilão do eBay para conseguir. Ela não teve forças para tirar o casaco. Paul jogou seu casaco sobre o braço do sofá.

Ele perguntou em um sussurro se Delia queria uma bebida, e mais uma vez ela sentiu que não tinha recebido uma cópia do roteiro.

Ela podia começar a gritar naquele momento? Depois? A oferta de uma bebida era absurda, ela deveria dizer que ele não podia tomar nada? Delia apenas balançou a cabeça e ouviu o barulho dos armários se abrindo, do copo sobre o balcão, da garrafa. O som de… uísque? Ela sabia que Paul tinha tomado um gole considerável antes de voltar para a sala.

Ele desabou pesadamente no sofá de veludo amarelo com franjas, a um ângulo reto de onde Delia estava sentada.

— Fale alguma coisa, Dee.

Ele soou satisfatoriamente abalado.

— O que você quer que eu diga? E não me chame de Dee.

Silêncio. Além do barulho das unhas não cortadas de Nabo sobre os ladrilhos, que saiu da cozinha e foi deitar em sua cesta no corredor.

Ela devia dar início àquela conversa?

— Como começou?

Paul ficou olhando para a lareira.

— Ela foi ao bar um dia.

Assim como eu, Delia pensou.

— Quando?

— Uns três meses atrás.

— E?

— A gente começou a conversar.

Houve uma pausa. Paul ficou pálido-infarto de novo. Parecia que fazer o relato era tão ruim quanto a descoberta inicial. Que bom.

— Vocês começaram a conversar e, de repente, seu pênis estava dentro dela?

— Eu nunca quis que isso acontecesse, Dee… Delia. É como uma realidade paralela de um pesadelo. Eu mesmo não acredito.

— Como você acabou transando com ela? — Delia berrou, e Paul quase deu um salto de pânico.

Fora da cena, Nabo deu um pequeno ganido. Paul soltou o copo fazendo barulho, e juntou as mãos sobre o colo.

— Ela continuou aparecendo. Nós flertamos. Então houve um evento uma sexta-feira, com os amigos dela. Ela entrou e me achou no estoque. Eu sabia que ela gostava de mim, mas... foi um choque completo.

— Você fez sexo com ela no depósito do bar?

— Não!

— Fez, não fez?

— Não, não fiz mesmo — disse Paul, sem convicção suficiente, balançando a cabeça. Delia sabia a resposta que ele não daria: não foi sexo de fato. Mas mais que um beijo. O que Ann chamava de dar uns amassos.

— Como ela se chama?

— Celine.

Um nome sexy. Um nome legal. Celine remetia a visões de uma beldade do Left Bank usando penteado com bobs e fumando cigarros Gitane de calça cigarrete preta.

Meu Deus, isso doía. Uma ferida nova a cada momento, como se estivesse sendo açoitada por alguém que sabia o tempo exato para deixar arder antes de atacar de novo.

— Ela é francesa?

— Não... — Ele a olhou nos olhos. — A mãe dela gosta de Celine Dion.

Se Paul começasse a arriscar toques fofos do estilo "você ia gostar dela, vocês seriam amigas", Delia partiria para a violência.

— Quantos anos ela tem?

Paul olhou para baixo de novo.

— Ela tem vinte e quatro.

— Vinte e quatro? Que patético.

Delia nunca tinha desgostado da própria idade, mas estava fervilhando de insegurança diante da "vintice" de ter vinte e quatro, comparados com a velhice dos trinta e três. Ela nunca tinha se preocupado que os homens gostassem de mulheres mais jovens e, no entanto, lá estavam eles, vivendo o clichê.

Vinte e quatro. Um ano a mais do que Delia tinha quando conheceu Paul. Ele a trocou. Aniversário de dez anos de relação — hora de procurar alguém dez anos mais jovem.

— Quantas vezes vocês fizeram sexo?

Delia nunca se perguntou se era o tipo de pessoa que não ia querer saber nada ou se ia querer saber tudo quando estivesse nessa situação. No fim das contas, era ambos.

— Não sei.

— Tantas que perdeu a conta?

— Não fiz a conta.

— É a mesma coisa.

Uma pausa. Tanto sexo que Paul não conseguia quantificar. Ela provavelmente seria capaz de dizer quantas vezes os dois tinham dormido juntos naquele ano, se pensasse no assunto.

— Onde você fez sexo com ela?

— Na casa dela. Em Jesmond. Ela é uma universitária tardia.

Delia podia imaginar, ela também tinha morado lá quando estudante. Lâmpada enrolada em uma daquelas guirlandas da Habitat que pareciam uma nuvem de borboletas metálicas. Pisca-piscas vermelhos em forma de pimenta formando uma espécie de colar sobre a cabeceira da cama. Edredom da Ikea. Corpos nus sobre ele, rindo. Gemendo. Delia ficou enjoada de novo.

— Como você conseguiu esconder? Quero dizer, onde eu achava que você estava?

Não fazer nenhuma ideia era genuinamente impressionante. Delia sempre teve tanto orgulho da confiança que havia entre ela e Paul.

— Todas essas brechas, você nunca fica preocupada? — Algumas mulheres costumavam perguntar. E ela ria. *Nem um pouco.* Trair não era algo que eles faziam.

— Tenho saído mais cedo do trabalho algumas noites. Delia, por favor, podemos... — Paul colocou as mãos no rosto. Mãos que tinham estado em lugares inimagináveis.

Delia olhou para seu vestido especial de aniversário de namoro com as libélulas. Ela e Paul compartilhavam um lar, um modo de pensar, um animal de estimação, um passado. Os dois eram sempre honestos, ou era o que ela achava. Quaisquer desejos passageiros de qualquer um dos lados eram piadas momentâneas entre eles e podiam ser admitidos na segurança de saber que não havia risco real. Havia margem, confiança, uma coleira longa. Paul e Delia. Delia e Paul. As pessoas aspiravam a ter o que eles tinham.

— Como ela é na cama? — Delia perguntou.

— Podemos não...?

— Podemos não ter esta conversa desconfortável sobre todas as vezes em que você fez sexo com outra pessoa? Isso dependia de você, não de mim, não é?

Ela se sentia como se Paul tivesse deixado uma intrusa entrar na vida deles, uma terceira pessoa na cama deles. Era uma traição completa, desconcertante, absurda, da única pessoa com quem ela deveria poder contar. Por quê? Ela não queria se perguntar — era Paul que deveria enfrentar essa questão —, mas não conseguiu evitar.

Teria sido diferente se eu tivesse sido diferente? Tivesse feito você se sentir menos seguro? Perdido seis quilos? Saído mais? Ficado por cima mais vezes?

— Quando começou, era como uma experiência extracorpórea — disse Paul, e Delia abriu a boca para dizer algo sobre ser uma experiência bem intracorpórea, então ele emendou rápido: — Era inacreditável o que eu estava fazendo, que eu *pudesse* fazer aquilo. Eu não saí procurando, juro. Você e eu, nós temos algo tão sólido...

— Tínhamos — Delia o corrigiu, e Paul pareceu angustiado.

— E... não sei o que aconteceu. Foi como se, de repente, eu tivesse atravessado um limite, e não desse para voltar. Eu me odiei, mas não consegui parar.

Pois é, eles iam voltar a esse tema, sobre parar, Delia pensou.

— Como ela é na cama? — Delia insistiu.

Paul se encolheu.

— Nunca comparei.

— Comece agora.

— Não sei.

— Ela era como eu?

— Não!

— Então, diferente?

— Não sei.

— Melhor?

— Não.

— Você me diria se ela fosse?

— Não sei. Mas ela não é.

— É uma coisa que você desejou por um tempo?

— Não! Deus, não. Simplesmente aconteceu.

— Não acontece. Você toma a decisão de fazer uma coisa como essa por um motivo. Quero dizer, outras mulheres devem ter dado em cima de você, e você disse não. Foi o que você me disse.

— Eu disse. Não sei por que isso aconteceu.

— Ela era atraente demais para recusar?

Paul balançou a cabeça.

— Acho que não estava esperando e, então, de alguma forma, quando fiquei bêbado, aconteceu.

— O que você ia dizer para ela amanhã?

Pela primeira vez, Paul pareceu perplexo.

Delia repetiu:

—"Ela me pediu em casamento. Não sei o que fazer. Vamos nos encontrar amanhã?"

Ele olhou para o chão.

E, bem nesse instante, veio um pequeno soluço mecânico e traidor do casaco jogado de Paul. Os dois sabiam o que era: a resposta de Celine.

Seis

— Leia — Delia disse, e Paul balançou a cabeça.

Delia sentiu um veneno de determinação pulsar em suas veias.

— Leia em voz alta — ela repetiu, calma.

Paul tirou o celular do bolso do casaco. Ela esperou, caso uma expressão que revelasse que não era Celine passasse pelo rosto dele, mas dava para ver pela máscara constante de medo que era.

— Não vou ler isso.

— Se você espera que haja confiança entre nós de novo, leia a mensagem em voz alta.

A contragosto, Paul passou o dedo pela tela para abrir a mensagem, com o maxilar tenso. Quando falou, ele soou sufocado. Delia sabia que nunca ia esquecer a estranheza de ouvir a voz da amante de seu noivo falando através dele. Ela podia vê-lo desesperadamente tentando editar, mas não tendo tempo de fazê-lo enquanto fingia naturalidade.

— Se você acha que vai deixar partes de fora, vou pedir para ver — ela avisou, ouvindo a própria voz como se fosse uma estranha. A mulher traída não era um papel que ela achou que um dia teria de desempenhar.

— "Meu Deus, você vai se casar com ela? E a gente? Você pode...?" — Paul olhou, suplicante em sua vergonha, obviamente desejando, mesmo sem esperança, que Delia começasse a chorar e deixasse o resto para lá. Ela balançou a cabeça e se forçou a esperar. Ele continuou em um sussurro funéreo: — Você pode fugir hoje à noite e me ligar? Nos falamos amanhã. Amo você. C.

Amo.

— Quantos *bjs*?

— Três.

Com um soluço, Delia sentiu as lágrimas começando, água quente que descia pelo seu rosto e embaçou Paul de sua vista. O nariz dela também começou a escorrer; foi uma explosão completa de líquidos. Paul fez menção de levantar para confortá-la, e Delia gritou para ele ficar longe. Ela não ia deixá-lo abraçá-la, permitir que ele se sentisse melhor. Como se, naquele momento, Paul fosse a pessoa que pudesse fazê-la se sentir melhor.

Ela esfregou os olhos e, quando conseguiu se recompor, viu que Paul também estava chorando, ainda que de um jeito menos parecido com um chafariz. Ele limpou o rosto.

— Vou terminar. Acabou. Foi o erro mais monumental, insano...

— O que você ia dizer para ela amanhã? — Delia perguntou, em um meio soluço.

Paul balançou a cabeça, parecendo desconsolado por estar ouvindo todas essas perguntas capciosas.

— Fale a verdade ou nem comece com isso. Se você continuar mentindo, aí é que não tem jeito mesmo.

— Eu ia dizer que vamos nos casar e que estava na hora de terminar tudo.

— Não ia, não. Você disse que não sabia o que fazer.

— Eu não queria terminar por uma mensagem de texto. Eu estava fazendo as coisas gradualmente.

Delia limpou a garganta várias vezes e se secou o melhor que conseguiu com as próprias mãos.

— Eu não acredito em você. Acho que você não tinha decidido o que ia dizer para ela. Você não quer se casar.

Paul murmurou:

— Foi uma surpresa, eu admito.

— Posso imaginar que você não estava pensando nisso quando estava enfiando seu pênis em outra pessoa.

Paul olhou para ela com os olhos vermelhos.

— Como você se sentiria se eu tivesse feito isso?

— Arrasado — ele respondeu, sem hesitar. — Destruído de um jeito inacreditável. Não vou dizer que isso não é um comportamento absurdamente injusto, péssimo, de merda, porque é. Eu me odeio por isso.

E ainda assim — Poderia Delia estar imaginando uma fagulha de recomposição, ainda que distante? Parte da autoconfiança de Paul já tinha voltado. O pior tinha acontecido para ele — Delia tinha descoberto. Então ele estava consertando as coisas, enquanto ela ainda estava destruída em mais cem pedaços.

Nabo entrou cambaleando na sala. Pela primeira vez desde que os dois o tinham trazido para casa, Delia se ressentiu do cachorro. Ela tinha limpado *muito* xixi. Fazer carinho nele era um jeito de aliviar o desconforto de Paul, de diminuir a tensão.

— Sei que vai ser preciso um grande esforço para superar isso, mas, por favor, me diga que a gente consegue — disse Paul.

Ele não ia trocá-la por Celine? Delia não tinha formulado a pergunta de uma forma tão brusca até aquele momento, mas imaginou que fosse a grande questão. Ainda assim, ela se deu conta do que Paul estava pedindo de fato. *Se eu terminar com Celine, me promete que você vai continuar aqui?* Ele não queria ficar sem nenhuma das duas.

Ela não estava pronta, nem de longe, para definir como se sentia. Especialmente por não acreditar que ele planejava terminar com Celine. Aquela mensagem de texto parecia um "me diga o que fazer", do mesmo jeito que ele estava fazendo ali.

Delia viu a luz brilhando nas taças de champanhe intocadas na bolsa aberta. Eles nem tinham chegado a usá-las.

Dez anos juntos, oprimidos pela culpa, e ele não tinha sido capaz de fazer uma concessão e beber champanhe. Quero dizer, talvez a culpa fosse o motivo por ele não querer os holofotes na coisa toda do noivado, o que não melhorava as coisas.

— Não sei se a gente consegue — Delia respondeu, se levantando, com a anágua se movendo. Ela se sentiu como um travesti de pantomimas, todo pintado. — Vou ficar no quarto de hóspedes hoje.

— Você não precisa fazer isso, eu fico lá.

— Não quero ficar na nossa cama. Amanhã vou para a casa dos meus pais. Você pode encontrar Celine e dizer o que quiser para ela.

— Não podemos deixar as coisas assim — ele disse.

Sério que Paul esperava algum tipo de promessa da parte dela? Delia teve medo que isso significasse algo sobre ele, e sobre si mesma também.

— Não sei mais com quem estou, então como posso saber se quero ficar com ele?

— Continuo o mesmo, só fiz uma coisa que me torna um grande canalha.

— Não, você não é o mesmo. Você é um traidor, alguém em quem eu não confio.

Delia deixou Paul com Nabo, marchou escada acima, tirou o vestido e caiu na cama usando maquiagem e lingerie nova. Ela não chorou de novo. Estava anestesiada, funcionando só parcialmente, como se uma câmara de seu coração não estivesse mais bombeando sangue para seu corpo. "Love Will Tear Us Apart", do Joy Division, tocava sem parar em sua cabeça.

Ela se deu conta de que talvez o problema em marcar uma data de casamento não fosse um "o quê". Era um "quem".

Sete

Ralph abriu a porta para Delia usando uma camiseta que dizia *Colorado Surf Club '83*, comendo uma torrada Mighty White murcha com manteiga.

— E aí? — Ele disse, sorrindo, e então lembrou por que a irmã mais velha estava na soleira da porta com uma mala de rodinhas e olhos inchados.

— É... Você está... bem?

Delia sorriu, apesar de como se sentia. Ralph não compreendia muito bem as sutilezas da interação convencional. Professores liberais e bem-intencionados do Ensino Médio tinham tentado diagnosticá-lo com isso e aquilo, para que todo mundo pudesse rotulá-lo e se sentir melhor, mas nunca conseguiram. Ralph sofria de ralphinismo crônico. Era uma condição benigna, na opinião de Delia.

— Já estive melhor — ela respondeu, sorrindo, entrando e se ajeitando para fazê-lo abraçá-la. Ralph abaixou a cabeça de um jeito delicado e desajeitado e a envolveu com os braços, parecendo alguém que fazia a mímica de um abraço que vira uma vez no manual de instruções dos Seres Humanos.

Ralph era uma montanha de homem, com cabelo cor de cenoura, como o de Delia, em tufos desarrumados.

Um espectador cruel talvez notasse que não era só o fato de o Colorado não ter litoral que impedia Ralph de fazer parte do Colorado's Surf Club. Delia se preocupava com o peso do irmão, mas ele trabalhava em uma loja de *fish & chips* e nunca tinha encontrado alguma *junk food* da qual não tivesse gostado, então era uma batalha perdida.

— A mamãe está no terreno, e o papai está lá fora. Quer torrada?

Delia balançou a cabeça. Ela não fazia uma refeição desde o curry da noite anterior, então ainda bem que ela tinha sido regada. Seu estômago se tornara um nó que se apertava toda vez que ela passava mais de um minuto olhando comida.

— Vou colocar minhas coisas no meu quarto — ela avisou, com uma falsa animação, batendo a mala nos degraus, escada acima, grata por seus pais não estarem testemunhando aquela imagem triste. A pródiga de trinta e três anos tinha voltado.

Delia deveria estar mostrando a eles um anel de noivado.

— Como está o Nabo? — Ralph perguntou, atrás dela.

Delia ficou feliz de não ter de olhar nos olhos dele. Deixar o desajeitado Nabo foi difícil. Ele já fora abandonado uma vez, e ela tinha prometido que nunca mais ia acontecer.

— Bem!

— Sabe, você pode trazê-lo amanhã. Ele pode dormir no meu quarto.

— Obrigada.

A família de Delia morava em um sobrado geminado em Hexham, uma cidade cuja origem era um mercado medieval uns trinta quilômetros adiante no Tyne, a partir de Newcastle. Desde que se lembrava, a casa continuava igual, cheia de móveis de madeira maciça, patchwork e mantas velhas de crochê, e canteiros de ervas em tufos que transbordavam pelo peitoril. Era decididamente uma casa voltada para a função, não para a estética, o que talvez fosse a origem do seu desejo de embelezar e formar um ninho.

Mas era acolhedora e constante. No aparador da lareira de tijolos aparentes, havia um porta-retratos do casamento dos pais, em 1971: seu pai com um terno gigante marrom-chocolate e calça boca de sino, e uma enorme barba ruiva hippie. Sua mãe, de cabelo loiro-acinzentado, com aquele corte tigelinha que acompanhava a circunferência da cabeça e um véu longo pós-era hippie, com margaridas.

"Excêntrica" era o termo mais delicado para sua família, ainda que Delia se sentisse desleal até por dizê-lo. Paul costumava cantar a música-tema do programa infantil de TV *Button Moon* quando eles iam visitá-los, em uma referência afetuosa ao fato de que a casa da família dela ficava num planeta próprio, com hábitos próprios.

Paul. O segundo membro do time de duas pessoas que não existia mais. O nó do estômago ficou mais apertado.

Todo mundo na família de Delia se relacionava melhor com coisas do que com pessoas: a mãe com o terreno e o jardim; o pai com a madeira, os serrotes e a plaina no galpão; e o irmão Ralph com jogos de computador e a televisão em seu quarto amontoado.

Delia era amada, mas se sentia — ela não gostava de admitir isso, enquanto abria a porta de seu antigo quarto — um pouco solitária no meio deles. Era a única com bom senso e alguma noção do mundo externo.

Ela lutou para colocar a mala sobre a cama de solteira feita de pinheiro e abriu o zíper pela parte de cima. Olhando para os pertences que tinha trazido, ela sentiu as lágrimas inchando seu peito. Meu Deus… aquilo era mais difícil do que ela imaginara. Delia queria voltar para casa, para Heaton. Mas não podia. Seus sentimentos a proibiam completamente. Até onde sabia, Paul estava com Celine naquele mesmo instante, dizendo que preferia se casar com a amante. Ela não sabia em que pé estava nem o que ele queria mais.

Delia tinha levantado cedo, depois de uma noite sem dormir, feliz por ter muitas roupas no quarto de hóspedes e poder fazer a sua mala sem ver Paul. Que obviamente tinha acordado quando a porta se fechou e com a confusão feita por Nabo, porque ela encontrou uma ligação perdida e uma mensagem oferecendo carona logo depois, que Delia ignorou.

Mais uma vez, ela desejou ter alguém que lhe dissesse o que fazer. Ir embora era a decisão certa?

Sua mãe emitiu ruídos solidários quando ela ligou pela manhã para avisar que os dois estavam com problemas e que ia voltar para casa por um tempo, mas Delia não ficou surpresa ao não encontrá-la em casa quando chegou. Sua mãe considerava as emoções, em especial as mais cruas, desconcertantes. Ela prepararia uma xícara de chá e faria carinho nas costas da filha, mas Delia sabia que ela estaria louca para sair e ficar com seus pepinos e rabanetes, não discutir a grande e complicada questão pessoal. Ralph e o pai eram ainda menos úteis.

Não, apenas uma pessoa teria discernimento e solidariedade sobre o assunto, ainda que Delia estivesse morrendo de medo de contar.

Seus olhos foram parar em uma foto familiar, colada com massa adesiva ao espelho. Era, possivelmente, sua foto favorita no mundo. Podia ficar ali porque ela tinha feito cópias, emoldurado e mandado uma para Emma.

Tinha sido tirada no segundo ano de faculdade, por algum crush há muito esquecido. Delia e Emma agarradas uma na outra, num abraço de rosto encostado, sorrisos enormes de batom Rimmel, pints de plástico de Newcastle Brown Ale em mãos, brindando com quem tirou a foto.

Não era porque as duas tinham aquela pele brilhante dos vinte anos, nem porque estavam muito felizes. Era o fato de as duas estarem *confiantes*. A foto transbordava um ar despreocupado de "Atenção, estamos chegando" que ela costumava ter.

Delia não era vaidosa, mas achava que estava bonita naquela foto. O delineador estava tão pesado, que ela era praticamente um bandido mascarado. E acreditava que a vida seria cheia de aventuras. Então ela conheceu Paul três anos depois e ficou feliz em abrir mão delas. Tudo o que Delia tinha, de repente, pertencia a ele.

— Oi, toc, toc — disse Ralph, com o cabelo desarrumado. Os óculos e os olhos azuis e aquosos apareceram na porta. — Aham. Quer jogar *GTA*?

Delia sorriu. Na verdade, era exatamente o tipo de coisa que ela queria fazer. Mesmo não sabendo no que consistia.

Ela o seguiu até seu quarto. A toca amontoada, desprovida de luz natural, lotada de coisas do *Star Wars*, poderia ser o quartel-general de um jovem punk dono de um site de cultura pop, ou de um hacker genial do Pentágono. Em vez disso, era exatamente o que parecia: o cafofo-passatempo dos sonhos de um homem de vinte e oito anos que ainda morava com os pais.

Ralph entregou à irmã um controle complicado e confuso e gesticulou para ela assumir sua posição em um dos pufes. Ela amava a maneira como os videogames invertiam os papéis entre os dois: Delia fazendo perguntas idiotas, Ralph delicadamente a repreendendo por não entender rápido o bastante.

Era estranhamente reconfortante se concentrar em blocos de pixels em vez de coisas reais, no tom azulado que mantinha um crepúsculo eterno no buraco de toupeira do irmão.

— Então, Paul não vem mais aqui? — Ralph perguntou, com olhos fixos na tela, enquanto o avatar de Delia se escondia atrás de um carro em meio a um tiroteio com a gangue de algum chefe do cartel de drogas mexicano. Os pais tinham recebido autorização para dar a notícia.

— Não tenho certeza — Delia respondeu. E sentiu um desejo súbito de compartilhar. — Ele está envolvido com outra pessoa.

— Por quê? — Ralph perguntou. — Eles morreram, você pode sair agora. Rápido.

— Não sei.

Delia apertou um botão e foi de cabeça em uma parede.

— Paul gosta mais dela do que de você? — Ele continuou. De qualquer outra pessoa, soaria ofensivo. Do irmão, era uma curiosidade infantil e ingênua.

— Também não sei. Ela é mais jovem do que eu. Talvez seja mais inteligente, interessante, engraçada, atraente e... nova.

— Mesmo assim, ela não é The Fox — disse Ralph, enquanto pegava o controle das mãos de Delia e, com habilidade, a tirava do beco sem saída em que estava.

— O quê?

Fazia tanto tempo que Delia não ouvia esse nome que demorou um instante para absorver seu significado.

— The Fox. Sabe, Super-Delia.

— Você se lembra? — Ela perguntou, chocada e muito comovida.

— Claro — Ralph respondeu.

— Ela se aposentou muito tempo atrás — Delia explicou, suspirando e recostando a cabeça no ombro do irmão, para em seguida se dar conta de que isso prejudicava a jogabilidade dele e, desajeitadamente, se afastar.

— Foi você que a aposentou, então pode fazê-la voltar à ativa. Você está no comando, sabe, como aqui — Ralph continuou. — ISSO AÍ! Vamos roubar um avião.

Ele tinha uma risada aguda, que parecia um pássaro gritando, que emergia da laringe sem aviso e pegava as pessoas de surpresa.

Delia sorriu. Ela conseguia se entreter com os jogos de Ralph por um tempo, mas depois ficava entediada. A habilidade dele de chafurdar em uma imersão completa por dias a fio parecia algo do cérebro masculino. Ou talvez algo do cérebro de Ralph.

— Quer cair num rocambole? — Ele perguntou, e, por um segundo, Delia achou que fosse alguma gíria do mundo dos games, mas ele esticou o braço e pegou uma caixa de bolo.

— Estou bem, obrigada — Delia recusou, franzindo a testa de leve quando Ralph tirou o papel celofane e começou a comer um cilindro inteiro de pão de ló como se fosse uma baguete.

Sua mãe colocou a cabeça para dentro. A parte superior de seu corpo vestia seu colete manchado de aparar grama.

— Ah, você está aqui, amor.

— Estou — Delia sorriu.

— Macarrão com queijo para o jantar?

— Parece bom.

Sua mãe hesitou.

— Você está bem?

— Vou ficar.

— Uma xícara de chá?

— Sim, por favor.

Em termos de conselho materno — com exceção de uma palavra tensa ou outra enquanto Delia ajudava a tirar a mesa do jantar —, seria isso. A porta se fechou e Delia voltou a atenção para a tela, onde Ralph corria pela cidade fictícia de Los Santos ao som de "Windowlicker", do AphexTwin, e o vento batia em seu cabelo virtual.

— Você gostava mesmo da The Fox? — perguntou. — Eu ficava preocupada que fosse bobo.

— De jeito nenhum. Melhor coisa que você fez — Ralph respondeu, limpando um pouco de geleia do queixo.

Era impossível não se surpreender com alguém que, sem nenhuma premeditação, revelava uma verdade absoluta.

Oito

— Pelo jeito, você trouxe alguma coisa menos fedida — Ann comentou, como saudação para a manhã de segunda.

Pálida, Delia estava desempacotando seu almoço sobre a mesa: minissanduíches de presunto e pepino embalados em filme plástico, salgadinho Hula Hoops sabor sal e vinagre e uma brilhante maçã verde.

— Ah. Sim — Delia respondeu distraída, registrando o sorriso triunfante de Ann e se lembrando tardiamente do incidente do camarão apimentado.

Ela não ia explicar que todas as suas panelas, seus utensílios e seus ingredientes com cheiros exóticos estavam em sua casa, em Heaton, de onde ela tinha fugido sábado de manhã. O almoço de segunda foi patrocinado pelos armários de Hexham.

Delia continuava sem conseguir comer, mas não queria deixar sua mãe preocupada. A preocupação tinha se feito sentir quando sua tigela grudenta de macarrão com queijo foi devolvida quase intocada.

Ela costumava aparecer com um saco Ziploc de temperos para customizar a comida de seus pais de acordo com seu gosto. Obviamente, eles se perguntaram quem era aquela impostora molenga, quieta e sem apetite.

Delia deixou o celular sobre a mesa e viu que tinha uma mensagem de texto: a milionésima de Paul.

Por favor, me atenda. Precisamos conversar. Bj, P

O procedimento padrão de um beijo sutil, Delia pensou, lembrando-se de como Celine tinha merecido o gesto abertamente promíscuo, equivalente a uma mão no sutiã, dos "bjS", no plural. E ficou revoltada.

Seria sempre assim? Ela algum dia seria capaz de ver a relação dos dois sem essa mancha? Delia só sabia que havia um enorme buraco em seu peito pelo qual era possível ver o céu, como uma pintura surrealista.

E agradeceu por não ser minimamente próxima de ninguém do escritório a ponto de confidenciar seus planos de sexta.

Ninguém estava pedindo para ver o anel de diamante e esmeralda de corte quadrado em *art déco* que ela não estava usando, ninguém estava exigindo saber como ela tinha feito o pedido, nem a reação de Paul, nem a data do casamento que não ia acontecer.

Apenas uma pessoa sabia dos planos de Delia na sexta anterior, e um e-mail inevitável chegou em menos de uma hora. Elas teriam se falado no fim de semana, mas Emma estava em Copenhague, para uma viagem curta de três dias. Ela fazia muito isso. A amizade das duas era basicamente conduzida por e-mail.

De: Emma Berry
Assunto: E...?!

Como foi, futura sra. Rafferty? (Eu gostaria de pensar que você vai manter o Moss, mas aposto que não vai, sua Esposa Perfeita vendida e fazedora de cupcakes.) Já posso ver meu vestido de madrinha? (Nada de vestidos de cetim com alças finas feitos para flamingos magros, estou parecendo Alfred Hitchcock no momento.)
Bj

Em outro universo, naquele em que Paul prestava mais atenção ao mandar mensagens de texto ou, melhor ainda, recusava mulheres de vinte e quatro anos dizendo "Opa, estou comprometido", Delia estaria rindo de puro deleite diante daquelas palavras, em vez de se encolhendo.

Ela não queria contar para Emma. Emma adorava Paul, Paul adorava Emma.

"Você não pode fazer um clone dele ou criar um androide que pareça real?" era o refrão dela.

Paul a envolvia em um abraço de urso quando Emma os visitava e preparava sua receita especial de ovos mexidos, mantendo o copo dela sempre cheio. Delia passava o tempo todo servindo de mediadora em um debate relaxado entre duas pessoas de opiniões fortes, adorando cada segundo. A coisa mais agradável era amar duas pessoas de jeitos diferentes, e elas duas se amarem.

Derrubar a estátua de Paul não era nenhum prazer, ainda que parecesse o tipo de conforto selvagem e frio que ela *deveria* ter.

Com coração e mãos pesados, Delia abriu a resposta que mal conseguia acreditar que estivesse escrevendo.

Oi, E. Foi assim: eu fiz o pedido. Paul disse sim, não muito entusiasmado. Então saímos para beber, e ele escreveu um SMS para a amante dizendo: "fodeu, Delia quer casar comigo", e essa mensagem veio para mim por engano. Então, ele está comendo uma estudante há três meses. Então me mudei para a casa dos meus pais, e ele está me pedindo para voltar, mas não sei ao certo o que está rolando. Difícil saber o que Paul quer. Ou o que eu quero, agora. Como foi seu fim de semana? (A propósito, só para deixar claro, o casamento não vai acontecer.) (Mas, para constar nos autos, eu nunca faria você se vestir mal; nós somos o quê, amadoras?)
Bjs

A resposta veio do BlackBerry, em menos de três minutos.

Oi? É sério? What?! Posso ligar para você? Bj, E

Obrigada, mas talvez outra hora. A teta murcha da Ann teria um ataque de euforia ouvindo minha desgraça e morreria. Quem sabe no almoço? 13h30?
Beijo,

Claro. MERDA. Bj

Delia não sabia se devia passar sua hora de almoço soluçando ao telefone, mas Emma não estaria disponível por muito tempo. Ela era uma advogada corporativa de um grande escritório em Londres e corria atrás de seus interesses com a dedicação que Delia empregava na corrida atrás de chocolates Crème Eggs quando chegava a época deles.

A vida das duas tomou direções muito diferentes desde a universidade, e Delia ficava extremamente grata por terem se conhecido naquela pequena janela de igualdade de oportunidades. O breve período entre a adolescência e a vida adulta em que não importava se Emma fosse uma personalidade alfa poderosa e Delia, uma personalidade beta domesticada; importava apenas que elas fossem colocadas em quartos vizinhos no dormitório. Delia teria ficado totalmente em pânico ao conhecer Emma, se isso ocorresse agora. Ela se lembrava de uma versão mais jovem da amiga, tentando clarear seus shorts feitos de jeans cortado derramando água sanitária Domestos aroma limão neles, ou ficando por três sextas-feiras seguidas no Diretório Acadêmico com um cavalheiro conhecido como Capitão Língua.

Ela ficou olhando para uma tela sobre o novo projeto de plantio de árvores da câmara até o meio-dia chegar, junto com a oportunidade de perseguir Peshwari Naan, sem ler as palavras. Delia tinha se esquecido dele em meio ao turbilhão e ficou muito feliz com a desculpa de fugir do escritório e respirar ar puro. Seria uma oportunidade de ligar para Emma. No entanto, assim que pegou o caminho para o café, ela sentiu o receio de começar a pensar e a chorar. Oh, não — ela estava passando pela universidade, e por seus estudantes.

Cada uma das garotas que entrava em seu campo de visão era uma possível Celine. Os olhos de Delia foram da esquerda para a direita, enquanto seus nervos estavam em polvorosa. Celine sabia quem ela era? *Meu Deus, você vai se casar com ela? E a gente?*

Ela. A gente.

Delia quase começou a correr para chegar ao café, escancarando a porta como se estivesse sendo perseguida por lobos.

Ela pediu um *flat white* e se sentou na janela com uma boa vista do salão. Havia uma garota com dreadlocks e aparência de hippie chique, digitando em um MacBook Air, e três estudantes japoneses reunidos em volta de um iPhone — ninguém com potencial para ser um *naan* decente. Antes, ela achou que adoraria uma emboscada; mas, naquele dia, estava apática. E em contagem regressiva até falar com Emma.

A mente de Delia começou a divagar enquanto ela brincava com a embalagem de açúcar. Clichês sobre o pós-traição podiam ser verdadeiros, ela notou.

Por exemplo, ela costumava pensar que a frase "a verdade é a melhor coisa" era um tanto idealista. *É mesmo? Tenho certeza de que as línguas, as mãos e as roupas sendo arrancadas freneticamente, as lambidas, a respiração ofegante, os amassos e dividir um orgasmo estremecedor me incomodariam mais.*

E enquanto a ideia de Paul fazendo sexo desleal com Celine era tão horrível que a deixava enjoada, inesperadamente, não era a pior dor. Ele tivera diversas namoradas antes de Delia — a ideia dele fazendo sexo com outra mulher podia ser assimilada, por mais angustiante que fosse. O que Delia não conseguia nem começar a assimilar era a noção horripilante e desorientadora de que não conhecia Paul como pensava.

A conversa no jantar de aniversário dos dois no Rasa, por exemplo. Ele tinha calmamente zombado de como a geração mais nova se relacionava afetivamente e sugerido que estaria à deriva no mar se tivesse que voltar a esse mundo. Enquanto isso, estava tendo um caso com uma garota de vinte e quatro anos. Oh, meu Deus: e os comentários sobre depilação íntima. O conhecimento vinha de um contato imediato com as partes íntimas e carecas de uma mulher? Delia não conseguia nem cogitar a cena.

Tinha sido uma discussão gratuita. Paul voluntariamente fizera, para ela, o papel de uma pessoa que não era. Delia tentou dizer a si mesma que ele exagerou porque estava morrendo de medo de que ela descobrisse. Mas era mais do que isso. Era tratá-la como idiota.

Ela então se lembrou de algumas vezes, nos últimos tempos, em que Paul tinha reclamado sobre ter de refazer todo o estoque ao final do turno. *Sou um chefe legal demais.* Eram essas as vezes em que o chefe legal demais estava numa cama do outro lado da cidade com outra mulher.

Foi uma atuação brilhante e efetiva. A traição foi feita de maneira premeditada, tudo parte da lábia charmosa de Paul. Por quem ela se apaixonara?

Será que algum funcionário sabia? Eles podiam fazer ideia por conta de todas aquelas noites depois que o bar fechava. Aled e Gina sabiam? *Aled e Gina.* Ela não acreditava que tivesse demorado tanto para se dar conta. Ela se lembrou de que os dois tinham recusado o último jantar.

Será que cancelaram por constrangimento? Será que Paul contou para Aled em um desabafo bêbado, tipo "cara, fiz uma besteira"?

Ela não estava em sua melhor forma, já que ter tempo significava "tempo para pensar em seu término de noivado", mas não viu ninguém que pudesse ser Naan durante a hora em que ficou de tocaia no Brewz and Beanz. O único grupo com um laptop naquele momento era um bando de adolescentes barulhentas com uniforme de escola particular e, sempre que passava pelas garotas ostensivamente para pegar um mexedor ou uma embalagem de açúcar, ela via o Facebook na tela.

Naan podia ser um membro da equipe, ela imaginou, digitando longe dos olhos de todos, numa sala dos fundos. Mas era improvável que as atividades dele ou dela estivessem confinadas de meio-dia às 13h, quando muito. Ela checou a timeline pelo celular: nenhum tweet do Naan.

A busca por respostas ia continuar, em mais de uma área de sua vida. Que ironia: Delia era o "olho vivo e faro fino" e não tinha notado que sua cara-metade tinha outra vida.

Nove

— Estou tendo dificuldades para lidar com isso — Emma disse por telefone, enquanto Delia limpava as lágrimas sob os olhos e fungava de um jeito alto e melecado, voltando para o escritório.

— Eu também.

— Por quê? Crise da meia idade antecipada?

— Não acho que ele esteja tendo nenhuma crise. Nem que estivesse. Acho que uma estudante gostosa se jogou em cima dele, e ele foi embora.

Por quanto tempo aquilo teria durado se ela não tivesse descoberto? Mesmo que ele terminasse depois do noivado, isso teria sido motivado pela decisão de Delia, não de Paul. Talvez o pedido de casamento o forçasse a romper com Celine, o que ele não queria fazer.

— Você notou algum sinal? — Emma perguntou. — Achei que tudo estivesse, como de costume, muito bem entre vocês.

Emma tinha uma voz esganiçada de bebê. Todos os detalhes sobre ela eram errôneos. O nome fofo, o rosto cheio e angelical de taverneira com as bochechas rosadas, o chanel loiro de quem veio do Colégio das Quatro Torres. Na verdade, ela era um terço socialite ruidosa e dois terços advogada assustadora.

Emma sabia que sua força surgia como uma surpresa e usava isso em benefício próprio no trabalho. Ela até brincava com a situação, usando vestidos Boden e sapatos Mary Jane.

— Eles acham que estão lidando com Shirley Temple e descobrem que estou mais para Darth Vader.

— Não, nenhum indício. Zero. O que torna as coisas piores. Sou oficialmente uma idiota, e ele é um mentiroso vigarista de verdade — Delia respondeu.

— Você não é a primeira pessoa a descobrir que o parceiro está sendo infiel. Não é culpa sua. Mas o Paul. Não consigo acreditar. Estou tão furiosa. Ele sabe o que tem com você.

— Sabe? — Delia perguntou, infeliz. Ela estava com vergonha dele e incomodada por sentir uma onda protetora. — Tudo o que eu achei que sabia era uma mentira.

— Nem tudo. Você está em casa?

— Por enquanto.

— Você o quer de volta?

— Não sei — Delia levantou os olhos na direção do céu nublado. — Eu honestamente não sei. Ele diz que vai terminar com ela, mas não sei o que pensar.

— Ele diz que era só sexo?

— Sim — Delia respondeu, dando de ombros. Não era assim que a mensagem soava. "Meu Deus, você vai se casar com ela?" O "E a gente?" Ela nunca teve um caso — talvez eles fossem assim, febris e carentes, mesmo quando era só sexo.

— Mas é o que ele faria, não é? — Delia continuou. — Dá muito menos trabalho me escolher do que a ela. Essa é a parte horrível. Não tenho certeza de nada sobre ele.

— Vocês têm dez anos de história e uma casa. Ele ama você.

— Dez anos que culminaram em eu querer me casar com ele, e ele querer dormir com outra pessoa. A sentença é clara.

— Quão difícil seria a partilha de bens se vocês se separarem? Emma sabia o quanto Delia amava a casa e que ela tinha ajudado a pagar a hipoteca por tempo suficiente para que uma parte do imóvel fosse dela. Sua cabeça de advogada em geral partia direto para as questões práticas.

— Um pouco. Não acho que Paul tenha dinheiro guardado para comprar minha parte. O bar precisou de muita manutenção recentemente.

— E também tem o cálculo do quanto você gastou com as melhorias. Ah, eu sinto muito por você, Delia. Que merda. Posso visitar você?

— Eu adoraria, mas não tem espaço em Hexham. Quer que eu vá até você?

— Com certeza. Assim que você quiser. Este fim de semana! Eu sinto muito, mas vou ter que correr para uma reunião...

— Imagina, vai lá!

Delia fez suas despedidas enquanto seu celular tocava com uma ligação em espera de Aled. Ela clicou para atender antes de se dar conta do que estava fazendo.

— Oi, Dee. Como você está segurando a barra? — ele disse, tenso.

— Oi — Delia cumprimentou. — Então, Paul te contou?

— Contou. Mais ou menos um mês atrás. Eu disse a ele para cortar pela raiz.

Pausa.

— Eu achei que ele tinha contado que eu descobri.

— Merda — disse Aled.

Ao contrário de seu melhor amigo, dissimulação não era o forte de Aled. Um homem que parecia um grande urso de cabelo e barba pretos e mãos que pareciam pás, ele tinha o improvável emprego de fotógrafo de casamento. Tinha acontecido por acaso: Aled tinha começado como um freelancer genérico, então, a maior parte dos trabalhos que conseguia eram núpcias. Delia ia pedir para seu amigo fotografar seu casamento.

— Você soube há um mês e não me contou? — Delia perguntou, sentindo uma onda de ressentimento e vergonha. Ali estava outro estágio do processo pós-revelação. Humilhação.

— Eu sei, eu sinto muito. Ele teria me matado. Eu não podia ficar entre vocês.

— Por que ele contou para você?

Delia podia ouvir a relutância e o desconforto de Aled passando naquele instante pela linha telefônica, mas ele não tinha elaborado a saída pela tangente.

— Ele. É.... Ele não exatamente decidiu me contar. Eu o vi com ela. Então ele teve que me contar o que estava acontecendo.

— O quê? Quando?

Delia ficou estupefata, de boca aberta. Paul tinha sido indiscreto a esse ponto?

— Eu vi os dois no estoque. Entrei para uma saideira.

— Pegou os dois? — Delia repetiu, sentindo vertigem. — Transando?

— Não! Se beijando.

Obviamente, o estoque era o reino encantado de Paul e Celine. Delia só tinha entrado ali quando estava carregando engradados empoeirados cheios de minigarrafas de misturadores. Um desejo incontrolável de saber como Celine era a envolveu, para completar a cena. A imagem dela e de Paul em um apaixonado MMA de línguas, Celine com as costas encostadas em uma prateleira de suco de tomate Britvic e refrigerante.

Delia ficou sem fala. Se tentasse falar, seriam barulhos histéricos e indistintos.

— Tanto eu quanto Gina achamos que ele foi um idiota.

Gina sabia? Seus amigos mais próximos na cidade? Delia já sabia que não importava quanto tempo passasse nem quaisquer racionalizações fizessem. As coisas nunca mais seriam iguais entre eles de novo.

Ela se sentia como se tudo em sua vida pertencesse a Paul, que só estivesse compartilhando as coisas com ele. Na partilha de bens, essa seria uma inevitável propriedade dele.

Descobrir um caso não era um assunto digno de manchetes. Era como Matrioskas, mentiras dentro de mentiras dentro de mentiras.

— Paul me disse que não quer perder você — disse Aled.

— Ah, sim, é claro que ele não quer me perder. Dá para ver isso. Tão, tão cuidadoso. Eu me sinto com um *vaso precioso de cristal.*

— Gina está preocupada que você a culpe também.

Delia murmurou que só era culpa de Paul, enquanto se sentia levemente incomodada por estar se desculpando e fazendo o outro se sentir melhor na conversa.

— Mas é sério, Delia, pense nisso. Nós não podíamos escolher lados. Tínhamos que deixar Paul contar para você.

— Ele disse que ia me contar?

Aled fez uma pausa.

— Ele disse que ia terminar com a garota, e pronto.

Isso respondia a por que Aled estava fazendo a ligação de pêsames, e não Gina. Ela sabia que a ausência de solidariedade feminina era gritante. Os dois iam manter o silêncio sobre isso para sempre. Ficar ali sentados no dia do casamento, batendo palmas e brindando, sabendo que Delia tinha sido traída.

Ela queria dizer "vocês escolheram um lado — o de Paul". Mas não tinha estômago para mais confrontos.

Então, com uma brutalidade tranquila, ele acrescentou:

— A viagem para Paris é absurdamente idiota, eu disse isso a ele.

— A *o quê*? — perguntou, tomada pela apreensão.

— Um plano, Cel... ela... queria que Paul fosse para Paris, para superar isso. Você precisa conversar com ele sobre o assunto. Desculpe.

Aled soava como se estivesse disposto a dar tudo para não estar tendo aquela conversa, naquele momento. Como ele achava que Delia estava se sentindo?

Ela conseguiu apenas murmurar:

— Hum, hu-hum, certo, tchau.

Em seguida, correu para os arbustos do jardim ao lado do escritório e vomitou café preto e bile na terra, ouvindo pássaros cantando a seu redor e um ou outro murmúrio de um transeunte.

Em algum lugar atrás dela, uma mulher de meia-idade disse:

— Segunda de manhã! O tanto que os estudantes bebem hoje em dia é nojento, Stanley.

— Na verdade, estou com uma infecção estomacal — ela disse ao se virar; tinha olhos vermelhos, mas a mulher estava balançando a cabeça e se afastando.

Delia pensou por um instante em dizer que estava doente e ir embora — sua aparência estava péssima o bastante para que até mesmo Ann concedesse a folga —, mas se imaginou indo para casa e olhando para as quatro paredes de seu antigo quarto, em Hexham, com seus pais preocupados, sabendo que ela estava mal na mente, não no corpo.

Ela reparou o dano o melhor que pôde, olhando para o espelhinho de maquiagem de costas para o sol e sacando uma bala extraforte para combater o hálito de vômito. E voltou para o escritório como um fantasma pálido.

Paul ia para Paris? Ele falou sério sobre terminar com Celine ou foi só uma necessidade de dizer isso quando ficou contra a parede?

Naquele momento, ela teve que admitir outra coisa para si mesma. Delia sempre sentiu que não tinha a atenção completa de Paul. Ela duvidava que ele a teria escolhido, ou lutado por ela, ou mesmo ficado muito arrasado se ela fosse embora com seus sapatos vermelhos, alguns meses adiante.

Decidir pedi-lo em casamento se encaixava em um padrão que ela não quis examinar até aquele instante. Delia tinha construído uma vida ao redor dele, mas Paul não tinha se movido nem um centímetro. A decoração contava a história num microcosmo: ele ficava feliz que ela fizesse aquilo, mas não era a mesma coisa que participar de fato.

Ele era exibido e convencido e estava um pouco mais apaixonado por si mesmo do que por ela.

Seria preciso alguma coisa bastante chocante para fazer a mente de Delia se concentrar no trabalho: uma ameaça de bomba ou Ann ser agradável. No entanto, pouco depois de cinco da tarde, ela recebeu algo chocante o suficiente. Um e-mail tão estranho que ela deu um salto na cadeira e depois olhou em volta.

De: peshwari.naan@gmail.com
Você está me procurando?

Dez

Uma coisa era procurar alguém que usava a expressão "agitar o guaraná" — Delia teve que consultar essa na internet — nos comentários das matérias de jornal.

Mas era totalmente diferente de repente se ver na linha de fogo de algum tipo de encrenqueiro virtual onisciente. Delia sentiu um calafrio.

Ela não conseguia pensar em nenhuma maneira possível desse homem (seria um homem?) tê-la encontrado. Sim, ela tinha ido ao café, mas como Naan poderia saber que tinha sido à procura dele? Delia não tinha dedicado uma única letra do teclado para falar dele on-line, então, mesmo que ele tivesse hackeado seu e-mail (e como poderia fazer isso?), não havia nenhuma prova cabal. Mesmo assim, como ele(a) poderia reconhecê-la? "O princípio da Navalha de Occam", Delia disse a si mesma; a resposta mais simples, em geral, é a certa.

Então o Naan podia ser um de seus colegas, que tinha ouvido a rápida conversa com Roger.

Só que com certeza não havia ninguém naquele escritório de funcionários públicos de longa data e batedores de cartão que tivesse tamanho desrespeito pelo próprio salário.

Quero dizer, seria o educado Gavin, com quarenta e três anos, que gostava de Dire Straits, wakeboard, dos filhos e odiava a esposa? Não. Ou Jules, cinquenta e um, casada, sem filhos, que estava economizando para passar um mês em uma ilha grega para comemorar seu trigésimo aniversário de casamento logo mais? Dificilmente.

A ideia de que eles estivessem abrindo o e-mail pessoal no horário de trabalho para prejudicar a própria renda era absolutamente maluca. E com certeza não sabiam sinônimos para masturbação.

Mas, mesmo assim. As palavras de Peshwari Naan brilhavam em preto e branco à sua frente. Delia podia ir direto para Roger com a evidência do e-mail e dizer:

— *Voilà*, aqui está um jeito de falar com ele.

Mas algo a impediu, e Delia não sabia ao certo o quê. Talvez o orgulho. Com um pouco mais de tempo, ela conseguiria solucionar aquele mistério e apresentar um resultado brilhante.

Depois de um debate interno de quinze minutos, Delia formulou uma resposta.

Estou, sim. Como você soube que eu éstava procurando por você?

Nenhuma resposta, ainda que ela tivesse apertado o botão de atualizar da caixa de entrada a cada dois minutos até chegar a hora de ir para casa. Para Hexham.

Seu celular tocou poucos minutos depois que ela saiu do escritório, e Delia se deu conta de que Paul estava de olho no relógio, antecipando quando ela estaria livre. Delia atendeu. Eles iam ter que conversar em algum momento.

— Delia, finalmente.

— O que você quer?

— Saber se podemos nos encontrar.

— Eu não quero. Não temos nada para discutir.

— Eu entendo o quanto você está brava, mas não concordo que não temos nada sobre o que conversar.

— Paris, você quer dizer?

Houve um momento satisfatório de silêncio atordoante, então Paul murmurou:

— Jesus, Aled, aquele completo filho da puta — E então mais alto: — Isso, Paris, podemos falar sobre isso. Sobre como eu não vou. Eu terminei com Celine.

— Sinto muito. Espero que vocês dois estejam bem. Um abraço.

Paul soou chocado, e Delia se perguntou quão pequena devia ser na relação para que ele não esperasse esse grau de fúria e mágoa por dormir com outra mulher. Paul achou que ela jogaria o jogo de panelas Le Creuset, soluçaria e então, finalmente, permitiria que ele a envolvesse com seus braços fortes? Ela estava com mais vontade de provocar uma lesão na cabeça dele com sua caçarola de ferro fundido.

— Sei que você precisa de tempo. Estou aqui se quiser conversar — disse Paul.

— Parece que você está presumindo que vou voltar, em algum momento.

— Não estou presumindo nada! Estou comunicando a você o que aconteceu e qual é minha posição. Fico feliz por ter feito isso, considerando que obviamente Aled não é um intermediário confiável.

Tão vitorioso, tão plausível, tão Paul. O Paul que tinha mentido descaradamente. O que Aled disse? "Eu disse a ele que Paris era uma ideia idiota." Parecia que, de início, Paul disse para Aled que tinha considerado ir, mesmo que tivesse rejeitado a ideia depois.

— Aled disse que precisou convencer você a não ir.

— Isso é...! *O quê?* Ele vai ver só. Só posso imaginar que ele deixou escapar alguma coisa e depois precisou dizer isso, para compensar. Você sabe como ele é, tato é como uma língua estrangeira para Aled, às vezes.

— Quem sabe? Eu não. Tchau, Paul.

Delia não podia agir como se ela e Paul ainda tivessem um terreno comum e fossem confidentes.

Ela já tinha considerado aquela explicação: que Aled, ciente de que tinha falado bem mais do que devia no telefonema anterior, estivesse tentando ganhar pontos fazendo Delia pensar que ele se importava o suficiente para intervir.

Ela sabia o que estava fazendo. Estava tentando curar a ferida quase instantaneamente: encontrar uma saída, para que o comportamento de Paul não fosse tão mau quanto ela temia. Delia queria acreditar nele, não em Aled. Mas se obrigou a parar, não antes de revelar que a intenção instintiva de ficar do lado de Paul continuava ali.

Ela precisaria conter impulsos como esse. Delia tinha confiado nele totalmente, sem dúvida, e veja só o que tinha ganhado. Agora, ela tinha perguntas — e, absolutamente, nenhuma confiança.

Onze

Ralph estava atrás da porta fechada do quarto, cantarolando um rap — *"Dis dat prime SHIT!"* — para si mesmo e batendo na mobília, então Delia pensou que isso era efeito da cafeína e que uma xícara de chá provavelmente seria boa ideia.

Ela teria pedido ao irmão para ajudar a localizar Peshwari Naan, mas Paul sempre a zombou um pouco por achar que Ralph era um gênio da TI.

— Ele joga muito videogame, Dee, mas não é um especialista. É tipo esperar que alguém que fica com a televisão ligada o dia todo escreva *Os Sopranos* ou conserte o sinal.

Ao virar para descer as escadas de novo, Delia viu que a mãe deles já tinha lavado o tabardo azul royal com listras amarelas e deixado dobrado do lado de fora da porta.

Ela tentou ter conversas motivacionais sobre procurar outro trabalho para Ralph, mas sempre entravam por um ouvido e saíam pelo outro.

— Você gosta do trabalho? — Era uma tática que ela usava.

— Não, é por isso que chama trabalho. — Ralph dava sua risada gritada.

— Você não gostaria de usar mais o cérebro? — Delia perguntava, e o irmão dava de ombros.

— Você gosta do seu trabalho?

Ele ganhava a discussão ali.

Delia não amava escrever releases de imprensa sobre movimentos para recolher o lixo das escolas nem mudanças na sinalização dos faróis em Gosforth. O trabalho sustentava sua vida fora do trabalho, e era isso.

Ralph dizia que estava fazendo o mesmo, que era apenas sua ocupação, era só adicionar corante verde a tonéis de ervilhas *marrowfat* acinzentadas, ou mergulhar cestas de metal com batatas fatiadas em gordura fervendo.

De tempos em tempos, ela recorria aos pais para ajudar com a causa. A visão deles era a de que Ralph não estava com problemas e parecia feliz: que ele encontraria outra coisa com o tempo. Os dois não eram ambiciosos em relação aos filhos, e em geral Delia gostava disso.

Mas, de vez em quando, ela se ressentia levemente. Um chute no traseiro nem sempre era algo ruim, mas irritar Ralph era como cutucar uma criatura gentil pelas barras de sua jaula, e ela nunca lhe morderia.

Ela desceu a escada e foi na direção da porta dos fundos, feita de PVC e selada com adesivo, xícara de chá na mão — chá era a moeda na casa de seus pais; como budistas trazendo presentes, era sempre preciso levar chá —, e atravessou o jardim até o galpão do pai. Era mais uma espécie de casinha, e cheia de cheiros da floresta por causa da serragem.

Seu pai estava em sua bancada com um pedaço de carvalho que tinham sido alisado e aplainado até formar uma saliência, supostamente para um dia fazer parte de uma cama ou guarda-roupa.

— Obrigado, querida — ele disse, colocando os óculos de trabalho na cabeça e aceitando a caneca de leite zero açúcar com as mãos cheias de pó.

— A mamãe ainda não voltou para casa. Pensei em fazer espaguete à bolonhesa para o jantar.

— Boa ideia. Você está bem? — ele perguntou.

— Um pouco triste — Delia respondeu. — Vou melhorar.

— Você costuma ser tão alegre — o pai comentou. Então soprou a caneca e fez uma pausa. — Ele não queria casar?

— Ele disse que queria casar — disse Delia, para, em seguida, parar. Ela apenas disse que tinha discutido com Paul e que precisava de um pouco de espaço (tinha contado a verdade para o irmão, mas Ralph não diria nada, nem seus pais perguntariam).

Delia sabia que, se dissesse que Paul tinha sido infiel, nunca conseguiria restaurar a reputação dele aos olhos de sua família. Uma coisa era, num dado momento, decidir perdoar seu parceiro traidor, mas uma reconciliação não seria tão facilmente aceita pelos seus pais. Era melhor mantê-los sem saber de tudo até decidir. Mais uma vez, as recompensas amargas da mulher traída pareciam ter sido negadas a ela.

— Acho que ele não estava muito feliz comigo. Ou tão feliz quanto eu achava. Não tenho certeza.

Seu pai meneou a cabeça; talvez ele tivesse decifrado o código.

— Mas você deixa todo mundo feliz.

Delia assentiu, sorriu e engoliu a ameaça de um soluço.

— Você pode ficar aqui pelo tempo que quiser — ele concluiu, fixando nela seus olhos azuis-água, como os de Ralph, só que com bolsas. — Sem pressa.

— Obrigada, pai. Bom saber — disse Delia, falando sério.

De volta à cozinha, ela cortou cebolas e alho, fritou carne moída e despejou uma lata de tomates cortados na panela, enxaguando os resíduos com água, que também foi adicionada à panela — um truque de seus tempos de estudante para fazer o molho render. Ela percebeu que cozinhar podia ser reconfortante, mesmo que não estivesse com fome.

Era irônico: sem seu apetite normalmente saudável, Delia podia se sentir afinando e encolhendo nas roupas. Como se pudesse acabar desaparecendo completamente em um vestido murcho, como a Bruxa Má ao final de *O Mágico de Oz*.

Se ainda fosse se casar, ela estaria extasiada: os *corsets* de alguns vestidos vintage que Delia admirava pareciam bastante constritores. Do jeito que as coisas estavam, não importava. Ela podia ficar do tamanho que quisesse — mesmo assim, Paul tinha dormido com Celine.

Quando o molho à bolonhesa se uniu para formar algo marrom-alaranjado em vez de vermelho e marrom, ela diminuiu o fogo, tampou a panela e foi para o quarto.

Quando fechou a porta, Delia hesitou. Ela podia ouvir Ralph cantando e o serrote do pai. Sua mãe estava no terreno. Ela abriu o guarda-roupa. No fundo, embaixo das roupas velhas e dos casacos cheios de naftalina, estavam caixas de plástico transparente com alças.

Delia as arrastou para fora, colocou-as sobre a cama e abriu a de cima. Ela estava estranhamente ansiosa, empolgada e envergonhada. Fazia muito tempo que ela não olhava para nada daquilo.

Ela tinha começado *The Fox* na adolescência. Era uma ideia nascida de um devaneio na escola, quando a vida não estava fácil. Delia era provocada por causa do cabelo ruivo. Não era uma aluna excepcional, não era uma atleta, nem legal, nem popular.

Ela era solitária. Então fantasiava outra vida para si mesma. Uma vida em que fosse tudo o que queria ser no mundo real — especial, fantástica, heroica, corajosa, emocionante, útil. Quando criança, ela ficara fascinada com uma raposa que visitava o jardim da família e bombardeara os pais com perguntas. Por que ela só aparecia à noite? Todas as raposas se conheciam? Onde elas se escondiam durante o dia? Delia tinha decidido que suas respostas inventadas eram preferíveis às explicações deles.

Quando a ideia de desenhar uma história em quadrinhos surgiu na adolescência, ela soube de imediato que precisava inserir aquela raposa.

Como uma super-heroína, Fox vivia em uma toca subterrânea, viajava em uma bicicleta super-rápida, e tinha uma raposa de verdade como parceira, chamada Reginald. Sua rede de espiões com caudas peludas lhe contava o que estava acontecendo na cidade, e ela usava essas informações para descobrir maldades e combater o crime.

Quando contou para Paul certa vez, ele comentou:

— LSD é uma droga incrível.

Delia sempre foi criativa e nunca soube bem como canalizar isso: ao escrever e ilustrar *The Fox*, se sentiu realizada de uma maneira como nunca tinha acontecido antes. Ela comprou canetas de ponta fina e blocos de desenhos A3 com o dinheiro que tinha e fugiu pelos quadrinhos da história, passando horas de pernas cruzadas sobre a cama, desenhando sem parar. Todo mundo na família tinha sua válvula de escape mágica das coisas mundanas, e Delia também encontrou a sua.

Ela se sentia boba demais para mostrar para qualquer amigo, mas, por sorte, ter um irmão tão peculiar quanto Ralph significava que ela tinha um público livre de julgamentos. Quando, tímida, mostrou as aventuras de Fox, Delia meio que esperou que ele risse. Em vez disso, seu irmão ficou fascinado — e, com Ralph, dava para saber que a reação era sempre genuína.

— Posso ver mais? — Ralph perguntava. — O que acontece depois?

O que acontece depois? Talvez fosse a coisa mais empolgante que alguém já tinha dito para Delia. Alguém se importava com o que poderia acontecer em um universo fictício que ela tinha inventado, apenas para seu próprio entretenimento, como se aquilo tivesse vida própria. Como se Fox existisse.

De alguma forma, apesar de *The Fox* ter começado como um alter ego de Delia, tornou-se algo instrutivo para ela. Se alguma coisa estava acontecendo e Delia não sabia lidar com isso, ela mandava para Fox, apresentando o desafio em um universo em que pudesse tomar a decisão corajosa.

Ela continuou escrevendo e desenhando na universidade, quando estudou design gráfico, mas engavetou o projeto quando se formou, carecendo da autoconfiança para lançar a própria carreira.

— O que eu aprendi no meu curso é que todos os outros são mais talentosos do que eu — ela disse a Emma, que considerou seu trabalho incrível e a chamou de completa idiota. Delia reclamou que tinha todos os tipos de deficiências técnicas em comparação aos colegas. Emma discordou veementemente.

— Você tem uma coisa muito especial que a diferencia da maioria das pessoas: você tem charme — ela disse.

Em vez de tentar e falhar, Delia nunca tentou. E disse a si mesma que o fracasso era inevitável e que só pareceria boba. Medo, envolto em racionalizações e autodepreciação. Então ela foi parar nos tipos de emprego que mulheres jovens com educação superior e bons modos ao telefone no século XXI vão parar, porque disse a si mesma que era boa para isso.

Naquela noite, uns doze anos depois da universidade, Delia se sentiu um pouco boba ao voltar para o escapismo da juventude. Mas, ao virar as páginas, ela se pegou sorrindo sem conseguir se conter. Aquilo era cheio de vida e alegria, de um jeito que, na vida adulta, não se tem mais.

O que Ralph tinha dito? "Você está no comando." Ela ficou surpresa em como essas quatro palavras soaram inspiradoras. Talvez seu irmão fosse muito melhor em motivá-la do que o contrário.

Ela se perdeu na releitura de *The Fox* até sua mãe, que de alguma maneira tinha voltado para casa sem que Delia percebesse, a chamou da escada para perguntar se devia colocar o espaguete no fogo.

Depois do jantar, Delia pegou uma caneta e, hesitante, começou uma nova página de *The Fox*. A coisa voltou para ela imediatamente, como cantar a letra de uma música antiga que você não ouve há anos e, mesmo assim, sabe o próximo verso por instinto.

TRAÍDA POR AQUELES EM QUEM CONFIO...
... MINHA CIDADE SE VIROU CONTRA MIM.
É O FIM?
PENDURO A CAPA?
OU SIGO EM FRENTE?

Doze

Será que Delia não contou para Roger sobre a aparição surpresa de Peshwari Naan em sua caixa de entrada porque a busca era uma distração bem-vinda para sua infelicidade?

O pensamento surgiu ao ligar o computador na manhã seguinte, junto com um calafrio de empolgação que subiu e desceu por seus braços. Era um analgésico para a dor de pensar em Paul.

Claro, ela tinha e-mail esperando, vindo do Gmail de Peshwari Naan.

De: peshwari.naan@gmail.com

Por que você está procurando por mim?

Delia digitou:

De: Delia Moss

Você não respondeu à minha pergunta! Quid pro quo.

Ela teria de esperar mais um dia pela resposta? Seria profundamente frustrante. Não, a resposta chegou em menos de dez minutos. Outra descoberta: o Naan trabalhava em um escritório. O horário de logoff do dia anterior indicava isso.

De: peshwari.naan@gmail.com

Eu sei porque sou muito bom nessa coisa de "computadores". Agora você...?

Delia imaginou que não deveria estar escondendo suas intenções. Era melhor incluir um emoticon para manter tudo amigável.

De: Delia Moss
Isso não é bem uma resposta, não é? :) Quero saber por que você é tão negativo sobre a câmara. Muitos de seus comentários no site do Chronicle são bastante tóxicos! (Supondo que não exista outro Naan de boca suja dado a alusões sexuais com guaraná natural.) (Por que RAIOS você se chama Peshwari Naan?)

De: peshwari.naan@gmail.com
Não sou negativo, na verdade. Posto coisas que me fazem rir. (Sou o mais problemático dos Naans. Por que colocam frutas em mim? Sei que você vai entender.)

De: Delia Moss
OK, mas... eles nem sempre fazem outras pessoas rirem. Alguns vereadores ficaram bem chateados. (Sim, concordo com o erro no Peshwari. Pimenta e/ou alho, sempre. Coentro para inventar moda.)

De: peshwari.naan@gmail.com
É porque são conservadores velhos e peludos que não conseguiriam reconhecer humor nem se fossem encoxados com um consolo enquanto ouvem grunhidos do próprio nome. (Também gosto de queijo e de keema.)

Delia soltou uma pequena risada em sua mesa, e Ann, ocupada em movimentar um dedão do pé torto com seu elástico especial de quiropraxia, lançou um olhar desconfiado.

— Um post do Buzzfeed — Delia murmurou, enquanto digitava uma resposta.

De: Delia Moss
Quer isso seja verdade ou não... você poderia aliviar o tom?

De: peshwari.naan@gmail.com
Existe alguma razão plausível para eu fazer isso? :)

Delia tamborilou os dedos na mesa.

De: Delia Moss

Como um favor para mim. Fui incumbida de fazer você parar. Seria uma grande ajuda se você parasse. Ou se preocupasse mais com os bons modos. Meu chefe ficaria mais feliz.

De: peshwari.naan@gmail.com

Talvez seu chefe devesse procurar as próprias bolas e dizer a esses vereadores para aprenderem a ter perspectiva. Estou divertindo as pessoas e aumentando a alegria do universo.

De: Delia Moss

Você pode ser divertido sem chegar ao ponto de sugerir que o vereador Hammond declarou na Reunião Anual Geral que clareia o ânus.

De: peshwari.naan@gmail.com

Isso não é mentira. Verifique as atas da reunião. Ele fala que isso revigora tanto quanto chupar uma toranja.

Delia quase gargalhou em sua mesa, mas se conteve a tempo, quando os olhos de Ann foram parar nela de novo.

Ela achou que podia convencer esse Naan. Tinha estabelecido uma conexão, restava ver se conseguia delicadamente dissuadi-lo de sua anarquia chula que citava o Viz.

O mistério continuava: como ele a tinha encontrado? Essa parte era assustadora e desconcertante.

Seu celular apitou com uma mensagem de texto: Emma.

Vou te ligar em cinco minutos. Tive uma ideia. Vá para um lugar seguro e se prepare para a chegada da magnificência. Bj, E.

Delia sorriu consigo mesma e colocou o celular no bolso de sua jardineira de cambraia, enquanto ia para os jardins externos — parque, se você quisesse enfeitar: uma faixa verde entre a câmara e o resto do mundo.

Enquanto tirava os sapatos de salto, pensou no quanto tinha se esquecido — para sua própria decepção — do quanto ela e Emma significavam uma para a outra.

Alguma coisa na falta de frescura bem-humorada de Delia combinava muito bem com a esperteza entusiasmada de Emma. A prioridade de Delia era a casa, a de Emma era o trabalho, no entanto, as duas gostavam igualmente de sentar e rir de coisas idiotas, usando calças largas de pijama. Elas consideravam o lado mais *bitch* dos encontros femininos difícil de aguentar. Não eram grosseiras nem competitivas uma com a outra, e nenhuma das duas implicava com a outra por lapsos na correspondência. Elas se entendiam por instinto, como nas grandes amizades. Nas próprias diferenças, elas aprendiam uma com a outra.

Então, enquanto Delia definhava e murchava diante da perda de Paul, Emma não estava dizendo "pobrezinha", afofando as almofadas nem preparando uma canja. Estava bem ali no barco afundando, tentando tirar a água.

Delia percebeu que fazia parte de outra dupla de longa data, um casal ainda devotado um ao outro, e essa ideia a reconfortou.

Mesmo assim, ela se preocupava com o que poderia ser o plano. Não importava o que pudesse funcionar para Emma na resolução de uma disputa, ela não organizaria uma mesa redonda para resolver as coisas com Paul e Celine.

Quando atendeu o celular, ela ouviu a trilha sonora da confusão do trânsito e a respiração ofegante de alguém andando rápido. Toda a existência de Emma funcionava em uma velocidade diferente da de Delia.

— Não posso falar muito! Tive uma ideia genial. Você vai dizer não primeiro, e depois vai pensar no assunto e dizer sim.

— Tá, né...

— Sabe aquela coisa que dissemos sobre morar juntas? Por que você não se muda para cá por um tempo?

— Como assim?

— Quero dizer, venha morar comigo. Tenho um quarto extra, e você pode resolver meu problema de não procurar um inquilino. Eu nunca quis um e nunca precisei de um, mas meu pai tem pegado no meu pé sobre isso. More aqui de graça, se recomponha, prepare o jantar para mim. Faça aquela coisa misteriosa de fazer uma casa parecer aconchegante. Podemos oferecer conforto uma para a outra, como as duas solteironas em *Uma Janela para o Amor*. Sua janela não tem vista, a propósito.

Delia ainda não tinha visto o apartamento novo de Emma, em Finsbury Park. Com a quantidade de horas que sua amiga trabalhava, ela desconfiava que nem Emma tivesse. Delia levantou o rosto para o sol e se deliciou em estar ao ar livre, não no escritório, um lugar que cheirava a carpete e decepção.

— Esqueceu do meu trabalho? Não posso sair do meu emprego — ela disse.

— Por que não?

— Porque é o único que tenho, e preciso de dinheiro?

— Você sempre disse que esse emprego não era para a vida toda, e já faz quanto tempo que você está lá? Sete, oito anos? Quando você vai sair?

Delia fez uma careta. Era verdade, mas você não faz uma limonada com limões espremidos. Ou algo assim.

— Eu sei. Mas, depois de perder minha casa e meu parceiro, não estou no momento de largar meu emprego.

— Eu sabia que você ia dizer isso. Parece o pior momento, quando, na verdade, é o melhor. O jogo já virou mesmo, não é? Além do mais, se você quer Paul de volta...

— Esse é um grande "se" — disse Delia, achando que Emma tinha entendido. Seus olhos foram parar em uma mulher abaixada, mexendo em um bebê mal-humorado de rosto redondo e branco em um carrinho.

— *Se* você quiser ele de volta, vir para cá garante a atenção completa dele. Confie nos meus instintos. Sei a diferença entre uma pequena intervenção e uma grande intervenção. O que aconteceu entre você e Paul requer uma grande intervenção. Faça ele sentir sua falta.

— Isso não vai abrir caminho para ele e a amante?

— Errado. Você já está fora do caminho, se ele quiser. Mas enquanto estiver em Newcastle, pode voltar para ele a qualquer momento.

Em Londres, você de repente estará bem longe dos olhos e muito dentro da mente e do coração. Se havia rotina demais antes...

O estômago de Delia se contorceu. Ela achava que rotina era como a felicidade deveria ser.

— ... fazer algo dramático e inesperado colocará a mente dele em foco. Ele vai correr atrás de você. Vai ser a prova de que é você que ele quer.

Delia deixou a ideia assentar. Paul ficaria chocado, é verdade.

Delia, a domesticada, desaparecendo na grande Londres. Ela não tinha certeza de que fazer coisas impulsivas para causar efeitos em Paul era muito saudável. E podia dar espetacularmente errado.

— Meu chefe tem um ditado — disse Emma. — Quando a briga chega, não tartarugue.

— Tartarugue?

— Não se esconda na carapaça.

Emma amava neologismos do jargão corporativo.

— Então você quer que eu seja sua empregada? — Delia perguntou.

— Não! Bem, sim. Se você quiser ser. O principal é que quero que você me faça companhia e se recomponha.

— Eu não poderia não trabalhar e viver às suas custas. É loucura.

— Então procure um emprego! Você tem um diploma em comunicação, RP. Vai haver muito mais oportunidades aqui. Vou começar a sondar.

Delia quase disse que havia muitas oportunidades no norte também, que eles não estavam vivendo em preto e branco. Mas Emma não costumava fazer essa coisa de se gabar da superioridade de Londres, então ela perdoou esse raro deslize.

— Não! Vou pensar no assunto — disse Delia. — Prometo.

Ela não ia pensar, estava só pacificando Emma. Era bom se sentir querida. E era gostoso cogitar a ideia de fazer Paul ficar alerta e prestar atenção. Sendo realista, de jeito nenhum Delia ia acrescentar "desempregada" à sua lista de conquistas. Londres a intimidava. Era gigantesca. Você deveria se sentir no meio das coisas, mas nunca estava no meio das coisas.

Quando desligou e levantou os olhos do chão, eles foram parar nos de uma garota com um cabelo tigelinha, preto como alcaçuz, rosada, impertinente e com uma expressão nervosa e cheia de expectativa. Ela estava esperando Delia terminar a ligação. E era bem possível que tivesse vinte e quatro. Delia sentiu que pudesse desmaiar. Aqui não. Agora não.

— Com licença?

Delia ficou com a boca seca e o coração batendo forte: tu-tum, tu-tum, tu-tum, tu-tum.

— ... Sim?

— Onde você comprou esse vestido? Adorei.

O alívio exalou de seu corpo como uma energia cósmica em forma de arco-íris.

— URBAN OUTFITTERS! MAS FAZ MUITOS ANOS, DESCULPE! Hahahaha — ela gritou, enquanto a garota parecia educadamente chocada por Delia estar bêbada. — Talvez você ache no eBay.

A garota sorriu, claramente pensando: *e talvez você esteja no pinel.*

Mesmo que não fosse para Londres, Delia pensou, enquanto voltava para o escritório, tremendo com a adrenalina que faz o corpo reagir ou fugir, não dava para fingir que Newcastle parecia ser o melhor lugar para ela.

Treze

Delia deitou na banheira verde abacate e apoiou os dedos dos pés nas torneiras, como tinha feito milhares de vezes na juventude, olhando para seu esmalte vinho. Ela sempre usava vermelho escuro em seus pés brancos; a cor a fazia lembrar de um conto de fadas da infância sobre gotas de sangue na neve.

A casa estava quieta: Ralph estava trabalhando, e seus pais estavam no quizz semanal noturno do pub.

Em seu reflexo no espelho com moldura de plástico na ponta da banheira, ela podia ver seus olhos fundos como manchas de carvão, depois de limpar com a toalha o delineador preto. Delia usava maquiagem desse jeito por tanto tempo, que até ela mesma se achava estranha sem ela, como uma toupeira recém-nascida.

Hummmm. Não tão recém-nascida assim. Não faltava muito para os trinta e quatro. Delia não quis pensar nisso até aquele momento, mas alguma coisa sobre estar nua a forçou a ser brutalmente honesta.

Ali estava o pensamento que zumbia como uma vespa nos cantos de sua mente, desde a revelação sobre Celine.

Se ela queria filhos, Paul provavelmente ainda era uma aposta mais segura do que se lançar de volta ao mundo dos encontros na metade da casa dos trinta, torcendo para encontrar algum candidato com potencial sólido.

Mesmo se Delia conhecesse alguém logo — o que parecia improvável —, ela precisava considerar um tempo para conhecer o sujeito e ter certeza dele, antes de dar o passo de ter filhos. Ela detestava se render a ideias antiquadas sobre ser uma mulher solteira de certa idade — nenhuma escolha deveria ser feita no desespero, ou não era uma escolha. Delia seria a primeira a dizer a uma amiga que ela tinha todo tempo do mundo. Mas você dizia coisas assim para fazer aqueles que não tinham escolha se sentirem melhor. Se quisesse ser honesta, sua situação era delicada.

Assim como ela e Paul tinham discutido, como fazer para ir a encontros àquela altura? Era profundamente injusto, aos trinta e cinco, que ele ainda fosse jovem o bastante para ser sujeito mais velho e cool, em vez de esquisito, para uma garota de vinte e quatro. Paul podia esperar até ela chegar, digamos, aos trinta e estar pronta para pensar em uma família. Delia não tinha esse acostamento para manobrar.

Ela tinha passado tanto tempo fora de circulação, que a mentalidade necessária para ter uma conversa educada tomando gin tônica com um estranho com quem você talvez quisesse dormir parecia algo totalmente alienígena e opressivo.

Antes de Paul, ela tinha pulado de um namorado para o outro sem nunca considerar as características deles. Eles sempre estavam presentes quando ela pedia, e às vezes quando não pedia. Para as relações modernas, era preciso ter prática — não era algo que podia ser iniciado do nada e esperar sucesso imediato. Você não vinha sem bagagem, nem seus pretendentes.

Emma era uma solteira de longa data, e com uma ou outra exceção de homens repentinos e sofisticados que ela conhecia através do trabalho e com quem tinha casos breves e repentinos. Delia sempre tinha calafrios com a brutalidade disso tudo.

Emma tinha sido deixada umas duas vezes via mídia social, ao ver Harry ou Olly com outra pessoa em uma selfie numa estação de esqui. (Ainda que ela atribuísse essas crueldades, em parte, à falta confessa de critérios de Emma para homens.)

Sua amiga tinha procurado seu Paul on-line e através de amigos de amigos a vida toda e ainda não o tinha encontrado.

E havia outros obstáculos, se Delia milagrosamente se desse bem com um candidato durante um drinque no The Baltic. Sexo com uma pessoa nova. *Uh.*

Ela olhou para seu próprio corpo.

Não era necessário avaliar seu valor estético de um jeito tão duro antes: ele dava conta do recado e era amado. Ela podia querer uma barriga mais lisa, mas, enquanto existissem saias godê, queijo azul cremoso e Paul, não era uma prioridade.

Agora ela se perguntava que tipo de reparo seria necessário antes que ele pudesse ser aberto ao público de novo. Delia olhou com desânimo para os globos brancos de seus seios, se movendo na água. Com roupas, eles despertavam um pouco de interesse. Bojos D eram bastante populares entre os homens.

No entanto, as cirurgias plásticas tinham surgido durante sua década fora de circulação. De um jeito assustador, Delia tinha visto a palavra "caídos" sendo disparada com crueldade para mulheres que ela considerava empinada de um jeito invejável. Peitos grandes inevitavelmente ficavam um pouco "pendurados" sem sutiã. A ideia de abrir o fecho e ser apreciada por alguém meio desconhecido era assustadora.

Delia teve um calafrio: Emma tinha sido dispensada de um jeito duro logo depois da primeira vez com alguém. Imagine só. Até o estilo animado de Emma levou um duro golpe.

Delia não era magra, nem escultural. E tinha grupos de estrias brancas nos quadris. E tinha pelos.

Ser uma ruiva natural chocaria alguém, considerando que depilações completas eram quase a norma? Ela costumava ser zoada por ter uma peruca do Ronald McDonald nos vestiários esportivos na escola. Delia não estava interessada em descobrir que o preconceito continuava vivo e a pleno vapor duas décadas depois, bem quando ela e o desajeitadamente denominado "novo amante" estavam prestes fazer sexo.

Um novo amante — parecia impossível. Paul e Delia. Delia e Paul. Os dois pertenciam um ao outro. No entanto, ele fizera um empréstimo de si mesmo.

Ela acrescentou mais água fervendo à banheira para compensar como se sentia.

Era assim que funcionava um término? Tipo lidar com os estágios do luto: raiva, negação, barganha, aceitação?

Sim, era exatamente isso. Luto. Aceitar que a antiga relação com Paul, aquela em que ele nunca tinha sido infiel e que havia uma confiança inabalável nele, estava morta. Se voltassem, seria um novo relacionamento. Muitas características do antigo, mas não a mesma coisa. Perceber isso lhe causou muita tristeza, mas um pouco de paz.

E se ela fosse para Londres? Fugisse daquilo tudo e, com a distância, enxergasse melhor as coisas? Mas isso significaria ficar desempregada. Por mais indiferente que Delia fosse em relação a seu emprego, não levava essa ideia numa boa.

Ela mergulhou a cabeça na água e deixou o cabelo flutuar em uma auréola quente de cobras ao redor de seu crânio, pensando em si mesma como uma Ofélia moderna, submersa em bolhas de Radox eucalipto. Seus sentimentos por Paul não tinham desaparecido no decorrer de uma noite horrorosa.

Ela vislumbrava um tempo em que voltaria para ele. E também sabia que tinha uma pedra enorme dentro do estômago, um peso duro e morto de dor e ressentimento que teria de se dissolver, devagar, até que pudesse sentir amor por Paul de novo.

Delia não sabia como nem quando, nem se conseguiria se livrar desse peso. Parecia um desafio grande o bastante admitir que ela tentaria.

Catorze

— Temos uma enorme violação de segurança, e esse Pestewari Naan agora é considerado uma Ameaça Nível âmbar — Roger gritou para Delia, fazendo todo mundo olhar para os dois, obviamente se perguntando como palavras em sua língua nativa podiam se juntar para formar algo tão incompreensível. — Houve novos acontecimentos.

Delia olhou para ele, sem expressão.

— Você deveria ou não deveria estar atualizando e monitorando nosso Twitter?

— Deveria — ela respondeu, perplexa.

— Quando foi seu último tweet?

— Er, mais ou menos uma hora atrás?

— Então entre na nossa conta — disse Roger, se inclinando sobre Delia e baforando *Caffe Hag* descafeinado na gola de seu suéter. Ele adotou uma pose com a mão no quadril, inclinado para frente, com a pompa de um agente de segurança fazendo um briefing para o presidente dos Estados Unidos em uma reunião da operação COBRA.

Delia obedeceu, sentindo uma pontada significativa de medo. Ela deveria mencionar os e-mails do Naan naquele momento?

Ela abriu a timeline da câmara e, no mesmo instante, travou o maxilar para impedir os músculos do pescoço de terem um espasmo por causa do riso.

Estava cheio de tweets falsos.

Camaradas! Chegou a temporada de premiações de novo! Por favor, elejam as seguintes categorias...

Decisão de Planejamento mais Feia

Experiência mais Angustiante no Banheiro

Vereador mais Gostoso

Melhor Lugar para Transar

— Jeeeesuuuusss — Delia disse, limpando a garganta.

Não ria, não ria...

— Você não tinha visto isso?

— Claro que não! — Ela respondeu rapidamente, entrando na seção Editar Configurações da Conta. — Vou mudar a senha neste momento.

— Fomos hackeados? — Roger perguntou, levantando os óculos de professor de ciências no nariz.

Não. Achei que seria divertido fingir que a câmara tem um prêmio para Pichação Mais Específica.

— Como sabemos que foi o Peshwari Naan? — Delia perguntou.

— Mesmo *modus operandi* — Roger tirou o mouse dela e rolou a página para baixo. — As citações "ficcionais".

A vereadora Janet Walworth declarou: "O prêmio é uma chance para vocês nos dizerem quais de nossas políticas botam pra foder."

— Isso nunca aconteceu antes. A mudança de senha pode contê-lo por enquanto, mas agora eu me pergunto: quantas vulnerabilidades o sistema tem? Vou colocar a equipe de TI nisso. Agora, por favor, dê uma olhada no que está acontecendo no *Chronicle*.

Delia percebeu que Roger estava amando aquilo completamente.

Ela abriu o site do *Chronicle* e, sob a orientação de Roger, digitou "câmara municipal" na caixa de busca. A primeira matéria que apareceu era sobre um seminário relacionado ao desemprego.

Delia foi até os comentários esperando não encontrar nada, mas, lá estava, o terceiro era de Peshwari (será que essa pessoa trabalhava mesmo?).

Olá, pessoal: preciso comunicar a vocês que os Poderes Centrais e os burochatos da prefeitura estão de olho em mim. Acho que algumas pessoas não gostam que "O Gado" veja com os próprios olhos. Pediram que eu "melhorasse meus modos". Bom, este teórico da conspiração não será silenciado! O chefe do executivo está sentado em um trono de mentiras. E autoriza grandes gastos com grandes bandejas de Ferrero Rocher nas recepções. Este gênio está FORA da LÂMPADA.

Roger movia os lábios enquanto lia as palavras, e suas engrenagens giravam. Ele olhou para Delia com olhos assustadoramente maníacos, como um Malvado Azul do filme *Yellow Submarine.*

— Que tal?

Delia tinha muito pouco tempo para decidir o que fazer. Na pequena janela proporcionada para um cálculo, ela concluiu que se fazer de desentendida não ia funcionar. O Naan estava descrevendo a aproximação dela, logo depois que Roger a tinha pedido para fazê-la.

— Eu... iniciei um diálogo — ela explicou.

— Como? — Roger perguntou. O tom de ameaça podia ser cortado com uma faca, e Delia sabia que cada um de seus colegas estava assistindo ao show avidamente.

— Por e-mail. Eu...

— Encaminhe a correspondência para mim! — Roger se eriçou.

Literalmente. Ele parecia uma ilustração de Quentin Blake: cabelo rabiscado, barba feita de feno, sobrancelha em forma de raio, olhos feitos de pontos, aumentados por óculos de professor quadrados. Ele voltou para o próprio computador para esperar a resposta, e Delia ficou enjoada.

O diálogo bem-humorado entre ela e Naan só parecia aceitável sob duas condições: 1) a de que Delia tivesse tempo para explicar a situação de modo cuidadoso e solidário; e 2) que Naan tivesse de fato recuado.

Considerando que nenhuma das duas coisas aconteceu, ela estava perdida.

Ela olhou para a conversa de novo e tentou dizer para si mesma "bom, pelo menos você não está dizendo deliberadamente: HAHAHA, BOA, ACABE COM ESSES ESCROTOS". Mas também não achava que tinha soado como a diretora durona que a ira de Roger exigia.

Delia apertou o botão para encaminhar com o coração pesado de uma mulher condenada e escreveu como prefácio:

Olá, Roger.
Como você pode ver, estou dando os primeiros passos para ganhar a confiança dele aqui.

Era uma súplica covarde que dizia "por favor, não acabe comigo". Ela também ofereceu uma breve explicação sobre a ir espiá-lo em Brewz and Beanz.

O fato de a interação toda ter começado com Naan a abordando, não o contrário, não a ajudava. Nem que houvesse alusão à força testicular de Roger como chefe.

Alguns minutos bastante tensos se passaram. Roger estava debruçado diante da tela, e Delia tentava não olhar para ele.

— Isso tem a ver com as risadas que você deu? — Ann perguntou, alto o bastante para a cabeça de Roger levantar.

Que vaca traidora, Delia pensou. Ann provavelmente achava desastres naturais e atentados jihadistas engraçados.

A aparição sobre seu ombro levou menos de quinze minutos. Parecia que Roger tinha surgido com uma onda de ar gelado e os acordes de abertura de "Enter Sandman", do Metallica.

— Venha comigo — ele disse.

Roger a levou para o escritório deserto e sem ar no fim do corredor, cheio de arquivos e um quadro branco com os dizeres "PRINCÍPIOS FUNDAMENTAIS = AÇÃO? -> FACILITAÇÃO".

— Alguma ideia de sobre o que quero conversar?

— Peshwari Naan? — Delia respondeu, torcendo para seu tom não ter soado como insubordinação.

— Eu gostaria que você explicasse a racionalização por trás da correspondência informal que você iniciou com alguém que é um inimigo declarado desta organização.

"Oh, pelo amor de Deus, por que Roger sempre precisava falar como se fosse Tom Clancy? As frotas de batalha nunca estarão prontas!"

— Eu estava ganhando confiança, usando a linguagem dele — ela explicou.

— A impressão que você deu ao Naan, e a mim, foi que considerou o conteúdo de sua contribuição aceitável. Sem dúvida, o encorajando a cometer sua última infração.

Ele tinha se tornado oficialmente o Naan, como Zodíaco ou o Rei do Pop.

— Tive que tomar cuidado para não chegar com tudo e dizer "você não pode fazer isso" porque, tecnicamente, ele *pode* fazer isso. Achei que uma abordagem mais sutil funcionaria melhor.

— Acabamos de ver quão bem funcionou. Sinto muito se não fui claro o bastante, srta. Moss, mas, como representante da câmara, espera-se que você não se envolva em conversas satíricas de conteúdo sexual e casualmente peça para ele "moderar o tom um pouco".

Aquilo era muito injusto. Roger tinha dito: *todos os meios, bons ou maus.*

— Não acho que ele teria reagido a uma simples solicitação de interromper suas ações. Se eu achasse isso, teria feito.

As narinas de Roger se expandiram.

— Você poderia ter vindo até mim em diversos momentos para que eu decidisse o que era melhor. Em vez disso, você viu a confiança que depositei como uma licença para se render a picardias juvenis e inflamar ainda mais a situação. Você faz alguma ideia de como vai ser quando eu tiver de explicar o caso para o vereador Inácio Pinto?

E lá estava. Roger tinha medo de levar uma advertência, então ia repassar esse medo para Delia. Só que esse medo, dessa vez, se transformou em pânico.

— Precisamos dizer que fizemos contato? — Delia perguntou.

Roger ficou roxo.

— Precisamos, sim. Seu comportamento sobre o que constitui compartilhamento adequado de informações confidenciais é extremamente preocupante. Vou fazer uma advertência por escrito, que vai ser incluída nos seus arquivos — ele anunciou.

— Isso não é justo — disse Delia. — Eu estava numa operação secreta com regras especiais...

— Você não estava numa operação secreta quando ele entrou em contato com seu e-mail daqui! Você faz alguma ideia de como ele sabia que você o estava procurando?

Delia balançou a cabeça desconsolada.

— Seus feitos são basicamente nulos. Naan venceu a partida.

Ocorreu a Delia que talvez Naan ainda não tivesse terminado de deixá-la em maus lençóis. Hackear a conta do Twitter indicava um novo grau de travessura.

Quando voltou para sua mesa, Delia levou um susto ao ver que havia um e-mail do Naan esperando. Ela sentiu uma raiva considerável em relação a esse arquiteto invisível de sua infelicidade, e não podia, de maneira nenhuma, dizer isso a ele.

Ei: e se o Vereador Hammond tiver querido dizer que seu ânus clareado parecia uma toranja RUBI? Algo a se pensar.

Ela apertou o Delete.

Quinze

Delia duvidou que seu dia pudesse piorar.

Então, no meio da tarde, estranhamente, todos se levantaram da cadeira. Ela olhou em volta, confusa.

— Treinamento de incêndio? — ela perguntou a Mark.

— Alguma coisa relacionada a trabalho em equipe — ele murmurou, em tom de desculpas.

Delia notou que Mark estava sendo discreto porque ela estava recebendo o tom de voz sutil reservado a alguém em apuros. Ela tinha recebido A Marca Negra, e ninguém queria ser visto em conluio nem confraternizando com Delia até segunda ordem. Era um pouco ridículo.

Roger podia apreciar um grau de melodrama excessivo — ela se perguntou se era a maneira de seu chefe animar uma vida bastante pacata de xadrez e golfe —, mas não entendia por que adultos de verdade precisavam participar da brincadeira.

Todos foram até a sala de reunião no andar de cima. Havia outro quadro branco em uma extremidade, dessa vez, com uma lista de mandamentos, uma pauta para discussão (o número 4 era "Superar a diversidade", que Delia tinha quase certeza de que deveria ser "adversidade", mas não corrigiria).

Quando se juntaram na entrada da sala, uma mulher com um conjunto de moletom roxo de duas peças e um crachá indicando o nome LINDA se dirigiu a todos. Ela tinha o ar de alegria cansada, mas persistente, que só podia ter vindo de vinte anos percorrendo as voltas cada vez menos vantajosas do circuito de treinamento.

Eles não podiam se sentar porque as cadeiras tinham sido colocadas em uma formação que Delia não conseguia entender, com uma posicionada no centro.

— Boa tarde! Somos os participantes felizes?

Murmúrios.

— Nossa, isso não é muito animado. Eu perguntei: Somos todos participantes felizes?

Murmúrios um pouco mais altos.

— Estamos aqui hoje para fazer um workshop que vai deixar todos vocês com uma sensação renovada em relação ao que fazer, e com quem fazer!

Delia olhou para Ann de relance. Ela não queria uma sensação renovada de Ann.

— Primeiro de tudo, o propósito do exercício da queda é criar uma sensação de confiança entre os colegas de trabalho.

Ah, meu Deus, não, eles iam fazer aquela coisa para estimular confiança de "cair para trás para o colega segurar", não é? A Câmara Municipal estava nos anos 2000?

— A questão aqui é como damos apoio uns aos outros e cooperamos para criar uma sensação física real de equipe.

Delia também não queria isso.

— Quem quer ir primeiro e ganhar pontos extras por coragem? — Linda perguntou animadamente, como fazem os sádicos empolgados.

Jules, colega de Delia, levantou a mão.

— Certo. Então, se nossa voluntária puder subir nesta cadeira, e todo mundo puder ficar assim, com os braços estendidos e ligados, para formar uma rede... — disse Roger, tornando-se de repente ajudante de Linda. Delia apostou que ele tinha feito isso para criar uma distração para o fato de que não ia participar e correr o risco de que todos o deixassem cair.

Relutante, ela se juntou ao grupo que formou uma rede de braços sobrepostos e se encolheu ao pensar como aquilo ia ser constrangedor. Ela estava de saia godê de algodão. E se o tecido voasse durante a queda? Delia sentiu um calafrio fantasmagórico ao se lembrar de ser jogada para cima de um jeito agressivo e mostrar a calcinha no aniversário, nos tempos do Ensino Fundamental. Aliás, essa situação guardava uma incrível semelhança — a falsa positividade mascarando a intenção de humilhar, sem a opção de dizer não.

Jules, gentil e conciliadora, subiu na cadeira e depois na mesa da carteira, com ajuda.

Ela parecia nervosa. Para ser sincera, todo mundo parecia nervoso; Jules tinha feito Vigilantes do Peso e tivera uma recaída terrível. Ela virou e tentou se inclinar. Todos ficaram tensos. E gritou:

— Não consigo me jogar!

— É mais difícil do que parece, não é? — Linda cantarolou, animada. — Pode ser incrivelmente difícil se deixar levar.

— Não é aconselhável fingir um desmaio do alto de um móvel, é por isso — disse Delia. Ela sabia que estava criando mais problemas para si, mas estava se sentindo rebelde demais para se importar. Linda virou seus olhos vidrados de fanática para ela.

— Exatamente! Desaprender nossas inibições dá muito trabalho. Se desinibir nos aproxima: emocional, social e até espiritualmente.

— Sou a única cristã — Ann anunciou.

— A espiritualidade pode assumir muitas formas — disse Linda, com doçura.

— Aquela coisa com os aliens que os atores fazem não é religião — Ann devolveu. — Jesus foi crucificado, não abduzido.

Linda pareceu confusa, e Delia se pegou rindo inesperadamente diante dos disparos sagazes de Ann.

Depois de dois falsos começos, Jules se deixou cair para trás nos braços dos colegas, com suor escorregadio palpável nas mãos interligadas.

Enquanto Jules caía na direção deles, Delia teve uma premonição terrível de que seria deixada na mão e teria a morte mais absurda e desnecessária. Manipule essa, câmara.

No fim das contas, Delia achou que tinha sido Jules, que estava na horizontal, olhando para eles e piscando os dois olhos. Ela parecia tão apavorada quanto os demais.

Quando a colocaram de pé, Delia virou para ver Ann sentada em uma cadeira, com um braço diante do corpo e o rosto contorcido em um ricto de dor.

— Meu braço! Meu braço!

— Pelos céus, qual é o problema? — Roger perguntou.

— É uma fratura. Não coloquei a tala de apoio hoje.

Alguém avançou para tentar examinar Ann, que deu mais um grito.

— Não encoste!

— O que você fez? — Delia perguntou.

— A porta corta fogo fechou no meu braço na capela St. Leonards — Ann respondeu. — Ele nunca mais foi o mesmo.

Delia se lembrava do caso. O terrível incidente aconteceu em 1989. Obviamente, Ann não era somente obcecada pela data de validade dos alimentos.

— Estou tão pesada assim? — Jules perguntou, em voz baixa.

— De jeito nenhum! Nem um pouco! Ann tem um problema antigo — Delia respondeu rapidamente.

Um problema de bons modos.

— Você precisa de primeiros socorros? — Roger perguntou.

— Não, estou acostumada com a dor — Ann respondeu, com um ar de mártir na fogueira.

— Quem é nosso próximo voluntário? — Ele perguntou, tentando retomar o foco.

— Vocês não deveriam fazer exercícios dos quais eu possa participar? — Ann perguntou, com os olhos arregalados em Roger, que estava tenso. De repente, os olhos dele estavam cheios de "ah, meu Deus, vou tomar um processo por discriminação de deficientes".

Delia quase riu alto. Ann de fato era uma cascavel usando cardigã longo da Per Una.

Ele começou uma conversa sussurrada com Linda e, quando acabaram, Linda declarou:

— Certo, vamos fazer um exercício ótimo e divertido, meu favorito. Todo mundo conta um fato que o grupo não conhece sobre nós mesmos, para ser discutido! Aqui vai o meu, para dar a largada. Vi show do Del Amitri quase cinquenta vezes e sou membro e fundadora de um fã-clube, The Del Boys and Girls.

— Nunca ouvi falar — disse Ann.

Dezesseis

Depois da emoção do ataque de Ann, o ressentimento febril de Delia em relação a exercícios de aproximação da equipe voltou com força total.

Então, a irritação se transformou em tédio. Fingindo estar interessada nos bazares que um colega organizava ou nas conquistas esportivas de outro não era fácil.

Enquanto debatiam a viagem para Reykjavík de Tim, um colega gay e tímido, a mente de Delia percorreu a sala e saiu pela janela. E então — CABUM — algo de repente irrompeu na parte da frente de seu cérebro no momento menos apropriado.

Como uma atração surgindo pelas cortinas de uma casa de shows com as mãos abertas para cima — *ta-dá!* — enquanto a plateia estava sentada em um silêncio sepulcral.

Tinha acontecido nos primeiros dias de fevereiro, naquele ano. Paul tinha pendurado o casaco de pescador no corrimão, e Delia tinha visto um cartão dentro de um bolso interno aparecer. Ela não costumava ser curiosa, mas viu uma cabeça de urso de pelúcia. Não podia ser para os sobrinhos de Paul — era Delia quem cuidava das funções de aniversário por ele.

— O que é isso? — Ela o puxou para fora e encontrou um cartão de Valentine's Day, do tipo doce e açucarado em estilo adolescente, com ursos de pelúcia formando uma pirâmide, cada barriga rechonchuda formando q-u-e-r s-e-r m-e-u a-m-o-r.

Paul ficou roxo. Ele nunca ruborizava.

— Para mim? Owwwn! Ficando meloso depois de velho? — ela brincou.

Delia tinha achado estranho — primeiro, Paul ter se lembrado da data, e pela escolha de cartão. Ele às vezes voltava para casa com uma garrafa de Amaretto no dia 14 de fevereiro, a bebida escolhida em homenagem ao primeiro encontro dos dois, mas cartões e flores não eram o estilo de Paul.

— Vou comprar um diferente. Não é mais surpresa — ele comentou relutante.

E, de fato, Delia recebeu os lírios de Monet, mesmo tendo insistido que tinha gostado dos ursinhos cafonas.

Ela juntou as peças. Era para Celine, que estava recebendo os gestos românticos há muito negados a Delia. E fevereiro a maio: os dois estavam envolvidos fazia mais do que três meses.

Ela sentiu como se tivesse sido eviscerada com um cortador de melões.

— Delia. Agora você — Roger anunciou, virando para ela.

— O quê? — ela disse, sem expressão.

Não devia ter parecido insolência, ela só estava se sentindo totalmente vazia. E pensou que não importava que o trabalho não significasse nada, porque sua casa era tudo. Agora, Delia não tinha nada.

— Por favor, conte para todo mundo aqui um fato sobre você que nós não sabemos.

Delia piscou. Que eles não soubessem? Sua vida?

Sua boca ficou seca.

— Sexta passada, eu pedi meu namorado em casamento. Então, ele mandou uma mensagem de texto endereçada a outra mulher para mim. No fim das contas, ele estava tendo um caso. Nós terminamos.

O círculo de rostos registrou uma mistura de fascínio e choque.

— Isso não é exatamente apropriado — disse Roger, em meio ao silêncio que se seguiu.

— Você não falou "alguma coisa que vocês não sabiam"? — Delia perguntou.

— Sim! Algo que a gente não saiba. Não... isso.

— Deveria ser alguma coisa relacionada ao trabalho? — perguntou Delia.

Ela estava em um estágio além de se importar com os interesses profissionais ou o constrangimento social. Foi como aquela vez no acampamento em que teve uma infecção estomacal tão horrenda, que não se importou em lançar uma estrondosa bomba H num banheiro químico.

— Não! — Roger respondeu.

Impassível, ela notou que mesmo que não estivesse tentando dar uma de esperta, ele parecia contrariado e talvez até intimidado.

— Era para ser algo inócuo. Não precisamos saber da sua roupa suja.

Roupa suja?

Delia engoliu em seco e avaliou seu entorno. Aquela sala, aquelas pessoas, aquele trabalho. *Para que* servia tudo aquilo, engolir sapos, ficar calada e aguentar? Aonde isso levava alguém?

— Bom, isso é balela. Vocês pediram algo pessoal que não soubessem, e eu contei uma coisa. Agora não é bom o bastante. Ser traída também não é bom o bastante, mas eu tenho que viver com isso. Não proponham jogos idiotas de "vamos nos conhecer" para depois reclamarem sobre conhecer alguém.

Roger ficou chocado. Todos os demais endireitaram a postura e se empertigaram, perfeitamente imóveis, como apoios de livro em formato de cachorro. Linda parecia ter levado um tapa. Ann estava enfeitiçada, tendo esquecido sua agonia osteopática.

— Aqui vai mais uma coisa que vocês não sabem sobre mim. Estou indo embora.

Roger desdenhou.

— Então preciso que você venha comigo para o andar de cima, e vamos discutir seu aviso prévio.

— Guardei todos os meus dias de férias para a lua de mel que não vou mais ter, o que compensa meu aviso prévio. Então não vou cumprir aviso prévio. E pronto.

Silêncio.

Roger ficou olhando para Delia. A atenção da sala tinha se voltado para ele, como a arena de Wimbledon, pra ver sua reação. Roger levantou os óculos no nariz. E limpou a garganta.

— A câmara acabou de pagar para mandar você para um curso de saúde e segurança. Estávamos criando uma víbora em casa.

Dezessete

Delia ia ligar antes e dizer: “Surpresa! Pedi demissão e vou chegar em casa em um horário atípico”, mas então se perguntou por que fazer isso.

Ela não devia essa gentileza a Paul. Aliás, quem ela estava protegendo de fato? Se houvesse alguma coisa para interromper, ela precisava saber. Delia não achava que Paul correria o risco de nada na cama deles quando ela ainda tinha a chave, mas seus parâmetros do que era ou não típico de Paul tinham mudado.

Delia sentiu uma trepidação fria ao abrir a porta, mas não havia nenhum barulho lá dentro. Nada de Nabo para recebê-la. Paul devia tê-lo levado para passear ou para o pub. Ela se perguntou se Celine já tinha feito carinho no cachorro, e a raiva emergiu de novo. Ela ia procurar um perfume desconhecido no pelo de Nabo.

Seu telefone apitou — uma mensagem de texto nervosa da parceira de Aled, Gina, perguntando se ela estava bem. *Tarde demais.* Delia disparou uma mensagem breve e reconfortante que não dava abertura para mais conversa.

Ela se perguntou o que teria feito se ficasse sabendo que Aled estava traindo Gina e decidiu que teria insistido para ele contar. Com certeza ela não teria ficado sentada agindo como agente dupla. E, em termos de condolências, também não teria mandado uma mensagem de texto capenga dias depois do ocorrido. Teria levado uma garrafa e caixa de doces, e xingado, como uma amiga de verdade.

Delia evitou olhar pela casa e subiu as escadas. Ela tirou a mala maior do guarda-roupa, a azul-escuro com beija-flores de que Paul reclamava que o fazia parecer menos másculo na área de embarque e desembarque. Uma masculinização imaginada, porque eles nunca tinham viajado para fora do país. A enfermidade de Nabo e o pub eram forças bastante poderosas para mantê-los em casa.

O que levar? Delia começou a jogar lingeries e peças de roupa na mala. *Ela tinha mesmo largado o emprego? O choque causado por Paul a tinha feito enlouquecer? Ela estava indo contra o conselho que tinha ouvido mais de uma vez sobre não tomar decisões importantes nos primeiros seis meses depois de um evento que muda os rumos da vida?*

A porta da frente bateu e fez seu coração dar um sobressalto. Paul estava em casa, conversando com Nabo. Ela ouviu o cachorro dar seus latidos e fazer sua evolução típica em três etapas, correr atrás do próprio rabo e se acomodar na cesta. Nabo não exatamente sentava, ele deixava as pernas desabarem sob o corpo.

Delia parou sobre a mala. Ela sabia que Paul estava olhando para o casaco rosa deixado no andar de baixo.

— Delia? Dee? — ele gritou, escada acima.

Ela fechou o zíper da mala e a tirou da cama, com a bolsa de trabalho sobre o ombro. Isso serviria por hora, com tudo o que tinha em Hexham.

Ela a arrastou pelo primeiro lance de degraus enquanto Paul subia metade da escada.

— Delia — ele disse, e seu foco foi parar na mala, enquanto a olhava pelos balaústres do corrimão.

Ele parecia cansado, com um corte no queixo feito quando estava se barbeando. Estava usando o suéter cinza John Smedley que Delia tinha comprado para combinar com seus olhos cinza, mas não ganhava nenhum ponto por isso.

— Você vai passar mais tempo em Hexham?

Era estranho — Delia se deu conta de que não tinha decidido definitivamente, até aquele momento. Vendo Paul ali parado, ela teve certeza de que precisava sair de Newcastle. Havia tão poucas certezas naquele momento, que ela precisava contar com as poucas convicções que tinha.

Ela se surpreendeu com a própria determinação.

— Vou para Londres.

— O quê? Passar o fim de semana?

— Por um tempo. Vou ficar com Emma.

— Você pediu quanto tempo no trabalho?

— Eu pedi demissão.

— O quê?

A expressão horrorizada de Paul foi uma satisfação amarga. Ela também podia surpreender.

— Como assim? Você está bem?

— Porque fui repreendida pela maneira como conduzo as mídias sociais e participo de evento para aproximação da equipe, e eu precisava sair de todo jeito. Não estou bem desde o nosso aniversário de namoro.

Delia deixou a mala para ir revirar o banheiro e encontrou um *nécessaire* com potes e tubos. Paul e sua confusão foram atrás dela.

— Você não acha que a gente devia conversar antes de você se mudar para o outro lado do país indefinidamente?

— Você acha? — Delia respondeu. — Existem informações novas?

Ela fechou o zíper do *nécessaire* florido e então fez uma lista mental: vestidos favoritos, delineador líquido, laptop. Aqueles eram os itens essenciais sem os quais ela não podia viver, o resto podia ser comprado.

— Estamos juntos há dez anos, sim, acho que temos mais para conversar.

— Então fale — disse Delia. — Vou chamar um táxi.

Ela sacou o celular e marcou um carro para "assim que possível", enquanto Paul franzia a testa.

— Vamos descer, enquanto você espera? — ele pediu.

Antes que ela pudesse impedi-lo, Paul deu a volta, pegou a mala e a puxou escada abaixo, deixando-a em pé na entrada.

Delia foi atrás dele e abaixou para fazer carinho em Nabo, que estava na cesta, rapidamente, para não chorar. Ela beijou o topo da cabeça do cachorro, esfregou suas orelhas e inspirou seu cheiro de biscoito. Ele piscou seus enormes olhos cor de chocolate e abriu o que podia ser um sorriso torto, antes de voltar a roncar. Paul cuidaria bem dele nesse meio-tempo, nisso Delia podia confiar.

— Você está indo para sempre? — Paul perguntou, quando ela deixou claro que não ia se sentar.

— Vou embora por um tempo. Não sei quanto — Delia respondeu.

— Isso significa que você não quer mais ficar comigo?

— Tudo o que sei é que não posso morar aqui com você por enquanto.

— Certo. Posso ligar para você de vez em quando?

— Você ainda tem meu telefone.

— Você vai procurar um emprego em Londres?

— Vou.

— Então você provavelmente vai passar um tempo lá.

Delia deu de ombros.

— Posso fazer algumas perguntas? — Ela quis saber, depois de um tempo.

Paul assentiu.

— Quando você se envolveu com Celine?

Paul ficou vermelho no mesmo instante.

— Tipo, em um encontro...? Não sei...

— Vocês saíram juntos? — Delia perguntou, para aumentar o desconforto, cruzando os braços.

— Não. Quero dizer, o dia em que tudo começou.

— Foi antes de fevereiro deste ano?

Paul franziu o cenho.

— Não...?

— Então foi depois?

— Foi. Como eu disse, faz uns três meses.

— Você comprou um cartão de Valentine's Day. Eu vi, e você nunca deu ele para mim.

Paul franziu o rosto.

— Você viu um cartão antes do que deveria, então tive que comprar outro. Você ganhou um, mesmo assim.

— Você nunca me dá cartões de Valentine's Day.

— Eu sei. Foi o vigésimo dos meus pais, e me deixou mais sentimental do que de costume.

Se ele estava invocando a morte dos pais para fazer Delia recuar, era a jogada mais covarde imaginável. Se não fosse? Os antigos sentimentos de Delia finalmente se manifestaram.

— Então, em que data você ficou com Celine? Acho difícil de acreditar que não *ficaria gravado* na sua memória.

Paul passou a mão no cabelo e mudou o peso do corpo de um pé para o outro.

— Meados de maio — ele disse, a contragosto.

— Você sabe disso como?

Assim como com a mensagem, Delia tinha a sensação de que Paul estava tentando editar sua resposta para filtrar o conteúdo problemático, mas não dava tempo.

— Foi no dia seguinte ao Dia das Mães.

— Você dizia que nunca tinha notado quando era Dia das Mães. Você visitou o túmulo dela, então?

Ela e Paul tinham tido toda uma conversa sobre como ele nunca comemorava o domingo das mães quando sua mãe estava viva, então a data não tinha muito significado para ele. Os dois tinham planejado fazer alguma coisa no aniversário do acidente, em novembro, mas tinha sido tenso debater isso com o irmão dele. Michael tinha uma opinião diferente sobre a data: ele achava que aquilo era atribuir importância a um evento horrível e sem sentido.

Delia não sabia como era perder os pais, mas suspeitava que não era possível escolher as datas que são significativas para você na vida, com exceção do casamento.

— Não. Nós falamos sobre isso. Ela perguntou se eu tinha comprado um presente para minha mãe.

Ah. Agora Delia entendeu. A orfandade de Paul tinha levado Celine para a cama? A ideia de que ele a tivesse seduzido lhe ocorreu pela primeira vez, e ela não podia acreditar que não tivesse considerado isso de fato antes.

— A primeira vez, onde aconteceu? No estoque? É o seu lugar feliz.

— Não, eu falei para você. Eu nunca... faria isso no pub. Foi na casa dela.

— Ela disse: que tal uma saideira?

— Não exatamente. Eu estava fechando sozinho, depois que... e ela voltou. Eu estava do lado de fora.

— Você foi para casa com ela, fácil assim?

— A coisa estava se anunciando. E então lá estava ela.

— Preciso ouvir as palavras. Preciso saber o que foi dito.

Paul olhou para cima e rangeu os dentes.

— Dee, eu sei que isso é a coisa mais horrorosa. Por que se torturar com os detalhes? Não importa. Nada disso importa.

— Importa, porque é o único jeito de eu começar a entender como você poderia fazer isso. é um mistério tão grande para mim, que preciso saber como você foi de "eu não como garotas de vinte e quatro anos que aparecem no meu bar" para "sim, parece divertido, em que lugar de Jesmond?"

Delia odiava quão amarga ele a estava fazendo soar.

— Ela apareceu e disse que não conseguia parar de pensar em mim e que devíamos fazer alguma coisa sobre o que estava acontecendo entre nós. Ela disse que só se vive uma vez — Paul disparou.

Ela deduziu o que não estava sendo dito.

— Ela usou a morte dos seus pais como um argumento para você me trair? Suponho que ela *soubesse* que eu existo.

— Sim, não muito, mas sabia.

— Isso é... — Delia balançou cabeça. — ..."de mau gosto" não é nem o termo, é?

— Soa pior do que foi. Gente bêbada falando coisas sem sentido...

— Coisas sem sentido que foram suficientes para fazer você ir com ela.

— Sim.

Paul parecia derrotado. Não havia muita esperança em embelezar as coisas.

— E foi o suficiente, o que ela disse?

— Naquele momento foi. Foi como *tome a pílula vermelha, siga esse caminho e veja aonde dá*. Foi uma questão de correr um risco, acho.

— Foi sexo selvagem?

— O quê?

Paul parecia atônito.

— Foi selvagem? Me dê uma ideia do que vocês fizeram.

— Foi sexo. Puro e básico.

— Quem ficou por cima?

O maxilar de Paul ficou mais tenso.

— Ela por cima.

O estômago de Delia se contraiu.

— Luzes acesas? Apagadas?

— Apagadas. Bom, ela tem uma daquelas luzes em um fio, essas estavam acesas.

Delia sentiu um formigamento triunfante por ter sido provado que estava certa.

— Por que Aled disse que convenceu você a não fazer uma viagem para Paris?

— Eu sinceramente não faço ideia — Paul respondeu, visivelmente aliviado por finalmente poder colocar a própria raiva para fora. — Eu já tinha terminado com Celine quando falei com ele sobre isso. Se ele atendesse minhas ligações, pode acreditar, teríamos uma conversa.

Lá fora, veio o barulho de um motor de carro e uma buzina.

— Escute, Delia...

— Qual é o sobrenome de Celine? — Ela perguntou, para interrompê-lo.

— Roscoe. Por quê?

— Caso eu um dia precise saber — Delia respondeu. — Cuide do Nabo.

Ela pegou a mala e saiu pela porta da frente antes que Paul conseguisse convencê-la a ficar. Antes que visse seu cachorro acordar, antes que pudesse olhar em volta e pensar no que estava deixando para trás, talvez para sempre.

Na metade do caminho até Hexham, seu celular apitou.

Comprei o cartão de Valentine's Day por impulso, pensando no quanto minha mãe teria gostado de você. Por favor, volte para casa. Bj, P

Dezoito

Naquele momento entre estar dormindo e estar desperto em que você lembra quem é, onde está e o que faz, Delia passou mais tempo do que o normal organizando todas as peças. Formou-se uma imagem estranha.

Enquanto o sol passava pelas persianas do quarto, e pressentindo ter dormido até mais tarde do que nove, ela sentiu o estranhamento leve de não ter um emprego para o qual ir.

E imaginou sua antiga mesa com os Post-its rosa ao redor da tela do computador, e a foto de Nabo na piscina não mais lá. A vida continuava sem ela. Delia se sentiu estranhamente vazia — e pensou que seria estranho se não acontecesse, depois de sete anos no mesmo escritório.

Então ela pensou em como Ann ainda estaria gemendo por causa do braço, com Roger olhando feio, e disse a si mesma "antes tarde do que nunca". Ela não tinha um casamento para o qual economizar, não mais. Outra pessoa mediaria Naan e Roger.

Delia tinha tomado uma grande taça de vinho tinto antes de contar aos pais na noite anterior e então disse algumas mentiras pequenas. *Seu chefe sabia de seus planos fazia um tempo, todo mundo tinha aceitado bem*. E relembrou os pais de que tinha dinheiro guardado. O fundo do casamento tinha um belo saldo, aliás.

Mesmo assim, as expressões desconfortáveis comunicaram: *Devíamos estar prestando mais atenção a você? Você está saindo do controle diante dos nossos olhos?*

Com todos os seus esforços para soar casual, era óbvio que a maioria das pessoas que se mudavam de um lado do país para o outro, em geral, não tomavam a decisão no intervalo de uma tarde. Nem partiam no dia seguinte.

Delia se recompôs para partir no meio da tarde, pensando: *pelo menos não ficaria batendo perna em Newcastle sem trabalho por muito tempo.*

Ela bateu e colocou a cabeça para dentro da porta de Ralph.

— A gente se vê. Estou indo para Londres ficar com Emma por um tempo.

— Legal. Vá ao Big Ben!

— É um dos seus pontos favoritos?

— É onde acontece a batalha dos Ultranacionalistas no *Black Ops II.*

Delia riu.

— Você pode vir me visitar enquanto eu estiver lá.

Ralph deu de ombros e emitiu barulhos que não diziam nada. Ele não viajava. Nem seus pais. Havia um esforço anual de fazer todos irem ao centro de Newcastle para um aniversário. Da última vez, eles foram a um bom restaurante, e sua mãe reclamou que o prato tinha "cuspe de cuco e ovas de rã".

— Espere. Leve isso — disse Ralph, revirando seu sofá-cama e pegando uma caixa levemente amassada de doces Fondant Fancies.

Ela deu um abraço apertado e um beijo delicado no rosto no irmão e não olhou nos olhos dele.

Seu pai estava na cozinha tomando uma xícara de chá enquanto revirava tudo em busca das chaves do carro. Delia teve a sensação de que tinham falado dela antes de entrar.

— Partiu, pai. Até mais.

Ele a beijou no rosto e depois mostrou duas notas de vinte libras.

— Ah, não, não, não — disse Delia, enquanto sua garganta e seu estômago ficavam apertados. — Tenho bastante dinheiro, pai. Sério.

— Você pode querer um sanduíche quando chegar lá — ele disse, e Delia se deu conta de que seu pai se sentiria melhor se ela aceitasse o dinheiro.

— Tome cuidado. Londres está cheia de ladrões e golpistas, e vão ver que você é uma boa moça.

Era uma ideia paternal tão adorável, que Londres fosse ver qualquer coisa nela, antes de cuspi-la.

Delia sorriu e meneou a cabeça.

— Então você vai ficar com Emma?

— Vou.

— Ela mora sozinha?

— Mora.

— Você não... — ele hesitou. — Não tem nenhum rapaz envolvido, tem?

Foi uma pergunta tão inesperada, que Delia teve que parar antes de dar uma risada sarcástica.

— Claro que não!

Ela olhou para a mãe, que estava mexendo na bolsa e evitando os olhos de Delia. Era nisso que os dois tinham pensado, em seu momento de preocupação. Que ela estivesse indo atrás de um rapaz.

— Prometo, não é nada além de uma necessidade de me afastar por um tempo. Eu mal vi Emma nos últimos anos, quanto mais ter tempo para conhecer outra pessoa.

Seu pai assentiu. Enquanto atravessavam o corredor, ele bufando e arfando, segurando a mala na altura da cintura — pais não enxergavam as rodinhas de uma mala, elas precisavam ser levantadas —, Delia foi tomada pela culpa de deixá-los preocupados assim.

Sua mãe a levou até a estação em seu Volvo antigo, com Delia ansiosamente tentando minimizar a questão do desemprego com uma conversa à toa sem sentido. Se falasse bem rápido, com certeza sua mãe não notaria.

— Essa coisa do que tempo que Paul e eu estamos dando, foi o momento certo — ela disse, torcendo para que repetir as palavras de Emma desse certo.

— Você vai se mudar para Londres de vez? — Sua mãe perguntou timidamente.

Seus pais quase não perdiam a paciência nem faziam valer a própria vontade. Alguma coisa em seu autocontrole discreto gerava muito mais constrangimento do que qualquer grito ou desaprovação declarada.

Era uma boa pergunta, que deixou o estômago de Delia embrulhado. Tudo bem ser vaga com Paul, mas não com sua mãe.

— Não! Não sei. É mais para me afastar das coisas por um tempo.

O círculo vicioso das relações com os pais: mentir para protegê-los da preocupação, e eles sentirem a mentira e se preocuparem.

Na verdade, ela não tinha ideia do que estava fazendo — seria mais preocupante, então, Delia não teve escolha.

No trem, ela se sentou ao lado de um homem baixo com um casaco pesado, que puxou uma conversa sobre poluição, que Delia tolerou educadamente, enquanto desejava poder escutar seu iPod.

Quando chegaram a Northallerton, ele apontou para os trilhos e disse:

— Está vendo aqueles pombos?

— Sim...?

— Pombos sabem mais do que demonstram.

— Ah, é? — Delia perguntou.

— Acha que eles levam todas aquelas mensagens sem nunca ler nada? — Comentou o homem, com incredulidade.

Delia disse que estava indo para o vagão restaurante e saiu.

Ao chegar a Londres, ela foi de táxi de King's Cross para Finsbury Park e disse a si mesma que definitivamente ia economizar do dia seguinte em diante. Estava tarde, ela estava cansada, cheia de Fondant Fancies, torrada com queijo gratinado, gin tônica com limão e uma embalagem pequena de Pringles, tudo por causa do nervosismo e do tédio.

Ao sair da estação, o ar noturno na capital parecia não familiar: denso, quente, com cheiro de gasolina. Ela foi tomada por uma onda de saudades de casa tão forte que havia o risco de ser levada por ela.

Dezenove

O apartamento de Emma ficava no primeiro andar de uma daquelas construções vitorianas desconfortáveis e arrogantes, com drama em seus pés-direitos altos, e frio em sua estrutura. Havia bicicletas amontoadas embaixo do arco de gesso em um corredor estreito e grandes montes de correspondência, para os vários moradores, empilhados em uma mesa de apoio barata perto do aquecedor.

A rua era residencial e arborizada, mas ainda parecia levemente movimentada e negligenciada.

Delia tinha se alertado para não ficar chocada pelo espaço que um salário tão intergaláctico quanto o de Emma podia comprar ali. Mas ficou mesmo assim.

Ela arrastou a mala pela escada íngreme coberta por um carpete gasto até a porta que separava o território de Emma do resto do prédio e bateu. Música baixa tocava do outro lado, e Delia torceu para não ter chegado no meio de uma festa. Ela ainda não estava no espírito de conhecer a sociedade londrina.

A porta foi escancarada, e Emma Berry, com seus 1,60m, preencheu o batente, em um vestido de festa verde-claro com saia rodada, sapatos de bico fino e salto alto cobertos com cetim cor de salmão e cabelo loiro armado estilo Marilyn Monroe. Apesar de reclamar constantemente de sua obesidade imaginária, ela tinha um desses corpos de Tinker Bell, em que qualquer peso ganho ia para partes do corpo que a transformavam em uma pin-up.

— E aí, garota? — ela cantarolou.

— Olá! — Delia sorriu e fez um aceno desajeitado apenas com a ponta dos dedos, segurando a bagagem.

Houve um pouco de confusão e trombadas quando Emma tentou alcançar a mala nos degraus vertiginosos, e ficou óbvio que Delia podia morrer naquela tentativa. Então Emma entrou no apartamento para deixar a amiga entrar, com esforço.

— Não estou interrompendo nada, estou? — Delia perguntou.

— Não, eu estava esperando você! Admito que eu talvez tenha começado a beber mais cedo. Deixe eu dar um abraço em você! Isto é tão absurdamente empolgante.

Emma cheirava a gardênias, e seu vestido tinha um brilho fluido prateado no plissado. Ele farfalhou com o frescor do tecido novo e caro quando Delia se inclinou. Para seu olhar relativamente especializado, não era de uma loja comum.

— Não acredito que você está aqui! — Emma gritou, e então o rosto das duas constatou que era a coisa mais bem-intencionada, mas, talvez, não a mais delicada a se dizer.

Delia respondeu:

— Caralho, nem eu.

As duas riram, rompendo a tensão.

— Vai ser incrível.

Como não conseguia compartilhar a confiança da amiga, mas não queria ofendê-la com sua falta de entusiasmo, Delia disse:

— Seu vestido é espetacular.

— É um modelo Marchesa.

Delia levou um susto.

— Como aqueles vestidos do Oscar?

— É uma cópia que comprei no Etsy por uma pechincha. Tem um cheiro questionável, então enchi de Marc Jacobs. — O penteado também não deu muito certo — disse Emma, passando a mão no cabelo. — Eu estava tentando fazer uma coisa Doris Day, mas acabou ficando mais esposa de mafioso de Nova Jersey.

Delia riu.

— Quer o tour? Leva menos de dois minutos.

— Quero!

Delia seguiu a amiga — que fazia barulho sobre o piso de madeira com seus sapatos de salto — pelo apartamento. Era típico de Emma se arrumar para sua chegada.

A alma cansada de Delia soltou um leve suspiro de alívio pelo apartamento não ser tão desarrumado nem impessoal quando o hall do corredor do andar de baixo.

Aliás, era bem pequeno, mas lindo. O piso de madeira estava nu e encerado com cera amarela Golden Syrup, e as portas eram rústicas de um jeito artístico, pátina azul-clara com maçanetas de vidro Mercury.

O banheiro gritava "nenhum homem mora aqui" — uma banheira oval branca com tampa, robe de seda oriental em um gancho estampado com uma gravura, toalhas brancas grossas, uma pilha de revistas de moda brilhantes e amassadas pela umidade. E uma daquelas pias de vidro não embutidas que parece uma lente de contato gigante.

— Você fez tudo isso? — Delia perguntou, impressionada.

— Até parece. A antiga moradora tinha bom gosto e um belo orçamento. Não desperdice seu dinheiro com porcarias, é o que eu sempre digo. Comprar o apartamento já me custou o suficiente. Passei um pano em tudo e pronto.

A entrada era outro espetáculo — teto com vigas aparentes com gesso rosado original e candelabro Murano vermelho rubi, sofá em L de veludo verde esmeralda e volumosas cortinas com estampa Liberty.

Delia sentiu uma pontada de cobiça sobre a casa feminina. Paul, de modo geral, tinha lhe dado carta branca, mas impunha limites em estampas "cheias de frufru com cara de velha solteirona na casa de chá".

— Onde estão suas... coisas? — Delia perguntou, depois de definir o motivo de seu estranhamento.

O apartamento estava tão livre da bagunça quanto um cenário de foto.

— Eu me livrei das coisas de Haggerston e guardei muita coisa com meus pais, perto de Bristol.

Uma leve preocupação ainda incomodava Delia. *Com certeza Emma nunca ficava ali.*

Elas subiram o pequeno lance de degraus de madeira oca até o andar dos quartos. Delia estava preparada para um quarto de hóspedes do tamanho de uma embalagem de margarina. Na verdade, era bem distribuído e não havia muita diferença entre ele e o quarto principal — a principal era que o de Delia tinha um futon, enquanto o de Emma, uma cama com dossel, feita de ferro. Ambos ocupavam boa parte do cômodo, deixando espaço só para um guarda-roupas estreito.

Emma tinha pendurado uma imagem de David Bowie na capa de *Low* no peitoril da janela.

— Você ainda gosta dele? É para fazer você se sentir em casa.

— Oh, Emma, obrigada! Tudo está incrível.

— Dá para o gasto — ela concordou. — Considerando que acabou com as minhas economias.

Emma tinha pais ricos e avós ainda mais ricos, que gentilmente se juntaram e deixaram quantias de seis dígitos para ela e a irmã quando quiseram entrar no mundo do mercado imobiliário. Ainda assim, foi apenas um terço do valor do apartamento, Delia imaginou. Os valores a deixaram zonza.

Emma a levou para a cozinha por último, que era elegante, branca, brilhante e saída da era espacial, com ainda mais verde água como cor de destaque.

Uma luminária grande e retorcida de luz halógena, como se fosse um animal de tufos de chenile feito de filamentos de tungstênio, estava pendurada baixa sobre a mesa de madeira rústica no centro. Estava coberta com dúzias de embalagens de comida com tampas de papelão.

— Pedi comida tailandesa — Emma anunciou. — Não sabia com quanta fome você ia estar, então pedi de tudo. E tenho espumante! Mas não tenho balde de gelo.

Ela levantou a garrafa de Taittinger de uma bacia cheia de cubos de gelo e serviu uma taça de vinho.

— Esse alvoroço todo é para mim? — Delia perguntou.

— Para quem mais eu faria um alvoroço? Para a aventura de Delia Moss em Londres! — Ela respondeu, e Delia aceitou a taça e brindou.

Delia não achava que teria nenhuma aventura, nem se sentia muito aventureira. Mas estava se sentindo muito grata e envergonhada por ter esquecido o quanto sua melhor amiga era divertida. Ou "uma lunática de carteirinha", como Paul sempre dizia, com carinho.

Emma tinha esse dom hedonista de tornar a vida mais empolgante. Não tinha a ver com sua renda, ela já era assim nos tempos de universidade.

Ela era a pessoa que conseguia ingressos baratos no mezanino para uma matinê de Shakespeare para aquela mesma tarde e que tinha ido ao mercado e comprado um polvo inteiro para o jantar, com tentáculos saindo da sacola. Ou voltava do bar com uma rodada surpresa de coquetéis de Sambuca em xícaras de *espresso* (a resistência dela a qualquer bebida era lendária).

A coisa estranha era que, se você tentasse copiar o gesto de Emma em outra ocasião, nunca era igual. Havia algo na alegria de viver espontânea e generosa dela que surgia totalmente no momento, e que quando era reproduzido por outro, parecia faltar algo. Uma ideia de Emma só vivia uma vez e cintilava brevemente, como um castelo de areia ou um arco-íris.

Ou, nesse caso, *larb* de porco, *khao pad* e *curry massaman*. Comida por delivery, uma bebida espumante, gargalhadas, e as coisas em volta de Delia voltaram a ter cor. Seu apetite retornara.

Depois de meia hora, ela sabia que estava voando alto nas costas da águia do álcool e sem dúvida teria uma queda feia nas pedras da ressaca, mas não importava.

Conforme a noite avançou, Delia e Emma desabaram lado a lado no sofá, com Emma se abaixando de vez em quando para encher as taças com a terceira garrafa.

— Claro que não vamos beber a garrafa toda — ela tinha dito, solenemente, pouco antes de disparar a rolha na direção do lustre com um estouro. — Seria loucura.

Quando a meia-noite chegou, elas tinham posto em dia a saída de Delia da câmara e o envolvimento desastroso de Emma com o inclemente, mas vigoroso, Richard, da área de Insolvência e Reestruturação.

— Ricardão, o cuzão, como ele é conhecido entre as secretárias. Infelizmente, eu me dei mal na história. Em todos os sentidos.

E a aproximação do casamento monumental da irmã de Emma.

— Dez dias em Roma, para a despedida de solteira, Delia! Dez dias! Faça as contas! São dez dias de festa...

— Mas você estava tão animada com essa coisa de festa sem fim — disse Delia, levantando a taça para outra rodada, amando ser novamente a Delia que costumava ser quando estava com Emma.

— Com as amigas de Tamsin, não estou, não — Emma respondeu, girando habilmente a garrafa antes que a taça derramasse. — É tipo *A Mansão Marsten*, só que com blusas listradas Joules Breton e galochas Hunter. Eu estava torcendo por casas de chá e um spa em Bath, duas noites, coisa rápida. Todo mundo sabe o que acontece em despedidas de solteira, você fica bêbada na primeira noite e finge na segunda. Imagine repetir a performance por *dez dias*. *Ugh*.

Delia riu. Emma encheu a própria taça. Como uma amiga de verdade, Emma claramente tinha pressentido que ela precisava de tempo para discutir o tema Paul.

— Você acha que vai voltar para ele? — ela perguntou, finalmente.

— Não sei. Talvez, sim. Quando a raiva de pensar nele com Celine tiver passado. Se é que vai passar.

— *Celine* — Emma repetiu, experimentando o nome. — Uau. Ele pelo menos podia estar comendo uma Hilda. Ou uma Ethelred.

— Ethelred é nome de homem, não é?

— Exatamente.

Delia se lembrou do efeito calmante de alguém não fazendo o que deveria fazer, como Ralph.

— Alguma ideia de por que ele fez isso? Ok, *porque sexo*. Mas Paul não parece ser desses.

— Acho que ele queria experimentar, correr um risco. Fazia dez anos que estávamos juntos.

Delia se odiou um pouco por parecer estar inventando desculpas para ele. E tentou um caminho diferente. Honestidade total.

— Sabe de uma coisa que nunca admiti para mim mesma, até agora? Eu facilitei as coisas para Paul quando ficamos juntos. Eu sabia que, se fosse difícil, ele talvez não tivesse se dado ao trabalho.

— O que você quer dizer?

— Ele nunca foi tão louco por mim...

— Ah, não é verdade!

Delia respirou fundo. Ela sempre escondeu essa constatação em um armário e fechou a porta, e o caso de Paul fez a informação sair como uma enxurrada.

— É, sim, Em. Eu não me importo, ou não me importava. Eu sabia que ele me amava, e gostava da minha companhia, e se sentia suficientemente atraído por mim. Estava tudo bem, tivemos uma vida incrível mesmo assim. Mas aquela coisa extra especial que faz você ficar acordado à noite vendo alguém dormir, no começo, ou querer matar os rivais com suas mãos? Esse tipo de paixão nunca existiu para ele, não como existia para mim. Eu queria o Paul, então construí a vida toda ao redor dele. É por isso que eu lidava tão bem com ele passar tantas horas no pub. Ia ser a mesma coisa com o casamento. Ele só precisava aparecer e repetir seu script.

— Esse é o jeito Delia de se importar. Você seria assim com qualquer um.

— Mas eu não estava me esforçando com os homens antes do Paul. Em geral, eu tinha a vantagem — Delia continuou, tirando a franja, oleosa por causa da viagem, dos olhos. — Posso dizer que eu era bem requisitada, e não faz muito tempo.

— Com certeza você era — Emma concordou. — Eu me lembro, no bar do diretório acadêmico, quando você fazia aqueles coques no cabelo, todos os garotos ficavam suspirando. Você era uma daquelas meninas exóticas com quem todos eles sonhavam. Sem ser uma vadia com um ukulele.

O que Paul tinha de diferente? Era sua natureza sem muita frescura, seu jeito tranquilo. Isso deixou Delia determinada: você VAI me notar, você VAI me desejar.

— Talvez o fato de Paul não estar totalmente apaixonado foi o motivo por que eu o quis tanto. Isso é muito ruim. Eu sabia que precisava lutar por ele. Eu estava tão desvairada sobre conquistá-lo que nunca parei para pensar se eu queria estar com alguém que precisava ser convencido a estar comigo.

A verdade da última frase caiu pesadamente. Delia ficou deprimida. Admitir que tinha cometido um erro sobre algo tão vital a encheu de arrependimento. Ela desejava que os últimos dez anos não tivessem acontecido? Não. Mas devia ter entrado e passado por eles com os olhos abertos. Ela tinha encorajado a complacência de Paul.

— Nunca achei que houvesse um desequilíbrio entre vocês — disse Emma, ajustando a haste da taça no glamoroso corset sobre sua barriga. Os sapatos tinham sido tirados bem antes, e a meia-calça cor da pele estava sobrando nos dedos dos pés.

— Não era assim no dia a dia. Mas a casa dele era a minha casa. O estilo de vida dele era o meu. Os amigos dele eram os meus. O Nabo é o único projeto conjunto que já tivemos, pensando bem.

— Você acha que, agora que pensou nisso, não consegue "despensar"?

— Mais ou menos. Preciso enfrentar isso, é algo que precisa mudar, se algum dia vamos ficar juntos de novo. — Delia aproximou a borda da taça dos lábios, contemplando. — Sabe todas as coisas que você nunca consegue perguntar para si mesma porque você *sabe*? Bem no fundo? — ela perguntou. — Pode soar estranho, mas toda vez que eu aparecia no bar sem avisar, Paul sempre ficava feliz. Imediatamente. Sabe aquela fração de segundo em que você não consegue disfarçar o que está sentindo? Como quando você e alguém conhecido se veem ao mesmo tempo na rua e pensam "merda, agora vamos ter de conversar", e vocês dois veem isso no rosto um do outro, só por um instante? Paul nunca fez isso comigo, nem mesmo nos meses da Celine.

— Talvez ele sempre ficasse feliz em ver você.

— Siiiim, mas nunca demonstrar nenhuma preocupação que eu fosse encontrar a outra mulher? No fim das contas, ele também é muito bom em mentir para mim. É isso que não consigo "despensar". Não sei ao certo se o conheço tão bem quanto achava que conhecia. É quase como se, caso eu suspeitasse, seria mais fácil. Agora penso que poderia acontecer de novo. Porque eu não notei uma evidência.

— Mas você e Paul tinham uma vida boa. Sei que é tentador ver tudo pela lente desse erro enorme, mas não desfaz tudo o que vocês têm juntos.

— Eu sei. Tudo o que posso fazer é esperar para ver como me sinto depois que o tempo passar.

Emma assentiu.

— E mais uma coisa — Delia continuou, ciente de que não queria chamar atenção nem julgar a solteirice de Emma. — Preciso aceitar que, se eu não voltar para o Paul, posso não encontrar alguém que queira uma família a tempo.

— É verdade — Emma suspirou. — Não vou mentir para você, namorar depois dos trinta envolve esse temor. Às vezes fico preocupada que eu seja muito fresca. Quero dizer, veja o Dan. Fiquei entediada, mas talvez seja minha culpa.

— Qual deles era o Dan?

— O que tinha uma família rica em Hertfordshire e que descobri que era totalmente viciado em cocaína naquele dia da corrida.

— Ah, é — Delia disse, sem ter certeza de que se lembrava dele. Usuário de drogas rico e uma viagem para Ascot não eram exatamente um evento único no currículo amoroso de Emma.

— A cocaína podia ter se tornado um problema, se vocês tivessem procriado.

— Eu sei. Mas, comparado aos idiotas de sempre que eu conheço, ele não era um nojento. Ele era agradável. Era... benigno.

— Tumores podem ser benignos.

— Caralho, que profundo! Anote isso — Emma ironizou.

Depois de tanto falar, as duas ficaram deitada relaxando no sofá, vendo uma brisa suave mover as cortinas, ouvindo uma discussão que estava acontecendo do lado de fora do apartamento entre um taxista e o passageiro. Era como estar de volta ao dormitório da universidade.

— Sabe o que me incomoda? — Emma murmurou. — Quando as pessoas agem como se não ter a vida pessoal resolvida até certa idade fosse algum tipo de falha de atenção. Como se, se você quisesse, pudesse resolver isso automaticamente. Como se não fosse quase uma questão de sorte. Nós duas seguimos caminhos diferentes, e aqui estamos. No meu sofá.

— No seu sofá — Delia concordou.

— Li uma entrevista outro dia. Sabe aquela loira...

— Aquela loira?

— Sabe? Que fazia aquele programa de televisão nos anos 1990, eu esqueci. Ela ficava falando "as mulheres deviam lembrar que se tornam menos férteis depois dos trinta e cinco e se lembrar de engravidar por essa idade". Lembra? — Emma rugiu. — Pois é, obrigada, esqueci completamente. E onde foi que coloquei aquele parceiro que seria um pai perfeito? Devo ter esquecido no pub com meu guarda-chuva. Quanta merda.

Delia riu. Não foi a primeira vez que imaginou Emma como uma oponente excelente em uma sala de reunião.

— Você não precisa ir para cama? — Delia perguntou, girando o relógio.

— Vou injetar café Costa Americano. Dois desses, e saio dançando hoje em dia. Nenhuma reunião importante amanhã. E, por falar no sexo oposto: preciso compartilhar uma coisa horrível e só pode ser com minha melhor amiga — Emma continuou. — O Ricardão cuzão fez uma coisa estranha. Ai, meu Deus, é tão horrível que não consigo nem contar para você! Não estou exagerando quando digo que foi a pior coisa que já aconteceu com alguém.

— Você disse isso quando ganhou aqueles vale-presentes da Zara Home e não conseguiu trocar pelos da Zara Fashion.

— Pior até que isso.

— Ele trouxe brinquedos exóticos? Tipo, uma pera cheia de espinhos de borracha?

— Quando ele chegou à sua... conclusão, ele disse umas coisas idiotas.

— O que, sacanagem?

— Mais ou menos...

— Sua vagabunda, sua puta sem-vergonha, coisa assim?

— Não, eu teria sabido lidar com isso! Foi surreal, irrelevante.

— Não sei se estou entendendo o que você quer dizer... — Disse Delia.

— Ele começou a falar coisas sem sentido. Bobagens. Não posso contar para você! — Emma cobriu o rosto com os braços, e sua voz saiu abafada. — Deixei esse homem deitar na minha cama. Sou cúmplice.

Delia endireitou o corpo no sofá.

— Emma Berry, me conte o que ele disse!

— Da primeira vez, ele disse "*Fuerteventura!*"

— O quê? — Delia ficou chocada, então colocou a mão sobre a boca. — Ahahahaha...

— Outra vez foi "*Drambuie!*" O pior foi — Emma estava respirando com dificuldade, em uma tentativa de fazer as palavras saírem: — "*Charles Dickens!*"

Ela projetou os dentes superiores ao dizer essas palavras. Delia estava descontrolada, o rosto nas almofadas, e o corpo todo tremendo de tanto rir.

— Você perguntou por quê? — Delia tentou respirar, o rosto molhado pelas lágrimas.

— Como eu podia fazer isso? Por que você mencionaria o maior romancista do período vitoriano ao gozar?

As duas desabaram de novo chorando de tanto rir.

— Deve ser uma forma específica de Síndrome de Tourette — Delia comentou, secando embaixo dos olhos.

Por que rir com Emma parecia tão terapêutico? Ela queria mandar um bilhete de agradecimento para Richard. Assinado: *Emily Brontë.*

Houve uma pausa, em que elas ficaram vendo os faróis dos carros lançarem luzes pela sala escura e riram e suspiraram ao mesmo tempo, pensando sobre o mistério do amor e das relações.

Delia abriu a boca e pensou estar prestes a fazer surgir um pensamento profundo.

— Aonde eu vou daqui? Não posso namorar. Quero dizer, fio-dental voltou à moda, pelo amor de Deus. Pareço com meu pai quando uso fio-dental.

Vinte

Ao acordar na quietude aflitiva do apartamento vazio, um pensamento incrivelmente entristecedor veio a Delia. Ela estava deitada no futon, observando as teias de aranha nos nichos e na sanca de um teto que não lhe pertencia.

Ela e Emma tinham conversado sobre se apaixonar na noite anterior, e Delia reviveu a sensação devastadora que é ter seu mundo girando em torno de uma pessoa. Ela só tivera a força dessa sensação de um jeito torto com Paul, então as chances de tê-la novamente, e ser totalmente correspondida, pareciam pequenas.

Ela pensou na possibilidade de que isso fosse uma característica apenas da casa dos vinte anos. Quando se tem tempo, obsessão e inocência suficientes para fazer playlists na pegada "por favor, durma comigo" e olhar melancolicamente para janelas cheias de gotas de chuva.

Vinte anos é uma época em que se é apaixonado pela ideia de estar prestes a se fundir com outra alma. E fazer sexo como doninhas sendo sufocadas em uma fronha. Mas e a metade da casa dos trinta? Não se era exatamente velho. No entanto, você está consideravelmente menos aberto para isso tudo. Não era seu primeiro *bar mitzvah*, como Emma gostava de dizer. A proporção cabeça-coração muda, porque você consegue ver problemas em potencial e prever resultados com muito mais clareza. Planejar o embarque em uma relação séria parece mais com a compra de um imóvel — fazer pesquisas da solidez estrutural, negociar o valor da compra.

Ela e Paul tinham namorado porque ele gostava das pernas de Delia e de seu senso de humor, e ela gostava do sorriso e do carisma dele. Todo o resto os dois podiam resolver depois.

Hoje em dia, talvez Paul quisesse saber se ela queria filhos logo, e Delia quisesse saber se o bar tinha sido comprado com um empréstimo bancário. Ele se perguntaria se o trabalho de escritório e o amor por móveis macios dela significariam que Delia reclamaria do fato de ele chegar tarde em casa; ela se preocuparia se o gosto dele por festas era um sinal de que ele seria um eterno criançāo.

Argh! Delia teve uma conversa séria consigo mesma.

São nove e meia: pare de choramingar, levante e enfrente o dia. Você vai ficar triste, o álcool sempre deprime.

No apartamento silencioso, ela foi até a cozinha e ligou a chaleira. Havia um molho de chaves sobre um bilhete.

Minha cabeça está EXPLODINDO. Aquele champanhe devia estar estragado. :(Tenha um lindo dia, as duas chaves douradas são para a fechadura simples e para a de baixo. Se Carl, do andar de baixo, perguntar quem você é, diga que está só visitando. Você vai saber quem é, ele parece um Paulo Gustavo requentado. Bj, E

A bolsa de Delia estava no corredor. Ela a encontrou, tirou o laptop e colocou-o sobre a mesa de jantar.

Havia uma questão que ela vinha protelando, mas que precisava ser resolvida, uma estranha necessidade do século XXI. Delia abriu sua página do Facebook. A foto de perfil era ela e Paul de férias em Yorkshire Dales. Ela sorria para a câmera, Paul estava fazendo uma careta como se tivesse pegado no sono sobre o ombro dela. No canto superior direito da imagem, dava para ver uma vaca defecando. Um jorro em ação com a cauda levantada. Era engraçada, não planejada e perfeita, e precisava ser removida.

Delia não mudaria seu status por enquanto para não enfrentar uma enxurrada de perguntas dos enxeridos. Mas também não podia se apresentar como uma frente unida e perfeita com Paul.

Ela fez o upload de uma nova foto. Era Delia quando criança: ainda com a franja ruiva, mais os cachos. Ela estava usando os óculos de carpintaria do pai como uma máscara de super-heroína e o véu com margaridas de casamento da mãe como capa, em pé com uma expressão séria no meio da cozinha, olhando para o adulto que a estava fotografando.

Ela abriu seu perfil com a nova imagem e ficou sentada com o queixo na palma da mão, olhando para a página. A pequena Delia. O que essa menina queria para si mesma, e quanto conquistou?

Seu inbox mostrou que havia uma nova mensagem. Ela a abriu e viu, com uma descarga de adrenalina, que era de Peshwari Naan. De uma conta de Facebook de Peshwari Naan, com um pão naan como foto de perfil.

Certo, naquele momento ela ficou assustada. Na reclusão do apartamento, ela sentiu os batimentos do coração dispararem e a pele ficar arrepiada.

Oi, Delia. Por favor, não ache que estou perseguindo você, é fácil encontrá-la aqui. Você ficou muito quieta no seu e-mail corporativo, e eu me perguntei por quê. Desculpe se as piadas sobre clareamento anal foram um pouco demais. PN

Delia leu e releu aquilo, enquanto seu coração diminuía o ritmo. Ela não gostava daquele homem indo atrás dela. Mesmo assim, estava tendo a chance de desentalar algumas coisas.

O motivo para eu estar quieta foi porque pedi demissão. Em parte por causa dos problemas que você causou, pelos quais a culpa caiu em mim. Por favor, não me incomode na minha conta pessoal. Passar bem. Delia.

Delia deu uma olhada no perfil dele. Era anônimo e não havia nenhum amigo listado — obviamente tinha sido criado apenas para entrar em contato com ela. Delia sentiu o nervosismo voltar antes de pensar: *claro que ele não vai me achar aqui.*

Ela tamborilou os dedos, preparou outra xícara de chá e esperou a resposta. Sua mente divagou para outras coisas e outras pessoas.

De repente, surgiu uma possibilidade terrível, aterrorizante e, no entanto, irresistível. Agora ela tinha o nome completo. Delia o digitou no campo "Procurar pessoas", ansiosa e torcendo para não aparecer nenhum resultado.

"Celine Roscoe" apareceu instantaneamente. Havia apenas uma, e o campo da biografia deixou claro que Delia tinha encontrado a pessoa certa: *estudante da Universidade de Newcastle.*

A foto de perfil era de uma garota levemente bronzeada, com pernas incríveis, usando sandália de plástico, sentada no chão, fingindo beber de uma garrafa inflável gigante.

Delia respirou com dificuldade, como se aquela pequena imagem exalasse um forte cheiro de competição e perigo. Uma beleza de sílfide, juventude, ânimo, confiança. Delia se perguntava se não era divertida o suficiente para Paul. Ver Celine tornou tudo muito real.

Ela entrou no perfil, esperando novamente que Celine tivesse uma configuração de privacidade bem restrita que a salvasse de ver tudo. Delia não queria saber e, na mesma proporção, precisava ver o perfil completo. Infelizmente, Celine não tinha praticamente nenhuma restrição.

Delia podia ver os álbuns de fotos, os status. Tudo.

Uma compulsão feia e doentia tomou conta dela. Delia percorreu foto por foto, atualização por atualização, com determinação e cada vez mais dor. A versão virtual de cortar a parte interna de seu braço.

Celine era linda. Não de um jeito perfeito, convencional, mas isso só a tornava mais interessante. Delia entendeu bem como Paul caíra sob seus encantos. Ela tinha um cabelo castanho-escuro volumoso, nariz longo e aquilino, olhos enviesados, cheios de kajal e um toque de batom vinho.

Seu corpo — o que deixou Delia quase zonza de ciúmes, imaginando-a nua, enrolada em seu namorado — era naturalmente gracioso e magro. Ela parecia os traços de um desenho de estilista.

Mas, o principal, Delia se sentiu ameaçada pela atitude. A confiança graciosa, bem-humorada, totalmente confortável consigo mesma. Todas as fotos emanavam o subtexto: SE FODEU, EU DORMI COM ELE.

Será que Celine também tinha stalkeado Delia? Provavelmente. O que achava dela? Ela sentia culpa?

Então, percorrendo os comentários na página da garota, Delia viu algo que fez sua respiração parar. Alguém perguntando se Celine ia levar o "namorado" para uma festa. Outra pessoa tinha dito: "O namorado da C é o SR. MISTERIOSO." Celine respondeu: "NÃO VOU NEM COMENTAR", e ganhou onze curtidas por isso. *Onze*. Quase uma dúzia de pessoas que sabiam que o dono do bar estava dormindo ao seu lado. Delia era uma piada entre estranhos.

Namorado? Celine considerava Paul seu namorado?

Delia levantou com um salto e se inclinou sobre a pia, segurando o cabelo para o lado. A linda cuba Bristol funda de Emma não tinha sido feita para alguém vomitar às dez da manhã. Delia sentiu ânsia duas vezes.

"Desligue, desligue, desligue", ela disse para si mesma. Encontrar fantasmas de Newcastle na internet não é saudável nem útil.

Você está em Londres — você pode sair pela porta e não ver nenhum conhecido. Você está em segurança.

Quando foi fechar a tela do laptop, ela viu que Peshwari Naan tinha respondido.

Sério?! Ah, meu Deus, eu sinto muito, mesmo. Eu não fazia ideia de que você teria problemas por causa do que eu estava fazendo. Pensei que era só uma piada. Por favor, me diga se tem qualquer coisa que eu possa fazer para ajeitar as coisas. Morto de vergonha e culpa. Honestamente, minhas desculpas sinceras. PN

Delia pensou por um instante.

Se você está falando sério sobre o "qualquer coisa", então eu gostaria de saber como foi que você me encontrou. E quem é você.

Vinte e um

Delia se sentiu solitária na semana seguinte. E ficou surpresa com o quanto, antes de se lembrar: jura, você perdeu seu parceiro e seu emprego, deixou sua casa e seu cachorro, e se mudou para uma cidade de mais de oito milhões de pessoas, onde só conhece uma.

Acorde e sinta o cheiro de... bom, do *Java Roast* do Café Direct e dessa poluição interessante que tem cheiro de fumaça de churrasco, à qual ela estava se acostumando aos poucos. O aroma de muitos corpos, veículos e prédios amontoados em um espaço bastante apertado.

Era mais difícil aceitar a dura realidade da agenda de Emma, que a deixou chocada. Delia mal estava acordada quando Emma saía do apartamento, que desabava pela porta do apartamento depois da nove da noite.

Delia comprava comida e flores, preparava coisas que se conservavam bem no forno, como ensopados ou moussaka, acendia velas pequenas como se fossem lanternas marroquinas. E esperava. Esperava muito.

Ao chegar, Emma tentava parecer adequadamente animada, quando, claro, só dava conta de uma tigela no colo, um copo gelado na mão, uma conversa rápida e um banho quente antes do ciclo reiniciar.

Enquanto isso, Delia, depois de esperar ansiosamente pela retorno da amiga o dia todo, tentava com todas as forças não irritá-la com sua necessidade de atenção e seu falatório. Era como ser uma esposa nos anos 50.

Ela também estava fazendo um curso rápido em como falar o "londrinês". Emma fazia discursos inflamados divertidos, mas sombrios, sobre as dificuldades da vida na capital. Falava de todos os tipos de problemas práticos e complicados relacionados com mobilidade e vagas de estacionamento que Delia não tinha contemplado, e a rivalidade tribal era uma surpresa. Não era uma cidade, ao que parecia. Eram cinco ou seis, soldadas juntas, e todas desgostavam e não confiavam umas nas outras.

Por exemplo, a amiga de Emma que estava dando um *open house* no seu apartamento novo em Brockley — algo que, pelo jeito, era catastrófico.

Era como se Emma estivesse falando dos Uruk-Hai de Isengard, em vez dos residentes de South London.

— Brockley! — Ela exclamou, balançando o garfo sobre a torta de queijo de cabra e espinafre com massa folhada. — Eu trabalho na parte oeste de Londres. Como vou chegar a Brockley? Não tem estação de metrô! De *ônibus*? Eu, a esta altura da vida, em um ônibus?!

— Como as pessoas de Brockley chegam a Londres? — Delia perguntou.

— De trem — Emma respondeu, com um calafrio. — Brockley parece ficar em Kent, e praticamente fica. Você quer vir?

— Talvez outro dia.

Delia não estava com vontade de conhecer gente nova. Mas ficou surpresa por ter dois amigos virtuais para lhe fazer companhia nas primeiras duas semanas. Primeiro, Peshwari Naan, que respondera. E ela amoleceu.

Como encontrei você — é tipo explicar qualquer truque de mágica; sempre causa um desapontamento. Criei um Googlewhack. PN

Um o quê? Sim, eu sei que eu poderia pesquisar no Google, o que é irônico. D

Era uma combinação única de palavras escondida em um site que significa que qualquer busca feita por essas palavras traz um único resultado. Acho que dá para procurar on-line. Quando você entrou no meu blog, um IP mostrou que a visita tinha vindo da sede da câmara. Tã-dã. PN

Ah! Delia se lembrou do blog estranho cheio de bobagens e pensou *sim, faz sentido*. No entanto, o e-mail que só faltava ter "achooooou!" escrito foi direto para Delia. Ela conhecia muito pouco sobre os mecanismos e os detalhes específicos do rastreamento de IP, mas sabia o suficiente para entender que não diria para Naan que tinha vindo do computador da ruiva de vestido, à esquerda da mulher raivosa com joanetes nos pés.

Mas como você sabia que era eu, especificamente? Além disso, você não me disse quem é. D

As respostas para essas perguntas estão ligadas. Vá em frente. Um chute, e eu conto para você. PN

Naquele dia, Delia ficou feliz com a chance de pensar em algo além do álbum de fotos de Celine "Divando em Creta com as Migas, 2011. Uhuuuuuuuul" e suas inúmeras de fotos de biquíni.

Ela ponderou. O fato de Naan tê-la identificado devia ter alguma coisa a ver com a ida ao Brewz and Beanz. Foi assim que ele soube quem Delia era. Mas ele a tinha reconhecido? O site da Câmara não tinha retratos da equipe de assessoria de imprensa.

Arrá! Sua teoria original voltou.

Espere um pouco. Você me conhece. O que significa que eu conheço você! D

4,5/5! Eu não conheço você, exatamente. Sei "quem" você é. Sei que você sempre usa um belo vestido na festa de Natal e que não gosta de fruta na salada. (Conversa de bufê.) (Uma vez, eu dei a entender que tivemos essa conversa! Para meu espanto, não acho que ela ficou na sua cabeça.) E, sim, graças à arapuca do Googlewhack, eu sabia que precisava ter cuidado com o Brewz naquele dia. Não entrei. Você não devia ter sentado perto da janela. Fica a dica, detetive. PN

Meu Deus. Não acredito que você trabalha na câmara. D

Nem eu. PN

Então por que a trollagem, o caos, o estrago, o antagonismo em relação à câmara? D

Porque eu trabalho na câmara. PN

No silêncio da cozinha de Emma, Delia riu em voz alta para a tela do laptop.

Haha! Você odeia a câmara tanto assim? D

Não é um ódio-ÓDIO. Tenho baixa tolerância ao tédio — mente vazia, oficina do diabo, essas coisas. Verdade seja dita, nunca pretendi tornar isso regular. Quando fiquei sabendo que os vereadores estavam aflitos, não resisti e continuei. Sou assim. Se há algo de errado que possa ser feito on-line, frequentemente eu vou lá e faço. PN

Mas como fica seu emprego se você for pego????! D

Nunca sou pego em flagrante, sou a "Carmen Sandiego" com banda larga. Mas com certeza fui longe demais, principalmente porque sobrou para você. Nunca quis que desse nesse resultado; na minha cabeça, eram só piadas anárquicas. Desculpe de novo. PN

Ah, não se preocupe. Em que departamento você trabalha? D

Você se importa se não divulgarmos esses detalhes agora? Sei que você disse que pediu demissão. Mas, até onde sei, você pode estar num ano sabático, e este é um novo marco de investigação da assessoria de imprensa. :) Mas, de novo, sinto muito por ter se demitido. PN

Delia relaxou. Acreditava nele. Era alguém que estava testando a sorte, e não era perigosamente descuidado.

Há! Certo. Se bem que tenho certeza de que o detetive Sela de Burro poderia ter checado que eu fui embora de verdade. D

... Sela de Burro? PN

Sim! Um naan tamanho gigante! Nunca ouviu essa antes? Meu noivo sempre dizia isso. (Eu disse noivo, mas só ficamos noivos por uma noite antes de eu descobrir que ele estava dormindo com outra. Um ex-noivo ainda é ex-noivo se só foi seu noivo por menos de uma hora? Se uma árvore cai em uma floresta etc. etc.) D
P.S. Não acredito que não me lembro de você.

Como eu disse, para dizer a verdade, não sou muito memorável. Sinto muito sobre o ex-noivo, ele parece ser um idiota, se você não se importa que eu diga. PN

Estou aqui sentada olhando para o perfil da garota com quem ele estava/está dormindo. Você pode dizer o que quiser, sério. D

Quer que eu apague a conta de Facebook dela? Porque posso fazer isso. PN

Pode?! D

Você precisa me dar uma Sala de Controle, alguns soldados de chumbo para ocupar um mapa, um jogo de canetas marcadoras, um flipchart e uma caixa de donuts. Eu provavelmente entraria na fortaleza de Zuckerberg em Palo Alto, lotada de imbecis de chinelo, em uma semana. Assim, com toda modéstia. Afinal, tenho muitas razões para ser modesto, por sinal. PN

Se você é tão bom com computadores, por que não trabalhar para a Sede de Comunicações do Governo do Reino Unido ou para o FBI? D

Ah. Isso seria falta de confiança e motivação, e nadar cachorrinho é mais fácil do que ir para o fundo da piscina. E depois chega uma idade em que você só nada nesse estilo. (Velhice aos 31.) PN

Estou com 33, então cale essa boca imunda! J D

Em geral Delia não era tão grossa — ou, pelo menos, não quando sóbria —, mas ela chegou a uma intimidade de mesa de bar com o Naan.

Bom. Não parece. :) PN

Delia nunca foi de socializar nas mídias sociais. Colocar a vida à mostra nessa vitrine nunca pareceu atraente. Fazer o upload de álbuns de fotos chamados "Mordendo a Big Apple com as Toptops" — sério, Celine devia ser uma idiota completa — sempre pareceu um tanto narcisista para ela. Delia era supersticiosa sobre se exibir: até as vidas mais atraentes podiam se desfazer pelas bordas. Algo de que ela mesma era prova.

Mas, naquele momento, ela sentiu a sedução da era digital. Delia tinha uma espécie de amigo novo que vivia em sua tela, atrás de um vidro de proteção. Peshwari parecia sentir um remorso genuíno por ter causado problemas para Delia, e ela admitia que ele era apenas uma parte do que a tinha levado até a porta, algo que deveria acontecer de todo jeito.

Eles começaram a conversar durante seus primeiros dias no sul, sobre a vida, o universo, as diferenças entre Newcastle e Londres, os medos que podem conter você e as coisas que podem fazê-lo seguir em frente. Ela podia ser uma Delia on-line: mais petulante e divertida, e menos triste e exaurida.

Sua segunda amiga era Fox. No terceiro dia de solidão, Delia foi até uma loja de materiais de arte. Era um lugar lindo, com galerias de arco-íris de potes de vidro e pigmento em pó puro, placas de giz pastel e tinta espessa em tubos gordos que davam vontade de apertar. Ela comprou canetas novas, pincéis e blocos, e voltou para o apartamento cheia de empolgação. Sentada na sala de Emma, o único barulho que se ouvia era o movimento de suas ferramentas no papel. Delia cobriu hectares de papel com a história da super-heroína que era seu alter ego se mudando de cidade. Ela começou com os traços delicados do lápis, depois partiu para a caneta.

Havia alguma coisa sobre estar no controle, como Ralph dissera, que era muito revigorante. Fazia bastante tempo que Delia não desenhava, e ela se sentiu estranhamente envergonhada de ter sido tão preguiçosa. Era preguiça ou medo? Ela estava tão preocupada com o que os outros iam pensar dos resultados, que se esqueceu do efeito que desenhar causava. Ela entrava em uma espécie de transe, imersa em um universo paralelo. Contar essa história era, ao mesmo tempo, calmante e revigorante.

Fox não estava com medo em seu novo território. Estava navegando pelas ruas à noite, ou sentada em um telhado, sentindo o perfume no ar, aproveitando as interessantes possibilidades que tinha diante de si. Nada nem ninguém podia assustá-la, ela tinha batalhas para travar.

Em sua quarta noite, Delia se deu conta de que *The Fox* estava lhe dizendo alguma coisa.

DEPOIS DE BUSCAR REFÚGIO
COM UMA ANTIGA ALIADA,
COMEÇO A CONSTRUIR UMA NOVA BASE...
... DEVAGAR,
RECONSTRUÍ
MINHA VIDA
PRONTO. ESTÁ NA
HORA DE NOVAS
AVENTURAS.
WHOOSH

Vinte e dois

— Por que você se considera apta para a vaga de gerente júnior?

Delia achou ter ouvido um tom de gozação em *júnior*.

A garota indiana impecável, Tori, tinha sobrancelhas finas e perfeitamente desenhadas, da largura de palitos de fósforo. Os olhos atentos sob elas expressavam pena e irritação na mesma medida. Eles berravam, na verdade.

"Por que você veio aqui? O que fez você pensar que é qualificada? Por que sua base é um tom claro demais, o que faz você parecer uma gueixa ruiva, você não fez aquele teste no maxilar sob luz natural? Quando posso encerrar essa conversa deprimente e comer meu salmão com baixo índice de carboidratos?"

Delia podia responder as perguntas não ditas com mais facilidade do que a de fato dita: 1) pânico; 2) desespero; 3) tentando economizar e usar o resto do vidro (a vendedora da Fenwicks me enganou, eu estou parecendo uma mímica); 4) quando você quiser, mas como vocês londrinos conseguem pagar cinco libras em um peixe? Eu estaria morrendo de fome uma hora depois.

— Sou muito motivada, entusiasmada e escrevo bem — ela respondeu.

Tori fez um movimento com o lábio e balançou a cabeça de um jeito quase imperceptível.

— Assim como muitos candidatos.

— Tenho muitas habilidades sociais e trabalho bem em equipe.

Oh, não, ela estava à beira do clichê "trabalho bem sozinha ou em equipe". Tori ignorou.

— Você tem alguma pergunta para mim?

Delia tinha passado a última meia hora tentando esconder a vergonha de ter trabalhado em alguns bares, ter coberto uma licença-maternidade na SpecSavers e um ano e meio em uma empresa chata de RP — basicamente clientes da área de construção industrial —, antes de conseguir seu emprego dos sonhos na Câmara Municipal. Delia sabia que Relações Públicas e comunicação não eram intercambiáveis, tampouco Newcastle e Londres. Só porque ela sabia redigir releases anunciando boas e más notícias não significava que era uma especialista em "dar início a conversas dinâmicas" nem em "envolver públicos-alvo" para lançar clientes e/ou produtos e serviços no saturado ciclo de notícias na capital.

Delia não conseguia entender como tinha conseguido a entrevista se o parco conteúdo de seu currículo consistentemente a excluía. Os entrevistadores não liam aquilo antes para poupar tempo e complicação? A resposta parecia ser um grande "não".

Ela tinha uma noção bem clara de como seu histórico profissional deveria ser: pular a cada dois anos entre empresas cada vez mais conhecidas, ganhando um cargo cada vez mais impressionante a cada mudança. Em vez disso, seu currículo era o equivalente a um homem que usa uma mecha de cabelo para esconder a careca — alguns fios arrumados para tentar esconder uma área vazia, sem conseguir enganar a ninguém.

A entrevista tinha acabado de entrar na fase do falatório para tentar salvar a situação. Era o quarto daqueles momentos em quatro dias, e a vontade de fingir tinha desaparecido de Delia.

— ... Não. Tudo bem. Não tenho nenhuma pergunta. Acho que entendi — Delia sorriu, e Tori, glamorosa e com, no máximo, vinte e oito anos, pareceu ficar constrangida por ela. Delia tinha arruinado o brilho e o estilo do lugar com sua honestidade sudorípara. O rosto de Tori ao apressá-la até a porta era uma clara declaração de que Delia devia sair antes que se tornasse contagiosa.

Confiança: como obtê-la? Como se consegue essa qualidade extraordinária, capaz de mudar uma vida?

Emma tinha dito uma vez que conseguiu um aumento em seu último escritório, e a quantia era maior do que ela esperava. Mas, mesmo assim, ela fez uma careta e disse aos chefes:

— O quê? Isso é um insulto.

E eles dobraram o valor. O corpo de Emma tremia de tanto rir. Delia não conseguia acreditar.

— Mas... como você se *atreveu*?

Emma deu de ombros.

— É o jogo, não é? É só dinheiro. No máximo, vão dizer não.

Delia repetia esse mantra para si mesma o tempo todo enquanto zanzava por Londres, em sua terceira semana como uma espécie de londrina. Ela planejava meticulosamente e com antecedência todas as paradas do metrô e os caminhos e, mesmo assim, depender muito do Google Maps se tornara um pesadelo logístico.

Os escritórios de RP que ela tinha visitado até então eram tipicamente claros, com temperaturas de ar condicionado e cheios de vasos de amarílis, telefones tocando e a movimentação das pessoas certas cuidando de suas tarefas ágeis e necessárias. Enquanto isso, Delia ficava sentada na recepção se sentindo uma peça sobressalente, segurando um casaco bobo.

Podem chamá-la de pessimista, mas ela não acreditava que nada fosse mudar. Delia achou que conseguiria pelo menos um trabalho para o verão. E diria para Emma naquela noite que tinha sido uma bela experiência, mas, depois de duas semanas de entrevistas fracassadas, pretendia voltar para Newcastle no fim do mês, com o rabo de raposa no meio das pernas, fugindo de seus vilões com astúcia vulpina...

Delia estava frágil demais para lidar com mais uma rodada de rejeições e, desempregada, ela tinha começado a se sentir uma adolescente deprimida, vivendo à custa de Emma.

Ela viveria em Hexham, procuraria outro emprego na área de comunicação — temporário, se fosse necessário. E desenharia em seu tempo livre. Delia tinha dez anos de ferrugem em design gráfico. Quem sabe ela pudesse recuperar o ritmo em um curso noturno...

Se ao menos Tori tivesse sido o fim. O último ataque à dignidade aconteceria às três, em um escritório perto da Charing Cross Road, em um lugar chamado Twist & Shout. Delia não conseguia lembrar se ela ou Emma o tinham selecionado — Emma andava procurando sugestões na hora do almoço e mandando para ela por e-mail, um gesto generoso executado quando a amiga conseguiu um intervalo que pareceu durar apenas doze minutos.

O site exagerado e dançante deixava claro que estavam procurando alguém com individualidade e uma mentalidade moderna, que eram muito mais importantes que experiência. *RISOS, claro que é,* Delia pensou.

Mais cedo, naquela tarde, o único diretor da empresa, um tal de Kurt Spicer, mandou uma mensagem para ela. Por causa de uma entrega de móveis novos de escritório, talvez fosse mais fácil um encontro em um Starbucks ali perto, tudo bem?

Não faz diferença, Delia pensou. Literalmente. Nenhuma diferença.

Vinte e três

Delia estava adiantada. Maravilha. Ela podia pedir uma bebida, escolher onde sentar e se preparar.

Ela viu algo se mover no canto de seu campo de visão. Um homem pesado, mais ou menos jovem, estava acenando do outro lado do salão. Na frente da mesa coberta de papéis, uma bolsa de laptop estava perto das pernas dele. Droga. Ela não chegara cedo o bastante. Delia fez o gesto de alguém levando um copo até os lábios como quem pergunta "quer uma bebida?", e o homem de óculos balançou a cabeça. Ela torceu para que a coisa certa a fazer fosse comprar algo para beber e depois se apresentar para a entrevista. Delia ficou na fila, sentindo as moedas em sua mão ficarem suadas, e disse a si mesma para não ficar nervosa. Ela só precisava enfrentar aquela última rejeição, e então sua "aventura" londrina chegaria ao fim.

Ela pediu um café e foi até a mesa do sujeito.

— Olá... Kurt?

— Delia, certo?

— Isso — ela respondeu, tentado tirar o casaco em um gesto elegante, digno de uma entrevista de emprego, mas acabou se sentindo tão desajeitada quanto a Vovó Mafalda.

Ela viu sua pobre ficha de inscrição impressa diante dele sobre a mesa e ficou um tanto constrangida. *Inshallah*, pelo menos ia ser rápido. Ela não tinha escolhido um latte com uma dose de café por nada.

Kurt era corpulento, tinha cabelo arrepiado, devia estar na casa dos quarenta, tinha o leve sibilo de um sotaque australiano e óculos sem armação. E tinha uma elegância rústica de mídia. Ele parecia alguém que você veria como correspondente de negócios num canal de notícias vinte e quatro horas.

Delia comentou que estava torcendo para que os móveis do escritório tivessem chegado, e Kurt soprou na superfície de seu enorme café preto.

— *Howay the toon!* Gosto do sotaque de Newcastle.

— Obrigada — Delia respondeu. — Eu começo a falar, e ele surge.

— Você é de lá?

— Bem perto, de um lugar chamado Hexham.

— Então me conte a história de Delia Moss. Sua experiência é basicamente comunicação para a Câmara Municipal?

— Sim, isso mesmo — ela respondeu, com firmeza, pensando *dane-se, vamos cortar o mal pela raiz e acabar logo com isso.*

— Por que você veio para Londres?

— Razões pessoais, na verdade. Tenho uma grande amiga aqui e eu precisava mudar de ares.

— Término de relação complicado? — Kurt perguntou.

— Como você adivinhou?

— Eu conheço esse olhar. Tenho uma ex-mulher que é o braço direito do Satã. Se ela estivesse pegando fogo, eu ligaria para os bombeiros. Por sorte, ela ainda está em Canberra, e não conseguimos ter filhos. Às vezes, Deus sabe o que faz, não é?

— Exato — Delia respondeu, pensando *socorro, o que está acontecendo?*

— O que faz você pensar que consegue fazer a transição para RP aqui?

— Hum. Confiança. Tudo na vida é confiança, não é? Sei que tenho as habilidades. Só me falta a experiência.

— Experiência é superestimada. Experiência é aquilo que ninguém tem no começo, não importa quão bom seja. Atitude é tudo. Você consegue escrever um release de imprensa com o qual eu transaria?

— Hum... — Delia tentou não rir. — Hã. Depende do seu tipo.

— Em se tratando de habilidades em vender algo, estou procurando sexo selvagem. Não me venha com papai e mamãe. Coloque tudo para fora. Me seduza completamente, me deixe de quatro. De suspensório.

Eca, Delia pensou. O pisca-alerta "pervertido" brilhava com urgência em seu painel interno.

— Você consegue despertar o interesse e gerar publicidade? É tudo o que quero saber. A ideia é "prender a atenção". Você não chama atenção. Você *a prende.*

Delia abriu a boca e então se deu conta de que Kurt era alguém que gostava de falar em retóricas e frases de efeito. Ela não precisava dizer nada, apenas menear a cabeça com entusiasmo enquanto apertava os olhos com frequência.

— Na verdade, eu quase chamei a empresa de Smash & Grab.

— Mas as conotações criminais não eram ideais? — ela disse, tomando um gole de café.

Delia tinha tentado conter sua frieza usual de *geordie* nas interações londrinas, mas ali ela pensou: *Tá no inferno, abraça o capeta.*

— Exatamente. Depois dos protestos, ficou parecendo que saquearíamos arroz *basmati* de algum mercado. Que desperdício.

— O nome que você escolheu também é bom — ela comentou, se perguntando como a conversa ficou estranha tão rapidamente.

— Falo do arroz. O que esses merdas iam fazer, preparar uma *paella* enorme? A coisa toda me deixou enojado.

Delia quase riu, até se dar conta de que não deveria fazê-lo. E também se segurou para não comentar que para uma *paella* era melhor arroz arbóreo. *Basmati* era mais para *pilaf.*

Para alguém que dizia tantas coisas engraçadas, Kurt falava de um jeito totalmente impassível, o que deixava Delia sem saber se o humor era intencional.

— Gosto de fazer Relações Públicas para indivíduos notáveis, flerto com o que se pode chamar de assessor de imagem. Lido com o consumidor, se for interessante. Uma ou outra administração de crise, jogar espuma no fogo. Nada de negócio só pelo negócio, prefiro ficar vendo o cimento secar.

— Certo.

— Me conte. Qual foi o pior dia no seu último emprego?

— Bom, no dia em que pedi demissão e chamei uma dinâmica de grupo para aproximar a equipe de "palhaçada".

— Aproximação da equipe — Kurt zombou. — Os Vingadores se reuniram para combater o crime e depois fazer um projeto de ciências que protege um ovo contra quedas?

— Haha! — Delia riu, pensando que nunca tinha ouvido falar de um projeto de ciências com um ovo.

— E qual foi o melhor dia?

— Ah! Hã... Havia uma escultura em um parque local que parecia um tanto fálica e estava em construção. Houve algumas reclamações bem dramáticas. Nós sabíamos que o resultado final seria menos... peniano, mas o artista estava fazendo a egípcia, não queria discutir um trabalho em andamento nem dar declarações. Então não podíamos dizer nada com certeza. Meu contato no jornal local me jogou aos leões, dizendo que ia esperar, mas depois publicou a manchete "Esculpindo Paulatinamente".

Delia não fazia ideia se era a anedota certa para contar, mas Kurt estava meneando a cabeça.

— Então, era uma versão moderna de um mastro de fita. O prefeito fez a inauguração oficial com muitos estudantes correndo em volta. Faltava uma pessoa na coletiva de imprensa, então fiz o repórter que tinha escrito aquilo participar da dança, de vingança. Ele é bem pequeno. Talvez tenha sido dura demais, mas foi muito engraçado.

— Adorei.

Kurt recostou na cadeira.

— Certo. Decidi — ele anunciou.

— Hum... Oi? — Disse Delia.

— Você está contratada. E começa na segunda, às nove. Vou estar lá para uma reunião da equipe, e podemos assinar o contrato.

— Ah. Uau. Ótimo! — Delia exclamou, se perguntando se ele a estava provocando.

Kurt a estava observando de um jeito levemente desconfortável.

— Seu sotaque me transmite confiança, seu rosto é amigável e suas roupas de faculdade de arte sugerem criatividade. Os clientes vão gostar de você. E, francamente, em se tratando de administração de contas, prefiro treinar você do meu jeito.

— Ah. Obrigada — disse Delia, pensando que aquilo soava agourento.

— Estou avisando agora, não sou convencional. Gosto de agir por impulso e tomar decisões inusitadas. Não sou o sujeito que pergunta "por quê?", sou o sujeito que pergunta "por que não, porra?" Eu cago para o manual de regras, basicamente.

Delia pensou que devia haver alguma câmera escondida. Ela ia aparecer no *Piores Chefes do Reino Unido* ou coisa assim.

Eles se despediram rapidamente, e Delia se perguntou como era possível ter conseguido um emprego durante uma conversa excêntrica em um café, e que tipo de trabalho seria aquele. Uau. Aquele lance de ganhar algo assim que você desiste era verdade. Delia estava feliz. E um pouco chocada.

Mesmo assim, sem dúvida, era uma ocasião para retribuir a recepção com champanhe para Emma. Uma das vantagens de se morar em Londres, como ela tinha descoberto, era a incrível comida para viagem. Quando Emma cambaleou pela porta, Delia tinha uma bacia cheia de gelo, uma garrafa de Moët e duas pizzas de massa fina quentes do tamanho de tampas de lixeira dentro da embalagem de papelão.

Houve muitos gritos, e dava para ver que sua amiga estava muito feliz por ela ficar por mais tempo.

Emma ligou o laptop de Delia, com uma fatia triangular de *chorizo* com pimenta-verde em uma mão, para fazer sua própria pesquisa.

— Twist & Shout parece meio misteriosa pelo site, não é? Mas é uma empresa nova, não é? — Ela comentou. — Ah, Deels, parabéns. Eu sabia que alguém ia ver como você é especial.

Delia serviu mais espumante na taça de Emma e, ao sentir uma explosão de nervos, tentou se conter; ela tinha que se preocupar com a segunda de manhã. Por ora, era o momento de celebrar.

Quando fechou o site da Twist & Shout, Emma viu um e-mail aberto com uma grande faixa de PARABÉNS.

— Alguém gentil?

— Peshwari Naan.

— Agora você conversa com ele?!

— Pois é, ele me faz companhia. E é muito engraçado.

— Mas você nunca se encontrou com ele?

— Não. Não sei nem seu nome verdadeiro ainda.

— Tome cuidado.

— Não acho que ele seja perigoso.

— Não estou falando da sua segurança. Estou falando para você não se apaixonar on-line. É tudo um grande jogo de sombras.

Delia riu, embriagada pelo emprego novo, pelo álcool e pela novidade generalizada.

— Até parece!

Mas não estava tão longe da verdade assim. Depois de poucas semanas de correspondência, ela muitas vezes se pegava pensando em Peshwari Naan, lhe dando uma forma física. Delia se levantava animada para interagir com ele, redigindo mensagens mentalmente. Era como ter um diário que respondia. Ele era um presente inesperado, um novo aliado que tinha surgido do lugar mais improvável.

Muito de sua vida em Newcastle estava enredado em Paul. Ela era parceira de Paul, que tinha o pub, e tudo girava em torno de Paul, como os planetas ao redor do sol. O Naan só pertencia a ela e não tinha nada a ver com aquela vida. Enquanto digitava as respostas, ela podia ser quem quisesse. Ele tinha uma voz engraçada e irreverente, e Delia sentia um peso ser tirado de suas costas sempre que falava com ele.

Paul mandava mensagens com alguma frequência, às vezes contando coisas frívolas, pedindo notícias dela. E ligava, explicando que só queria conversar. Delia ignorava os telefonemas ou inventava desculpas. Apenas quando necessário dava respostas intermitentes e curtas, que ofereciam informações básicas e funcionais, apenas as coordenadas de um submarino, sem nenhuma narrativa ou emoção. Os canais de comunicação se mantiveram abertos, mas nada demais passava por eles.

— Alguém do trabalho, ela conheceu esse sujeito em uma sala de bate-papo... — Emma contou.

— E descobriu-se que ele é um golpista? Não estou prestes a oferecer três mil quando ele diz que o primo americano está precisando de um rim.

— Não, pior. Ela o conheceu depois de um ano trocando e-mails e não gostou do que viu.

— Maldição! — Delia exclamou, brincando.

— De verdade, ela ficou arrasada! Os dois estavam casados na cabeça dela, tinham se mudado para uma casa grande em Shropshire, com espaço na garagem, que ela tinha visto na *Rightmove*, e tinham três filhos. Imagine o grau de decepção. Tudo o que estou dizendo é que, se você começar a sentir alguma coisa, se encontre com ele assim que possível. Caso contrário, é como se você estivesse presa em um momento com alguém logo antes de um beijo, por tempo demais.

— Isso é muito poético.

— Estou bem bêbada. Além do mais, conheci um sujeito quando trabalhava em um contrato grande...

— É...? — Delia suspeitou que esse conselho traria a marca de uma dor pessoal.

— Ele me mandou um e-mail depois que o negócio foi fechado. Não estou falando de sexo, estou falando no sentido literal. Nós nunca dormimos juntos. Ele me mandou e-mails todos os dias, por um mês. Foi completamente louco, como se fôssemos almas gêmeas. Então ele parou. Foi isso, do nada, no meio de uma conversa. Mandei algumas mensagens de "Aonde você foi?", mas ele ignorou, e foi isso.

— Talvez ele tenha saído do escritório. Ou morrido.

— Negativo, Motoqueiro Fantasma. Ele continua no site. Você não promove um morto para cuidar do seu departamento de Propriedade Intelectual. O que aprendi foi: se alguma coisa vem fácil demais, também pode ir embora fácil demais. Sobrou alguma fatia de *Quattro Stagioni*?

Vinte e quatro

Dentro do sólido pórtico de pedra, Delia percorreu com os olhos a lista de nomes das empresas ao lado do interfone e não conseguiu encontrar Twist & Shout. Ela estava no lugar errado? Ah, espere — lá estava, bem no final. Escrito à mão em um pedaço de papel: "Twist & Sharp".

Ela tocou a campainha no prédio quase creme, quadrado e em estilo georgiano e esperou. Por mais nervosa que estivesse, tinha sido revigorante fazer parte do ir e vir de Londres naquela manhã. Em uma cidade cheia de movimento, era impossível se sentir parte das coisas se você acordava quando todo mundo tinha se levantado e saído.

E ainda que Delia não tivesse visto Emma, Delia estava, pela primeira vez, em meio à multidão de trabalhadores no transporte público. Ela tentou agir como se sempre usasse seu cartão Oyster (espere aí, não precisa tirar da carteira? Feitiçaria!), o tempo todo esperando alguém na Piccadilly Line bater em seu ombro e dizer:

— Nunca vi você aqui antes. Posso ver um documento?

— ...LÁ? — uma voz feminina saiu entrecortada pelo interfone.

— Olá! Delia Moss, para a Twist & Shout — ela responde, se sentindo tão idiota quanto sempre se sentia quando falava por um interfone.

Ouviu-se um pouco de estática, o aparelho foi desligado, e a pesada porta com uma daquelas portinholas que parecia vir de uma casa de Hobbit, com maçaneta central de metal, foi arrastada para trás sobre o carpete grosso. Uma mulher baixa, de meia-idade, com um Chanel grisalho e óculos presos por um cordão a confrontou.

— Twist & Shout? — Delia perguntou.

A mulher a olhou feio, sem entender e desconfiada.

— Kurt Spicer...? — Delia acrescentou.

— Ah! Kurt — a mulher disse, deixando Delia entrar. — Descendo a escada.

— Obrigada — disse Delia, pensando que as boas-vindas já tinham sido mais calorosas.

Ela passou por fichários de papelão da Lever Arch, aparelhos de telefone desligados e desceu por degraus precários e ruidosos até um porão. Aquele não era o tipo de agência de RP que parecia um palácio de gelo, a Fortaleza da Solidão de suas experiências mais recentes.

Lá embaixo havia um corredor que levava, de um lado, até uma copa amontoada, com seus pacotes de açúcar cristal, canecas feias, bules de plástico e geladeira. Mais adiante, ela viu um banheiro do tamanho de um armário com um pacote de papel higiênico Andrex aberto com um rasgo. Certo, Delia tinha ido para o lado errado, mas agora sabia onde estavam os itens essenciais.

Do outro lado, ela encontrou um escritório com um arquivo antigo com gavetas de metal, mesas baratas, um aparelho de telefone e um quadro branco. A única decoração era um gato da sorte japonês dourado, sobre o arquivo, acenando com a pata para frente e para trás. Delia sempre achou esses bonecos levemente macabros. Kurt não tinha dito que estava esperando uma entrega de mobília? Pelo jeito, o entregador era um viajante do tempo.

Delia colocou a cabeça para fora da porta e não conseguiu ver mais salas. Não. Devia ser ali.

Ela se sentiu boba e insegura, e se lembrou de que era por isso que empregos novos eram tão absurdamente estressantes. Não era o trabalho, eram os pequenos procedimentos desconhecidos que deixavam você parado como um idiota sem saber o que fazer.

— Olá!

Uma voz feminina surgiu atrás dela.

— Você é a Delia?

Delia virou. Uma garota — pela primeira vez, uma garota sem ar condescendente — sorrindo escancaradamente para ela.

A menina parecia ter no máximo vinte e poucos, tinha cabelo castanho comprido, desarrumado e preso, revelando seu belo rosto sem maquiagem. Kurt realmente selecionara duas pessoas completamente atípicas para os padrões de RP.

— Sou! Olá — Delia estendeu a mão, pensando que aquela garota tinha uma expressão e uma atitude que deixavam imediatamente claro que se tratava de uma pessoa gentil e íntegra. Havia alguma coisa naquele sorriso que chegava até os olhos.

— Sou Steph.

Santo Deus. E ela era de Liverpool!

— Mais alguém que veio do norte! — Delia exclamou, sem conseguir se conter.

— De Wirral.

— Você está aqui faz tempo? Quero dizer, na Twist & Shout.

— Não. Também comecei hoje. Acho que somos só nós.

Delia sentiu vontade de jogar o casaco no chão, agarrar a menina e sair à valsa. Ela estava imaginando a figura blasé e intimidadora com quem teria de lidar.

Em vez disso, Steph apareceu, usando sapatos Doc Marten com meia-calça transparente preta, como uma enfermeira, e estava tirando o rabo de cavalo do capuz do casaco, enquanto dizia:

— Você acha que existe algum tipo de cafeína por perto? Saí tarde demais para passar no Caffè Nero.

Delia sentiu como se tivesse feito uma amiga no primeiro dia de aula.

As duas se aproximaram no tradicional estilo britânico, preparando xícaras de chá. Steph era recém-formada em estudos de mídia e encontrou a Twist & Shout da mesma forma que Delia, pelo site. A jornada dela era bem puxada, desde a casa da tia em Essex todo dia, e Delia pensou na sorte que tinha de estar alojada no Chez Emma, na Zona 2.

Era quase estranho que Kurt contratasse duas candidatas tão parecidas, ela ponderou. Mas não discutiria. As duas levaram suas bebidas de volta e inspecionaram o espaço vazio.

— Trouxe um laptop? — Perguntou Delia, que tinha levado o seu, seguindo uma nova cartilha que dizia "não dê sorte para o azar".

— Pois é, ainda bem — Steph respondeu. — Por que ele não avisou que os computadores não estavam aqui?

As duas se instalaram — Delia com o antigo Dell que tinha herdado de Ralph, coberto de adesivos da Marvel —, ligaram o wi-fi, tamborilando com os dedos e conversando, enquanto esperavam seu novo chefe.

Dez minutos depois, e de repente, Kurt estava na sala.

A temperatura, o volume e a lotação não pareceram triplicar, e sim decuplicar.

— Meninas! — Ele gritou. — Primeiro dia e um novo começo. Vamos ao trabalho. Lista de clientes, anotações de estratégia — Kurt anunciou, jogando um fichário na mesa de cada uma. — Prefiro trabalhar com material impresso, é menos fácil de compartilhar e copiar. Esta é a Bíblia da nossa empresa. Protejam-na como se fosse um recém-nascido. Não mostrem para ninguém fora desta sala.

Tanto Delia quanto Steph tentaram parecer adequadamente fascinadas enquanto folheavam o material.

— Deixem para depois! — Ele instruiu. — Vou sair para uma reunião em uma hora, vocês podem ler quando eu estiver fora. Antes, deixe-me explicar o que é a Twist & Shout.

Kurt puxou uma cadeira do centro da sala e se sentou, como se elas fossem um painel de entrevistadoras.

— Uma informação sobre mim — ele disse, com o peso de quem está fazendo uma grande revelação. — Eu não pego filas.

Uma pausa tensa. Delia sentiu, como a funcionária mais velha, que era sua obrigação se manifestar.

— Você não pega filas?

— Não.

Outra pausa.

— O que você faz quando quer comprar alguma coisa que está sendo oferecida em uma, hum, estrutura sequencial? — Ela perguntou.

— Eu encontro outra maneira. Ou não me dou ao trabalho. O que estou dizendo é que existem pessoas na vida que ficam na fila, que deixam outras pessoas estabelecerem o ritmo e os termos. E existem aquelas que assumem o controle.

Delia não fazia nenhuma ideia de como esse mantra se traduzia em situações reais. "Olá. Não aceito que você esteja na minha frente na fila do caixa. Dê uma passo para o lado." Ela imaginou Kurt sendo retirado do Sainsbury pelos seguranças, gritando, "Carpe diem".

— Vocês vão começar a entender como eu funciono no decorrer do trabalho. Vão ver os clientes virem até mim porque eu não penso como os demais. Minhas campanhas são um estouro. Eu faço chover.

Eu faço chá, Delia pensou, desistindo de qualquer expectativa do discurso de Kurt fazer sentido.

— Eu vou lá, e as coisas acontecem. Vocês são minhas ajudantes. Preciso que vocês cuidem da parte administrativa, mantenham os clientes felizes, atendam o telefone, escrevam os releases de imprensa, atendam as solicitações da mídia. Algumas das nossas aventuras vão exigir engenhosidade e flexibilidade...

Delia torceu para ele não estar falando no sentido literal.

— ... mas eu prometo, vamos nos divertir. Alguma pergunta?

Delia sentiu que deveria ter três mil questões, mas nenhuma estava lhe ocorrendo.

— Como devemos começar nesta manhã? — Steph perguntou educadamente.

— Leiam os arquivos, familiarizem-se com as anotações. Me tragam ideias de como podemos lidar com vários clientes, se quiserem. É isso. Vão almoçar e façam o que as meninas fazem para ficar amigas. Podemos começar devagar. Vou precisar que vocês estiquem à noite, de vez em quando.

As duas assentiram.

Kurt levantou e colocou a cadeira de volta no lugar.

— Vou estar no celular, se precisarem de mim, mas deixo no modo avião quando estou com clientes. Eles precisam saber que têm minha atenção total. — Ao sair, ele levantou a mão: — *Shalom.*

Houve um silêncio tenso, enquanto Delia tentava decidir quão irreverente podia ser com Steph.

— É impressão minha ou ele fala em *enigmas*? — Steph comentou.

Uma combinação do sotaque de Liverpool e de alívio tornou aquilo incrivelmente engraçado para Delia, e as duas caíram na risada. Steph folheou as páginas do fichário.

— Já ouvi falar de algumas dessas pessoas! — disse, ofegante.

Delia compartilhou sua surpresa respeitosamente. Em parte, era o contraste entre o perfil dos clientes, os escritórios descuidados e a maneira caótica como Kurt fazia as coisas.

Ele não voltou pelo resto do dia, e ao meio-dia e meia, Steph perguntou:

— Vamos sair para aquele almoço "de meninas" que deveríamos ter? Acho que a história de ficarmos amigas é uma clara autorização para uma cerveja.

Delia estava se apaixonando.

Vinte e cinco

Então, o que você está fazendo hoje, Delia Dinâmica? PN

Vou encontrar o crítico de restaurante do Evening Standard para almoçar. Pelo jeito, Kurt tem grandes planos para ele. Embora ache que só vou para fazer anotações, já que Kurt diz que parecer ter assistentes o torna mais importante. Não sei se isso é dinamismo. Nem feminismo. D

Por sorte, Delia conteve suas expectativas a respeito de Gideon Coombes, porque não havia absolutamente nada de bom no sujeito.

Uma criatura comprida e magra que usava óculos muito redondos, grandes, que lembravam uma coruja, com um terno de flanela cinza que parecia caro e uma camisa xadrez, ele tinha a reputação de destruir completamente os estabelecimentos dos quais não gostava. Sua caneta era venenosa, manejada por uma cobra peçonhenta vestindo Paul Smith.

Ela e Kurt o encontraram em uma *trattoria* italiana moderna perto do Soho. Depois de pensar que era uma pena ser tratada como acompanhante de Kurt, Delia logo ficou profundamente grata, porque a maior parte da conversa não precisou de sua contribuição.

De início, ela achou que fosse apenas o comportamento londrino de Gideon. Mas conforme o tempo passou, seus instintos avisaram que ela estava na companhia de um grande imbecil.

De vez em sempre, Gideon interrompia a conversa no meio de uma frase e murmurava comentários sobre a comida para seu pequeno gravador. Não havia nenhuma razão aos olhos de Delia para permitir que a conversa fosse interrompida, além de um floreio afetado.

Kurt estava discutindo o desejo de Gideon em fazer uma transição da mídia impressa para a televisão, e, de repente, o crítico levantou um dedo. *Click.*

— Não é uma de minhas melhores experiências com *gnocchi*. Consistência grudenta. Eles deviam flutuar como pequenas nuvens, não grudar na tigela como cascalho ao gesso. Comparar este lugar com Bocca, Locanda. As coisas melhoram com notas florais de erva-doce e sabores musculosos de feijão *borlotti* e linguiça de javali. Falar sobre uma calcinha ousada por baixo de um vestido Laura Ashley. Mencionar um cheiro curioso no banheiro masculino. Não deveria haver incenso do lado de fora de estabelecimentos que escrevem "mágica" com K.

Ele apertou o botão STOP e sutilmente voltou para a discussão da mesa. Kurt não se abalou — mas, até aí, manter-se inabalável diante das excentricidades dos clientes era o trabalho dele. Delia arregalou os olhos.

— Então, você precisa de uma briga com um chefe de ponta — Kurt concluiu. — Afinal, quem era Gordon Ramsay antes de colocar A. A. Gill para fora de seu restaurante? Um sujeito com frigideiras e um rosto que parece o escroto de uma tartaruga.

Delia tinha bastante certeza de que ele era um escroto de tartaruga com estrelas Michelin, mas não mencionou nada.

— Aquela confusão foi uma virada de mesa. Ramsay parece um homem durão, Gill parece o crítico mais polêmico do país. Todo mundo voltou para casa mais famoso.

— Você quer me dar uma briga de bar em um restaurante do Ramsay? Isso não é mais polêmico. O neoclassicismo sério dele para bodas de ouro já cansou totalmente. Ele está nos *aeroportos* agora, pelo amor de Deus.

— Não, não há razão para reprisar as coisas com Ramsay. Você é o *enfant terrible* dos críticos, você precisa de alguém do mesmo calibre. Eu estava pensando em Thom Redcar.

Gideon Coombes inclinou a cabeça para o lado.

— Devo fazer uma crítica ruim do Apricity? Acho que alguns pratos de lá pecam para o lado da inovação em pós-Blumenthal de um jeito gratuito. Às vezes os condimentos deles são efetivamente agressivos. Mas o Apricity é bom. Dei quatro de cinco estrelas para o lugar, apesar daquele equívoco com o sashimi de corvina pintada. Comparei a experiência a fazer sexo em um necrotério, mas os *sous-chefs* perderam a coragem e o tiraram do cardápio.

Delia conhecia vagamente Thom Redcar por causa de uma matéria no suplemento de domingo, meses antes. Uma daquelas matérias de página dupla um tanto irritantes em que um cozinheiro de beleza rústica, cheio de tatuagens, posa como se fosse um astro do rock em seu dólmã de chef, segurando um cutelo, com o bíceps parecendo um saco de nozes, e o cabelo penteado com pomada. O olho da matéria informa que ele é um jovem de cabeça quente que vai cozinhar para caralho e, em geral, mudar sua vida com sua abordagem iconoclasta para vieiras.

Depois de treinar com várias figuras de renome, Thom Redcar tinha aberto seu próprio restaurante, Apricity, há pouco tempo, em um galpão abandonado, perto de King's Cross. A estrela do cardápio era o ovo de pato defumado com alfafa, e o local tinha uma lista de espera mais longa do que para doadores de fígado.

— Não vamos esperar pelo acaso para você ser colocado para fora do restaurante. Acho que precisamos envolver o Thom nisso. Assim, podemos avisar os paparazzi. Vai ser uma publicidade sem fim para esse tal de Apricity, e ele vai sair dessa todo pomposo.

Gideon pegou uma garfada do *gnocchi* da parte de baixo do prato.

Delia notou que, apesar de tê-los comparado a cocô, ele conseguiu terminar o prato.

— E se alguém decidir gritar que foi armação? Fico um pouco desconfortável com a chance de essas coisas saírem pela culatra.

— Essa é a beleza de envolver o Thom. Ele não vai dedurar nada se isso acabar dedurando a si mesmo.

— E se ele disser não diante do primeiro obstáculo e depois nos dedurar?

— Haha! — Kurt recostou na cadeira. — Confie em mim, não é assim que eu faço as coisas. Ele não vai saber que você disse que concordou até ter dito que concorda.

Gideon limpou a boca com o guardanapo.

— Então eu topo. Como estava a alcachofra?

Delia ficou chocada por estar sendo abordada diretamente. Gideon mal tinha notado sua presença desde que ela chegou.

— Hum. Boa — Delia respondeu.

— "Boa" não funciona para críticos, querida. Espero que você não se importe — E, com isso, Gideon mergulhou o garfo na massa dela.

Não era sempre que Delia ficava desanimada diante da ideia de comer sobremesa. Quando o deixaram na rua, Gideon murmurava em seu gravador:

— Redenção parcial com um tartufo eficiente, ainda que não muito inspirado.

— O que você achou de Gideon? — Kurt perguntou, enquanto os dois andavam pelo Soho, caso Delia pensasse que ele queria opiniões amadoras sobre o molho pomodoro.

— Hum, ele é muito... direto — Delia respondeu, se parabenizando por encontrar algo positivo para dizer que tivesse algum quê de verdade.

— Ha-ha! É diretamente *chato*, isso sim.

Delia se permitiu abrir um pequeno sorriso culpado.

— É?

— Ele tem ambições sobre a televisão. O problema é que ele quer ser uma personalidade de mídia, e a personalidade é o ponto fraco dele. Precisamos transformá-lo em um babaca irritadinho.

— Ou em um Erick Jacquin, cheio de "tompêrro" — disse Delia, antes que conseguisse se controlar.

Kurt explodiu em uma gargalhada.

— O que você tem achado de Steph?

— Ela é ótima. Amo Steph — Delia respondeu.

— Hummm. Não tenho certeza se ela é diferente o bastante.

Delia ficou desconfortável. Não combinava com o tom tranquilo de "vamos nos conhecer melhor" de dias antes. Além do mais, ela não era nem vaidosa nem ingênua a ponto de achar que Kurt não faria a mesma pergunta para Steph sobre ela.

Uma das regras de Delia para a vida era: "Se você aceita que alguém seja maltratado, isso volta para você e fica." Ela não podia dizer que *gostava* do fato de Paul ser amigo das ex sempre que elas davam notícias, mas respeitava isso.

— Ela está se situando — disse Delia, mas Kurt não estava ouvindo.

— Vou tomar um café, se você conseguir voltar por conta própria — ele avisou.

Delia não fazia ideia de como Kurt fazia para não ficar totalmente fora de si com a quantidade de cafés americanos que consumia.

— Kurt — ela chamou, quando ele fez menção de se afastar. — Como você vai fazer Thom Redcar concordar com a ideia sem contar que Gideon está envolvido?

— Ah, eu vou dizer a ele que Gideon está envolvido — ele respondeu com indiferença. — Só falei que não ia contar para Gideon criar coragem. Regra fundamental, ruiva: diga ao cliente o que ele quer ouvir.

Mas e se saísse pela culatra, como Gideon disse? E o risco? Delia fez o resto do percurso até o escritório a pé, pensando que era sensível demais para aquele mundo.

Quando chegou, ficou aliviada de ter histórias extravagantes sobre como Gideon Coombes falava com as garçonetes para deliciar Steph — algo para distraí-la do pequeno esforço de Kurt em dividir e conquistar. Ela não queria pensar no que os comentários de seu chefe significavam para Steph; sem dúvida, ele não a mandaria embora num capricho. Ela era a colega de escritório perfeita: realista, divertida e fiel observadora da etiqueta da hora do chá.

No fim do dia, o telefone tocou enquanto Steph fervia água: Delia podia ouvi-la batucando uma música com as colheres sobre a fórmica (Steph tocava bateria e tinha ficado arrasada por ter que deixar seu instrumento para trás, em Birkenhead).

— Alô, Twist & Shout — Delia atendeu, com uma confiança cantarolada.

— Kurt Spicer, por favor — disse uma voz masculina, jovem e confiante.

— Infelizmente, ele não está no momento. Posso ajudar em alguma coisa, ou quer deixar recado?

— Você é...?

— Delia Moss, gerente de contas.

— Olá, Delia Moss, gerente de contas. Eu gostaria de marcar um horário. Uma conversa sobre os clientes da Twist & Shout e oportunidades futuras. Você pode me ajudar com isso?

Direto, mas elegante.

— E você é?

— Adam West. Jornalista. Freelancer. Escrevo basicamente sobre negócios.

— Você está em busca de matérias sobre consumo?

Delia equilibrou o fone entre o rosto e o ombro e digitou em silêncio o nome dele no Google, seguido de "repórter de negócios". Uma série de matérias de jornal apareceu.

— Sou bem eclético, sendo freelancer e tal. Sabe, se tiver alguma coisa interessante, talvez nós possamos chegar a um acordo.

— Certo, podemos nos encontrar — Delia respondeu. Ela queria se sentir hábil diante da arrogância dele e achou que fazer um contato útil seria um bônus.

— Que tal amanhã? Brunch no Balthazar? Às onze?

Delia só tinha uma vaga ideia de onde esse lugar ficava, mas brunch parecia boa ideia.

— Combinado.

— Ótimo, nos vemos lá.

Delia desligou e registrou a reunião no diário do escritório que, na verdade, ninguém conferia.

Animada diante da perspectiva de trazer um contato por conta própria, ela pensou: *até que estou me saindo bem nisso. Talvez a confiança seja apenas uma questão de fingir, até que não seja mais fingimento.*

Delia sentiu uma onda de empolgação e orgulho.

Seu antigo escritório sério, os dedões do pé tortos de Ann, os *Jogos Patrióticos* de Roger com Peshwari Naan, até mesmo Paul e seu pub pareciam estar a muitos quilômetros de distância.

Será que era tão fácil assim, depois de uma vida nadando cachorrinho, mergulhar no lado fundo da piscina e sair dando braçadas?

Vinte e seis

Balthazar, uma *brasserie* movimentada em Covent Garden, parecia um Café Rouge sofisticado, para Delia. Ela sabia que ambos eram uma versão anglicizada do original gaulês, mas, como nunca tinha ido à França, era seu único ponto de referência. Ela afastou os pensamentos sobre Paris da cabeça. Paul nunca estava longe de sua mente.

Porta adentro, havia um arranjo que era mais uma explosão de flores; tinha o tamanho de uma árvore e estava em um vaso gigantesco. Ela estava bem adiantada e pediu uma mesa para dois, tentando agir como se pertencesse àquele lugar.

Delia deslizou pelo banco vermelho-batom da mesa, sob um espelho enorme de moldura em prata fosca e pediu um chocolate quente. Ela pegou a pasta de clientes, tirou o casaco e pensou: *Brunch de negócios. Respeitável. Chique, até. Faço parte oficialmente da correria profissional desta cidade. Talvez Londres não seja tão ruim, no fim das contas.* Era preciso começar a marcar o mapa com alfinetes, criar pontos fixos de familiaridade ao redor dos quais se orbita.

Nos ruídos, no burburinho e no sibilar da máquina de café que servia àquela manhã, ela teve um instante de contentamento. Talvez se acostumar com o próprio avanço e fazer coisas novas e assustadoras fosse assim mesmo. Você entra em uma breve sincronia com o entorno — por alguns segundos, tudo começava a fazer sentido. Conforme o tempo passasse, com sorte, esses momentos se tornariam mais numerosos, até se juntarem como uma corrente de papel, e você simplesmente se sentiria em casa.

Delia folheou a pasta da Twist & Shout, sua lição de casa ainda não terminada. Estava gostando dos planos para Marvyn Le Roux, um mágico teatral à moda antiga, que, pelo jeito, Kurt estava determinado a transformar em um tipo de ilusionista psicológico perigoso.

Ela logo se esqueceu de estudar as anotações sobre os clientes para observar as pessoas. Havia uma dupla de mãe e filha robustas vindas dos Estados Unidos, que eram a cara de uma, o focinho da outra. Elas estavam conversando naquele típico volume alto americano sobre ter visitado os lugares mais lindos de Florença, nos quais tinham comprado lenços de seda combinando. Delia ficou tocada pelas duas: devia ser uma delícia ser tão próxima da própria mãe. Não que ela fosse começar a usar coletes de fleece.

Do outro lado do salão, havia uma mesa com elegantes homens de terno na casa dos vinte fazendo uma reunião, claramente tentando superar uns aos outros com comentários inteligentes e altos. A risada do grupo respeitava intervalos perfeitos.

Os olhos dela foram parar em um homem que tinha se sentado e começara a conversar com o gerente. Ele não parecia uma pessoa normal: era como um personagem de um filme do cinema ou da TV, discutindo seu papel com o diretor.

Ele tinha cabelo curto e desarrumado, loiro-escuro, e um daqueles rostos clássicos, com maçãs e cenho pronunciados e um nariz forte e reto. Era uma beleza intensa e indiscutível, que podia mudar a pressão atmosférica de um recinto, fazendo as cabeças das mulheres girarem como corujas.

Era o tipo de homem que você tinha mais chance de encontrar em Londres, Delia pensou; ele desfilava como se fosse o dono do lugar. Nenhuma outra cidade seria grande o bastante para ele.

Delia achou a aparência dele interessante de admirar, como num safári, de binóculos. Ela não podia dizer que gostava daquele estilo em especial. Preferia a beleza de Paul: discreta, com personalidade. Uma beleza que chegava furtivamente, em vez de dar um tapa na sua cara. Algo que atraía, em vez de intimidar. Mas, até aí, Delia sempre tinha preferido coisas usadas, que já tinham sido amadas antes, à perfeição brilhante, com ângulos fortes.

Delia sentiu uma pontada de saudades de Paul, que teria experimentado o Bloody Mary, se estivesse ali. Ele era um especialista e precisava experimentar um, onde quer que fosse. Ela não tinha pensado que a coisa de "a distância fortalecer o amor" fosse funcionar para os dois lados.

O loiro estava usando um trench coat bege de detetive, e suas mãos estavam dentro dos bolsos. Ele impressionava ao falar, era a imagem perfeita da confiança e do garbo metropolitano.

Ele virou e percorreu o salão com os olhos, como se estivesse procurando alguém. "Espere um pouco. Ah, não. Você, não." Delia se deu conta de que esperava alguém um pouco mais vulgar, tipo Stephen Treadaway, do *Chronicle*, mas essa gata não estava tão escaldada assim.

Os olhos dele foram parar nos seus, e Delia sentiu um peso. O loiro a encarou, como se ela fosse uma anomalia naquele universo, com seu modelo xadrez rosa. Ela amava aquele vestido de garçonete, mas, sob o escrutínio daquele homem, Delia se sentiu desconfortável imediatamente. Ela tinha sido descoberta. Sabiam que aquele não era seu lugar.

Enquanto engolia em seco e escondia desajeitadamente sua pasta cheia de segredos, o homem se aproximou.

— Delia, Twist & Shout? — ele perguntou, com um tom de dúvida na voz, quando chegou à mesa.

Ela assentiu, e o loiro abriu um sorriso mecânico que não chegou a seus olhos. A onda de felicidade que Delia sentira foi destruída e ficou em retalhos a seus pés.

— Adam West.

Ele estendeu a mão e Delia a apertou. Era uma mão fria e confiante, claro, e ela ficou feliz que a sua não tivesse tido tempo de ficar suada. Por que esse homem precisava deixá-la tão desconfortável com sua superioridade genética gritante? Não era justo, as pessoas lindas têm vantagem automática.

— Eu tinha feito uma reserva, e me disseram que você não estava aqui. Não me dei conta de que você tinha ocupado uma mesa diferente.

— Desculpe — ela disse, sem saber se estava sendo acusada de alguma coisa.

— Você quer comer algo? Bom, nós tínhamos falado em um brunch.

— Não exatamente... — Delia mentiu.

Ela queria pedir dois ovos com muffins e mostarda ou mesmo um filé *au poivre* com batatas fritas bem fininhas — e que o homem à sua frente não estivesse ali.

— Tem certeza? Pelo que me disseram, os waffles são bons.

— Você vai comer?

— Não.

— Estou bem.

Se aquilo era algum teste de poder baseada em waffles, Delia não seria eliminada.

— Vou pedir bebidas, então — ele disse, enquanto um garçom apareceu a seu lado. — Um café preto para mim, obrigado, e ... — Adam olhou para Delia.

Naquele momento, um chocolate quente completo, com chantilly, chegou. Sim, claro, ela tinha pedido uma bebida de criança.

Adam West olhou para a caneca ao ser deixada sobre e mesa e comentou distraidamente:

— Certo.

— Você veio de longe? — Delia perguntou, tentando distraí-lo de sua bebida.

— Tudo é bem longe em Londres — Adam respondeu.

Delia ficou irritada imediatamente por ele ter presumido, por causa do sotaque, que ela não conhecia a cidade.

— Há quanto tempo você trabalha para Kurt Spicer?

— Hum — Delia não queria dar uma resposta que gritasse NOVATA, mas, com exceção de mentiras escancaradas, não havia escolha.

— Quase um mês.

— Um mês? — Adam repetiu, quando o café chegou. — E, antes disso, você estava na...?

— Desculpe, mas qual é a relevância disso? — Delia perguntou, dura e constrangida.

— É só uma conversa "para conhecer você", Delilah — Adam respondeu, aceitando o café.

— É Delia — ela corrigiu, enquanto ele estava de cabeça baixa.

— Delia.

Nenhum lampejo de constrangimento diante do erro. Ela estava começando a desgostar daquele homem, de fato.

— Eu me mudei recentemente de Newcastle — ela revelou. — Eu trabalhava com comunicação.

— É uma mudança e tanto, então — Adam comentou, olhando-a enquanto tomava um gole de sua xícara.

Delia teve de se conter. Era outro jeito de dizer "caipira não qualificada do interior".

— Na verdade, não. Os princípios são os mesmos.

Nesse momento, Adam West abriu seu primeiro sorriso genuíno.

— Princípios.

Delia mexeu seu chocolate quente para fazer o creme constrangedor desaparecer e decidiu que estava na hora de mudar de assunto.

— Então, o que posso fazer por você, hoje?

— Pensei que você podia me falar sobre quem vocês assessoram, e podemos começar daí.

— Oi? Nós não revelamos nossa lista de clientes assim.

Delia sentiu um sopro de perigo somando-se à antipatia instintiva. Adam West devia saber que ela não faria isso. O que ele estava planejando?

Ah. Experiência. Era nesse momento que ela viria a calhar.

Clientes ocuparam a mesa próxima aos dois, e Delia precisou tirar seu casaco e sua bolsa. E agradeceu por poder se desviar do contato visual com aquele homem. Ele de fato diminuía a temperatura do lugar.

— Como eu estava dizendo, estou aberto a qualquer tipo de matéria. Boa. Alguma coisa com conteúdo. Nada muito fútil sobre o mundo do show business, a menos que tenha peso — ele disse.

— Negócios?

— Iiisso — disse Adam, com a indiferença de alguém sem nenhum problema de autoestima. — Negócios. Consumo. Política.

— Para onde você está escrevendo? Sei que você disse que é freelancer; para onde você vende a maior parte dos seus textos?

— Você não pesquisou sobre mim no Google? — ele perguntou, com a sobrancelha franzida.

Uma expressão que, sem dúvida, funcionava com muitas mulheres. Não que fosse funcionar com aquela.

— Sim — Delia respondeu, secamente. — A maior parte dos créditos tem alguns anos.

— Pobre de mim, ainda não cheguei ao *Daily Star*. Mas é um sonho — ele comentou sem nem um lampejo de sorriso e sem responder a pergunta. — Vocês têm alguma start-up? Algum empreendedor?

— Hum... — Delia pensou imediatamente em alguém que não seria nada apropriado, mas sua boca começou a se mexer sem a aprovação do cérebro. — Temos uma coisa leve e nova no universo do consumo. Nada com peso... — ela murmurou, desejando ter mantido a boca fechada e torcendo para conseguir distraí-lo.

— Vamos ver.

Ah, não.

— Hã. É aromaterapia para banheiros. O cliente está tentando atingir hotéis de luxo. Você... hum... borrifa no vaso.

Os olhos de Adam se arregalaram. Delia queria desaparecer.

— Você está me oferecendo um Air Wick hippie?

— O Shoo Number Two é diferente, porque não disfarça os cheiros, ele os neutraliza.

Adam engasgou com seu café preto de tanto rir, e Delia pensou que a única maneira de recuperar algum vestígio de dignidade era agir como se estivesse tentando desviar o rumo da conversa de propósito.

— Acho que concordamos que não temos nada para você no momento.

— Não tenho tanta certeza assim. Vocês têm algo que deixe peido purpurinado?

Vinte e sete

Quando Delia voltou a pé para o escritório, Kurt estava conversando com Steph. Ele estava de saída, mas, claramente, não estava com pressa.

Droga. Delia estava torcendo para varrer aquela reunião para baixo do tapete.

— Por onde você andou, ruiva?

— Café com um *freelancer* que queria dar oi — Delia experimentou abrir um sorriso largo e correu para sua mesa.

— Quem?

— Hum. Adam West.

A atmosfera mudou de repente.

— Por que você foi se encontrar com ele? — Kurt perguntou, tenso.

Steph olhou.

— Ele me pediu uma reunião. Disse que podia escrever alguma coisa sobre clientes na área de consumo, mas não pareceu interessado em nada em particular. Foi meio que uma perda de tempo.

— Nunca, nunca mais, vá se encontrar com aquele filho da puta de novo. Nem mesmo fale com ele.

— Ele não é bom?

O coração de Delia chegou ao estômago ao se dar contar de que sua primeira iniciativa tinha ido incrivelmente mal.

— Ele não é bom?! Só par sua informação, Adam West trabalha para um site investigativo. Uma pequena publicação on-line gratuita que só serve para criar confusão e jogar merda no ventilador das pessoas que trabalham de verdade. Ele é pura treta.

Delia sentiu um leve calafrio ao pensar em como tinha chegado perto de um desastre.

— Entendido.

— Você descobriu quem é o chefe dele?

— Não.

— Hummm. Eu gostaria de saber quem manda ali. Siga o rastro da grana, sempre.

Os olhos de Kurt encararam Delia depois que a conversa acabou, e ela teve uma sensação terrível de que havia uma marca preta ao lado de seu nome num caderno imaginário.

Uma hora depois, duas ligações perdidas de Adam West. Enquanto via o nome dele piscando na tela, ela pensou: *Rá. Você acha que sou idiota o bastante para falar com você de novo? Você está enganado.*

Mas, em poucos minutos, também chegou um e-mail.

Olá, Delia,

Parece que você não está atendendo o telefone. Só um rápido aviso, você esqueceu sua pasta. Imagino que você a queira de volta. Tenha uma ótima tarde.

Adam

O conteúdo do estômago de Delia foi parar no chão. Ah, não, não, não — ela deixou a pasta com Adam West?! Delia pegou sua bolsa como se tivesse sido atingida por um choque elétrico, torcendo em vão para que fosse brincadeira. Enquanto revirava desesperadamente sua bolsa cavernosa, logo soube que a busca era inútil. O item mais valioso se recusava a estar ali.

Delia olhou em volta, na sala, como se algo ali pudesse ter a resposta. Pense. *Pense.* Se descobrisse, Kurt a mandaria embora. Sem dúvida. Talvez ela mesma se demitiria, por completa estupidez e descuido.

Com o coração disparado, abriu um sorriso nervoso para Steph, aceitou e agradeceu pelo chá, e tentou se manter calma e continuar o dia.

Adam,

Sim, eu quero, obrigada. Quando posso pegá-la?

Atenciosamente,

Delia

Meu Deus, ele provavelmente ia apenas mandar uma daquelas imagens de uma caveira com dois ossos cruzados que aparecem nos filmes quando os terroristas hackeiam a rede principal.

Você pode me encontrar naquele café velho na Endell Street, amanhã, às 16h, e podemos chegar a um acordo.

Adam

Delia não podia sair do escritório para encontrá-lo de novo! Isso também resultaria em uma demissão. Seus dedos se moveram sobre o teclado antes que ela pensasse melhor.

Olá, Adam,

Meus horários estão bem apertados amanhã. Podemos combinar uma entrega? Posso passar no seu escritório.

Obrigada.

D

Esperar. E esperar.

— Tudo bem? — Steph perguntou.

— Ah. Claro! — Delia respondeu. Ela não podia confessar. Não faria bem a ninguém e tornaria Steph uma cúmplice.

— Não se preocupe com essa história do Andy West. Como você podia saber que ele era um inimigo do Estado?

— Pois é. Obrigada — disse Delia, com o sorriso mais fácil e desconfortável do mundo.

De canto de olho, ela viu um novo e-mail chegar e o abriu, com o devido medo.

Cara Deidre,

Você parece estar me confundindo com algum idiota. Ou é a pior negociadora de reféns do mundo. Espero que ninguém nunca entregue um megafone para você.

Funciona assim: tenho uma coisa que você quer, e você não tem nada que eu queira e nenhuma margem de manobra, ainda. Então, vejo você às 16h, ou eu fico com a pasta.

Tudo de bom,

Adam

Canalha, canalha completo, Delia pensou.

Naquela noite, quando foi capaz, isto é, depois de um belo gim-tônica, ela pesquisou por Adam West on-line. Desta vez, direito.

Ele realmente tinha várias matérias em jornais de circulação nacional. Mas, se tivesse se dado ao trabalho de procurar com mais cuidado, Delia teria visto que ele se envolvera com uma série de reportagens sobre crimes de colarinho branco. Que causou um processo por calúnia e difamação, vencido por seu jornal.

Seu estômago ficou apertado ao ler as palavras do acusador do processo para se referir a Adam: *Cobertura invasiva e aviltante... Cão de caça, táticas de intimidação...*

Ele tinha ido para um site chamado "Sem rodeios". Um cruzamento entre revista crítica e agência sensacionalista, voltado para negócios, mídia e política; muitos artigos grandes, com ênfase em investigações extensas e minuciosas que os jornais não se davam mais ao trabalho de fazer. Irritantemente respeitável e intimidador.

Como era possível que Delia estivesse mergulhando de cabeça no fundo do poço, pouco tempo depois de voar alto? Que idiota. Ela queria se bater.

Quando Emma chegou, Delia estava letárgica, trocando de canal, em sua terceira dose de gim Gordon's, mal tocando a garrafa de tônica.

Ela contou o acontecido.

— O que ele vai fazer com essa pasta?

— Sabe Deus. Está tudo ali. Escritórios de RP são muito reservados sobre seus clientes, e a pasta não somente contém todos, como também tem anotações sobre estratégias, ideias de cobertura, detalhes autobiográficos e assim por diante. É a planta da Twist & Shout. As possibilidades são infinitas.

— Não entendo, é uma empresa nova. Qual é o problema dele?

— Não faço ideia. Adam é um cretino, e é provável que ame revelar sujeiras. Sério, veja esses textos. Ele tem a fama de arruinar completamente as pessoas — disse Delia, virando a tela do laptop para Emma.

— Meu Deus — sua amiga exclamou, depois de alguns minuto.

— Está vendo?

— Não, você viu a foto dele? Eu gostaria que ele me aviltasse e me invadisse, de preferência três vezes seguidas. E depois viesse como um valentão de escola de novo, na manhã seguinte.

— Ah, fala sér...

— Você já o viu? Ele está em forma?

— Ele é do mal e totalmente seu tipo. Elitezinha da *pior* espécie, deve usar jaquetas impermeáveis no fim de semana, cobrar seu pai em um décimo da produção de milho por viver na bela propriedade dele, meio autoritário...

— Hummm, continue, estou quase lá.

— Emma! — Delia gritou, rindo. — Não acredito que deixei a pasta ali dando sopa — ela grunhiu. — Estou muito brava comigo mesma.

Emma apertou os olhos para a tela e fechou o laptop, antes de tomar um gole do gim de Delia.

— Se ele é tão implacável assim, deve ter pegado a pasta quando você estava olhando para outra direção.

Delia endireitou de leve o corpo.

— Pois é.

Essa ideia fez seu corpo ferver de raiva. Aquilo era ilegal — ainda que ela pudesse estar forçando a barra. Mesmo assim, alguém com a mínima noção do *fair play* britânico teria pegado a pasta, no máximo folheado um pouco, e corrido atrás dela pela rua para devolvê-la.

— Que tipo de acordo você acha que ele vai propor? — Emma perguntou.

— Não faço ideia. Algo terrível.

— Certo, vou colocar meu chapéu de advogada. Se você souber manter a calma, o jogo quase sempre vira a seu favor. Esta é apenas uma fase. Vá até lá, veja o que ele tem a dizer e lembre-se de que não é uma questão de vida ou morte. Talvez ele fique à sua mercê posteriormente.

— Heh. Hum. Obrigada, Em.

Houve uma pausa durante a qual Emma parecia estar se preparando para dizer alguma coisa.

— Você falou com Paul desde que veio para cá? — Ela perguntou, tomando outro gole da bebida de Delia.

A ideia de algum homem estar à mercê de sua amiga claramente tinha feito seus pensamentos rumarem para o norte.

— Não. Ele ligou algumas vezes, mas não liguei de volta. Respondi a uma mensagem e disse que as coisas estavam bem.

Delia o estava evitando e não sabia mais o que fazer. Ela precisava estar pronta para lidar com Paul, e se nunca ficasse pronta, ela já teria sua resposta.

— Você contou para ele que conseguiu esse emprego?

— Ainda não.

Emma a olhou, mas não disse nada.

— Vou encher seu copo... gim, com um toque de tônica.

— Sim, por favor.

Não era à toa que Emma era advogada. Delia sabia que sua amiga entendia perfeitamente a situação a partir daquelas informações.

Delia ainda estava dando um gelo em Paul e o ignorando de leve, mas contar sobre o emprego sugeriria que tinha ido embora de vez. E ela ainda não estava pronta para isso.

Vinte e oito

— Estou indo, vejo você amanhã — Delia se despediu de Steph.

— Divirta-se com seus pés chatos — disse Steph, animada, levantando a palma da mão.

Delia decidiu ocultar o problema com Adam West usando como desculpa uma consulta médica por causa de um problema nos pés que podia — mas não iria, no fim das contas — exigir um encaminhamento para um quiroprático.

— É de tanto usar essas sapatilhas — ela comentou, sem necessidade, tentando embelezar as mentiras.

Delia torceu e rezou para que Kurt não a visse com Adam — a única consequência possível a partir disso seria um passaporte instantâneo para a rua da amargura. Sob o sol claro do verão, ela correu até o café por debaixo do toldo com o queixo encostado no peito, tão furtiva quanto alguém que tem um caso. E se perguntou se Paul já tinha levado Celine a algum lugar. Ela o imaginou com a mão na base das costas de Celine, conduzindo-a por uma entrada e com os olhos percorrendo os dois lados da rua enquanto entrava depois dela. A raiva surgiu dentro de Delia ao pensar em Paul levando-a para jantar em um dos lugares "deles"... mas, não. Ele não faria isso. Além de todos os fatores padrão, o risco de descoberta seria grande demais.

O café era bem diferente do Balthazar — pratos de porcelana com estampa inglesa, repletos de feijões assados, tigelas de torrada e canecas cheias de chá cor-de-tijolo. O ar estava cheio de vida com o cheiro engordurado de manteiga e o barulho de linguiças e bacon fritando e espirrando óleo ao tocar a panela.

Era como se Adam West estivesse dizendo de um jeito nada sutil: ontem era só pelas aparências, hoje vamos falar sério. Delia sentiu desgosto, raiva e medo em quantidades iguais.

Do outro lado do salão, sem sorrir, Adam levantou a mão em um aceno.

Ele parecia totalmente deslocado, com uma camisa rosa de corretor de ações, e de repente Delia decidiu que odiava homens loiros que usavam camisa rosa, especialmente dentro de pubs imundos. Por que ele não podia estar em seu lugar adequado, antecipando outra crise nos bancos, em vez de uma crise na vida de Delia?

Havia um café com leite diante dele. Nem sinal da pasta.

— Chá? Café? — ele perguntou.

— Estou bem, obrigada — Delia respondeu, seca.

Adam levantou as sobrancelhas de um jeito que dizia "ah, é assim que você quer jogar?"

— Você pode devolver meus pertences, por favor?

Delia estava inquieta por causa do nervosismo e não tinha decidido conscientemente abrir mão de toda diplomacia. É que ela não suportava a antecipação de descobrir o que a aguardava.

— Sim. No momento certo.

O cabelo loiro, os olhos azuis e o rosto anguloso e malévolo de Adam West o colocariam com tranquilidade no papel de um nazista, ela pensou.

Além do mais, pensando melhor, Delia decidiu que ele não tinha nenhuma característica especialmente única nem interessante. Estavam apenas reunidas de um jeito que, do ponto de vista técnico, "funcionava". Adam não era atraente, por assim dizer. Ele apenas tinha um rosto, e o mantinha, com competência, insosso e tedioso.

— O que isso significa? — ela perguntou, voltando à situação atual.

— Significa que quero algo em troca.

Delia o encarou com ferocidade, e ele soltou uma gargalhada de desprezo.

— Ah, qual é?! Até parece que você não usaria isso se a situação estivesse invertida.

Por mais confuso que parecesse, Delia não usaria. Ela também sabia que não seria vantajoso deixar claro que ela era um peixe fora d'água. Fazer um repórter anão dançar em volta de um mastro decorado estava começando a parecer bem tranquilo.

Delia teve a sensação desconfortável de que Adam ouvia seus pensamentos.

— O quanto exatamente você sabe sobre seu empregador? — ele perguntou.

Delia hesitou. Desde o dia anterior, ela estava sendo mais conduzida naquela dança do que Ginger Rogers.

Ela deu de ombros.

— Ele é de Canberra e faz RP de pessoas e produtos. Ele é divorciado...

— Estou falando de seus outros interesses profissionais.

— Eu trabalho para a Twist & Shout. O que isso tem a ver com qualquer coisa?

— Mais uma vez, você não pesquisou profundamente na internet, não é? — Adam perguntou.

Delia balançou a cabeça com relutância. Ela tinha pesquisado sobre Kurt, mas não encontrou nada chocante. LinkedIn, artigos sobre o ramo publicados, afiliações com empresas grandes.

— Então cabe a mim contar para você que tipo de homem é seu chefe. Sabe quando você recebe aqueles e-mails "por favor, ajude, mande dinheiro" do exterior, com histórias chorosas sobre situações muito, muito tristes envolvendo "ladrões armados com facas"? Os bandidos sempre levam carteiras, mas nunca passaportes, por alguma razão, não é? É melhor responder a um desses e-mails do que a um release de Kurt Spicer.

Delia fingiu revirar os olhos, enquanto sua pele ficava arrepiada.

— Chocada, o relações públicas é pior que um humanitário fake sem escrúpulos — ela comentou.

Para lutar com as mesmas armas, Adam West a fez falar como ele. Outro motivo para detestá-lo.

— Por mais que eu não goste da sua área, reconheço que alguns RPs são melhores, ou piores, do que outros. Kurt Spicer é um corredor olímpico nos cem metros fundos... do poço. Ele gosta de falar e gosta de inventar histórias, é alguém que distorce a verdade até destruí-la.

Ou um mentiroso, como se dizia antigamente — ele disse, recostando, brincando com a colher e observando a reação de Delia àquilo tudo.

Ela se lembrou do que Kurt tinha dito sobre Adam ser pura treta. Adam, que estava exigindo um resgate.

— Você está preparando uma guilhotina para Kurt?

— Guilhotina é um termo muito forte. Prefiro "jornalismo investigativo".

— Jornalismo investigativo? Escritórios de relações públicas usam favores para obter cobertura da imprensa? Acho que vai ser menos surpreendente para as pessoas do que você imagina.

— Sim, obrigado — Adam West fez uma careta. Obviamente ele não gostava de ser contra-atacado com condescendência. — É um olhar sobre os problemas da mídia moderna através do progresso de uma pessoa. Sabe, o mundo todo na cabeça de um alfinete. Ou de um imbecil, no caso.

— Talvez o público não esteja muito interessado nos mimimis do mundo da imprensa — disse Delia, pensando que a observação teria mais força sem a palavra "mimimis". — Nessas negociações de bastidores.

Adam deu de ombros.

— Talvez não. Mas aposto que o mesmo foi dito sobre os grampos telefônicos ou sobre os gastos dos membros do Parlamento. O principal é: coloque a verdade diante das pessoas, e então elas podem decidir por conta própria. Essa é a única obrigação do jornalismo, a meu ver.

— Exato, a *seu* ver.

— Não, a verdade. Fatos. Não alimentar as pessoas com bobagens maquiadas como se fossem bebês gordos presos em cadeirões que não merecem nada além de papinha diluída.

— A verdade, que, bem se sabe, está em todas as páginas daqueles tabloides para os quais você trabalhou — Delia comentou.

— Ah, mas eu não escrevo mais para eles.

— O que você quer de mim? Sou nova. Não conheço nenhum podre.

— Ora, *nisso* eu acredito — disse Adam, com um meneio de cabeça. — Mas você vai descobrir mais. Meu acordo é o seguinte: vou devolver sua pasta. Você vai me encontrar de tempos em tempos e me dar as informações que eu pedir sobre clientes específicos. Espere o Bat-sinal no céu noturno.

Delia pensou na proposta.

— Você quer que eu seja uma... agente dupla?

— Exatamente.

Adam tirou a pasta de sua bolsa e a empurrou sobre a mesa.

— Aqui está.

— Como vou saber que você não fez cópias do conteúdo?

Adam riu alto, revelando dentes brancos naquela cabeça de comandante nazista.

— Eu fiz! Meu Deus, você é muito novata, não é?

— Então de que adianta devolver a pasta?! — ela quase gritou para Adam.

— Você tem sua pasta, eu não entrego você para Spicer por tê-la perdido. Se tudo correr bem para você, não vou escrever nada que possa ser associado com o fato de que eu a vi.

Ótimo. Muito reconfortante. Delia a guardou na bolsa.

— E se eu disser não?

— Nesse caso eu ligo para Kurt e conto que você a deixou comigo, e imagino que você vá ficar desempregada. Você é insubstituível? Desculpe a franqueza, mas não parece ser o caso.

Delia se revirou de ódio.

— Mas pense no seguinte, não tenho nenhum interesse em que você perca seu dinheiro enquanto estiver sendo útil para mim.

— Muito reconfortante.

— Dito isso, você talvez queira me dar seu e-mail pessoal. E, se ainda não tiver feito isso, eu deletaria as mensagens que trocamos até agora. Kurt é xereta.

Ele empurrou um bloco e uma caneta na direção de Delia. Ela podia se recusar. Mas Adam tinha razão, usar seu e-mail profissional seria um risco para ela, não para ele.

— Obrigada pelo conselho — Delia respondeu enquanto escrevia, ressentida. — Talvez você também possa me ensinar a limpar o traseiro. É da frente para trás, ou de trás para frente?

Delia ficou surpresa com sua própria vulgaridade e se deu conta de que estava com medo, o que prejudicava seu bom senso.

— Deixo isso a seu critério — ele devolveu, radiante.

Não adiantava tentar ser grosseira. Isso só o deixava mais feliz. Adam a tinha colocado em uma jaula, e ela podia pular para cima e para baixo o tanto que quisesse, era só mais diversão para seu captor.

— Posso perguntar uma coisa? Por que você estava ligando para falar com Kurt quando sabia que ele não ia atender você?

— Eu sabia que não ia falar com Kurt, ele não atende o próprio telefone. Falei com sua amiga de Liverpool antes de você. Ela anotou o recado. Por sorte, você foi mais solícita.

Ótimo. Delia caíra na armadilha por conta própria.

Ela sabia que só havia mais uma jogada possível. Era humilhante e muito velha, e apelar para a humanidade de alguém era bastante inútil quando a pessoa não parecia ter nenhuma. Delia estava com os dois pés em território "não tem como piorar".

— Sabe, consegui esse emprego por pouco. Tenho aluguel para pagar e não me mudei para Londres por... uma razão feliz. Perder o emprego arruinaria as coisas para mim. Estou pedindo a você, como um ser humano, para não fazer isso.

Adam recostou na cadeira.

— Como *ser humano*? Não achei que você fosse alguém que daria uma de Penélope Charmosa — ele disse, misturando o café e batendo a colher várias vezes na xícara. — Mesmo que eu fosse o tipo de idiota que cai no golpe da donzela em perigo, seria um favor se eu fizesse você perder o emprego. Você estaria melhor vivendo de seguro-desemprego do que fazendo o trabalho sujo de Kurt Spicer. O mesmo vale para acabar com aquela fábrica de mentiras.

Ele fez uma pausa.

— Foi um belo toque essa coisa de deixar seus olhos maiores — ele imitou a expressão de uma vaca de desenho animado com olhos tristes, bico e piscando exageradamente.

Bom. Ali estava um marco intangível de sua temporada em Londres. Delia fizera seu primeiro inimigo.

Vinte e nove

Kurt girou na cadeira de um lado para o outro no centro do escritório amontoado e subterrâneo.

— Venham a mim.

Ele tinha anunciado uma "tempestade de ideias" — *brainstorm*, como se dizia normalmente — sobre uma cliente.

Era a atriz Sophie Bramley, uma subsubcelebridade, loira, de beleza angelical. Atraente, mas nada ameaçadora.

No momento, Sophie tinha um papel coadjuvante em um seriado médico, *The Golden Hour*. Ele se passava em uma ala de emergência e era conhecido por seus níveis incomuns de sangue cenográfico. Era o tipo de série em que pessoas de jaleco de hospital verde gritavam "preciso de 50 cm^3 de oxitoxicontalina AGORA, inferno!"

Havia muitos desfibriladores, confissões tristes na beira da cama, discussões com consultores cretinos e horas e horas de romance entre a equipe médica.

Sophie tinha trinta e um anos, um filho e costumava ser rejeitada para papéis mais interessantes — leia-se "adultos, no horário nobre, possível nudez". Na luta para se tornar mais conhecida, ela estava pronta para tirar as luvas cirúrgicas.

Kurt estava tentando criar um plano de batalha para Sophie e tinha acabado de usar a expressão "sexualizar o dossiê dela".

— Precisamos de algo mais ousado, talvez com alguma coisa sobre superar as adversidades — ele estava dizendo enquanto esticava um elástico entre as mãos. — Estou pensando em algo como "Mãe Gostosona Escapa dos Conjuntos Habitacionais Fazendo *Lap dance*".

Delia olhou para as próprias anotações.

— Ela é de Ashby-de-la-Zouch.

— Existem ruas perigosas lá?

— É um vilarejo perto de Leicester. Não exatamente.

— Hummm. Não sei se vou usar o trunfo da mãe solteira, na verdade. Não quero dor de cabeça se o pai aparecer — Kurt franziu a testa, atirando os elásticos em uma mesa próxima. Supostamente, a própria mesa, que ele mal usava. — Houve algumas brigas sobre a guarda. A última coisa que queremos é atrair o Fathers4Justice e os justiceiros bundões que se vestem como o Homem-Aranha e saltam dos telhados.

— Acho que o Fathers4Justice se desfez — disse Delia.

— O que é uma surpresa porque, em se tratando de ser vistos como pessoas responsáveis para cuidar dos filhos, o RP deles era impecável. O que precisamos para Sophie é um bom e velho escândalo sexual.

— Como um caso com um colega de elenco? — Delia perguntou.

— Já explorei essa possibilidade com ela, não existe ninguém conveniente no momento. Além disso, ninguém na série dela está muito disponível. Não queremos só que as pessoas pensem nela, queremos que pensem nela de um jeito *diferente*. Mais alguma coisa?

Livre dos grilhões da apatia protocolar da Câmara, Delia tentava entrar no espírito, mas aquilo estava se provando difícil.

Não deseje um trabalho que oferece criatividade, diversão e ousadia, para depois reclamar, ela pensou, dando uma bronca em si mesma. Mesmo que aquilo parecesse estar na linha tênue entre a frivolidade e a vulgaridade.

— Colocar uma foto nua por acidente no Instagram? — Ela perguntou, se lembrando de um incidente com uma bartender de Paul (ainda que ele tivesse dito: "Ela contou para todo mundo na equipe e para cinco clientes frequentes antes de tirar a foto"; acho que foi um acidente armado, que nem aquelas pegadinhas).

Kurt esfregou o queixo, pensativo.

— Nada mal. Só que isso deixa tudo na mão do cliente. Queremos algo que justifique o que estamos cobrando.

O relógio tocou.

— Uma sex tape? — Steph sugeriu, com um olhar nervoso na direção de Delia.

Kurt inclinou a cabeça para o lado.

— Oh. *Agora* eu gostei.

— Tipo, colocá-la na câmera enquanto faz sexo? — Delia perguntou em dúvida e temerosa. Certo, aquilo era totalmente vulgar. Mas só de pensar em Roger levando tudo a sério e Ann matando toda a alegria em um ambiente de trabalho, tudo se perdoa.

— Não! — disse Kurt. — Ande na prancha e venha a bordo, ruiva. Libere sua mente, que o resto vem junto.

Delia traduziu aquilo como: nada precisa ser verdade. As palavras de Adam West atravessaram sua mente.

— Sex tape, bom começo — Kurt entrelaçou os dedos atrás da cabeça, se balançando nas pernas traseiras da cadeira. — Ok, ok. Então um ex-namorado canalha está oferecendo uma fita para os jornais. Soltamos um release dizendo que condenamos as ações dele. Ninguém deveria dar atenção para ele. Ao mesmo tempo, Sophie não tem vergonha de seu passado.

— Que ex-namorado? — Steph perguntou. Delia ficou agradecida por ela ter assumido a tarefa de "fazer a pergunta mais óbvia".

— Essa pergunta nem merece uma resposta — disse Kurt. — Não vamos dar mais publicidade para esse merda. Vão descobrir se ele der as caras, mas eles serão fortemente recomendados a não darem bola para isso.

— Mas não vai acontecer? — disse Delia, tentando acompanhar.

— Não. Porque ele não existe — Kurt explicou, olhando para Delia como se ela fosse uma burra que mastiga feno.

Delia sentiu que ela e Steph queriam muito trocar um olhar de incômodo, mas não se atreviam a fazê-lo.

— Sabe, muita gente pararia aí — ele continuou.

Muita gente pararia antes, Delia pensou.

— Eu penso além. E se Sophie tiver uma carreira secreta nos filmes adultos? E se ela fez alguns filmes amadores com o namorado e depois quase virou profissional? E se vendeu alguns no camelô, com capas plásticas e tudo mais?

Delia não entendia como Kurt podia "imaginar" com tanto descuido.

— Como vamos inventar essa história? Não haveria um registro?

Ele deu de ombros.

— Pequeno distribuidor, saiu de cena. Vamos ver se os jornais compram essa história antes, depois nos preocupamos com isso. Pessoalmente, eu adorei. Linda Lovelace de Leicestershire. "Garganta Barata." Delia, você escreve o release. Vou conseguir as declarações com Sophie. NÃO me mande nada em tons de cinza. Quero uma prosa púrpura. Púrpura, veiuda, latejando.

"Eca."

— Entregue assim que terminar, e eu dou uma olhada pelo BlackBerry. Quero atacar enquanto a chapa está quente.

— Ela quer ser associada com o universo do pornô? — Delia perguntou, preocupada que Sophie pudesse se ofender com algo que ela foi obrigada a escrever. Ela ainda não tinha esquecido as garantias falsas que Kurt tinha feito para Gideon.

— Você entende de atuação? Está só um degrau acima de prostituição — Kurt endireitou a cadeira com força e se levantou. — Um amigo meu de escola, sujeito bonitão, talentoso. Achou que ia ser o próximo Jimmy Dean. Falava sobre os diretores com quem ia trabalhar, que seu interesse era a arte, não o dinheiro. Cinco anos depois, ele está em um shopping vestido de *onion rings* e daria sua bola esquerda para ser falsa plateia em show de mágica.

Kurt balançou a cabeça.

— O que ele faz agora? — Steph perguntou.

— Não faço ideia — ele respondeu, parecendo surpreso com a pergunta. — Não está no último filme do Scorsese, com certeza.

Kurt pegou o casaco, fazendo uma saudação com os dedos na testa.

— Bom trabalho, meninas. Para o alto e avante.

Delia e Steph esperaram um tempo para ter certeza de que Kurt não ia voltar.

Quando o barulho dos passos dele desapareceu, as duas viraram para se encarar com olhos arregalados, antes de cair na risada.

— Isso é bem doentio — Steph comentou.

— Não devíamos ter alguma coisa em que embasar isso antes de testar o interesse? — Delia perguntou. — Não deveria haver um *pouco* de verdade?

— O aroma de verdade! — Steph riu.

— Com aromatizantes em estilo verdade. Livre de realidade. Seguro para aqueles que sofrem de alergia à verdade.

Delia tinha palpitações de preocupação, que não ia revelar com todas as palavras para sua colega de escritório. Ela tinha certeza de que se essa história desse errado, não seria Kurt tagarelando e gaguejando ao telefone com um jornalista e sujando o próprio nome. Mesmo assim, era preciso engolir sapo nas primeiras semanas.

Com sorte, Sophie Bramley daria uma olhada nessa "história" e responderia "de jeito nenhum".

Com isso em mente, Delia tentou se livrar do constrangimento e escrever o tipo de release requentado o suficiente para agradar seu chefe. Ela sempre se imaginava inventando declarações levemente desconfortáveis para os deputados, mas aquilo era uma tortura. ATRIZ DA BBC ATACA EX-NAMORADO TENTANDO LEVAR VANTAGEM COM UMA FITA DE CONTEÚDO ADULTO DO PASSADO.

O ângulo que Delia usou foi a ameaça moderna do *revenge porn* e o ultraje (sucinto) de Sophie diante desse mercenário antiético, que fez tudo pelas suas costas.

"Estou chocada por alguém de quem fui próxima ter sido capaz de trair minha confiança dessa maneira", Sophie declarou. Delia se perguntou com quem Sophie deveria ficar chocada. "Isso aconteceu muito tempo atrás e, apesar de não ter vergonha do meu passado, o filme específico que ele está oferecendo é de uso estritamente privado e é algo que fizemos como um casal."

Ela mandou o texto para Kurt, esperando que ele respondesse que não era suficiente ultrajado ou que Sophie tinha detestado.

Ruiva. AMEI. Sophie também gostou. Dispare.
KS

Delia não sabia se ficava satisfeita nem se acreditava nele. Ela apertou o ENVIAR com uma sensação de mal-estar. Suas mãos estavam sujas.

Trinta

Delia tinha driblado algumas noites desde sua chegada, mas suas defesas não iam se sustentar por muito tempo contra as investidas de Emma.

Nas palavras de sua anfitriã:

— Você não é o Julian Assange, e esta não é a Embaixada do Equador.

Emma fez Delia "deixar a quinta livre" — como se todas as noites de Delia não o estivessem.

— Você precisa conhecer esse botequim *speakeasy*, Mayor of Scaredy Cat Town, em Spitalfields. Você vai amar. A entrada é por uma porta de geladeira antiga. Os drinques são incríveis.

Ela estava tão entusiasmada, que Delia não teve coragem de dizer para a amiga que a última coisa que queria era sentar em algum lugar propositalmente moderno, tomando drinques de dez libras, com guarda-chuvinhas de papel irônicos.

Ela queria um pub clássico, com papel de parede texturizado, potes de cereja em calda e casais idosos taciturnos que não tem mais assunto faz vinte anos e seguram meio pint de *mild ale* e meio de *lager* com cassis. Delia precisava de conforto simples, não de novidades papagaiadas.

Para tornar a coisa ainda mais impossível de recusar, era a noite antes de Emma desaparecer para a maratona da despedida de solteira em Roma. Ela tinha que acordar muito cedo para ir para o aeroporto de Stansted e, mesmo assim, estava disposta a tomar todas. As reservas de energia de Emma eram de fato hercúleas.

* * *

Como era de se esperar, o bar era o paraíso dos posers. Tinha todas as marcas registradas: ambiente sombrio, bartenders de suspensórios que pareciam hipsters, um globo espelhado e avisos pedindo "decoro".

Elas tiveram a primeira meia hora para si mesmas. Delia contou para sua amiga sobre o encontro com Adam West.

— Essa coisa de agente duplo é uma notícia muito boa — Emma comentou, entregando um drinque com manjericão chamado *ManjeriCleese* para Delia experimentar, e passando um *Red Lady*, cujo nome era bastante apropriado, para Delia.

— É? — Delia perguntou, tentando ligar boca e canudo. — Parece um desastre completo.

— Ah, sim. Tem muita margem de manobra aqui. E se você der informações furadas para ele?

— Ele descobre em algum momento e me entrega?

— Depende da informação. Ele não vai poder usar a coisa da pasta para sempre. Tem um prazo de validade. Algumas belas vitórias no trabalho, e vai ser notícia velha.

— Isso depende de eu ter belas vitórias.

— Ah, eles chegaram!

Emma acenou para uma multidão de estranhos com cabelos brilhantes que entrou pela porta.

Delia abriu seu melhor sorriso e tentou fazer um esforço educado com um grupo que estava, com toda boa vontade do mundo, apenas fingindo ter interesse nela.

Jessie, Tallulah, Sarah-Louise e seu namorado, Roan — e alguém que, Delia tinha quase certeza, se chamava Bounty — sim, "recompensa" — não queriam se esforçar para interagir com a agregada, tendo a opção entre fazer isso ou conversar com quem tinham saído para ver. Ela não podia culpá-los.

De tempos em tempos, Emma gritava um comentário na direção dela, quando encontrava um detalhe útil para trazer Delia para a conversa. Ela sorria e se esforçava, mas nenhum tópico surgiu, engrenou e se transformou em uma centelha de conversa natural. Delia se lembrou do velho forno de seus pais em Hexham, cujo botão era preciso segurar por minutos para fazer as bocas funcionarem: *clac clac clac.*

Ela estava entre os bancos e conseguiu sentar em sua própria bolha de solidão, sentindo pena de si mesma.

Para tornar as coisas mais frustrantes, o álcool não estava ajudando. No fim das contas, Delia jogou a preocupação com os gastos para o alto e virou um drinque pós-moderno depois do outro. A bebida só aprofundou e alongou as sombras internas, ao invés de trazer iluminação.

Quando foi a banheiro, ela viu uma ligação perdida de Paul. Havia também uma mensagem que dizia:

Ei, só ligando para colocar a conversa em dia/bater papo, se for um bom momento. Bj, P

Ela tinha perdido a conta do número de vezes nas últimas quatro semanas em que tinha visto o nome dele brilhar na tela do celular — mas, daquela vez, não foi forte o bastante para ignorar a ligação. Delia queria falar com alguém que quisesse falar com ela.

Ela saiu e parou na rua com os fumantes. Respirando fundo, ela apertou nome dele.

— Oi. Paul?

— Dee! Obrigado por ligar de volta. Onde você está? — ele perguntou.

— Do lado de fora de um bar, por quê?

— Porque está barulhento, só isso.

Não estava barulhento, mas ele tinha percebido que ela não estava no apartamento e queria mais detalhes. Ela pensou que seria muita audácia de Paul se ele começasse a ficar desconfiado sobre Delia estar se divertindo, por mais despropositada que a suspeita fosse naquela situação.

— Como estão as coisas?

— Bem — Delia respondeu. — E você?

— Tudo igual.

— Sobre o que você queria conversar?

— Nada em especial. Eu queria ouvir sua voz e saber como você está.

Era por isso que ela estava evitando Paul. Ela não estava interessada em bater papo e ainda não estava preparada para a grande conversa.

— Como está o Nabo? — ela perguntou, revirando um papel de hambúrguer com a ponta de seu sapato de couro.

— Você sabe como é. Barulhento e raquítico. Ele sente sua falta. Você está bem de dinheiro?

— Arrumei um emprego — Delia não podia evitar revelar esse detalhe, ainda mais com Paul bancando o provedor paternalista. — Não sei quanto tempo vai durar.

— Que tipo de emprego?

— Relações públicas. Um escritório pequeno.

— Uau. Delia.

— O quê?

— Você foi mesmo, não foi?

— Eu falei para você. É mais um... sabático. Não tomei nenhuma decisão de longo prazo.

Paul ficou quieto, e Delia começou a se sentir mal por ele; era difícil mudar hábitos antigos. Mas então ela se lembrou de Celine o chamando de namorado, e a tristeza foi aniquilada por uma onda de fúria líquida e insegurança. Sóbria, ela teria contido o impulso. Embriagada, ela foi em frente.

— Celine chamava você de namorado?

— Desculpe, o quê?

— Eu a vi se referindo a você como namorado no Facebook...

— Oi? Como você pode ter visto isso?

— Ela não tem configurações de privacidade. Talvez nem na vida nem das redes sociais.

Paul ficou em silêncio antes de dizer:

— Talvez ela também estivesse saindo com outras pessoas. Ela devia estar falando de outra pessoa.

— Acho então que nós dois precisamos fazer exames.

Era algo horrível de se dizer, e Paul murmurou, para depois dizer:

— Escute. Talvez ela tenha me chamado de namorado mesmo. A verdade é, eu não sei. Eu não era amigo dela ali.

— Então, ela chamava ou não?

— Não para mim. Mas ela falava assim. É o tipo de coisa que ela diria.

— Era pra isso fazer sentido? Você só faz mentir, não é? Escute, Paul, eu preciso desligar.

— Delia, não...

Delia cortou a ligação e, inspirando uma nuvem de Camel Light sem querer, sentiu a força de sua tolice. Essas discussões não a levavam a lugar nenhum. Ela queria que Paul retirasse o que tinha feito, e ele não podia fazer isso. Ela tinha ligado porque estava se sentindo sozinha no bar subterrâneo, mas conversar com Paul a fez se sentir solitária de um jeito diferente.

Delia estava presa entre mundos, mundos com uma porta de geladeira antiga como portal. A Nárnia Hipster.

Trinta e um

— Olá. Quem está falando é Freya Campbell-Brown, do *Mirror*. Essa história sobre Sophie Bramley...

Delia, sozinha no escritório confinado, sentiu um sopro de medo. Os releases tinham sido lançados para o mundo.

— Sim?

— Podemos saber o nome do ex-namorado?

— Infelizmente não podemos divulgar isso. Não queremos dar mais publicidade para ele. Sophie foi categórica.

— Ceeeerto — disse Freya, arrastando a fala de um jeito desanimado e desdenhoso e elevando a inflexão. — É só que, sem isso, não é uma notícia...

Delia fez uma pausa.

— Você tem as declarações de Sophie.

— Pois é. Mas nada sobre os filmes. Você está dizendo que ela os fez para comercializar? Onde foram vendidos?

— Lojas locais, acho... — Delia murmurou, sentindo o rosto esquentar.

— Você acha?

— Obviamente, é uma lembrança dolorosa para Sophie.

Meu Deus, aquilo era tortura. Delia não era Kurt. Ela não podia construir fortalezas mágicas a partir de inverdades, no espaço do sonho etéreo. Ela se revirou.

— Como vamos saber se esses filmes existem?

— Por que Sophie falaria sobre eles, se não existissem?

— Não me leve a mal, estamos interessados. Mas não sem algo a mais para sustentar a matéria. Não há nada na página dela no IMDb...

— Ela dificilmente colocará isso no IMDb — disse Delia.

Freya parou de falar por três segundos, para deixar bastante claro quem tinha o direito de ser irônica.

— Não tem nada no IMDb. Então é isso, me ligue se tiver mais alguma coisa. Caso contrário, nada feito. Tchau.

Click. Tuuuuu. Delia podia fingir que aquela conversa não tinha acontecido. No entanto, desde que tinha se tornado uma informante involuntária, criar mais situações que pudessem se voltar contra ela não era prudente.

Ela ligou para Kurt e fez a atualização da questão problemática, mas não inesperada, do ônus da prova.

— Balela. Diga que eles podem fazer uma bela entrevista exclusiva, com fotos e tudo. Explique que, se quiserem ver os filmes, podem fazer um apelo ao público. Vamos ver se alguém que comprou filmes de sacanagem caseiros em East Midlands nos anos 2000 gostaria de se pronunciar. E peça para nos avisarem. Ha, ha.

Delia desligou, profundamente desanimada. Ela estava entre a cruz e a espada. Como pressentira desde o começo, transmitir as loucuras de Kurt para a imprensa não era fácil.

Um acesso de procrastinação aflita foi necessário antes que ela se preparasse para ter outra batalha humilhante com Freya. Pior de tudo, ela não tinha com quem desabafar — Steph estava fora, cuidando de suas incumbências de acompanhante silenciosa com um novo cliente da Twist & Shout.

Ela abriu o e-mail e contou para Peshwari Naan sobre suas mazelas. Era feio fazer aquilo, mas o próprio Naan brincava fora das regras.

Complicado. Você acha que eles sabem que não é verdade? PN

É mais estranho e mais condescendente do que isso: eles provavelmente sabem que não é verdade. A questão é, temos que dar "provas" suficientes para eles poderem dizer que acreditaram, se alguma coisa acontecer. Negação plausível. D

Hummmm. Então que tal um link para um site do distribuidor de filmes defunto? PN

Seria bom — mas não existe distribuidor, nem site. D

Tonta! Preste atenção. E se EXISTISSE um site? Entendeu? PN

... Acho que não. D

Posso criar um para você. PN

Você sabe fazer isso?! Você faria isso por mim? D

Um enfático sim, vezes dois. Acho que devo um favor a você. E como estou livre esta semana, fica pronto bem rápido. PN

Delia estava começando a sentir um afeto genuíno por esse homem/pão chato feito no forno. Ela e Naan trocaram ideias sobre o design do site, e Delia sentiu que estava de fato fazendo algo criativo e útil, por mais bizarro e errado que pudesse ser.

Quando Kurt e Steph voltaram para o escritório, ela contou, casualmente:

— Tenho um amigo que é uma espécie de gênio da TI e que me deve um favor. Ele se ofereceu para criar um site para a distribuidora dos filmes de Sophie. O que vocês acham?

Kurt fez uma expressão de "por que não?"

— Parece bom. Vamos ver o que ele inventa.

Algumas horas depois, Peshwari Naan enviou um link para o site bastante plausível, em um tecnicolor cafona, cuidadosamente fora de moda e muito detalhado de um distribuidor falso e repleto de paródias de filmes reais, com um humilde "Está bom?"

Senhor dos Anais foi o favorito de Delia, mas *Edward Pau de Tesoura* e *Na Sentada da Noite* mereceram menções honrosas.

Na lista de atrizes havia uma "Sophie Sweeney", seu suposto antigo alter ego. Delia chamou Kurt para ver e observou, com uma estranha satisfação, quando ele levou um susto.

— *Shazam.* E é um amigo seu? Ele quer um emprego?

Tarde demais, Delia se deu conta do preço: Kurt ia querer o efeito Naan de novo.

Quando seu chefe se afastou, ela mandou um e-mail efusivo de agradecimento, com admiração e surpresa.

Tudo em um dia de trabalho honesto! Ou desonesto. Mas está feito, e espero que ajude. :) PN

Delia mandou "isso serve?" por e-mail para Freya, que respondeu no mesmo instante:

Obrigada. Queremos marcar uma entrevista com Sophie.

Do outro lado do escritório, Kurt estava jogando boliche imaginário.

— Sophie aceitou falar sobre isso em uma entrevista? — Delia perguntou.

Kurt não estava brincando quando disse que as duas iam aprender como ele trabalhava.

— Ela é uma atriz — ele respondeu, com uma piscadela.

Delia sentiu que precisava de um banho; mas no trabalho, e não em termos morais, com certeza tinha sido uma daquelas belas vitórias das quais Emma tinha falado. Mesmo quando os valores tinham sido virados de ponta-cabeça, o instinto de agradar a pessoa que pagava seu salário continuava intacto.

E, talvez, conforme o tempo passasse, ela conseguisse dar forma e lidar com os eventos de modo que sites falsos não fossem necessários.

Mas umas duas horas depois, ela devia saber quem estragaria seu bom humor naquele dia, como uma bomba em seu Gmail, às 17h30.

Olá, Delores!

Então, se liga: andei falando com minha amiga Freya, do Mirror, e ela me contou sobre uma história um tanto suspeita sobre uma atriz que de repente tem um passado novo fazendo filmes para adultos. Imagine minha surpresa quando ela mencionou o escritório de RP por trás disso! E o seu nome! Muito bem!

Enfim, como todos os grande predadores, minha visão se baseia em movimento, e isso me fez lembrar que precisamos nos encontrar. Que tal amanhã?
Adam

Adam.
Eu não dou a mínima para o que você acha. Certo, amanhã, mas em nenhum lugar do centro desta vez, e tem que ser depois das 17h30.
Delia (é "Delia")

A previsão para amanhã é de sol. Que tal o Hyde Park, perto da Speakers' Corner, às seis?
Adam (é "Herr Adam")

Trinta e dois

No calor de derreter de uma noite do começo de junho, com o sol baixo passando pelas árvores, Delia encontrou o lugar certo no Hyde Park.

Pessoas vestindo muito menos do que ela passaram de patins, criando uma brisa agradável. Delia ainda não tinha dominado a arte de se vestir em Londres. Tudo precisava atravessar distâncias mais longas e abranger mais ocasiões; correr para casa e sair de novo não era uma opção.

Delia estava sendo cozida ao vapor, com seu body preto com botões de pressão, que a fazia lembrar de seus antigos *collants* de balé, saia midi floral e meia-calça opaca sem pés.

Dez minutos se passaram; Adam West estava atrasado. Ela sentiu uma onda de apreensão — ele estava brincando? Delia o considerava capaz de tudo. Então, da periferia de seu campo de visão, ela o viu acenando.

Ele estava com uma camisa azul clara, de mangas dobradas, comprando um sorvete em uma van.

— Desculpe, fiquei com vontade. Servida? — Ele ofereceu, segurando dois picolés Funny Foot cor-de-rosa, brandindo um deles para Delia, quando ela o alcançou.

— Não, obrigada — ela respondeu, de braços cruzados.

— Ah, sua chata! Vai derreter e escorrer pela minha mão, agora. Quem não gosta desses picolés?

— Eu.

— Mentirosa. Você não gosta de mim, não é culpa do Funny Foot.

— Eu me pergunto por que não sinto afeto pelo homem que está tentando me fazer perder o emprego — disse Delia.

— Não estou, não! — Adam respondeu, com a boca cheia de sorvete. — Estou colocando seu emprego em risco como efeito colateral de eu conseguir o que quero. Não *confundascoisas.*

Delia suspirou e, então, se odiando por seu amor por sorvete e seu incômodo com o desperdício de comida, arrancou o picolé da mão esquerda dele.

Adam sorriu.

— Vamos caminhar, conversar e comer.

Se o sorvete era um estratagema para fazê-la se sentir ainda mais enrolada, estava funcionando. Era difícil para ela manter qualquer tipo de desdém enquanto mordia os dedos do sorvete em forma de pé.

Quando os dois entraram no parque, um grupo de mulheres com uma cesta de piquenique passou por eles. Delia notou que todos os olhos foram parar em Adam. Em seguida nela, e voltam para ele, tentando entender por que o sr. Deus Grego estava com uma ruiva peituda e ranzinza, usando uma meia-calça que encurtava as pernas.

— Então, o que você fez hoje? Além de se banhar na glória de inventar uma carreira pornô para Sophie? O site foi muito esperto, aliás. Acho que eu teria gostado mais de *Sapecando Miss Daisy* do que do original.

— Você está fazendo uma matéria sobre a Sophie? Porque, quando nos conhecemos, você disse que não cobria entretenimento. Era mentira?

— Estou só puxando assunto.

— Então eu prefiro não falar sobre isso.

— Eu vi a lista de clientes, sabe, não precisa ser ultrassecreta. Ah, como vai o sr. Marvyn Le Roux? Adorei o plano de torná-lo "maior do que Derren Brown", haha. Marvyn parece alguém que balançaria um frango de borracha pelo Longleat Center Parcs.

Marvyn tinha sido tema da reunião de Kurt e Steph do dia anterior. Steph contou que ele tinha um topete cheio de brilhantina, olhos aquosos e não parava de tirar moedas de trás da orelha dela. Kurt queria que ele declarasse que tinha poderes quase sobrenaturais com alguns truques de salão fracos.

— Charlatão barulhento. Cuidado com ele e com aquele número "Você está de volta na sala". Ouvi dizer que ele gosta de novinhas.

Delia franziu a testa.

— Não sou novinha. Sou levemente madura, no mínimo.

Adam gargalhou.

— Eu quis dizer para ficar atenta de modo geral, como RP dele. Você convenceu algum cassino a bani-lo por fazer um número tipo "Rain man" numa mesa dos fundos?

— Eu preciso contar para você ou também é opcional?

— É — Adam respondeu, tirando um guardanapo de papel do bolso e limpando o sorvete derretido da mão esquerda. — Não estou muito preocupado com Marvyn, *per se*. Tenho certeza de que Kurt também não estaria, se Marvyn não fosse herdeiro de uma fortuna produzida com biscoitos amanteigados escoceses.

Adam entregou um guardanapo para Delia, que o aceitou sem agradecer.

— É mesmo? — ela perguntou, esquecendo que talvez não devesse demonstrar que sabia menos sobre um cliente do que Adam West. — Le Roux não é um sobrenome de herdeiro escocês.

Adam virou para ela com olhos arregalados e caiu na gargalhada.

— Você acha que Marvyn Le Roux é o nome *real* dele? Assim você me mata, Dina.

— Meu nome é Delia, merda!

— Seu nome, *merda*. Um picolé e você perde a linha, não é? Pois é, acho que ele se deu conta de que dizer "*opa, mano*, o que vocês estão prestes a ver vai confundir seus olhos" como Tavish McTartan não surtiria o mesmo efeito.

Apesar da raiva dela, o terrível sotaque escocês de Adam tornou aquilo ainda mais engraçado, e Delia se conteve e tentou não rir. Aquele homem não merecia seu riso *de jeito nenhum*.

— Como eu ia saber que não era o nome de verdade dele?

— Estava na cara que era um nome de mágico-bobo-abracadabra cheio de firulas.

— Não sou tão cínica quanto você.

— Bom, trabalhando para Spicer, você precisa ser. Considerando a visível falta de talento de Marvyn, Kurt vai ter outros usos para ele e seu dinheiro. E vou dizer uma coisa, Kurt Spicer também não é o nome real dele. Kurt *Spicer*. Não tem bem um quê de realidade. Ele teve mais reinvenções do que David Bowie, tenho certeza.

Delia jogou o palito do picolé e o guardanapo em uma lixeira próxima e disse:

— Podemos acelerar isto para a parte em que você me pergunta alguma coisa que queira saber?

— Quero que você fique atenta a qualquer político com quem vocês possam vir a trabalhar. Não são nomes que estão na sua pasta de estratégias, no momento. Me avise o que for conversado.

— É isso? — Delia perguntou, desconfiada.

— Por enquanto, é isso.

Ela pressentiu que Adam estava arrastando aquilo para atormentá-la.

— Com exceção de outra coisa.

Os ombros dela desabaram.

Eles tinham percorrido um pequeno circuito, que os levou de volta à rua. Adam virou para encará-la.

— O esquema da Sophie. Esse tipo de coisa funciona uma, duas vezes, talvez várias vezes, se você conseguir tirar sites da manga. Mais cedo ou mais tarde, um desses contos do vigário desmorona. Você fica com um problema sério com o jornalista, ou qualquer outra pessoa com quem tenha falado. Você vai para a lista negra, e esse ramo leva a sério a reputação de uma fonte.

— E você está me dizendo isso por quê?

— Um conselho aos mais novos.

Delia olhou para o cenário idílico à sua volta. Por que estavam mentindo para ela o tempo todo? Por que ela tinha se colocado em uma posição que demandava contar tantas mentiras? Ela se sentia tão... suja por tudo aquilo. Não dava para confiar em ninguém. Ela olhou para Adam de igual para igual.

— Você aparece todo arrogante, comigo, no Balthazar, rouba uma pasta e me chantageia. Hoje é uma volta no parque, com sorvetes e conselhos. Como assim?

Adam West não tinha uma resposta pronta, pela primeira vez. E deu de ombros.

— Eu esperava encontrar alguém com a alma de um corvo, mas tenho cada vez mais a sensação de que você não sabe no que se meteu. Talvez você ainda se transforme em um corvo. Por enquanto, estou aqui para mandar um alerta amigável.

— Que generoso da sua parte. Eu gostaria mais que você me liberasse desde acordo para que eu não seja demitida.

— Não posso fazer isso, infelizmente.

— Então enfie seus alertas amigáveis naquele lugar.

Adam deu de ombros e sorriu. O celular dele começou a tocar, e ele o tirou do bolso, atendeu, murmurou "tchau" e saiu andando, enquanto falava.

Delia ficou olhando enquanto ele se afastava, tentando decidir o que achava daquele homem. Ela se sentia explorada, mas não estava mais brava. Adam a tinha amaciado demais para isso. Mas ela continuava preocupada com o que eles estavam construindo e sentiu a necessidade de estar um passo adiante.

Enquanto andava de volta para a estação de metrô, Delia teve o lampejo de um pensamento esperançoso. Adam West também estava em posição de alertá-la de seu ângulo de ataque.

Talvez ela também pudesse usá-lo. Delia Moss: agente tripla.

Ela não estava indefesa. Além do mais, estava gostando de trabalhar com Steph e fazia anos que não tinha uma amiga no escritório. Peshwari Naan também era uma constante, considerando sua onipresença on-line.

De volta ao apartamento de Emma, ela pegou a caneta e o bloco de desenho, sorrindo para si mesma enquanto os personagens emergiam da tela.

Essa era a magia de Fox — ela a ajudava a ter foco e a se recompor, tinha uma história que inspirava. E mostrava a ela objetivos fortes.

NA RONDA, COM MINHA NOVA EQUIPE.
NÓS CUIDAMOS UNS DOS OUTROS
SEMPRE DE OLHO CASO O CANETA VENENO ATAQUE
WHOKK
GAROTA TOUPEIRA
DATA-GHOST
NINGUÉM PODE COM FOX E SEUS NOVOS AMIGOS
KLUGG
JUNTOS, SOMOS INVENCÍVEIS!

Trinta e três

Sobre hora extra: se você precisar fazer, aproveite e vá no restaurante mais aclamado e "sem possibilidade de reservas no momento".

O cardápio no Apricity era caro, não só pelo conteúdo: tinha folhas espessas de papel de fibra de algodão, com fonte caligráfica dourada e em relevo.

Começava com o enigmático:

Apricity (n.) obsoleto

Do latim *aprīcitās*, "aquecido pelo sol"

Que bom que está esclarecido, Delia pensou.

Também parecia haver muito mais cardápio do que era preciso. Para chegar à comida, era preciso passar pelo *Nosso* Ethos, *Como Comer* e *Fontes e Inspiração.* Havia a citação "deixai a comida ser vosso remédio" e declarava a missão de "curar, bem como nutrir". Delia achou que aquilo elevava a responsabilidade do local a um nível acima de sua jurisdição.

Kurt apertou os olhos atrás dos óculos.

— Achei que sairia para jantar, não para me juntar a um culto.

Quando eles encontraram a seleção de pratos, de repente o cardápio se tornou econômico nas palavras, tão econômico quanto uma sala de jantar de aço e madeira com ângulos retos e sem adornos.

Lia-se *Ovos de patos: Três Modos.*

Era isso.

— Cozido, mexido e frito? — Delia sugeriu, e Kurt gargalhou.

— Você e seu carinha saíam muito para comer? Eram *Gourmands*? — Ele tomou um gole de sua água mineral.

— A gente gostava de comer fora, não acho que éramos *gourmands*. Tínhamos uma regra; se um restaurante não tivesse um arranjo de flores secas na vitrine, dávamos uma chance.

Kurt riu de novo.

— Vocês terminaram porque ele estava dormindo com outra?

Delia ficou chocada e se perguntou se Steph tinha contado para Kurt. Ele notou a surpresa e acrescentou:

— Provável que fosse você ou ele pulando a cerca, e não era você, porque você está aqui.

Ela assentiu para seu próprio copo d'água e leu o cardápio de novo.

— Sabe o que você devia fazer? Dormir com outro.

De repente, Delia achou fascinantes os detalhes que diziam que o Apricity "colhia manualmente" suas ervas do pântano.

— Hum?

— É sério, ruiva. É o único jeito de reequilibrar as coisas. Vingança. Olho por olho. Sou um sujeito velho testamento. As pessoas pararam de notar o quanto ele faz sentido.

— Talvez porque todos tenham arrancado os olhos uns dos outros.

— Haha. Engraçado. Você tem um humor seco, não tem? — Então veio aquele olhar intenso de novo. — Você é jovem. Tem muito chão pela frente ainda, menina.

Delia ficou profundamente aliviada quando o *sommelier* chegou com o vinho. Depois de servir, girar, provar, assentir, eles voltaram à tarefa de escolher os pratos.

— Almôndegas de emu. — Kurt balançou a cabeça. — Atravessei meio mundo para evitar essas merdas compridas. Emus têm pernas longas e finas e correm muito. Se você fosse um canibal, mataria o Usain Bolt?

Delia sorriu. A ira de Kurt estava à toda. Ele chamou um dos atendentes, todos na casa dos vinte e parecendo ter saído de uma passarela. Usando camisas brancas impecáveis, estavam envoltos naquele sorriso beatífico que as pessoas costumam abrir antes de perguntar se você sabe que "Ele ressuscitou".

Uma garota linda com cabelos cor de mel flutuou até a mesa e educadamente inclinou a cabeça enquanto Kurt batia com o dedo na folha de pergaminho à sua frente.

— Aqui diz "iogurte de galo". Ajude um pobre coitado. Como exatamente se ordenha um galo?

— Você massageia a crista até soltar um liquido, que é adicionado ao nosso iogurte caseiro sem soro. É como um queijo diferente, bem ácido.

O rosto de Kurt parecia uma foto.

Delia precisou apertar o cardápio contra a boca para conter a risada.

— Você não acha que em todos os anos em que os humanos andaram sobre esta terra e se alimentaram, havia uma razão para que ninguém pensasse: "Já sei, vou esfregar um galo até alguma merda sair dele"?

Delia estava tremendo a essa altura. A garçonete abriu o sorriso de alguém que sabe que o filho de Deus anda entre nós e tudo vai ser luz.

— O Apricity é uma experiência totalmente única.

— A Guerra do Vietnã também foi.

Kurt olhou feio para o cardápio, e ele e Delia fizeram suas escolhas por pura adivinhação.

— E minha esposa e eu gostaríamos de outra garrafa d'água — ele piscou, e Delia ficou um pouco assustada. Kurt insistira que ela o acompanhasse como alguém "de idade mais adequada" do que Steph.

Uma onda percorreu o salão, e Gideon Coombes adentrou o restaurante tão casualmente quanto se fosse a sala de sua casa, ocupando uma mesa na janela, com um amigo rechonchudo. Gideon e seu acompanhante estavam vestidos como dândis de Wodehouse: usando lenços nos bolsos e coletes.

Funcionários os cercaram como um enxame de abelhas, e Gideon deu instruções com um movimento do pulso, fechando o cardápio de uma vez.

— Quantas pessoas estão nessa? — Delia sussurrou.

— O mínimo — Kurt respondeu, em volume normal. — Lembre-se. Você obtém um efeito melhor se as pessoas ajudam sem saber que estão ajudando.

Delia teve que se disciplinar para não olhar furtivamente para Gideon. Kurt disse apenas que haveria um movimento de "choque e espanto" durante a refeição noturna.

Kurt e Delia terminaram suas entradas complicadas, que envolviam cubos de vegetais em conserva parecidos com joias, brotos verdes e pinceladas de umami, que eram bem gostosos, apesar de não haver nada em quantidade suficiente.

Na verdade, isso cortou um pouco o clímax, pois foram colocados diante deles como se fossem a resposta ao sentido da vida.

Delia se deu conta de que era por isso que não ia sempre a lugares chiques: a longa espera e altos custos decepcionava um pouco, porque aquilo era, no fim das contas, apenas comida. Furtivamente, ela espiou Gideon — ainda sem prato depois de uns vinte minutos —, que estava ignorando o amigo para tagarelar no celular. Era de fato muito grosseiro. Ela e Kurt tomaram vinho e conversaram sobre banalidades, ainda que seu chefe estivesse totalmente distraído com ideias sobre o que aconteceria em seguida. Dez minutos mais tarde, houve uma pequena comoção perto da porta, e foi possível ouvir o *host* dizendo a alguém que houve um engano.

Quando ele se moveu, Delia conseguiu ver um motoqueiro segurando uma caixa de pizza da Domino's.

Num gesto teatral, Gideon jogou o guardanapo, levantou e foi até lá, com uma nota de dinheiro para o entregador. E voltou para a mesa com a pizza.

Choque. O salão todo tinha soltado os talheres e estava olhando para ele em completo espanto. O *maître* parecia estar olhando para uma balsa afundando.

Gideon abriu a tampa calmamente e começou a comer uma fatia grande de pepperoni e presunto. Ele ofereceu a pizza ao amigo, que também atacou.

— Ai, meu Deus — Delia sussurrou para Kurt, colocando a mão sobre a boca. Kurt estava radiante.

O *maître* se aproximou de Gideon como se faz com um animal grande na selva e disse, em voz baixa, mas não o bastante para um restaurante em silêncio:

— Senhor, não é permitido comer isso aqui.

Gideon o encarou.

— É que fiquei tão absurdamente faminto que precisei fazer alguma coisa. Por favor, diga ao chef que se o serviço dele fosse mais rápido, eu não precisaria desta pizza maravilhosa, cheia de carne.

O *maître* hesitou, obviamente calculando os prós e os contras entre arrancar uma pizza da mão de um crítico *versus* alertar seus superiores de que o salão estava cheirando a salame e mussarela derretida. Ele optou por evitar a responsabilidade e desapareceu na cozinha.

Kurt olhou para Delia e piscou mais uma vez. Ela nunca o tinha visto tão satisfeito.

De repente, usando dólmã, um homem de beleza rústica, rosto corado, cabelo preto suado e armado e tatuagens de dragões nos antebraços surgiu diante dos comensais.

— Que caralhos você está fazendo no meu restaurante, rato de pizza? — Thom Redcar gritou com um sotaque galês para Gideon, que se manteve impassível.

— O que parece que estou fazendo? Estou comendo. Ainda que eu não esteja surpreso que esta imagem seja novidade para você, considerando a quantidade de tempo que você leva para preparar duas entradas.

— Que porra é essa?! — Thom urrou, derrubando a pizza no chão.

Criou-se uma sujeira que lembrava um pouco vômito, e Gideon ficou de pé.

— Ela me ajudou das azeitonas até as entradas. Ou, como você provavelmente chama, o jejum.

Thom enfiou um dedo no peito de Gideon, envolto por uma camisa Savile Row.

— Não sou um cozinheiro de fast-food que está preparando panquecas para você. O que eu faço é *arte.*

— Sim, natureza morta. Aposto que os "Girassóis", de Van Gogh, foram mais rápidos que seu *escargot Dorset* refogado no vinho tinto. O que você faz, pede para eles virem sozinhos para a mesa?

— O quê? Caia fora! Você está banido! Para sempre!

— Parece que estou aqui há uma eternidade, então, isso não é uma grande privação.

Thom Redcar o agarrou pelas lapelas e arrastou Gideon pela porta, acompanhado de suspiros de choque abafados. O amigo de Gideon vinha logo atrás.

Delia viu um fotógrafo agachado entre os carros estacionados, registrando a confusão. As vozes surgiram pelo vidro.

— Você pode me dar minha pizza, por favor? Meu sangue está com pouca glicose.

— Você quer sangue? Vou arrancar seus dentes da frente, filho da puta! — Thom berrou.

Gideon endireitou a gravata borboleta. Um carro elegante com *timing* impressionante parou, e Gideon e o acompanhante embarcaram.

— Isso, e leve o Fidalgordo junto!

Thom ficou ali parado, por tempo suficiente para os fotógrafos fazerem mais algumas imagens, com uma mão forte no ar, mostrando o dedo para a Mercedes que se afastava, levando Gideon e seu amigo.

O chef voltou para o salão silencioso, onde os funcionários estavam se mantendo ocupados, limpando a pizza do chão.

— Ele disse que queria a pizza de volta. Vocês podem colocar tudo na caixa e mandar para ele? Coloquem um laço vermelho. Mandem para o Rato de Pizza. *"Prato da Casa."*

Os garçons assentiram.

— E coloquem uns pentelhos junto.

A equipe pareceu chocada, obviamente se perguntando se seriam notificados com um pergaminho dourado dizendo quem seria o fornecedor dos pelos.

Thom olhou feio para os demais clientes, como se de alguma maneira eles estivessem envolvidos, e atravessou as portas duplas da cozinha.

Um murmúrio baixo e constrangido recomeçou.

Kurt murmurou:

— Ele saiu do roteiro com essa última parte. Não acho que ele queira associar sua casa com partes pudendas em alimentos.

Incomodada, Delia tentou retomar a conversa.

— Mal posso esperar pelo nosso trio de ovos — ela comentou.

Trinta e quatro

Kurt estava passando dez dias na Austrália, e Delia tinha certeza de que ele podia ter iluminado o Boeing 747 com seu sorriso pela operação ter acabado em pizza.

As declarações cuidadosamente planejadas de Gideon e Thom foram enviadas para alguns veículos selecionados depois que a notícia veio à tona — a história foi além, porque havia fotos de Thom brigando com Gideon na rua.

Por sorte, um transeunte com uma memória perfeita estava ali para relatar a discussão naquela noite, palavra por palavra. Alguns clientes tinham até filmado com o celular.

Gideon, impecavelmente vestido e com um sorriso afetado, tinha ido ao *The One Show* para debater se o culto aos chefs-celebridade estava saindo do controle e se a cultura do serviço moderno tinha esquecido que o cliente tinha sempre razão.

Thom fez declarações belicosas sobre como o poder dos críticos saiu de controle e que não havia explicações para falta de educação, o que Delia achou bem curioso vindo de alguém que colocava pelos pubianos em pizzas (Gideon fez questão de colocar uma foto dos restos da pizza, claro, para manter a chama acesa; Delia não aproximou a foto).

Eles discordaram sobre o tempo de espera de Gideon. Bizarramente, a mídia não parecia muito interessada nesse detalhe.

"Crítico Pede Pizza Devido à Demora de Restaurante" era bom demais para ficar ligando para detalhes.

— Thom não se importa com a implicação de que a cozinha dele deixa as pessoas esperando? — Delia perguntou a Kurt, antes que ele saísse.

— O Apricity está com as reservas esgotadas até o Natal, então não vai ser um problema. Mas quantas pessoas na rua tinham ouvido o nome Thom Redcar antes disso? E agora? Está vendo? Todo mundo sabe que Gideon gosta de atacar. É pantomima. — Kurt esfregou uma mão na outra. — Mal posso esperar para vender a histórias dos dois fazendo as pazes. Tem uma imagem na minha cabeça, em que Thom está fingindo atacar Gideon com uma faca enquanto se esfrega em uma massa de pizza com a borda recheada. Acho que devíamos sugerir isso para o *Observer Food Monthly*.

Delia sentia que estava ganhando camadas de cinismo todo dia, e que um dia elas formariam uma carapaça parecida com a de um besouro.

No decorrer da semana seguinte, a ausência de Kurt trouxe uma calmaria agradável que possibilitou que Delia e Steph fizessem piqueniques na hora do almoço nos parques próximos. Curiosamente, sempre que as duas ligavam para o celular de Kurt para deixar mensagens, não tocava aquela mensagem em *staccato* que se ouve quando os celulares estão em área internacional. Ela e Steph levantaram as sobrancelhas uma para a outra.

Delia sentiu que, se pudesse escolher sua colega de trabalho dentre mil pessoas, teria escolhido Stephanie, a garota de Liverpool.

Steph mantinha pentes finos na bolsa por causa de seu cabelo rebelde e usava os cabos deles para batucar em sua mesa, quando não havia colheres disponíveis. (Delia prometera ver a nova banda dela, quando Steph dissesse que estavam prontos.)

No almoço, ela não perdia tempo com saladas pouco calóricas. Steph costumava levar o equivalente a uma tábua inteira de queijos com bolachas e convidava Delia para atacar. E quando ria, havia uma pausa e sua boca se abria, com um barulho constante: "HURRRR!".

Delia muitas vezes se sentia uma irmã mais velha para ela.

Uma tarde, durante o curto sabático de Kurt, as duas estavam sentadas na grama, cada uma comendo uma fatia de *pork pie*, quando Steph disse:

— Delia, você acha que Kurt pode estar monitorando nossos computadores? Ou usando aquele programa que grava o que é digitado?

— Não sei. Por quê?

Steph pareceu agitada, pegando um fiapo nos cadarços de seu sapato.

— Ele sabe sobre a minha vida privada. Ou parece que sabe.

— Como assim?

— Outro dia ele estava fazendo perguntas bem pontuais sobre com quem eu estou namorando.

— Será que não é só bisbilhotagem?

Steph fez uma careta.

— Ele foi muito invasivo: "Você gosta de meninas ou de meninos? Ou dos dois?"

Delia sentiu que não estava entendendo alguma coisa. Aquilo parecia vulgaridade de mau gosto, não informação privilegiada.

— Quando não respondi, ele disse que tudo bem, hoje em dia... Então ele disse que meninas de Liverpool se vestem melhor do que eu. Respondi que sou de Wirral.

— Que grosso!

— Nem todas nós somos clones de Coleen Rooney. Então eu disse: você não se parece com o Crocodilo Dundee.

— Hahahahaha, ótimo!

As duas riram.

Ah. Delia entendeu. Kurt tinha imaginado que Steph fosse gay ou bissexual, e ela estava preocupada por quê. Isso não tinha nem passado pela cabeça de Delia. Ela achava que Steph podia ter um estilo meio masculinizado. Mas, e daí? Kurt era muito babaca.

— Então ele perguntou abertamente se eu tinha uma namorada.

— Que audácia! — Delia exclamou. — Como se você fosse apresentá-la a ele. Dificilmente vamos ter direito a acompanhante nos eventos de trabalho.

Delia abriu um sorriso de apoio, e a tensão nos ombros de Steph relaxou um pouco.

— Pois é. Eu não pareço uma caminhoneira, né?

As duas riram, para liberar a pressão.

— Não! Ele provavelmente vai me perguntar a mesma coisa. Kurt é um pervertido. Não deixe isso incomodar você.

Em meio à solidariedade e à preocupação, Delia se perguntou se Steph tinha trazido o assunto à tona a fim de abordar a própria sexualidade. O que a fez se sentir ainda mais protetora, tendo em vista a indiscrição de Kurt.

Uma confidência merecia outra.

— Se ele puder ver o que está no nosso laptop, estou encrencada. Lembra aquele jornalista freelance que eu não deveria ter encontrado, Adam West? Deixei minha pasta com ele por acidente. Ele leu e fez uma cópia antes de me devolver.

— Não! — disse Steph, parando no meio de uma mordida de sua torta. — Que *bad*!

— Pois é. Aliás, isso me faz pensar que Kurt não está me espionando. Ele teria me demitido, se tivesse lido meus e-mails.

Delia decidiu não falar nada sobre a parte do resgate, por enquanto. Não era justo fazer Steph achar que tinha que acobertá-la.

— Tenho um amigo que entende muito de computadores. Vou perguntar para ele o que pode ser feito — Delia concluiu.

— Esse escritório tem alguma coisa estranha... — disse Steph, e, assim que o comentário foi feito, Delia sabia exatamente do que ela estava falando.

A recepcionista Joy flutuava pelo lugar como fantasma de uma empregada assassinada. Era deserto e as paredes pareciam ter ouvidos — ao mesmo tempo —, até mesmo quando Kurt não estava lá.

No calor ameno de um dia de julho, Delia sentiu um calafrio.

Sr. Naan. Não ria de mim. É possível que meu chefe veja o que eu e minha colega de escritório estamos fazendo nos nossos laptops, que trazemos para o escritório? Delia (Pedi o número do seu telefone, para podermos usar uma linha segura.)

Olá, em um novo canal! É possível, mas não muito provável. Vocês o deixaram sozinho com os dois laptops ao mesmo tempo, abriram algum anexo suspeito ou perceberam algum sinal de atividade de malwares? PN

Não, não e acho que não. D

Então, com exceção de espelhos muito bem posicionados, eu duvido. PN

Sem a ameaça de Kurt atacando do oculto, Delia se atreveu até a marcar uma sexta livre e convidar Ralph para uma visita. Foi preciso um pouco de esforço para convencê-lo. Aliás, foi como arrastar um hipopótamo por um pântano usando cadarços.

Delia não teria coragem de ser tão enfática com o irmão, mas sua mãe deixou escapar que o bar de *fish & chips* — ou "o premiado bar de peixe do Tyneside", como ela o chamava para os vizinhos — estava pressionando para que Ralph tirasse as férias devidas. Pelo jeito, ele estava resistindo porque "não tinha para onde ir".

Delia insistiu que ele podia ficar no quarto de Emma enquanto ela estava em Roma.

— Eu troquei os lençóis, traga alguém para ficar aqui! Melhor ainda, traga alguém para ficar na sua cama — ela tinha dito antes de ir viajar, enquanto Delia revirava os olhos.

Na sexta de manhã, enquanto esperava Ralph chegar, seu celular começou a tocar. Adam West. Ele queria um encontro. Com acidez, ela explicou que não deveria precisar lidar com Adam porque não estava no trabalho.

— Indo para algum lugar bom? — Ele perguntou.

— Não. — Ela hesitou, pensando que se humanizar com seu captor e, assim, tornar mais difícil que ele a assassinasse metaforicamente podia ser uma tática inteligente. — Meu irmão vem de Newcastle me visitar.

— Que bom — Adam comentou. — Vai mostrar os pontos turísticos para ele?

— Ralph disse que queria ir ao Madame Tussauds.

— Um homem culto, hein?

Delia pensou em Ralph, com sua natureza tranquila, entrando em contato com um estilete afiado como Adam West e sentiu um calafrio. Alguém bateu na porta, e Delia foi atender, grata pela desculpa para desligar. Carl, do andar de baixo, com seu rosto pétreo, estava segurando um envelope forrado com plástico bolha em silêncio. Estava endereçado a ela.

Delia agradeceu, com cuidado, se lembrando do aviso de Emma.

Sem saber mais o que dizer, Carl a poupou do incômodo, dando meia-volta.

Ela abriu o envelope. Um frasco do perfume Eternity, da Calvin Klein, caiu, junto com um pedaço de papel.

Dee, pensei em mandar algumas coisas para você lembrar por que nós importamos tanto. Aqui vai a primeira. Amo você. Bjo, Paul

Ela abriu a tampa com hesitação e levou o nariz até a boca do frasco. Era estranho como um cheiro podia abrir imediatamente o cofre de memórias do seu cérebro, encontrar um registro adormecido e ativar as emoções associadas.

Com o perfume doce, Delia foi levada para os primeiros dias, os mais empolgantes, de seu namoro com Paul, e a vez em que os dois passaram uma hora rolando um sobre o outro no sofá ao som de um álbum do Talk Talk. Ela leu o bilhete de novo. E se lembrou de como era a sensação de pensar: esta pessoa é o meu futuro. Como a química entre eles tinha sido fácil. Clique, aí está você, este é seu lugar. Como Delia tinha achado que encontrar uma alma gêmea ia ser difícil, para então tropeçar nela em seus saltos anabella vermelhos, sem nenhum esforço.

Ela duvidou de que Paul se lembrasse do nome específico do perfume, só da embalagem. Ele provavelmente procurou pela loja com um vendedor por perto, até encontrá-lo. Paul nunca fazia compras: Delia praticamente tinha que arrancar a calça jeans gasta dele.

"Estou pensando em você" — a coisa mais simples e, no entanto, mais poderosa que alguém, ou algum gesto, pode dizer.

Aquilo a fez esmorecer. Ela tinha passado muito tempo se perguntando se podia aceitar Paul de volta. Talvez ela estivesse lidando com aquele dilema do jeito errado. Será que Delia conseguia abrir mão dele?

Quando viu o cabelo ruivo desarrumado e familiar de seu irmão na estação King's Cross, Delia sentiu uma onda protetora. Ele estava com uma mochila de lona enorme nos dois ombros, uma camiseta do filme *S.O.S. Tem um Louco Solto no Espaço* e um moletom de capuz grande: seu uniforme de funcionário do Forbidden Planet, de folga. E parecia muito desconfortável. Fazia décadas que ele não ia à capital, desde que os dois eram crianças. Ralph não ia nem a Newcastle com frequência; nunca havia necessidade: as coisas de que gostava estavam em casa. Seus amigos, na maioria, também jogavam videogame.

Delia se sentiu ainda mais protetora quando ouviu uns garotos comentarem "Ed Sheeran se descuidou" e caírem na gargalhada.

Talvez Ralph — ela sempre se perguntou isso, o que fazia seu estômago se contrair — não saísse muito de casa porque suas primeiras aventuras ao ar livre não tivessem sido agradáveis.

A pedido dele, os dois foram direto para o museu Madame Tussauds, onde Ralph ficou principalmente interessado nos primeiros-ministros mortos e na Câmara de Horrores. Delia tentou imaginar como seria explicar para uma raça de aliens por que era considerado um passatempo olhar estátuas de cera de homens que tinham envenenado e desmembrado as esposas na virada do século.

Após enjoarem do Madame Tussauds, Delia ficou sem saber o que fazer.

Ralph tinha se submetido ao itinerário das principais instâncias turísticas, mas obviamente estava achando difícil o tsunami de outros corpos vindo em sua direção, no pavimento. Ela queria encontrar uma maneira de facilitar as coisas para seu irmão, mas temia que não fosse possível desfazer, em um fim de semana, hábitos solitários que perduram por uma vida.

— Vamos almoçar! — Ela propôs para Ralph quando atravessaram a ponte de Southbank, tentando apelar para o estômago.

Ele assentiu.

— Algum desejo específico? Você é meu convidado.

— Qualquer coisa boa — Ralph respondeu, e Delia podia vê-lo lutando com hombridade para parecer estar se divertindo por causa dela, o que a deixou triste.

— Quer comer meu frango frito caseiro? — Ela perguntou, e os olhos de Ralph se iluminaram.

Seu irmão sempre tinha sido o consumidor mais entusiasmado da culinária de Delia. Ela sabia que, se fosse honesta e consultasse os sentimentos de Ralph em vez dos seus próprios, ele preferiria um lugar fechado.

Em menos de uma hora, ele estava alegremente instalado em Finsbury Park, com as pernas grandes esticadas, jogando na gigantesca televisão de Emma enquanto Delia preparava o almoço.

— Isso! Seja decapitado pelo erro de paralaxe!

Os dois estavam na mesa da cozinha, com uma montanha de frango com farinha panko e a salada "Glasgow", composta de batata frita e ketchup. Delia tinha feito compras e estocado os armários com as comidas do irmão. Emma provavelmente pensaria que ela tinha bulimia.

— Você mora aqui agora ou vai voltar? — Ralph perguntou, no sexto pedaço de frango. — Bela foto do Nabo.

Delia, que tinha colocado a foto da piscina na janela da cozinha, ficou radiante.

— Ele está me protegendo. Vou voltar em algum momento — ela respondeu, pegando uma batatinha da tigela. — Sinto falta do Nabo. Meu emprego é divertido, mas louco. Meu trabalho é mentir, e os jornais imprimem as mentiras. Começo a me desprezar quando trabalho por um tempo.

"Por um tempo" encobria muita coisa. Delia não tinha se mudado para Londres de mala e cuia. No entanto, naquele momento, ela não conseguia se imaginar voltando para Newcastle e para Paul. Ela estava em algum lugar entre as duas, no purgatório.

— O que vai acontecer quando descobrirem que você está mentindo?

— Hum. Boa pergunta — disse Delia, sentindo o estômago se contorcer. — Além disso, talvez eu e o Paul nos acertemos. — Ela olhou para Ralph por sobre sua próxima coxa de frango. — Não tenho certeza.

— Paul explicou por que estava com essa outra garota?

— Assim, ele não *explicou*... — Delia respondeu.

Ralph era surpreendentemente perspicaz, à sua própria maneira, quieta e descomplicada. Era exatamente do que Delia precisava: saber por quê. Estava faltando isso, e talvez para sempre estivesse.

Ralph olhou em volta.

— É legal aqui, não é?

— Muito legal. Emma não faria diferente.

— Aquilo é The Fox? — Ralph perguntou, com um tom impressionado, virando a cabeça para um lado.

Ele estava olhando para um quadro em que Fox estava sendo perseguida por um inimigo mascarado sem nome pelos telhados de Londres.

— Ah, sim — respondeu Delia, envergonhada por não ter sido tão cuidadosa em guardar os desenhos enquanto Emma estava fora.

Ela não tinha vergonha dos desenhos. Bom, talvez um pouco. É que *The Fox* era como um passatempo particular, um segredo maravilhoso. Ela não queria deixar aquilo à mostra, por enquanto, e estragar tudo. Delia também precisava ter cuidado às vezes, porque usava pessoas de sua vida e as transformava em super-heróis ou vilões.

— Posso ler? — Ralph perguntou, com olhos arregalados, ainda virados para os esboços sobre a cadeira perto da pia.

— Claro.

Ele limpou as mãos em papel-toalha, pegou o bloco e o levou até a sala. Delia colocou a chaleira no fogo e, ao colocar a cabeça pela porta, viu que seu irmão estava sentado de pernas cruzadas, folheando as páginas, rindo sozinho, totalmente absorto.

Foi um momento delicioso. Foi gratificante de um jeito que nada mais era. Se aquilo conseguia entreter Ralph, poderia fazer o mesmo com os outros?

— Vamos nos virar por aqui hoje à tarde, ir até o pub local para tomar umas brejas no fim da tarde, voltar e assistir a algum filme idiota no Netflix?

Ralph sorriu:

— Claro!

Essas, sim, eram as férias ideais dele.

Mais tarde, cheio de cerveja e comida capaz de causar diabetes tipo 2 e depois de ver um filme bem bobo com Liam Neeson, Ralph voltou a jogar videogame enquanto Delia trocava e-mails com Peshwari Naan.

Faz um mês e meio. Chegou o momento de descobrir seu verdadeiro nome. Não faz sentido que a Câmara me pagaria para vir a Londres como parte de um grande golpe para desmascarar você. D

*... faz sentido. É Joe. Eu trabalho no departamento municipal de taxas. *Joinha* *Supimpa* Satisfeita? PN/J*

Olá, Joe! Finalmente estamos nos conhecendo! D

Bom, não estamos nos "conhecendo" agora, mas já nos conhecíamos, se você lembrar. (Você não lembra.) J

Como você se lembra de mim? Ruivas que parecem refugiadas de uma produção amadora de Nos Tempos da Brilhantina são memoráveis assim? D

Falando sério? Você é bonita. J

Delia sentiu uma pontada de surpresa diante disso e se pegou sorrindo. Era bom receber um elogio, em especial naquele momento da vida.

Obrigada! :)

Delia notou que Joe não forneceu um sobrenome e se perguntou se a informação podia ser obtida no site da Câmara. Será que ela queria saber?

Ela pensou no que Emma tinha dito sobre o risco dos casos de amor virtuais. Delia adorava conversar com Peshwari Naan, mas, conforme o tempo passava, não conseguia dizer com honestidade que sentia que estava se apaixonando, nem mesmo sentindo a "Santíssima Trindade" de atração, afeto e admiração, que podia se transformar em amor. Se era puramente platônico, no entanto, por que ela estava tão nervosa em conhecê-lo realmente? Ela imaginou fosse para não destruir o encanto. O poder desinibidor da internet significava que os dois conversavam sobre coisas que ela não contaria normalmente a alguém que conhecia fazia tão pouco tempo, e era provável que colocar um rosto em seu confidente mudasse as coisas.

Por falar nisso...

P.S. Então, meu irmão encontrou a história em quadrinhos que estou escrevendo desde que mudei para Londres. Ele elogiou muito o trabalho. D

Espere um pouco, o quê? Você escreve uma HQ? Eu queria perguntar se você tinha alguma paixão além das relações públicas. RP não parece muito "você" — se não for ousadia demais de um homem que conheceu você em uma conversa casual num bufê e um monte de e-mails. J

Ah, não, tudo bem. RP, comunicação não é muito "eu", é só uma coisa que eu podia fazer. Sim, meu sonho sempre foi criar histórias em quadrinhos. Estudei Artes Gráficas na universidade. Então me senti idiota por causa das HQs quando estava na casa dos vinte, engavetei tudo e fui trabalhar com coisas supostamente "adequadas". Só que "adequadas" parece completamente inadequado agora. Tem sido bom revisitar isso. D

O que acontece nessa história em quadrinhos? J

Um alter ego de Delia, uma super-heroína noturna chamada Fox, que vive no submundo, anda em sua bicicleta mágica combatendo os crimes urbanos à noite com sua parceira, a raposa Reginald. Já está rindo de mim? D

Graças a Deus, ela estava atrás de um teclado: era infinitamente mais fácil digitar do que dizer aquilo.

Sensacional! Esperando um grande "não, seu INTROMETIDO!", mas posso ver? J

Se você quiser mesmo, sim! Mantenha as expectativas baixas. D

Delia tirou os olhos da tela e virou para onde Ralph estava em comunhão com a outra tela.

— Está se divertindo? — Ela perguntou.

— Ah, sim, eu gosto de Londres — Ralph respondeu, imerso na Miami virtual da TV.

Trinta e cinco

Por mais que pudesse gostar da solidão, ao final da viagem de Emma para a Itália, Delia estava ansiosa por uma noite em que sua companhia não fosse o falatório da televisão enquanto preparava incontáveis bolos com a batedeira KitchenAid. Ralph tinha ido embora no domingo, e ela o acompanhou até a porta do vagão do trem e o viu ocupar seu assento antes de ir embora. Ela sabia que tinha a tendência de seus pais de superprotegê-lo. Era difícil não fazê-lo.

Delia tinha aceitado que visitar os pontos turísticos não era a preferência de seu irmão, então os dois tomaram café da manhã tarde e depois foram assistir ao último filme de ficção científica com gigantes e cheio de explosões em um cinema na Leicester Square.

Kurt parecia um pouco preocupado e um pouco evasivo depois de sua semana fora. Delia estava aprendendo mais sobre o temperamento dele: os momentos de animação eram muito animados, mas parecia que tinha desânimos que compensavam. Nos dias que se seguiram, ela e Steph aprenderam a parecer ocupadas, naquela *vibe* de "estamos todos arruinados!"

Se tentassem reconfortá-lo, dizendo que os negócios estavam indo bem, ele gritava que estava bem para elas, que eram assalariadas. *Parece que nós não dividimos os espólios das grandes vitórias*, Delia pensou.

Em sua depressão, ele disparou:

— Tem um bar abrindo na sexta, e acho que todos nós devíamos ir. Muitos contatos para fazer.

Delia assentiu.

Steph disse, nervosa:

— Tenho um teste para uma banda na sexta.

— Uau, parabéns — Delia comentou, sem pensar, ao ver os olhos de seu chefe escurecerem.

— Eu avisei que vocês iam ter de trabalhar algumas noites — Kurt disse para Steph.

Uma pausa. Ela pareceu chateada.

Delia considerou totalmente injusto da parte dele querer mobilizar a sexta delas com um dia de antecedência.

— Essa não é a banda que não queria testar uma baterista mulher? — Delia perguntou, tentando enfatizar que Steph não podia desmarcar seu compromisso.

— É. Eu os convenci — Steph respondeu, lançando um olhar nervoso para Kurt de novo.

— Que bom! Isso é ótimo.

— Sério, ela não precisa de você para fingir orgasmos — Kurt disparou para Delia, que ficou sem expressão. — Faça o que quiser — ele ralhou com Steph.

Depois que Kurt saiu, Steph comentou:

— Estou em apuros, não estou?

— Se fosse tão importante, ele teria mencionado antes — Delia respondeu, apesar de desconfiar que sua colega estivesse certa.

Delia foi trabalhar no dia seguinte com seu vestido favorito, roxo com decote careca, e um laço preto sem volume no cabelo, que Paul chamava de "look lavadeira". Ela tentou ser otimista sobre uma noite fora com Kurt e uma turma de playboys em pele de cobra.

Supostamente, por Kurt não enfrentar filas, os dois foram levados por um táxi preto até o bar a um valor nada desprezível. Ele estava usando um terno azul chamativo e justo com sapato oxford marrom e uma quantidade nauseante de uma colônia com um cheiro marcante de pinho.

O "Cock & Tail" ficava em um galpão em Wapping e tinha sido decorado para parecer um açougue. Havia ganchos de carne em formato de S acima do balcão, os funcionários usavam aventais de listras azuis e brancas, e havia uma cabeça de porco com uma maçã na boca pendurava como um troféu de caça único acima do bar. O efeito geral era ao mesmo tempo insípido, desagradável e irritantemente narcisista.

Todos os drinques vinham como um "toque carnívoro". Delia abriu mão do Bloody *Abattoir* Mary, que parecia ter um *Peperami* em vez de uma haste para mexer o drink, e optou por um Leitão Chapado, algo espumante, que tinha gosto de maçã e era servido com salgadinhos de bacon como acompanhamento.

Kurt tinha pedido um Black Velvet Pudding, que vinha com uma rodela de chouriço *boudin* em vez de uma rodela de fruta na borda do copo. *Eca.*

— Ah, puta que pariu. Achei que fosse um evento exclusivo — Kurt comentou, olhando para a porta.

Do outro lado do salão, ela espiou quem seu chefe estava encarando; Adam West, levemente amarrotado — e, era preciso admitir, muito elegante —, chegando com seu *trench coat* bege de detetive. Ele estava com o que os tabloides chamariam de "uma acompanhante deslumbrante".

Os nervos de Delia ficaram em alerta. Adam e Kurt no mesmo espaço podia ser algo muito ruim. Ela virou o resto do drink com uma mão e levantou a outra para uma bandeja que estava passando. Delia podia sentir a coragem aumentando junto o nível de álcool em seu sangue. Kurt logo a abandonou para perambular pelo bar. Ela se ocupou com seu terceiro — ou quarto — drink de porco espumante e começou a mexer no celular, com o cenho franzido como se fosse uma cirurgiã cardiovascular esperando ser avisada de que um órgão tinha chegado para um transplante.

— O que você está achando do bar, Dana?

Delia ergueu a cabeça e viu Adam, com sua expressão usual de prazer e satisfação consigo mesmo.

— Ah, o velho número de errar meu nome, que bom rever você — disse Delia, notando que estava sendo bem dura, e que uma quantidade considerável de cautela se esvaiu de seu corpo. — Estou achando bem horrível, para ser sincera.

— Concordo. Este lugar está simplesmente abarrotado de parasitas nocivos.

— Um ou dois.

Delia estendeu a mão para pegar seu próximo drink e olhou em volta para dar a impressão de que tinha perdido, por um instante, os cinco acompanhantes lindos que estavam com ela e com quem preferia estar conversando em vez de Adam West.

— É uma daquelas ideias que dão vontade de dar um tapa na própria testa, não é? — ele continuou. — Por que ninguém nunca chamou um bar de Cock & Tail antes? Essa eu sei. Porque é *totalmente vulgar.*

Ele tomou seu drink pelo canudo.

Delia se concentrou nele de novo.

— No entanto, você está aqui, bebendo de graça.

— No entanto, eu estou.

A namorada de Adam se juntou a eles, e a alma de Delia murchou mais ainda.

— Freya. Esta é Delia Moss, da Twist & Shout. Acho que vocês conversaram por telefone.

Adam lançou um olhar sarcástico na direção de Delia, que tentou não se encolher de um jeito visível ao descobrir quem era aquela mulher.

Freya tinha um cabelo sedoso cor de caramelo, corpo bronzeado em St. Tropez e os olhos cor de mel de um réptil que mora no pântano. Ela estava se equilibrando em saltos cobertos de tachas que fizeram Delia se perguntar como ela conseguia andar um metro, que dirá chegar ao Cock & Tail.

Freya passou o braço por Adam e mediu Delia de cima a baixo.

— Oi.

Delia quase riu. Ela nunca tinha visto uma mulher demarcar território de um jeito tão físico antes. Era como se Freya tivesse se enroscado na perna de Adam como um gato com sua cauda. Se pudesse levantar uma perna para urinar nele, provavelmente teria feito isso.

— Delia! — Kurt disparou ao passar, inclinando o corpo por Adam e Freya. — Vamos circular e conversar com quem importa?

E seguiu em frente.

Adam sorriu.

— Eloquente ele, não?

— Quem era aquele escroto?

— "Quem era aquele escroto?" Uma pergunta muito frequente depois que Kurt Spicer passa. E, com sorte, *enquanto* ele passa — disse Adam.

— Se vocês me dão licença, estou vendo algumas pessoas com quem eu *preciso* falar — Delia fez o anúncio com um tom gélido, curto, como o que Bette Davis usava nos filmes quando precisava fugir de alguém indesejado em uma festa.

Adam curvou o lábio de um jeito sardônico, como se dissesse "Hummm, é mesmo?"

Na verdade, ela precisava ir ao banheiro.

Mas deu certo: quando ela saiu do banheiro um tanto abafado do Cock & Tail, com um daqueles sabonetes de limão gigantescos num daqueles apoios que, com certeza, eram anti-higiênicos, Adam e Freya tinham sido reabsorvidos pela festa e desapareceram.

Depois de pegar um novo drinque — ela tinha começado a gostar daquelas coisas de maçã —, Delia se escondeu de Kurt, Adam e Freya ao lado de uma enorme planta exótica com folhas pontiagudas que estava em uma banheira de cerâmica.

Para sua surpresa, depois de se desligar mentalmente da batida da música, ela se deu conta de que podia ouvir com clareza a conversa do outro lado da folhagem.

— No começo, eu não conseguia entender, mas depois fez sentido. Spicer contratou essas duas moças boazinhas do norte como mulas perfeitas para transportar seu produto. Elas são tipo aquelas universitárias que transportam drogas em voos — ela ouviu Adam dizer.

— Essa é a ruiva que tem sotaque caipira e se veste toda brega? — Freya perguntou.

— Delia Moss.

— Certamente, com um quadril daquele tamanho, não é parente da Kate.

Ai.

— Hum. Parece que ela não faz a mínima ideia do que está acontecendo.

— Provavelmente faz. Não se deixe enganar por esse papinho de gente de bem — disse Freya.

— É sério. Ela caiu de paraquedas, ou do caminhão de feno, e bateu a cabeça. Eu sei mais sobre a empresa do que ela.

— Então você vai dormir com ela para tentar arrancar alguma coisa na cama?

— Haha, *até parece.*

— Você não gosta daquele jardineiro dos Simpsons, o Willie?

— Mais fácil eu sair por aí com uma gaita de foles.

Mais risos femininos.

— Tenho outros meios.

— Você me surpreende.

— Kurt está prestes a entrar na política, e vou estar lá para estragar o trem da alegria dele.

— Ela faz parte do seu plano?

— Sem saber. Quando chegar a hora, vou jogá-la aos leões.

— Adoro quando você fala desse jeito implacável comigo.

— Não é implacável, se alguém merece.

Que filho da puta! Delia pensou.

Haha, que ironia: Adam estava dizendo que ela estava mal informada. Delia estava mais bem informada agora, não estava? E celebrou com mais um drinque.

Trinta e seis

Quase uma hora depois, bêbado, Kurt encontrou Delia e contou que achava que tinha conseguido uma ou duas reuniões VIP.

— Ótimo — disse Delia, pensando que era sua deixa para ir embora, mas sua cabeça e suas pernas estavam lentas.

— Sabe por que você perturba os homens? — Kurt perguntou.

Delia levou um segundo para acompanhar a abrupta mudança de assunto. Seu chefe não tinha mudado de tom nem de volume.

— Hã... Não? — Delia respondeu, pensando *Perturbo?*

— Você tem uma beleza angelical e um corpo muito desenvolvido.

— Corpo desenvolvido?

Com certeza, aquela expressão só era usada por tios pedófilos durante brincadeiras duvidosas.

— A gente fica na dúvida entre proteger ou corromper você — disse Kurt, encarando-a com o que pensava ser um olhar intenso.

Delia ficou revoltada. Ela precisava sair daquela conversa, rápido. Só que suas reações não estavam afiadas, pelo contrário.

— Nunca pensei nisso.

— Claro. Você é inocente. Não é nenhuma vergonha ser novinha — ele continuou. — Ou ter uma coisa novinha...

— Em ser novinha!

Adam West apareceu ao lado deles. *Ótimo.*

— Kurt. E aí, como vão as coisas?.

— Você está interrompendo.

— Eu sei. Ei, estou adorando seu trabalho com Marvyn Le Roux. Está ensinando truques de desaparecimento para ele?

— Existe uma antiga expressão aborígene que me faz pensar em você, West. A tradução livre é "vai lavar o rosto na bunda de um canguru".

— Lírico. Eu adoraria ouvir no dialeto original — Adam respondeu. — Enfim, vim avisar que o fotógrafo quer uma foto sua com mais um arroz de festa.

— Some daqui — Kurt grunhiu.

— Estou falando sério — disse Adam, meneando a cabeça na direção do fotógrafo.

Dava para ver um homem com uma Nikon pendurada no pescoço, acenando e levantando os polegares.

Resmungando, Kurt saiu do lado de Delia e foi até o fundo do bar.

Adam virou para Delia assim que Kurt se afastou o suficiente para não ouvir.

— Você percebeu que ele está tentando levar você para casa? E o que é esse pós-barba? Ele está cheirando a vestiário de academia.

Delia queria dizer algo de efeito e cáustico sobre a presença de Adam West também não ser bem-vinda.

Em vez disso, sentiu uma efervescência no estômago e um gosto pungente na boca. Ela não achava que ia vomitar, mas também não podia passar nem mais um instante ali.

A ficha de que ela estava impressionantemente bêbada havia, enfim, caído.

— Preciso tomar um ar — ela anunciou, e Adam meneou a cabeça e a conduziu pela porta. Delia não tinha como se livrar dele. Lá fora, ela inspirou profundamente o ar mais frio de Docklands e se recompôs. Certo, certo. Melhor assim.

— V-vô votar lá pa dentro — ela avisou Adam.

— Não acho que você queira voltar para aquele antro nesse estado — ele respondeu. — Isto é trabalho. Não demonstre fraqueza.

Mesmo nessa situação, ele não mudava! Cretino arrogante.

Delia tinha uma resposta pronta na cabeça: "Não estou em estado nenhum, então, se você me der licença, vou voltar para dentro."

Em vez disso, saiu uma espécie de "fuáááááá". Certo, ainda bêbada.

— Vi que você trouxe sua bolsa. Como é o seu casaco? — Adam perguntou. — Na verdade, eu sei. É o que parece que você matou e esfolou um Muppet. NÃO se mexa.

Delia ficou vendo Adam entrar. Ela tinha a sensação de que devia organizar os fragmentos do que tinha acontecido para formar uma imagem coerente, mas não tinha as habilidades cognitivas para montar o quebra-cabeça.

Ela se perguntou se de fato seria inteligente se mexer, como Adam a tinha dito para não fazer. A porta se abriu e, quando duas pessoas saíram, Delia entrou.

Ela devia tomar outro drink? Talvez aquela coisa de curar bebedeira bebendo funcionasse. Ela estava muito convicta e confiante de que daria certo.

Freya, do *Mirror*, avançou na direção dela; não era alguém com quem Delia pretendia andar.

— Cuidado com Adam. Você sabe que ele já dormiu com *todo mundo* — ela alertou.

— Ele não dormiu comigo — Delia devolveu, com a fala levemente arrastada.

Freya levantou uma sobrancelha e virou as costas para ela.

Quando seu foco se voltou para uma bandeja de drinks, Delia sentiu um puxão no braço, e Adam-que-já-tinha-dormido-com-todo--mundo se inclinou, chiando:

— Humpf! Achei que tinha dito para não se mexer, *chapacrazy*.

— Você não *nanda* em mim.

— Vou *nandar* em você hoje, e você vai me agradecer amanhã.

Delia protestou, enquanto ele a levou na direção da saída. Lá fora, Adam colocou o casaco de lã magenta nos braços dela. Ele disse que parecia um Muppet? Ela devia mandar Adam... o que devia dizer para ele?

— Agora, por favor, tente parecer sóbria por tempo suficiente para garantir que um táxi leve você. Concentre-se. Olhe para mim...

Adam segurou o rosto dela, e Delia fez uma careta enquanto seus olhos dançavam de um lado para o outro. Ela parecia totalmente cons... conch... Com ciente. Haha! Como ela nunca reparou nesse trocadilho?

— Devolva meu rosto — sua voz saiu como a de um ventríloquo ruim.

Adam deu uma gargalhada, afastando as mãos e balançando a cabeça.

— Você é uma figura.

Delia teve uma sensação turva de que as coisas podiam ter dado muito, muito errado, e de que talvez tivesse uma reação diferente pela manhã.

Freya, a garota de cabelo caramelo, saiu voando do Cock & Tail, e Adam virou as costas para Delia. Ele teve uma conversa tensa e sussurrada com a garota do cabelo caramelo, que Delia, em seu estado oscilante, só absorveu em parte.

Ela ouviu apenas uma ou outra frase da mulher magra e irritada que estava com os braços cruzados. "...que coisa... bom, quem se importa se ele quer... achei que você quisesse desmascará-lo, não levá-la para a cama."

Para a cama?! Delia queria se mexer, mas tudo estava acontecendo embaixo d'água.

E uma resposta tensa de Adam, O Senhor do Sexo, que concluiu: "Se as pessoas quiserem achar isso, que achem. Não me importo."

Finalmente, Freya voltou para dentro do bar, lançando um olhar tóxico e maligno na direção de Delia, que levantou os dedos em um aceno pesado que saiu estranho.

Adam suspirou profundamente e colocou a mão no ombro dela.

— Certo, Miss P.T., Delia, a Destruidora de Noites. Vamos sair daqui.

Delia tinha uma resposta pronta: "Ah, então, no fim das contas, você sabe meu nome! E: Não, obrigada, eu me viro sozinha."

Mas, mais uma vez, sua boca a desobedeceu, e o que saiu foi: smmmmmmupf. Ela balançou a cabeça. Adam foi até a rua, levantou a mão, um táxi apareceu, e Delia foi colocada dentro do carro.

Um braço a envolveu no táxi, e houve uma conversa de que ela não participou conscientemente, apesar de ter ouvido a própria voz. Com o movimento soporífico do veículo, ela estava lutando, mas sentiu sua consciência se esvaindo, se esvaindo, se esvaindo...

— Delia, Delia? — Ela ouviu uma voz masculina.

— Hummm...

— Fique comigo. Fique longe da luz. Ou da escuridão.

Trinta e sete

Delia abriu uma pálpebra grudenta, tão desorientada quanto alguém recobrando a consciência na enfermaria.

Quem ela era? Onde estava? O quarto tinha um cheiro estranho: de uma marca de sabão em pó pungente e parecido com talco que ela não usava. E poeira. E *garoto*.

Ela levantou o corpo, se apoiando nos cotovelos, e olhou em volta. Estava em uma cama de solteiro em um quarto estreito, com um cabideiro de plástico em um canto.

Seu vestido roxo estava no chão.

Uhh, sua cabeça. E seu estômago. Meu Deus, meu Deus, ah, não... A noite anterior voltou para ela, em *flashbacks* piscantes e violentos. Aquele bar horrível... Kurt tentando dar em cima dela... ir embora... com quem ela tinha ido embora? Ela estava em um táxi com alguém, o "quem" estava nebuloso. Delia estava psiquicamente enjoada de apreensão e remorso, uma bela companhia para o enjoo de fato que sentia.

A seu lado, no criado-mudo, estava uma garrafa de Coca-Cola com um Post-it que dizia "Me Beba", uma embalagem de ibuprofeno com o bilhete "Me Tome" e um pedaço de papel que dizia "Me Leia".

Uma versão alcoolizada de *Alice no País das Maravilhas*.

Delia moveu os ossos que rangeram e reclamaram, e um crânio que pareceu estar cheio de bolas de gude que tinham rolado para um lado. E desdobrou o papel.

BOM DIA!

Como está a cabeça? Então, achei que você precisava ir para casa ontem à noite, mas não consegui arrancar seu endereço de você. Eis que taxistas precisam de mais do que "FINSHBURRY PORK!" repetido três vezes, uma mais alta que a outra. Que belo treinamento o deles, não? Eu tinha uma escolha: ou revirar suas coisas para descobrir onde você mora, ou trazer você para minha casa. Achei que, como inimigos mortais, seria melhor para nós que eu não mexesse na sua bolsa. Então aqui estamos nós (você). O quarto extra não é bonito, desculpe. Vejo você no salão de café da manhã ao amanhecer, com roupões de piquet, para comer kedgeree e granola caseira.

Adam

Ah, não, meu Deus.

Delia tateou o criado-mudo para procurar sua bolsa e pegou o celular. Ela entrou no Google Maps, digitou o CEP de Emma e Criar Rota. O alfinete azul apareceu, indicando a localização, perto de Clapham High Street. Ela grunhiu e olhou de novo para sua lingerie.

Ele tinha tirado sua roupa? O que ela tinha dito? E feito?

Aquilo era terrível.

Com as mãos trêmulas, ela abriu a tampa da Coca-Cola e inclinou a garrafa em seus lábios secos e rachados. Ahhhhh. O poder revigorante do açúcar e da cafeína. O gás abrasivo e adocicado percorreu sua língua, que parecia uma lixa, e fez barulho ao descer por sua garganta. Mas Delia não tinha certeza se ia conseguir engolir os comprimidos. Seu estômago estava dizendo que os sólidos estavam proibidos. Ela esperou um instante, jogou as pílulas e engoliu.

Delia deslizou para fora da cama e colocou o vestido. Estava profundamente desconfortável por ter acordado de calcinha e sutiã. As duas peças não combinavam, sua depilação não estava em dia.

Os sapatos tinham sido chutados ali perto, mas ela achou que uma saída furtiva fosse mais fácil sem os saltos. Ela abriu o espelho do pó compacto que estava na bolsa e deu uma olhada no estrago, se encolhendo. Abrindo a porta com cuidado. Vieram sons de alguém se movendo no andar de baixo, mas, fora isso, a barra parecia limpa. Delia conseguiu ver onde o banheiro ficava, do outro lado da escada.

Ela foi até lá na ponta dos pés e fechou a porta. Aquela era uma casa de homem, ainda que, pelo jeito, de um homem com faxineira: as toalhas eram de cores escuras, a borda da banheira tinha frascos de produtos funcionais e esportivos. Dentro do armário do espelho, havia barbeadores descartáveis e pacotes de sabonete.

Delia molhou montes de papel higiênico para limpar os olhos manchados. E passou pasta de dente no indicador, esfregou nos dentes e na língua, cuspiu e enxaguou. Penteou seu cabelo emaranhado com os dedos e tentou fazer um rabo de cavalo.

Ela tinha embalagens pequenas de maquiagem para retoque na bolsa, que seriam empregadas para reparar o dano: corretivo, gloss, perfume em miniatura e delineador líquido. Quando terminou o retoque, estava parecendo mais uma cafetina de bordel em estado terminal do que um cadáver não identificado.

Delia voltou para o quarto, colocou os sapatos e encontrou seu casaco sobre uma cadeira.

Estava na hora de fazer uma fuga rápida e com o máximo de dignidade possível.

Ela cambaleou com cuidado pelos dois lances de escada de degraus baixos e abaixou a cabeça ao passar pela porta de um dos cômodos do andar de baixo.

Adam West estava na cozinha, de camiseta, calça de moletom e tênis, com uma xícara de café. Comparado com Delia, ele parecia tão renovado quanto um narciso coberto de orvalho, brilhando depois de uma corrida.

— O Kraken despertou! — ele disse, abrindo um sorriso largo.

— Hã... Bom dia. O que aconteceu? — Delia perguntou, testando a própria voz pela primeira vez. Ela estava parecendo um pouco com Caco, o sapo.

— Schnapps de maçã com champanhe aconteceu, umas dez vezes. Ou "Appletise delicioso e do mal, me devolva meu Appletise especial", como você disse sem parar no caminho para casa.

— Ah, meeeeeerd... — Delia esfregou sua têmpora, que latejava.

— Destilado com champanhe é o *speed* dos drinques. Fique feliz por estar só se sentido uma morta-viva em Clapham em vez de estar morta de fato do lado de fora do Viper Room.

Ele ia aproveitar aquilo ao máximo, Delia se deu conta. Claro que ia.

— Café? — Adam ofereceu, pegando um xícara quente ao lado da chaleira.

— Obrigada — ela gemeu, aceitando, mais para ter o que fazer e arranjar uma desculpa para não falar enquanto bebia.

Delia não fazia ideia do que dizer para ele.

— Obrigada por me deixar ficar aqui — ela disse, constrangida.

— Foi um prazer.

— Alguém, hum, alguém nos viu sair juntos?

Adam lançou um olhar de incredulidade, quase cuspindo o café, de piada.

— Você acha que eu fiz isso para que todo mundo pensasse que me dei bem? Não sou chegado a "Coma Sutra", obrigado.

Delia queria morrer.

— Não! Eu não estava dizendo isso. Preciso descobrir se ainda tenho emprego.

— Não, acho que ninguém nos viu saindo — disse Adam. — Foi um ato de imenso cavalheirismo de minha parte, e entendi que discrição era necessária.

— Por que eu não estava de vestido? — Ela perguntou, em uma reação instintiva ao surto de vergonha, não porque quisesse muito saber. Adam arregalou os olhos com uma inocência surpresa.

— Ah, espere um pouco, qualquer remoção de roupas foi feita por você, depois que fechei a porta. Não transforme esta boa ação em algo sinistro ou vou ficar ansioso e bravo.

Delia assentiu, sem forças.

Tinha sido catastroficamente idiota ficar tão bêbada. Por quantos anos na Câmara Municipal ela tinha se retirado cuidadosamente da festa de Natal quando começava a conga de *Jägerbombs*? Bastou ir para Londres e ela se jogou de cabeça.

— Você costuma ficar tão bêbada? Se eu não estivesse lá, Deus sabe o que teria acontecido — Adam disse por cima da borda de sua xícara.

Delia sentiu um calafrio. O loiro mau tinha bastante razão. Ela não se lembrava da última vez que tinha ficado tão incapacitada. A Delia mais magra e triste, que se esquecia de comer, não tinha a mesma tolerância que a versão mais gorda e feliz de antigamente. Mas não se podia admitir esse tipo de vulnerabilidade para o inimigo.

— Eu teria ficado bem, teria voltado para casa...

— De verdade, você precisa tomar cuidado. Você não está cercada por pessoas boas. Alterne drinks com água e tome cuidado quando for misturar.

— Nooossa, fale mais sobre os efeitos desse "álcool", somos todos desdentados e tocamos banjo em Newcastle! — disse Delia.

Foi impossível manter qualquer tipo de ira diante da risada satisfeita de Adam.

— Oohooohoo! NÃO! Você sabe do que estou falando. Kurt estava em cima de você e não estava brincando.

— Ah, não, ele é só muito direto e muito australiano... — Delia mentiu.

— Eu o vi comprando camisinhas no banheiro masculino — disse Adam, fazendo uma expressão de "meu Deus".

Delia ficou arrepiada.

— Talvez fosse para outra coisa.

— Para fazer bexigas d'água — ele respondeu, soltando sua xícara e se apoiando no balcão para se levantar. Seus olhos foram parar na entrada da cozinha, atrás de Delia.

— Ah, Dougie, esta é Delia. Delia, Dougie.

Ela virou e viu um homem com cerca de trinta anos, desarrumado, rechonchudo e com a barba por fazer, com um robe felpudo. Ele parecia ter tido uma noite tão difícil quanto a de Delia.

— Olá. Muito prazer — ele cumprimentou, com um sotaque de Glasgow. Em seguida, colocou cereal Crunchy Nut Cornflakes em uma tigela, despejou leite com chocolate e se virou para sair. O comportamento nada curioso de Dougie com ela sugeria que mulheres desconhecidas naquela cozinha não eram uma ocorrência rara.

— Vai voltar para a cama? — Adam perguntou.

— Sim. Para sempre. Estou fodido, então vou.

E desapareceu.

— Dougie saiu com uns amigos da cidade dele ontem à noite. Eles se autointitulam guerreiros de Willy Wallace. Imagine só. Ou melhor, não imagine.

— São só você e ele aqui? — Delia perguntou.

Ela tinha certeza de que tinha passado por vários quartos no caminho até a cozinha. Pela primeira vez desde que o conheceu, Adam pareceu um tanto desconfortável.

— Sim.

Ele era gay? Delia não tinha notado nada de gay nele, mas vai saber. Pelo jeito, Adam dormia com "todo mundo", então, talvez Freya quisesse dizer que ele era bissexual.

— Por que você fez isso, de verdade? — ela perguntou, com um sorriso forçado. — Para me criar problemas com Kurt, para aumentar minha dívida com você?

— E esse é meu agradecimento. Porque eu sabia que, caso contrário, você ia acordar com dor no meio das pernas, além de uma dor de cabeça, em algum Sofitel da cidade. Fiquei com pena.

Delia não sabia o que pensar.

— Nunca sei se devo acreditar em você.

— Vou contar um segredo, Delia. Eu sempre falo a verdade. Então pode acreditar sempre.

Engraçado, Delia não acreditou nele.

Trinta e oito

— Estou indo, então, para que lado fica o metrô? — Delia perguntou, achando que Adam queria ela longe, assim como ela queria sumir dali.

— Venha se sentar um pouco e se recupere — disse ele, relaxando diante do balcão.

— Ah. Não... — Delia resistiu.

— Você passou a noite aqui, mais quinze minutos não vão fazer diferença. Você parece uma versão mal-empalhada de si mesma.

— Vá para o inferno — Delia murmurou, mas teve que admitir que estava exausta de tanto ficar em pé.

— Venha. Dougie não servirá de companhia pelas próximas doze horas. Tenha dó de mim.

Delia não conseguiu recusar e levou seu café até a sala.

Era, de fato, uma casa alugada masculina. Todos os móveis confortáveis eram azul-marinho ou verde-exército. Havia sofás azuis gastos com capas removíveis, uma mesa de centro feita de pinheiro repleta de marcas de copo e uma enorme TV de tela plana, coberta por uma leve camada de poeira oleosa.

A sala ganhava uma penumbra esverdeada graças a uma densa trepadeira que não tinha sido podada e que adornava a janela como uma peruca, ainda que fosse uma bela alternativa para uma cortina.

Agradecida, Delia afundou no sofá mais próximo e se perguntou se Adam cobraria o favor ridicularizando-a eternamente. Naquele momento, ela não conseguia pensar naquilo. Sobreviver fisicamente àquela ressaca já era esforço demais.

— Posso dar uma sugestão? — Adam perguntou, no sofá de frente, para ela. — Quando sou nocauteado pela cerveja, gosto de deitar assim — ele posicionou o corpo para deitar de costas —, com as pernas deste jeito. — Ele as apoiou nos braços do sofá. — Imagino que você vá achar o ângulo muito relaxante, e a janela tem a quantidade exata de luz para seus olhos de vampiro.

Ele cruzou os braços sobre a barriga.

— Experimente. Prometo, passar cinco horas nessa posição resolveu tudo depois que Dougie fez o *drinking game Top Gun*.

Top Gun homoafetivo, não é?

— Como funciona?

— Ah, não sei. A julgar pelo estado de Dougie, você bebe toda vez que surge um momento de machismo patriótico no filme.

Delia suspirou e se moveu para ficar em uma posição parecida com a de Adam. Seus músculos relaxaram nas almofadas do sofá e os saltos ficaram pendurados.

— Viu?! — disse Adam. — Você parece... tranquila.

Delia soltou uma risada fraca.

— É o que se diz sobre as pessoas em velórios.

— Haha! "Lembre-se dela como ela gostaria, não assim."

Adam riu, e Delia pensou no quão intensamente ele estava se divertindo.

— Então... esse tal de Paul — disse Adam, e ela sentiu o impacto da pior montanha-russa ao se dar conta de que tinha dito coisas de que não se lembrava. Nada. Como uma anestesia geral. Ela tinha perdido a consciência.

— Meu Deus, o quê?! — ela indagou. — O que eu disse?

— Ah, nada de mais — Adam respondeu, para tranquilizá-la. — Você me contou que ele pulou a cerca e que foi por isso que você veio para Londres.

A pele suada e intoxicada pelo álcool de Delia ficou mais pegajosa contra o tecido áspero do sofá. Não saber o que disse causava uma sensação horrível de vulnerabilidade.

— Quando foi isso?

— Peguei um copo d'água quando chegamos, e nós conversamos. Um pouco.

A ideia de ter contado coisas para ele sem filtro, organização ou mecanismo de controle antes que as palavras saíssem do cérebro era muito assustadora. Ela grunhiu e colocou a palma da mão sobre os olhos.

— Agora que você está sóbria e talvez consiga se lembrar, posso dar minha opinião sobre o assunto? — Adam perguntou, e Delia grunhiu. — A perspectiva masculina.

Delia grunhiu mais um pouco.

— Porque todos os homens são iguais.

— Não, não somos. Mas às vezes acho que as mulheres usam a lógica do próprio pensamento feminino para definir e entender o comportamento masculino — Adam virou a cabeça para olhar para ela. — E aí não entendem. Não vou dizer mais nenhuma palavra sobre o assunto, se você não quiser.

Delia cogitou recuperar um pouco de controle, dizendo a ele para deixar para lá. Por outro lado, sentiu uma pequena pontada de curiosidade sobre sua opinião.

— Vá em frente — ela disse, com um suspiro longo e sofrido.

— Certo. Eu acho que você não deveria voltar para ele, por dois motivos. Primeiro, Paul queria que você dissesse para ele que precisava terminar com a outra mulher. Acho que não dar uma resposta direta sobre ele te deixar ou não quando você descobriu foi um truque de merda.

Ah, não. Ela tinha falado *muita* coisa.

— Ele *meio* que disse. Paul queria que eu dissesse que íamos superar isso. O que não consegui fazer.

— Tradução: ele queria que você dissesse que ia estar lá se ele terminasse o caso. Truque de merda, como eu disse. Típico de alguém que nunca vai assumir responsabilidade por suas ações, nem tratar você com muito respeito.

Delia se encolheu. Aquilo tinha sido mais incisivo e duro do que ela esperava. E ouvir Paul ser denegrido a magoou.

— Em segundo lugar, ele a traiu feliz, não triste. Se fosse uma reação a algo na relação que precisa ser resolvido, dava para consertar. Quem trai feliz faz isso pela aventura, e vai fazer de novo.

— O que você quer dizer? Trair triste? Ou seja, se você chorar depois, está tudo bem?

— Quero dizer — Adam pegou uma almofada embaixo de sua lombar e a colocou atrás da cabeça —, quando eu traí, foi porque eu estava infeliz e queria sair da relação.

— Ah, então você já traiu — disse Delia. — Agora eu entendi.

A referência de Freya aos níveis de atividade vigorosa de Adam voltaram ao cérebro dela.

— Eu nunca fingi ser perfeito. Aliás, é exatamente por não ser perfeito que posso oferecer perspectivas valiosas. Sim, eu traí, para sabotar algo que não estava funcionando, quando não tive coragem de terminar. Mas nunca fui infiel a uma namorada de longa data, com quem eu ainda queria estar, e esperei que ela esquecesse e perdoasse.

— Talvez Paul não queria ficar comigo, e esse tenha sido o jeito dele de fugir.

— Ele quer ficar com você — disse Adam, com desdém. — Ele está na casa dos trinta, tenho certeza de que sabe que não existem muitas Delias por aí. Mas quer você nos termos dele. Ele viu a chance de ter um pouco de diversão extra e aproveitou. E por que ele aproveitou?

Delia não disse nada, surpresa por ser descrita como um recurso raro, como um ingrediente valioso na vida, como o açafrão. Não era, de jeito nenhum, como ela achava que Adam a enxergava. Uma ruiva trágica e confusa, com roupas de vovó teria sido mais adequado.

— Porque ele sabia que você não ia deixá-lo.

— Eu o deixei.

— Não deixou, deixou? Você o está punindo e depois vai aceitá-lo de volta. Pelo menos foi o que disse ontem à noite...

Delia estava em séria desvantagem em um debate no qual não fazia ideia do quanto o oponente sabia.

— Escreva o que estou dizendo, um dia, ele vai correr o risco de novo. Também duvido que essa tal de Celine tenha sido a primeira vez.

O constrangimento de Delia soou, e ela perdeu a cabeça.

— Meu Deus, isso foi muito desnecessário! Como você pode saber disso?

— Estou dizendo: dez anos de bom comportamento, um caso inconsequente e então voltar a ser fiel não é um padrão que eu reconheça.

— Você parece bastante confiante para analisar uma situação complicada e um completo estranho à distância.

— Sou bom em julgar o caráter das pessoas — disse Adam. — Não é tão complicado, é? No fim das contas, esse não é um sujeito que um dia vai parar de menosprezar você.

— Obrigada — Delia respondeu, arrasada. — Tudo que uma mulher de ressaca precisa é ouvir isso.

— Desculpe — Adam emendou, animado, arrumando a almofada de novo. — Achei que precisava ser dito.

— No fim das contas, sua argumentação pode ser bem racional, mas tudo se resume a amá-lo. Eu amo Paul, então não posso simplesmente sair andando.

— Mas ele não ama você o suficiente. Você não pode amar pelos dois. Não funciona assim.

Delia endireitou o corpo.

— Ele não me ama o suficiente? Você disse isso mesmo?

Uma pausa.

— Pelo que você me contou, não.

— Obrigada por dizer essa coisa absolutamente brutal e desnecessária.

— Sinto muito — Adam pareceu chocado. E também endireitou o corpo, registrado o choque na voz dela. — Eu não quis chatear você.

— Como dizer que meu namorado não me ama poderia me chatear?

— *O suficiente*, eu falei "não ama o suficiente" — disse Adam.

— Você faz alguma ideia do quanto isso é cruel? Sério, meu irmão Ralph não tem tato, e ele não diria isso.

Adam viu Delia levantar e pegar a bolsa e o casaco.

— Não, não saia andando.

— Não estou "saindo andando". Estou indo embora, porque não quero mais ouvir coisas horríveis sobre minha vida irremediável.

— Eu não disse que você era irremediável! Você parece uma boa menina, e estão tirando vantagem de você...

— Uma boa *menina*?!

— Argh. Mulher, desculpe!

— Você é tão metido a superior, um desses machistas da capital, "ei, mocinha, vou contar como o mundo real funciona..." — Delia disparou, sem saber ao certo por que tinha escolhido aquele momento para ser feminista e ter orgulho de Newcastle, ainda que ele merecesse.

— Tanto no trabalho quanto na vida pessoal, você não lida bem com a verdade — disse Adam, endurecendo sua expressão.

Ele parecia mais desapontado do que bravo.

— Eu não lido bem com a verdade... — Delia reuniu toda sua sagacidade para ser insolente, e seu cérebro desidratado falhou miseravelmente — ...e você é um FILHO DA PUTA.

Minutos depois, ela estava fazendo a caminhada da vergonha pela Clapham High Street, em meio a famílias de anúncios dos supermercados Waitrose, de olhos brilhantes que tinham saído para o brunch de sábado, pensando que Adam West era um ser humano horrível — apesar da Coca-Cola e do ibuprofeno providenciais.

Delia também tinha uma sensação de que havia alguma coisa que ela não sabia sobre a noite anterior, em meio a todas as coisas horríveis de que tinha conhecimento.

Algo que ela tinha esquecido — e precisava lembrar.

Trinta e nove

— Então ele disse que apostava que Celine não era a primeira traição de Paul! — Delia concluiu, indignada.

Por um segundo, houve uma mudança na postura de Emma, e Delia viu que sua amiga concordava com ele. Adam West não podia estar certo. Não podia. Ele era tudo o que estava errado. Devia ser porque Emma o achava bonito. Sim, devia ser isso. Emma estava de pijama cinza-mesclado da White Company sobre o sofá gigante, depois de voltar de Roma na calada da noite de sábado, pálida. Ela coloriu a manhã de Delia, no domingo, com histórias tórridas da programação da despedida de solteira rigidamente organizada em uma planilha, em que cada instante estava ocupado.

— 15h30 às 16h, "Relaxar no quartel-general". Obrigada por dizer que podemos ter meia-hora de intervalo, se quisermos! Foi como um daqueles treinamentos militares, só que eles duram um dia, e você paga as pessoas para gritarem e fazerem você perder peso.

Emma comprou uma garrafa de Aperol e uma Virgem Maria de plástico que brilha no escuro para Delia.

— A outra madrinha, India, disse que eu estava banalizando uma religião, e eu respondi que não sabia que demonstrar respeito era tirar selfies fazendo sinal da paz do lado de fora do Vaticano.

Delia riu e agradeceu por não estar na "Missão Despedida de Solteira", como Emma dizia.

Emma ficou animada e gritou de alegria ao ver a comida com que Delia tinha abastecido a geladeira.

— Isso são... nuggets de frango caseiros? — Emma comentou, com surpresa na voz, como se estivesse descobrindo um pedaço considerável de ouro inca na geladeira.

— Fiz um monte para Ralph, semana passada, e achei que você também gostaria. Estou experimentando usar leite, alho e massa de torta do Ritz.

— *Sensacional.* Por favor, nunca vá embora.

As duas levaram o piquenique para o sofá.

— O que é isso? — Emma perguntou, quando Delia mexeu em um envelope e uma pilha de imagens cortadas de revistas.

— Ah... — Ela se pegou estranhamente envergonhada. — é do Paul. Ele está me mandando coisas para me fazer lembrar do nosso passado. Tivemos uma conversa uma vez em que eu confundi Jean Cocteau, Jacques Cousteau e Jean Michel Jarre.

Paul estava escolhendo com sabedoria, com inteligência. Eles estavam de férias em um vilarejo na Grécia, cheio de casas caiadas com persianas de cobalto salpicadas com buganvílias cor de ametista. Ele dissera: "Por favor, não insira o Cocteau Twins nesta história, ou não vou suportar", enquanto segurava o próprio corpo. Eles riram até lágrimas escorrerem pelo rosto, e Delia pensou que Paul era seu contraste perfeito, e que ela era o dele.

— Belo gesto — Emma comentou, com um olhar de apreciação que Delia retribuiu sem hesitar, mantendo seu rosto neutro.

— Você contou a Adam sobre Paul? — ela perguntou, devido à indignação com ele.

— Pelo jeito, abri a boca quando estava bêbada. Tão constrangedor. Ele não devia estar falando comigo sobre coisas pessoais, quando sabia que eu não estava em condições.

As duas fizeram uma pausa, uma vez que não era possível condenar Adam com certeza em um episódio do qual Delia tinha nenhuma lembrança.

Até onde elas sabiam, Adam estava dizendo "Hum, hum, ok..." enquanto Delia tagarelava sem parar sobre os crimes penianos de Paul.

— Ele não tinha o direito de falar aquilo sobre Paul — Emma disse, e, de novo, Delia notou a escolha diplomática de palavras.

Podia ser verdade? Que, com as muitas oportunidades, Paul tivesse escorregado uma ou duas vezes antes? Ele mencionara mulheres ocasionalmente, e Delia achou que era um sinal certo de que não havia nada com que se preocupar.

Será que Paul era o mais esperto dos mentirosos, daqueles que sabem que, para tornar algo invisível, você esconde bem à vista? Delia começou a cavar o fundo do oceano da memória para ver se o lixo vinha à tona. Hummm. A vendedora de vinho de pernas compridas de quem Paul tinha rido porque estava flertando para fechar um contrato, alguns anos atrás? Becky, não era?

Ela se sentiu uma detetive que trabalhava em uma unidade de crimes engavetados, reabrindo investigações de incidentes anteriormente considerados não suspeitos.

E se lembrou de Aled agir de modo um pouco estranho sobre a tal Becky, na verdade. E quando ela perguntou a Paul por quê, ele respondeu: "Acho que Aled ficou um pouco interessado. Nada com que Gina precise se preocupar. Mas você sabe como é a relação deles, não são como nós. Se ela ficar sabendo, vai ser um drama."

"Eles não são como nós." Se Delia tivesse uma máquina do tempo e confrontasse a Delia do Passado sobre por que Becky não era uma ameaça, a Delia do Passado riria da Delia do Presente. Uma das provas irrefutáveis seria: Aled me contaria se Paul estivesse aprontando.

"Ou talvez ele dissesse para Paul parar com aquilo e ficasse ali sentado, parecendo estar profundamente desconfortável quando o nome da mulher fosse mencionado."

Delia afastou os pensamentos de coisas dolorosas e irrefletidas do passado e voltou a refletir sobre as coisas dolorosas do presente.

— Isso foi depois que Adam me colocou no táxi e me levou para sua casa. Ugh. Essas pessoas com quem me envolvi, Emma. Fico feliz de ter encontrado Steph, ou eu acharia que estou na sarjeta e que só tenho os ratos como companhia.

— Se bem que... — Emma começou, hesitante, — ...o que Adam fez foi bem gentil, não? Levar você para casa.

Delia não estava pronta para concordar. Ela achava que aceitar aquilo sem ressalvas seria ingenuidade e que, sem dúvida, descobriria a motivação dele no futuro. Quero dizer, parecia cinismo, considerando tudo o que ele tinha feito, mas, até onde Delia sabia, ele *tinha* tentado alguma coisa.

O fato de que ela não tinha lembrança também era um fator que não o absolvia por completo. Era prudente ter cautela. Adam era um ponto de interrogação em meio a essas evidências contraditórias, Delia precisava se apegar à sinceridade simples de sua antipatia inicial.

— Ele provavelmente vai pesar sua atitude e tirar algo de útil dela. É como Adam funciona. E provavelmente queria enfurecer Kurt.

Delia também não o tinha perdoado por arruinar sua primeira onda de entusiasmo por Londres, e pela Twist & Shout. Antes do maldito erro da pasta, ela estava se divertindo.

Emma assentiu.

— Seu chefe parece um cretino completo.

Delia só podia concordar. Ela achava que Kurt gostava de flertar antes, mas tinha passado a vê-lo como um predador que podia ser perigoso. Ela nunca ficaria bêbada perto dele de novo, com certeza.

— Não quero ir trabalhar amanhã.

— Nem você, nem eu — disse Emma. — O inbox do Apocalipse.

Delia decidiu lidar com a situação de Kurt. Ela tinha ficado muito bêbada e ficaria mais alerta no futuro. Com certeza, ele não tentaria de novo, depois de perceber que não ia conseguir nada com Delia, certo? Isso significaria deixar Steph de pista, lidando com Kurt sozinha. Não. Para o alto e, mais ou menos, avante. Se ela conseguisse experiência suficiente na Twist & Shout, teria chances melhores de ir para outro lugar.

Apesar disso, Delia tinha esquecido que o terror da melancolia das noites de domingo era a pior coisa do mundo.

A Câmara Municipal de Newcastle tinha muitos dias enfadonhos, mas não muitos dias terríveis. Esse foi um dos motivos pelos quais ela tinha passado tanto tempo naquele emprego: não ser *ativamente mau* era mais fácil do que correr atrás do sonho de alguma *coisa boa de fato* na vida profissional — e terminar com *algo terrível.*

No entanto, houve uma pequena centelha de luz na escuridão da noite: um e-mail do Naan. Ela ainda estava se acostumando a pensar nele como Joe. E tinha escaneado as páginas de *The Fox*, usando uma impressora que Emma tinha deixado em uma caixa embaixo da escada. Delia achou que ficaria tímida, mas, conforme as páginas se acumularam, ela pensou: *estão boas! Parecem bem-feitas.*

Delia, The Fox. Eu amei. Amei DEMAIS! É genial. Você nunca fez nada com isso? Você nunca exibiu em nenhum lugar? Por que não? J

Olá, Joe! Obrigada! ... Medo. Bj, D

Não vejo do que ter medo. Bj, J

... Nem eu, não mais. Bjo, D

Então pronto. Bjo, J

Um nome surgiu: Fantástica Miss Fox. Que tal colocar a história em quadrinhos on-line? E ver se alguém perguntava, como Ralph fizera — "O que acontece depois?"

Quarenta

O nervosismo de Delia aumentou conforme ela percorria as já familiares ruas largas de Charing Cross. Passando por uma Foyles, onde ela às vezes passava meia hora no almoço, até o prédio onde, misteriosamente, nunca via outra alma além das pessoas de sua empresa...

O que encontraria na Twist & Shout naquela manhã? Uma armadilha para ursos? O próprio Kurt parecia um urso, um urso pardo. Talvez Delia fosse como aquele homem pobre no documentário que ficou convencido de que podia ficar amigo dos ursos e acabou sendo transformado em um kebab misto. Seu celular apitou com a chegada de uma mensagem.

Delia, vou ligar para você em um set. Por favor, atenda, é importante que a gente converse antes de você chegar ao escritório. Bj, A

P.S. SEG ☹ Foi o corretor

Um beijo? Aquela figura escorregadia tinha começado a mandar beijos eletrônicos? E, bem naquele instante, o celular começou a tocar.

— Ah, você atendeu! Bom dia.

— Não tive muita escolha. O que você quer, Adam?

— Escute. Kurt provavelmente vai perguntar aonde você foi na sexta.

— Ah, então agora você está admitindo que fomos vistos juntos?

Minutos antes de Delia ter de entrar num escritório onde Kurt está, ele conta a verdade. *Maldito Adam West.*

— Não acho que fomos vistos, mas não dá para ter certeza, e ele é naturalmente desconfiado.

O turbilhão médio no estômago de Delia se tornou um ciclo mais rápido.

— É tanto do meu interesse quanto do seu que ele não saiba. Quando Kurt perguntar, diga que você me viu saindo enroscado em Freya. Ela vai confirmar, se ele perguntar.

Haha, aposto que sim, Delia pensou.

— Por favor, use essa desculpa, se for possível, porque me deu muito, muito trabalho convencer Freya a colaborar.

Delia sentiu um pouco de culpa por causar um conflito doméstico por causa de seu resgate.

— Eu não quis chatear sua namorada.

— Ela *não* é minha namorada — disse Adam, com ênfase.

— Ah, sim. Ela disse que você já dormiu com *todo mundo* — Delia comentou, também com ênfase, satisfeita por conseguir uma pequena vingança.

Um curto silêncio se seguiu, e Adam respondeu, tenso:

— Freya faz relações públicas para mim.

Qual era a *coisa* da qual ela precisava se lembrar?

— Tudo bem. Eu digo que você foi embora com Freya. Vocês *deviam* ficar juntos, sabia? Minha avó tem um ditado: "Para todo pé nojento tem um chinelo estranho."

— Eca. Pare com isso — disse Adam.

Delia podia vê-lo fazendo uma careta. Uma deliciosa inversão de papéis.

— Outra coisa... eu fui longe demais com o que falei sábado de manhã. Por favor, aceite minhas desculpas.

Delia soltou um "humpf".

— Como conselheiro, você é um ótimo jornalista, ok?

Adam riu com cordialidade genuína, em vez de desdém dramático.

— Pode deixar. Os Crunchy Nut Cornflakes de chocolate de Dougie tiveram um final bem barulhento, a propósito. Foi pura arrogância, ele estava na pegada do Glade, na melhor das hipóteses. Achei que você ia gostar de saber.

Delia riu, sem conseguir se conter.

— Leite achocolatado com Crunchy Nut Cornflakes é um sucesso no universo do açúcar. Estou surpresa que ele não estivesse tremendo.

— Ah, sim. Os hábitos alimentares de Dougie reforçam muito seu estereótipo escocês. Ele me colocaria em massa de torta, se eu ficasse quieto por tempo suficiente. Ele *frita de novo* as sobras do KFC.

— Parece meu irmão. Ralph já colocou creme inglês Bird's em um pão de cachorro-quente. Ele diz que o ovo do pão faz com que pareça um pudim.

— Meu Deus. Isso é nível *hard*.

Por que Delia estava batendo papo com ele? Ah: estava tentando se distrair do seu turbilhão de nervos. Era surpreendentemente fácil conversar com Adam, e ela se perguntou quantas pessoas tinham notado essa característica, logo antes de ele seduzi-las e provocar sua ruína. Assim, Delia não via por que se importar em compartilhar histórias sobre "comidas feias". E considerando como tinha tagarelado sobre sua relação finda enquanto estava mentalmente incapacitada pelo álcool, não havia por que tentar manter a boca fechada.

— Por sinal, seu irmão se divertiu quando estava aqui? Madame Tussauds, não foi?

Era óbvio que Adam tinha aquela coisa de garoto bem-educado de lembrar dos detalhes e fazer perguntas educadas.

— Ele se divertiu, sim, obrigada. Ralph gostou em especial do dr. Crippen. Disse que o fez lembrar do chapeiro da lanchonete de *Fish & Chips* onde ele trabalha.

Delia incluiu aquele detalhe de propósito, para ver se Adam aproveitaria a chance de zombar de seu irmão.

— Um dos grandes homeopatas de todos os tempos, o dr. Crippen, em páreo duro com outras celebridades. Uau, e Ralph tem acesso a uma fritadeira? Dougie estaria no paraíso dos ogros. Imagino que ele goste de videogame.

— Se Ralph gosta de jogos?! É a razão de viver dele.

— Isso é assustador. Dougie partiu para os games de fantasia. No momento, ele está tentando tomar a baba mágica da coruja cinza de Gahoole, ou algo assim. Devíamos ter apresentado os dois. Parece que em pouco tempo estaríamos comprando enxovais para o casamento.

Delia riu de novo. Ela não achava que uma figura como Adam seria alguém não nocivo para o gentil Ralph. E Dougie, de fato, parecia ser do mesmo planeta que seu irmão: não o tipo de exibido desalmado com quem ela imaginava que Adam West convivesse.

Ela se despediu a uma distância segura do escritório e caminhou se sentindo surpreendentemente animada pela conversa: ela estava encurralada, mas tinha um plano.

Kurt chegou poucos minutos depois dela, com um BlackBerry preso ao ouvido (Delia tinha reparado na escolha do BlackBerry, em vez do iPhone).

— Não se pode criptografar a comunicação em um iPhone. Obama não tem um iPhone.

As explicações de Kurt costumavam deixar Delia mais confusa do que se ficasse sem saber.

— Ah, merda, que confusão. Onde ela está? St. Barts? Certo. Chego em vinte minutos — ele disse, antes de virar para Delia e Steph. — O retardado do Marvyn Le Roux conseguiu perfurar o intestino de alguém quando estava treinando um truque de atirar facas. Preciso ir até lá para garantir que a vítima não conte para ninguém. Vocês duas podem segurar as pontas?

Elas assentiram e, por um momento maravilhoso, Delia achou que estava a salvo. Adam não estava errado sobre a falta de talento de Marvyn.

— Delia, posso falar com você lá fora, por favor?

A omelete que ela tinha comido no café da manhã se revirou.

Kurt a cercou do lado de fora, na entrada, parecendo um tanto inchado e estressado.

— Você foi embora com Adam West, na sexta?

Delia fez uma expressão fingida de horror.

— Não! Claro que não.

— Tem certeza? Alguém viu vocês saindo juntos.

Ela fez uma expressão confusa enquanto seus batimentos se aceleraram.

— Ele foi embora com a namorada. Aquele garota alta e magra do *Mirror*. Freya?

Kurt estreitou os olhos.

— Eles são namorados?

— São. Ou acho que são; foi o que ela me disse.

— Espero que você esteja me dizendo a verdade, porque confraternizar com Adam West é um crime passível de demissão na Twist & Shout.

Delia disse:

— Pergunte para ela, se não acredita em mim. A garota pareceu bem possessiva.

Os ombros de Kurt relaxaram:

— Eu me enganei. Eu estava bem bêbado...

— Eu também — Delia respondeu, pensando que talvez fosse o momento em que Kurt devesse se desculpar por dizer coisas muito inadequadas para uma mulher que trabalha para ele.

Kurt lançou um olhar sorrateiro para Delia que dizia "então nós dois vamos fingir que esta conversa não aconteceu."

— Você e Steph querem almoçar Shake Shack? Se eu ainda for capaz de comer depois que acabei de ouvir como os intestinos dessa garota foram transformados em sushi pelo Marvyn.

Delia se deu conta de que isso era o mais perto de um pedido de desculpas.

— Um cheeseburguer, por favor! Mas Steph é vegetariana. Acho que fazem hambúrgueres vegetarianos.

— Malditos mimizentos. Se Deus não quisesse que a gente comesse animais, por que fazê-los de carne?

Kurt de fato levava seus estudos bíblicos a sério.

Ele foi embora, e Delia soltou um suspiro de alívio. Era preciso admitir, se Adam não a tivesse alertado e preparado um álibi, aquilo poderia ter sido consideravelmente pior.

Delia gostaria de poder continuar dizendo que ele não precisava tê-la tirado daquela situação no bar, mas sabia que estava em negação; ela estava totalmente bêbada.

E, se fosse necessário escolher entre Adam ou Kurt a levá-la para a cama, ela sabia quem escolheria. Entre dois demônios, escolha aquele que não quer te levar para a cama chapada.

Seu celular apitou.

E aí? Sucesso? Bj, A

Por pouco. Talvez ele ligue para Freya, mas acreditou. Bjo, D

Louvado seja! Você me deve uma, Delphine. Bj, A

Adam estava certo sobre a ajuda de Freya ter um custo: Delia também recebeu uma mensagem bem amarga da jornalista.

Não sei o que você está tramando com Adam, mas você não sabe com o que está lidando. Dá próxima vez que for se jogar sobre ele, invente sua própria desculpa. Freya CB

Se Delia um dia se perguntou que tipo de pessoa abreviaria o próprio sobrenome em uma mensagem de texto, tinha acabado de descobrir.

— Delia — chamou Steph, hesitante, quando as duas se assentaram com o trabalho da manhã. — O que foi aquilo?

Delia explicou, deixando de fora a parte em que, de fato, tinha ido embora com Adam West. Ela podia ver que Steph estava criando coragem para falar de algo que a estava incomodando.

— Você sabia que Marvyn não faz parte do Magic Circle? — Ela perguntou.

— Não faz? Acho que isso explica por que ele está provocando ferimentos sérios — Delia respondeu.

— Mas dissemos que ele está, em todos os releases — Steph continuou, e sua expressão de angústia ficava cada vez mais intensa.

— Você me surpreende — disse Delia.

Ela se lembrou de Adam dizendo que havia um limite para a duração de uma mentira, e se perguntou se estavam chegando ao fim do prazo. Enquanto Delia não tinha aspirações de longo prazo de ficar em Londres, Steph sem dúvida tinha — seria melhor alertá-la?

— Perguntei a Kurt o que devemos fazer se um jornalista descobrir que ele não está no Magic Circle. Quero dizer, é bem fácil procurar on-line...

Delia se encolheu, ciente de que o que estava por vir não era boa coisa.

— Kurt respondeu que se o pior acontecesse, vamos dizer que Marvyn mentiu para nós.

Pausa.

— Nós orientamos Marvyn a dizer que fazia parte do Magic Circle?

— Sim — Steph assentiu.

— Affffff — Delia soltou o ar.

— Kurt disse "vamos dizer que ele é meio mentiroso e maluco" e um monte de coisas.

— Nós entregaríamos um cliente e o jogaríamos aos leões por ouvir nosso conselho? Vamos começar a fazer *briefings negativos* deles para os jornalistas?

Steph meneou a cabeça.

— E se eles descobrirem? — ela sussurrou.

Delia fez uma careta. E teve a mais nítida sensação de que ela e Steph estavam se comprometendo mais a cada dia. Ela decidiu que da próxima vez que encontrasse Adam West, ia pedir para ele abrir o jogo sobre Kurt. Delia precisava saber de uma vez por todas no que tinha se metido. Na ocasião do encontro no Hyde Park, ela ainda não sabia de nada, e os dois não tinham conseguido se reunir desde então. Será que Adam tinha decidido liberá-la do acordo?

— Talvez eu entre no material do *briefing* e tire essa informação. Kurt não vai nem perceber — disse Steph.

Delia assentiu.

Uma mensagem de texto um pouco depois a fez ter outro calafrio.

Só para você saber, Kurt checou a história com Freya. Que linda demonstração de confiança em seus funcionários, você não acha? Tome cuidado. E fique longe dos Appletise do mal. Bjo, A

Meia hora depois, Kurt entrou marchando e trazendo pilhas de hambúrgueres, batata frita, milkshakes maltados e a notícia de que a vítima de Marvyn não teve um ferimento sério.

Delia foi obrigada a sorrir, agradecer e tentar não pensar na faca metafórica cravada entre suas omoplatas.

Quarenta e um

Foi uma semana lenta para redigir material ficcional de RP, e Delia ficou aliviada. Tudo pareceu mais calmo, até um telefonema sutil de Paul na quinta de manhã atingi-la como um chute alto nas costelas.

— Dee, é o Nabo — Paul anunciou. — Eu não queria incomodar você até saber o que estava acontecendo, mas acho que ele está doente de verdade.

— Você acha?

— Estão fazendo exames.

Os joelhos de Delia ficaram fracos, e o celular pareceu escorregadio em sua mão. Ela tinha chegado à passagem do lado de fora do escritório e correu escada acima, passando por Joy, a recepcionsita, e pela enorme porta de Hobbit, até chegar à rua.

Paul estava explicando que, como o Nabo estava se comportando de um jeito estranho, ele o tinha levado ao veterinário na noite anterior. Paul ia voltar mais tarde para saber o veredicto. Delia queria estar presente? Claro que sim. Ela não devia ter deixado cachorro.

Delia latejava de culpa.

Tinha abandonado Nabo como um subproduto da punição de Paul, e, sem sua dona, ele tinha ficado doente. Era possível que ela nunca mais fosse ver aquele sorriso bobo. Na verdade, sua autorreprovação era tão irracional quanto achar que era preciso se manter acordado para "fazer o avião voar", mas a sensação de Delia foi intensa mesmo assim.

Paul também estava ocupado, se culpando.

— Eu devia ter percebido antes. Ele é tão tranquilo, que não fez nenhum alarde. Ele devia estar sentindo muita dor... — a voz de Paul oscilou, e houve uma pausa enquanto ele se recompunha. — Eles me avisaram que Nabo não está na flor da idade e que o coração dele não está muito forte, se ele precisar de uma cirurgia.

Delia sabia o que estava por vir e teve que olhar com atenção para o número da placa de um carro que estava passando para conter as lágrimas.

— Não parece bom, Dee.

Houve uma pausa, enquanto Paul soluçava com as próprias lágrimas, e Delia engoliu em seco várias vezes e disse para si mesma: "não chore, não chore, você está no trabalho, não chore."

— Eu vou aí — ela disse, mecanicamente.

— Eu me sinto péssimo por não contar antes, para você se preparar. Eu queria ter algo definitivo para falar para você e sabia que você não ia dormir, se eu tivesse ligado ontem à noite.

— Tudo bem, você fez a coisa certa — disse Delia, respirando fundo. — A que horas é a consulta?

— Quatro e meia. — Delia olhou para o relógio. Ia dar tempo. — Vou voltar.

— Tem certeza? Seu chefe vai deixar?

— Existem outros empregos, mas só um Nabo.

Ela não deixaria seu cachorro morrer pensando que tinha sido abandonado. Kurt teria de mandá-la embora.

Delia ligou imediatamente para ele, pronta para uma batalha. Quando explicou que precisava usar seus dias de férias por uma razão pessoal, Kurt disse, pacificardor:

— Claro, ruiva. Vamos considerar isso uma licença médica. Espero que não seja caso de vida ou morte.

— Meu cachorro está doente. Talvez ele morra — ela explicou, trêmula.

— Ah, merda. Fique o tempo que precisar. Avise se tiver alguma coisa que eu possa fazer.

Preparada para um embate, Delia ficou fraca de gratidão pela generosidade de Kurt.

Roger, na Câmara Municipal, era daqueles que diziam que animais não eram filhos e ficou muito incomodado quando o Gavin, um colega deles, tirou um dia quando seu boxer, The CEO, morreu. Gavin voltou para o trabalho, colocou a coleira na mesa e chorou em silêncio quando achou que ninguém estava olhando.

Delia ficou com dor no coração por ele, mesmo que tivesse dado o nome de The CEO para o animal.

Ela não sabia bem como se sentir em relação a Kurt depois daquilo. Por que as pessoas não podiam ser uma coisa ou outra?

Delia correu para o apartamento, fez uma mala correndo e estava num trem rumo ao norte em menos de uma hora. Seu celular estava na mesa dobrável, e ela estava temendo uma ligação não programada de Paul. Então checou os e-mails.

Delia, tive mais algumas ideias sobre o que você pode fazer antes de colocar o site de The Fox no ar, se não achar que estou abusando. Bj, J

Ela experimentou algumas respostas e não conseguiu se contentar com uma: ela podia se encontrar com Joe, se ia voltar para Newcastle. Só não sabia se queria fazer isso.

No fim das contas, Delia decidiu explicar a incerteza, e Joe disse coisas boas. Seria muito estranho um encontro frente a frente, depois de tanto suspense. Um amigo familiar, que era ao mesmo tempo um estranho completo. Ela tinha quase certeza de que não havia romance, apesar de sua onda inicial de atração. Os dois tinham encontrado um ritmo que parecia firmemente amigável. Ela mencionara Paul de propósito algumas vezes para afastar aquelas expectativas, caso existissem. Mas não achava que fosse o caso: ela não sentia uma "antecipação" em relação a Joe que pudesse indicar uma paixão, apesar de ele achá-la bonita, ou se lembrar da conversa no bufê. Sem ser indelicada com seus antigos colegas de trabalho, a Câmara não era boa para relações públicas. Não havia uma festa de apelos visuais, e uma ruiva com roupas diferentes podia ser bem memorável. Aliás, ela reconhecia muito de seu irmão Ralph nele — alguém muito feliz em ficar onde se sentia confortável, física e psiquicamente.

Mas Delia não podia se preocupar muito que Joe achasse que aquilo era um encontro. Em vez disso, ela pensou em Nabo em uma gaiola na clínica veterinária e se sentiu um pouco melhor por estar tomando uma atitude, por estar indo até ele.

Ela não tinha pensado em onde ficaria e decidiu que era melhor dormir no quarto extra, em Heaton, em vez de aparecer na porta dos pais do nada, em estado de transtorno.

Paul disse que ia buscá-la na estação.

Ao puxar a mala da esteira, em Newcastle, ela o viu esticando o pescoço para ver o rosto dela entre os recém-chegados. Chaves do carro penduradas em uma mão, parca cáqui, barra da calça jeans caída sobre os Adidas Gazelle. Delia sentiu uma onda de amor antigo tão forte, que quase soltou a mala e correu até Paul. Ela estava em casa. Paul era sua casa. Mas aquele não era o momento, nem o motivo.

— Você parece bem — ele comentou quando Delia o alcançou, e ela viu algo que Emma dissera sobre ir embora surtir efeito. Ele a estava olhando de um jeito diferente, como se ela fosse um mistério encantador de novo. — Deixe que eu levo sua mala — ele disse, e Delia foi contida e respondeu que não, que ela mesma a levaria.

No trajeto de carro, o calhambeque velho de Paul — o Golf prateado, que se matinha inteiro com *silver tape* e orações —, os dois voltaram a discutir questões práticas sobre Nabo. Como todos os animais de estimação amados, o cachorro significava algo para eles que ninguém mais podia entender. Outras pessoas viam um cão velho e esfarrapado, que tinha uma impressionante semelhança com Dobby, o elfo do Harry Potter, pronto para o abatedouro. Paul e Delia viam o antigo cachorro de rua que ainda não conseguia acreditar que aquele jantar era para ele e que parava de comer a cada três segundos para checar se alguém estava roubando alguma coisa atrás dele. Ele era um cão que roncava tão alto, que eles precisavam ligar a TV. Que nunca parava de tentar ficar amigo da lulu-da-Pomerânia da outra rua, apesar de ela tentar atacar toda vez que ele tentava dar oi.

Outras pessoas tinham galgos com pedigree ou dogues alemães nobres. Eles tinham o bom e velho Nabo, que uma vez tinha atraído uma multidão de crianças pequenas no parque, que o acariciavam entoando "cachorro feio, cachorro feio", enquanto parecia totalmente feliz.

Quarenta e dois

Os dois pararam no estacionamento da clínica veterinária, e a tarefa à frente se tornou real para Delia. Paul soltou o cinto de segurança e a abraçou, desajeitado, sobre o câmbio enquanto ela cobria os olhos com a mão e soluçava.

— Pense que é um jeito de reconfortá-lo, de deixar claro para ele que estamos aqui. Nabo não sabe o que está acontecendo. Somos nós que estamos chateados.

Delia meneou a cabeça.

— Você não precisa entrar.

— Eu quero entrar. Bom, eu não quero...

— Eu sei.

Paul apertou a mão dela. Delia lembrou que Paul teve que levar o caixão do pai na adolescência e disse a si mesma para se controlar.

Ela atravessou o chão de cascalho até a sala de espera, a um passo atrás de Paul. Lá dentro parecia um zoológico, mesmo que não desse para ver nenhum animal — a sala estava cheia de caixas de transporte miando e gaiolas cantando, além do cheiro de desinfetante pesado. Disseram para que os dois sentassem e esperassem.

Delia se distraiu, lendo uma colagem no mural sobre o paciente felino mais velho e falecido do veterinário, uma tal de Gloria Hambly. Gloria, com seu nome estranhamente humanoide, era uma persa laranja de olhar aristocrático e raivoso que tinha chegado à grandiosa idade de vinte e cinco. Delia podia imaginar que a Dona Morte tinha aparecido algumas vezes para buscar a alaranjada Gloria e foi mandada à merda.

Então, uma cirurgiã-veterinária bem jovem de uniforme verde apareceu e os chamou. Os dois se levantaram. Delia se sentia levemente enjoada.

Eles foram convidados a se sentar em uma sala com piso e cadeiras de plástico e um banco de exames. Delia viu uma caixa de lenços de papel e soube que as notícias não eram boas.

Paul passou o braço por ela, e os dois ouviram a jovem veterinária explicar que o tumor que tinham descoberto que estava causando problemas era considerável, e impossível de operar. Nabo sentiria uma dor terrível antes do fim, se deixassem a natureza fazer seu trabalho.

— Quanto tempo ele tem? — Paul perguntou com a voz embargada, e Delia ficou incrivelmente feliz que ele estivesse ali. Ele a apertou mais com o braço enquanto falava.

— É difícil dizer. Mas não seria uma boa morte. Nessa situação, nós recomendamos sacrificar.

Lágrimas encheram os olhos de Delia, transformando a cena da sala em uma imagem vista do para-brisa durante uma tempestade repentina. A veterinária se tornou um borrão marrom, rosa e verde.

— Quando vocês podem...? — Paul começou a perguntar, para em seguida emendar: — Desculpe — enquanto se controlava. Delia sabia que ele também estava chorando.

— O gerente não está aqui agora, podemos realizar o procedimento amanhã.

Naquele segundo, Delia pensou que podiam usar todos os argumentos intelectuais que quisessem, mas seus sentimentos rejeitavam completamente a ideia do que iam fazer. Eles iam assassinar seu animal de estimação. A criatura que confiava neles mais do que tudo no mundo ia ser entregue, sem saber, para ser morta.

Ela soluçou um pedido de desculpas e saiu correndo da sala, passando pelos rostos curiosos na sala de espera e escancarando as portas que davam para o estacionamento.

Delia ouviu os soluços arrasados e ruidosos sendo arrancados de seu corpo.

Ela não tinha aceitado que aquilo era uma despedida até aquele momento e não estava pronta. Por favor, agora não.

Em meio à tanta incerteza, a única garantia existente era perder Nabo, o que nunca poderia ser consertado nem desfeito.

Paul a encontrou e, sem dizer nada, colocou os braços em volta dela. Delia afundou o rosto na camisa dele e inspirou aquele cheiro familiar e afetuoso enquanto ele beijava o topo de sua cabeça e a acalmava, murmurando "eu sei, eu sei". Paul era o único que sabia como ela estava se sentindo.

— Por que não o levamos para casa hoje à noite? — Ele propôs. — Uma última celebração para ele.

— Ele não... Ele não precisa se analgésicos?

— Nabo tomou uma injeção que o deixou grogue. A veterinária não acha que ele está muito desconfortável por enquanto.

— Como a gente pode fazê-lo achar que está indo para casa, se amanhã...? — Delia voltou a chorar com tanta força, que seu estômago se revirava.

— Escute, escute — Paul a afastou, colocou mechas de cabelo úmidas atrás de suas orelhas e a segurou pelos ombros. — Ele não está com medo nem triste. Nosso papel é cuidar dele até o fim. Protegê-lo e agir normalmente. Não pense no momento até que seja necessário. Pense em como vai ser bom passar as próximas vinte e quatro horas com ele. Faça isso por ele. Certo?

Delia assentiu, e ele desapareceu na sala de cirurgia.

Paul voltou com Nabo, que estava cambaleando e de coleira, e ela tentou conter as lágrimas ao vê-lo, caso o cachorro conseguisse notar sua angústia.

Delia agachou, beijou a cabeça de pelo duro e sussurrou "olá" com uma falsa alegria, colocando os braços ao redor do corpo rechonchudo e desajeitado. Dava para ouvi-lo ofegando de alegria ao vê-la. Ela olhou para cima, e desta vez era Paul que estava com lágrimas escorrendo pelo rosto.

— Prepare-se, rapaz. Você vai se divertir como nunca — ele disse, secando embaixo dos olhos com as costas da mão.

Quarenta e três

Não muito tempo antes, teria sido necessária uma cavalaria para fazer Delia se deitar na cama com Paul. No fim das contas, só foi preciso um cachorro morrendo.

Os dois dormiram aquela noite com Nabo funcionando como um amortecedor entre eles, ofegando e bufando, mas claramente feliz pelo privilégio de dormir no edredom, deitado com as patas da frente e de trás na pose "me pinte como uma das suas francesas", do *Titanic*.

Em geral, o cesto dele ficava fechado na cozinha, por causa da ansiedade de começar o dia às cinco da manhã. Em vez disso, Delia tinha chorado tanto e o acariciado por tanto tempo na noite anterior, que Nabo estava dormindo quando amanheceu, enquanto ela acordou com o rosto inchado e uma dor de cabeça que fazia parecer que um prego tinha atravessado sua têmpora. Ela ficou deitada com a luz amarelo-acinzentada atravessando a cortina, tendo a sensação desagradável de saber que a chance de descansar um pouco tinha passado.

Paul tinha contado certa vez que, depois que seus pais morreram, ele ficava acordado até tarde ouvindo discos até pegar no sono por causa da exaustão, com medo de dormir, porque, toda vez que acordava, ele se lembrava da realidade.

Delia olhou para o corpo adormecido dele, com um braço sobre Nabo. A família dela tinha desmoronado. Era difícil não ver Celine como um tumor, mas sem ninguém para dizer que era possível removê-la e deixar o restante em condições decentes de funcionamento.

Não que ela pudesse culpar Paul naquele momento. Ele estava sendo uma rocha para os dois e, se estivesse fazendo alguma coisa com a motivação escusa de reconquistá-la, Delia estava vulnerável demais para se importar. Ele fez uma piada sobre sempre ter dito que Nabo parecia Martina Navratilova e reclamou de brincadeira sobre a falta de espaço na cama. E manteve uma enxurrada de conversa e brincadeiras que acalmou Delia.

Apesar de achar que era impossível, ela perdeu a consciência em algum momento entre muito cedo e cedo, acordou e encontrou Paul em pé diante dela, vestido, de banho tomado e balançando um saco cheio do que parecia ser torresmo.

— Vamos, dorminhoca. Vamos levar Nabo para o parque. Fui até a loja e comprei essas orelhas de porco nojentas para ele.

Delia se vestiu, colocou uma toalha molhada fria no rosto, passou delineador líquido nos olhos inchados, blush nas bochechas pálidas e imaginou estar bem grotesca como em *O Que Terá Acontecido a Baby Jane?*

Os dois levaram Nabo à área de piquenique favorita do cachorro, e Paul estendeu um cobertor. Os três se acomodaram. Nabo estava totalmente contente e tranquilo, mordiscando uma orelha de porco, e Delia ficou feliz com calor do sol em seu corpo cansado. A tristeza veio em ondas; seu corpo não tinha forças para manter a dor constante. O que significava que ela podia aproveitar aquele momento.

— Você tinha razão — ela disse a Paul. — Estou feliz que a gente tenha feito isso.

Ele colocou a mão na perna dela.

— Você precisa se despedir direito, por mais que seja doloroso.

— Ele parece tão bem... — Delia teve que perguntar: — Será que é a coisa certa a se fazer? Se ele puder ter qualidade de vida por mais um tempo... Posso ficar em casa com ele...

— Perguntei essas coisas para a veterinária quando voltei. Eu disse "nos dê mais analgésicos, e vamos ver como ele fica". Mas ela me disse que seria cruel arrastar as coisas. Ele é um animal, está sentindo muita dor e não vai conseguir nos dizer quando for demais. Não podemos deixá-lo sofrer para nos sentir melhor, Dee. Precisamos ter responsabilidade para que ele tenha o melhor fim possível. Essa foi a tarefa que assumimos. Para o bem ou para o mal.

Delia assentiu sem falar, para não começar a chorar. Paul era uma boa pessoa. Com defeitos, sim, mas aquele era o homem que ela amava. Era isso que gente como Adam West não entendia, quando reduzia a decisão dela a uma *checklist* binária. "Esse comportamento é aceitável? Sim/Não."

A alguns metros de distância, as crianças estavam brincando na grama com espadas de plástico, e Delia sentiu a estranha dissonância cognitiva de ver a vida de outras pessoas seguindo em frente enquanto a dela própria desmoronava, como se as assistisse pela televisão, em uma zona de guerra.

— Ralph ama o Nabo. Devo dar a ele a chance de se despedir? Não acho que o turno dele começa até a noite — ela comentou.

Paul concordou e se ofereceu para ir buscá-lo, e Delia ficou impressionada que ele não quisesse evitar o constrangimento de ver a família dela.

Também significava que ela teria um tempo a sós com o cachorro. De volta à casa, ela envolveu Nabo em seu cobertor favorito, se aninhou com ele no sofá e disse o quanto estava feliz por tê-lo conhecido. Ele a acariciou com o focinho e piscou seus olhos aquosos.

Delia sussurrou pedidos de desculpas chorosos pelo que iam fazer. Ela tentou absorver tudo sobre o cachorro, porque animais de estimação tinham personalidades, com hábitos, manias e cheiros que eram totalmente únicos, e só o dono e quem mais o amou se lembraria.

Paul voltou, abaixou a cabeça e deu um beijo no rosto de Delia, sussurrando algo que pareceu um estranho código de espionagem:

— Temos cobertura.

Ela entendeu quando Ralph apareceu, trazendo uma caixa grande de bolo com uma janela de celofane, daquelas vendidas em supermercados. NABO estava escrito com tiras retorcidas verde-limão, uma combinação de Halloween, com marzipã rosa.

— Ralph — ela disse, contendo a surpresa na voz para não soar ingrata —, o que é isso, um bolo de Feliz Dia da Morte?

— Não. É um evento, não é? As pessoas comem depois de um funeral.

Paul piscou para Delia.

— É brilhante — Paul comentou.

A boa vontade inocente de seu irmão tornava o sarcasmo inadequado. Delia estava feliz em vê-lo. Ela colocou os braços ao redor do corpo arredondado e murmurou na camiseta um tanto mofada dos *Guardiões da Galáxia*:

— Obrigada.

— Aqui, garoto!

Ralph soltou a caixa e tirou o bolo do círculo de isopor. Delia guardou para si como açúcar demais fazia mal para Nabo.

O cachorro latiu, deslizou de onde estava sentado no sofá e começou a lamber a cobertura enquanto Ralph acariciava suas costas.

— Morango é o seu favorito, o tio Ralph sabe.

Paul sorriu para Delia.

— Uma descoberta interessante sobre quando ele ficou de babá. Não era à toa que Nabo adorava visitar Hexham, hum?

Ralph era como um tônico. Ele brincou com Nabo, conversou com o cachorro com facilidade, tirou fotos dos dois juntos com o celular. Delia tinha evitado fazer isso porque não sabia se ia querer se lembrar do último dia, então ficou feliz que essas lembranças estivessem a salvo com seu irmão.

Quando chegou a hora de Paul levá-lo de volta, Ralph apertou a pata de Nabo e disse, enxugando uma lágrima:

— Foi muito bom conhecer você, sr. Nabo. Aproveite o céu dos cachorros e todos aqueles bolos.

Paul e Delia o teriam deixado continuar a gulodice pelo resto da tarde, mas estava claro que ele estava atipicamente cheio, esmorecendo e só queria dormir. De um jeito egoísta, Delia ficou feliz de ver alguma evidência concreta de que seu cachorro estava doente.

Finalmente, depois de uma hora de sono de beleza para Nabo, o momento chegou. Delia se fechou e mensurou o processo em passos possíveis. Levar Nabo para o carro. Ir até o centro cirúrgico. Entrar na sala de consultas, manter o controle, cada um segurando uma das patas dianteiras ossudas do cachorro. Beijar o rosto dele e fazer a despedida, falando perto da orelha mais próxima. Segurá-lo com força e não olhar quando a agulha entrar, mesmo que isso signifique sentir as últimas batidas daquele coração fraco como o de um pássaro e o cheiro de açúcar do bolo de despedida naquelas orelhas velhas de rato.

Desvencilhar os braços suados, abraçar Paul e deixar os dois chorarem abertamente. Finalmente: tentar não olhar para a forma sem vida de um animal amado sobre a mesa.

A veterinária discutiu questões práticas com Paul em voz baixa. Eles falaram sobre o enterro, e Paul não quis.

— Você muda de casa, o deixa para trás — ele disse.

Delia se perguntou se isso tinha relação com o fato de que Paul não gostava de visitar o túmulo dos pais ("Eles não estão ali", ele sempre dizia com veemência nas raras ocasiões em que demonstrava alguma raiva da situação).

— Além do mais, é preciso cavar fundo para preparar a cova — Paul emendou.

Os porquinhos-da-índia que ele e seu irmão Michael tinham na infância — Ant e Dec — tinham feito uma reaparição macabra durante uma tempestade, surfando no gramado. Decidiram cremar Nabo, então, e Paul pegaria as cinzas em alguns dias.

Voltaram para casa em um carro vazio, arrasados demais pela gigantesca ausência de Nabo para falar.

Jantar não era possível. Inevitavelmente, os dois se sentaram na casa sem Nabo e beberam vinho tinto demais para borrar os cantos mais duros de seus sentimentos, e acabaram uns nos braços do outro. Não havia risco de a coisa ir além; nenhum dos dois tinha condições.

— Delia, você sabe que esta é sua casa, não sabe? Para sempre. Não importa o resto. Esta é sua casa e de mais ninguém — Paul disse, com o hálito quente e bêbado, no cabelo dela.

Ela disse que sim, que sabia, e era mesmo.

E, com isso, sem ser necessário dizer com muitas palavras, os dois reataram.

Quarenta e quatro

Primeiro dia em uma casa sem Nabo, um sábado, e Delia queria sair dali. Paul tinha sua fuga, a de sempre. O pub tinha ficado sem ele por dois dias e precisava de atenção.

Ele foi tão efusivo nos pedidos de desculpas a respeito de precisar ir trabalhar, que Delia se perguntou se Paul esperava que ela fosse fazer algum comentário sobre ele colocar o pub em primeiro lugar.

Depois de uma hora à toa, ela mandou uma mensagem para Joe sobre um encontro, e os dois combinaram no Brewz and Beanz, à uma.

Delia ficou estranhamente nervosa enquanto se vestia; ela escolheu uma blusa preta e justa de gola careca e sua saia rosa-claro favorita e aplicou a maquiagem com um cuidado especial. Ele de fato a achava bonita: havia pressão. Ela torceu para o tom fluido e tranquilo dos e-mails se repetir cara a cara.

Delia pensou que todas as amizades de internet chegavam àquele ponto em algum momento: funcionar ou não no mundo real.

Ela ocupou uma mesa perto da janela, pensando que Joe ia gostar daquele detalhe ser acrescentado à história dos dois, e esperou. E esperou mais um pouco. À uma e meia ela mudou da ansiedade incontida para o tédio resignado. E mandou uma mensagem.

Será que estou no lugar/horário certos? Estou aqui! Bj, D

Dez minutos se passaram.

Delia, eu sinto muito, mas tive um imprevisto e não posso ir. Peço desculpas por mobilizar você. Bj, Joe

A menos que o telhado dele tivesse cedido, foi um bolo. Ele estava preocupado que Paul os visse juntos? Teria ele mentido durante as conversas? Encontrar Delia frente a frente era mais do que ele pretendia fazer?

Ela não tinha mencionado o destino de Nabo e ficou feliz por isso; não queria pena.

Tratando aquilo como um mau momento, ela decidiu se consolar comprando uma meia-calça chique da Wolford na Fenwicks. Depois, um café e um sanduíche, sozinha, de preferência olhando para o rio Tyne e começando um livro novo.

Ao sair pelas ruas, ela ficou feliz por estar em casa, por não se sentir uma intrusa, como ainda acontecia em Londres.

Meia-calça comprada, ela vagou pelos corredores cheios de cosméticos coloridos e suas promessas vãs, experimentando sem pensar amostras de perfumes frutados até começar a cheirar como um pacote de balas.

Delia estava borrifando algo cítrico da Miller Harris em si mesma quando uma combinação de características surgiu de relance em meio a um monte de sacolas de produtos de higiene pessoal e a deixou com medo.

Eram coisas conhecidas e desconhecidas ao mesmo tempo, e por um segundo Delia ficou paralisada, com o vidro de teste parado perto de seu pulso.

Celine colocou seu lindo cabelo escuro atrás da orelha e foi em direção ao café, e, sem decidir conscientemente que ia fazê-lo, Delia foi atrás.

Celine foi em direção às portas e saiu pela rua. Delia apertou o passo. A garota estava usando um vestido azul-royal solto, com alças finas e barra descosturada, em triângulos, como bandeirinhas, mostrando suas pernas bronzeadas, da largura de escovas de dentes, e sandálias de gladiadora. No mesmo instante, Delia se sentiu uma gorda velha.

Ela foi atrás de Celine pelo centro comercial, perdendo-a de vista de vez em quando, mas sempre conseguindo reencontrar a parte de trás da cabeça dela. Delia não se perguntou por que estava fazendo aquilo nem quando ia parar. Não era como se Celine estivesse indo encontrar Paul, em um fim de semana em que Delia estava em casa.

Seguindo para o sul, para ruas mais tranquilas, passando pelo Grainger Market, Celine parou e olhou para uma vitrine, forçando Delia a parar também e fingir estar hipnotizada pelo conteúdo de uma loja de penhores.

Depois de mais ou menos um minuto, Delia sentiu que alguma coisa não estava certa. Ou você olhava e entrava na loja, ou olhava e seguia em frente. Celine estava ali fazia tempo demais.

Delia virou, e a cabeça de Celine se moveu. Ela a olhou diretamente.

— Delia?

Delia ficou em choque e sem fala. Claro — Celine também a tinha pesquisado on-line.

Ela tinha sido descoberta, pega seguindo sua arquirrival sexual pelas ruas como uma sra. Rochester, uma esposa louca que foi liberta depois de anos presa em um sótão. Não havia o que dizer nem fazer, além de virar e sair andando, reunindo o que restava de sua dignidade, o que era bem pouco. Mas algo a manteve colada no lugar.

Celine colocou o cabelo atrás da orelha com uma mão trêmula.

— Posso convidar você para um café?

Se a garota não tivesse parecido tão apavorada, e Delia não estivesse se sentindo tão idiota, ela teria dito não.

Quarenta e cinco

As duas estavam perto de um dos cafés favoritos de Delia, The Singing Kettle. Apesar de não querer macular o lugar naquela ocasião específica, não havia como as duas conversarem educadamente a caminho de um café preto.

The Singing Kettle era pequeno e charmoso: máquinas de café Gaggia, *scones* em uma redoma de vidro perto do caixa, amontoado, barulhento, com vapor nos vidros. E, por sorte, estava quase cheio, com uma multidão de clientes tagarelando, então Delia e Celine não precisavam se preocupar que alguém pudesse ouvi-las.

As duas pediram *espresso* com espuma, e o constrangimento ruidoso delas contrastava com a alegria do atendente.

— Obrigada por fazer isso — disse Celine.

Ela era eloquente, não tinha sotaque de Newcastle, e Delia lembrou que ela estava ali como estudante.

— Não sei ao certo o que estamos fazendo — ela disse, em tom neutro, segurando o café com as duas mãos. Celine faria o discurso "escute, nós estamos juntos agora, é a mim que ele quer, deixe ele ir"? Não era o que parecia.

— Eu quero pedir desculpas por tudo o que aconteceu — disse Celine.

Em 3D, o rosto dela não era tão gélido e intimidante quando a imagem que Delia tinha formado em sua cabeça. Celine era linda, mas também era uma típica garota na casa dos vinte, com propensão à acne e dentes um pouco grandes demais para sua cabeça.

Delia notou isso de modo impassível, não cruel. Ela tinha sido enganada pelas fotos com lábios volumosos e bem-iluminadas das redes sociais, cuidadosamente selecionadas para se adequar à sua autoimagem internalizada e idealizada. A enrolação — ou "a enrolação com glitter" —, como dizia Kurt.

Ela se perguntou que outras ideias sobre Celine podiam estar erradas.

A garota estava tremendo por causa da adrenalina; seu maxilar vibrava quando seus olhos fitavam a mesa. Delia também estava com medo, mas sem nenhuma razão para sentir culpa, então estava mais firme.

— Eu não achava que era o tipo de pessoa que faria isso — Celine continuou, recorrendo de novo ao tique de colocar o cabelo atrás da orelha. Ela não tinha encostado no café.

— Paul disse a mesma coisa — Delia ficou impressionada que sua voz estivesse funcionando tão bem. — Talvez as pessoas que fazem essas coisas nunca achem que o fariam. Talvez seja assim que elas consigam fazer isso.

Ela falou isso sem rancor, mas Celine pareceu apavorada mesmo assim.

— Era como se não fosse real quando estava acontecendo. Quero dizer, eu sei que era real...

— Você sabia de mim desde o começo?

Celine assentiu.

— Outras pessoas me contaram que Paul morava com a namorada quando o conheci. Quando nós... começamos, eu não pensei no assunto. E disse a mim mesma que vocês deviam ter problemas para ele estar comigo...

Celine afastou a cabeça ao dizer isso, obviamente pensando que ia levar um tapa de Delia.

Em vez disso, Delia descobriu um respeito relutante pela garota, que estava demonstrando uma honestidade firme e difícil, uma qualidade rara naquelas partes, ultimamente. Delia assentiu.

— Paul disse que nós estávamos com problemas?

Celine balançou a cabeça.

— Não... não. Ele às vezes dizia que vocês se afastavam um pouco, mas era quando eu perguntava de você, era por minha causa. Ele não queria falar sobre você. Eu sabia que ele nunca ia deixar você. Quando ele me contou que vocês iam se casar, eu passei mal. Eu me dei conta do que tinha feito — o que tínhamos feito —, e não era mais uma bolha isolada.

— Mas você o chamou para ir a Paris.

Celine ficou muito vermelha.

— Eu não sabia se ele queria se casar. Eu disse que podíamos conversar, nos afastarmos até a coisa miar...

"A coisa miar?" Delia atribuiu essa expressão aos vinte e quatro anos, mas Celine tinha acabado de perder uma ficha.

— Paul disse que não e que ia se casar.

— Haha. Bom, não vai mais.

Lágrimas escorreram pelo rosto de Celine, e Delia não fazia ideia do que deveria fazer. Oferecer consolo? Se vangloriar? Passar um sermão?

A garota limpou as lágrimas e olhou para o teto até conseguir se controlar, abanando o rosto com os dedos como se estivesse secando o esmalte das unhas.

— Foi tão idiota — ela disse, com uma voz tão embargada, que foi difícil distinguir as palavras. — Eu pensei, "ah, é só diversão", mas não é divertido bagunçar a vida das pessoas, e eu não devia ter feito isso.

— Ele fez você acreditar que ia me deixar?

— Não — Celine balançou a cabeça, sem hesitar. — Ele sempre disse que eu devia procurar alguém da minha idade. Ele nunca ia deixar você por minha causa.

— Você queria que ele me deixasse?

— Às vezes — Celine respondeu, secando embaixo dos olhos com as costas do pulso, o nariz escorrendo.

A garota abriu a bolsa Chanel matelassê falsa para procurar lenços, junto com um hidratante labial Vaseline.

De repente, ela pareceu tão terrivelmente jovem para Delia, que ela sentiu uma onda de raiva de Paul por magoar duas pessoas assim.

A última coisa que Delia teria dito que queria era se sentar para conversar com Celine. E, no entanto, isso tinha ajudado. Celine não era assustadora. Aliás, Delia estava impressionada consigo mesma; ela tinha enfrentado o pior e superado. A mágoa de pensar em Paul e Celine juntos tinha começado a se transformar em uma dor surda.

— Eu sinto muito, muito mesmo — Celine continuou. — Não tenho palavras para expressar o quanto. Foi uma coisa podre fazer isso. Eu não sou esse tipo de garota, sabe?

Delia não reagiu, ela queria escolher suas palavras com cuidado.

— Não estou dizendo que dormir com o namorado de alguém é certo, mas foi mais culpa de Paul do que sua — ela disse.

Celine assentiu.

— Não culpo você por jogar sua bebida em mim. É o que eu faria se estivesse no seu lugar.

Delia sorriu.

— Você não sabe como vai se sentir até acontecer, eu aprendi.

Apesar de não dizer nada, Delia de repente se deu conta de que ela mesma poderia ser uma Celine, nas circunstâncias certas. Se tivesse conhecido um homem mais velho e cheio de confiança quando tinha aquela idade; se tivesse se apaixonado perdidamente por ele, e ele fizesse a gentileza de manter a namorada fora de foco, era provável que Delia refletisse e visse que a responsabilidade era *dele*.

Para Celine ser alguém que Delia não conseguia entender, ela precisaria ser má pessoa, despeitada, se deliciar com a dor que tinha causado. Mas Delia podia se solidarizar com ela; um ser humano que tinha cometido um erro. O diretor de elenco do drama da vida de Delia deu um furo. Ela não era uma inimiga de fato.

Era Paul que tinha trinta e cinco anos e que sabia o impacto do que ele e Celine estavam fazendo. Paul que tinha feito promessas para Delia, que voltava para casa para o jantar que ela deixava na geladeira, antes de se deitar na cama ao lado de Delia e pedir desculpas porque estava cansado demais para qualquer coisa.

Seu nojo veio à tona de novo. Celine a olhou nervosa, e Delia se deu conta de que estava com medo, só que não de Celine. Ela tinha as respostas diante de si. Ela aguentaria fazer as perguntas? Ela devia sair andando, depois de ter tomado a decisão de voltar para Paul? Claro, isso seria a decisão mais fácil — mas, se fizesse isso, passaria o resto da vida se perguntando.

— Posso perguntar algumas coisas?

Celine assentiu, com uma expressão muito aflita.

— Paul deu um cartão de Valentine's Day para você?

Celine assentiu de novo, devagar, e Delia sentiu a fé que tinha sentido por Paul na noite anterior começar a diminuir.

— Como era?

— Tinha ursos de pelúcia.

— Você o chamava de namorado.

— Chamava. Ele me chamava de "A Garota" — Celine respondeu.

Delia engoliu em seco. Apelidos? Mentiroso, *mentiroso*. Aquilo era um inferno. Mas ela tinha começado, então precisava terminar.

— Você lembra quando foi a primeira vez que Paul foi para a sua casa? — Delia perguntou. — Quem deu em cima de quem? Como aconteceu?

As sobrancelhas curvas da garota se juntaram.

— Hum. Ele veio até mim quando eu estava indo embora e disse que, se eu ficasse, ele prepararia uma caipirinha. Já estávamos flertando, e eu sabia que seríamos só nós dois...

Ela ficou vermelha de novo. Delia viu a verdade; tinha as mesmas características de seu primeiro encontro com Paul.

— Ele deu em cima de você? Não o contrário? Ele não estava do lado de fora, fechando, e você se aproximou?

Celine balançou a cabeça, pela primeira vez parecendo se sentir mal por Delia, além de envergonhada.

Delia continuou.

— Quando foi isso?

— Depois do Ano-Novo. Dia quatro de janeiro.

Claro, Celine saberia a data imediatamente, assim como Paul.

Então, o papo de que era Dia das Mães não era uma simples invenção, era algo horrível e manipulador. Pela primeira vez, Delia se encolheu.

Quarenta e seis

Delia estava parada sob o teto abobadado da estação de trem ouvindo os anúncios distorcidos e auditivamente nebulosos, sentindo como se estivesse em uma câmara de compensação.

Era uma lição deprimente, mas construtiva descobrir o que ela conseguia suportar. Se aquela Delia tivesse contado para a Antiga Delia, toda animada planejando seu pedido de casamento, que ia perder Nabo e Paul em questão de horas, a segunda teria um colapso. No entanto, Delia não o tivera. Estava ali com sua mala, esperando o trem das 15h30 para a estação King's Cross, Londres, com uma sensação de propósito inabalável. Não tinha incertezas.

Seu celular tocou, como ela sabia que ia acontecer. O bilhete dizia apenas que ela ia voltar para Londres. Delia atendeu.

— Aonde você foi? Achei que você fosse passar o fim de semana aqui.

— Encontrei Celine.

Uma pausa tomada pelo horror.

— O quê? Quando?

— Esbarrei nela na Fenwicks. Fomos tomar um café.

— Meu Deus — disse Paul, e Delia desconfiou que ele não devia estar triste por não estar cara a cara com ela naquele momento. — Como foi?

— Não foi a pior coisa que aconteceu este fim de semana, ainda que diga muito sobre ele.

Paul fez um barulho de quem estava sugando o ar por entre os dentes, e Delia ouviu o anúncio de seu trem na plataforma.

— Ela me contou muitas coisas que não batem as coisas que você me disse, Paul.

Silêncio.

— Você consegue pensar em quais seriam?

— Delia, escute...

— Você mandou, *sim*, uma cartão para ela de Valentine's Day. Você sabia, *sim*, que ela chamava você de namorado. Você a chamava de "A Garota". Você começou a coisa toda. E quando começou, Paul?

— Ah, Deus, Delia. Escute...

— *Quando?!*

— No Ano-Novo — Paul respondeu, em voz baixa.

— No entanto, você disse que foi no domingo de Dia das Mães. Eu me pergunto por que escolher esse dia, dentre todos os outros?

— Eu havia falado que estava com ela há três meses e parecia certo, fazendo a conta. Não foi... Ah, meu Deus, não foi porque...

— Por que dizer que eram só três meses?

— Eu sabia que tinha feito uma merda tão grande, que ia perder você e estava dizendo qualquer coisa que pudesse impedir isso de acontecer. Tinha acabado, então o resto eram detalhes, e eu não queria que os detalhes magoassem você mais ainda.

— Você não acha que eu merecia a verdade?

— Merecia. Claro que merecia. Eu sei disso agora. Pensei, sem raciocinar, que três meses soava menos horroroso. Delia, eu juro. Juro pela minha vida. Isso não tem importância, eu estava apenas dizendo qualquer coisa, tentando impedir que você fosse embora.

— "Eu juro" — palavras nas quais Delia não colocava mais fé nenhuma. Jesus, desemaranhar mentiras era cansativo. — Você tomou a iniciativa com ela.

— Eu criei uma confusão. Dá na mesma. Eu não sei por que fiz nada disso, Delia. Como eu disse, o flerte saiu do controle. Quando você me descobriu, eu estava apelando para qualquer coisa...

— Mentira! — De canto de olho, Delia estava ciente da cabeça dos transeuntes virando, se movendo. — Você mentiu muito, é provável que esteja mentindo agora. Você não deve ter nenhum respeito por mim. Acabou, Paul. Volte para Celine. Veja se ela deixa você apelar para alguma coisa. Se bem que eu acho que ela merece coisa melhor.

— Delia, por favor. Se você voltar, e a gente puder conversar...

Delia respirou fundo com dificuldade e encerrou a ligação, interrompendo Paul no meio da frase. Era isso. Bater a porta, não fechar com cuidado.

Depois que o trem parou, ela encontrou um canto tranquilo no vagão e abriu o laptop. Havia um e-mail de Joe. Seu ânimo melhorou, mesmo antes de ler o que ele estava dizendo. Digitar era um jeito de se concentrar, em meio à sua tempestade de emoções.

Delia. Mil desculpas pelo cano. Joe.

Não se preocupe! O que aconteceu? Tudo bem? Bj, D

Eu me sinto um idiota. Eu amarelei. Você ainda está aqui? Joe

Não, estou num trem voltando para Londres. Encontrei a Outra Mulher de Paul, tomamos um café. Eis que ele é um cachorro mentiroso pior do que eu achava. Nos separamos de vez, eu terminei. Que pena que não encontrei você. Não precisa ter medo de mim! Sou bem mansa, de verdade. Bj, D

Meu Deus, eu sinto muito! Você está bem? Bj, J

Sim, vou ficar. E você? Bj, D

Sim. Mais ou menos. Ok, é uma explicação maior do que você provavelmente queria ou precisava, mas você perguntou um tempo atrás por que ainda estou na Câmara quando tenho algumas atividades de TI. Na verdade, eu sofro de uma ansiedade social paralisante. Se eu me encontrasse com você, precisaria de um mês para me preparar e daria a volta no quarteirão vinte vezes. E mesmo assim, talvez eu não entrasse. Eu devia ter avisado antes, mas na internet é onde consigo ser "eu". Não o eu que sua, treme e gagueja. E gosto mesmo de você e queria muito encontrá-la, desculpe. Prefiro que você saiba disso do que ache que não me importei o bastante para aparecer. Joe

Parece ser muito difícil. Não sinta muito, não tem por quê. Mas você vai para o trabalho sem problemas? Você já pensou em procurar tratamento?

(Claro que não estou falando levar choque naqueles hospitais em ilhas assombradas.) Bj, D

Haha! Talvez eu me anime. Já tentei de tudo, terapia comportamental cognitiva, betabloqueadores etc. é como se eu fosse meu pior inimigo. Não é agorafobia, eu consigo sair de casa. Só não consigo lidar com pessoas nem situações novas com facilidade. Como você sabe, na Câmara não há muito estímulo nesse sentido. :) Posso imaginar você se afastando devagar, e não a culpo... Joe

De jeito nenhum! Isso é medo, bem lá no fundo? Também tenho muito medo. Podemos continuar conversando assim e só nos encontrarmos se você achar que quer. Bj, D

Delia pensou no que Emma disse sobre galanteadores on-line não serem o que parecem, e que ela tinha razão, mesmo que não fosse como imaginava. Guerreiros de teclado que não atingiam todo o potencial podiam não partir corações nem fazer lavagem de dinheiro. Podiam apenas ter uma realidade bem inconveniente, que você não imaginava.

Só que Delia tinha uma queda por pássaros com a asa quebrada. Afinal, foi o que acelerou as coisas com Paul.

O trem chacoalhou pelo campo banhado pela luz da tarde. Enquanto via o mundo passar em alta velocidade, ela decidiu naquele instante que não haveria mais meio-termo. Nada de ver Londres como uma sala de espera. Era um destino, era onde ela ia construir uma nova vida, só sua. Aquela era sua chance de um recomeço.

Seu celular estava em modo silencioso, na mesa dobrável. Delia ficou vendo o aparelho se mover com as vibrações de três ligações perdidas, uma mensagem de voz e uma mensagem de texto de Paul, como um pequeno escorpião mecânico com *ringtone* no lugar do ferrão. Ignorando-o, ela abriu um e-mail para Joe.

P.S. Por falar em medo, vamos apertar o START na Fantástica Miss Fox. Está na hora de eu soltá-la no mundo. Bjo, D

Quarenta e sete

O legal de Emma era: ela é muito *reconfortante*. Não havia nada que se pudesse jogar na direção dela que ela não conseguisse lidar e administrar com calma. O pânico não fazia parte de seu vocabulário emocional, nem o tipo de dúvida que faz os joelhos tremerem que assolava Delia com tanta frequência. Seu senso de humor nunca era prejudicado.

De acordo com Delia, por isso que Emma era tão brilhante no trabalho, além do fato de ela ser capaz de lembrar de incontáveis dados triviais a qualquer instante. Ela teria "Deixe Comigo" como epitáfio.

Então, quando Delia ligou para contar que seu cachorro estava morto, seu relacionamento estava morto e perguntar se ela podia ficar mais um tempo em Finsbury Park, houve zero drama. Emma, a Hábil, disse com sua voz de Minnie Mouse: claro que sim, e que a amava, e que tudo ia ficar bem e se Delia queria conversar comendo uma bela comida chinesa.

Enquanto revirava trouxinhas pálidas de excelente *dim sum* em vaporizador de vime, se sentindo muito melhor do que pensou ser possível, Delia relatou o que tinha acontecido.

Emma ficou preocupada, mas Delia notou que ela não demonstrou a quantidade de choque e ultraje necessária diante das revelações de Celine, nem das fracas racionalizações de Paul. Foi o momento de concordar em silêncio com Adam West.

— Você terminou tudo? De vez? — ela perguntou com cuidado.

— Terminei.

— Acho que é o certo e que você precisava fazer isso. Independentemente do que acontecer no futuro.

"Independentemente do que acontecer no futuro."

— Você não acha que minha relação com Paul terminou para sempre? Porque parece que acabou.

— Não sei, só você sabe isso. Mas não necessariamente. Posso ser o advogado do Diabo? Não estou totalmente surpresa com o que Celine contou para você — disse Emma, sugando pelo canudo uma limonada restauradora enorme. Ela tinha sido destratada em um evento de degustação de vinho com consultores administrativos na noite anterior.

— Paul mentiu para mim!

— Paul mentiu para você durante todo o caso. Experimente a carne de porco com cebolinha, está incrível.

— Eu sei. Mas depois que eu descobri, continuar mentindo? Continuar mentindo depois é muito ofensivo. Nunca mais vou confiar nele. Hum, isso está maravilhoso.

— Ele não queria perder você.

— Não é suficiente — Delia respondeu, balançando a cabeça, batendo os hashis como se fossem mandíbulas enquanto partia para o ataque de novo. — Mentir àquela altura é pior do que tudo para mim.

— Pior do que fazer sexo com outra pessoa?

Delia fez uma careta.

— Eu sei que dói. Nem posso imaginar o quanto. Esta é a fossa. Mas não tenho certeza se muda alguma coisa.

Delia pareceu estar em dúvida.

— Posso usar a analogia do "eu não fiz sexo com aquela mulher", do Bill Clinton? E Bill e Hill se acertaram.

— Ele fez, sim, sexo com aquela mulher — disse Delia, confusa.

— Quero dizer, a mentira, na lata. Você é pego traindo e faz o quê, quando a única coisa que dá para dizer é "fodeu"? Você se defende do melhor jeito que puder. Era improvável que Paul fosse admitir coisas como o fato de que foi ele que deu o primeiro passo. Não sei ao certo se é uma coisa de advogado ou não, mas sei que muito poucas pessoas se ofereceriam para piorar as coisas para si mesmas, se tivessem a escolha. Sabe, existe a maneira como achamos que nos comportamos, e existe a maneira como nos comportamos de fato.

Delia parou para pensar. Seria possível que ela tivesse usado as respostas de Celine em vez de procurar sua própria resposta sobre Paul? Que ela queria um X para marcar o ponto, encontrar evidências decisivas que simplesmente lhe dissessem o que fazer? Mas se não tivesse encontrado Celine, ela teria acreditado em Paul basicamente porque queria acreditar. Mas não cometeria esse erro de novo.

— Não estou desqualificando o que você fez, acho incrível você vir para Londres de vez. Obviamente. Deixando meus próprios interesses de lado — disse Emma.

— Não. É bom ter outra perspectiva — Delia respondeu.

Emma girou a bandeja.

Delia ficou pensando no que sua amiga tinha dito. Ela não achava que o *impeachment* do ex-presidente era a melhor analogia — ele tinha um pouco mais em jogo — nem concordava com Emma que Paul pudesse ser desculpado por continuar mentindo quando foi pego. O realismo de Emma dizia que todo mundo usava as vantagens que tinha, enquanto Delia era uma idealista que achava que, se Paul estivesse de fato penitente, não teria escondido nada. Mesmo que fosse um ideal muito alto, ela ia mantê-lo.

— Não consigo acreditar que estou solteira! Estou fora do mercado há muito tempo — Delia comentou, recostando, cheia até a boca de *dim sums*. — Faz muito tempo que dormi com as pessoas antes de Paul, elas nem contam.

— Ah, não se preocupe com isso — Emma respondeu, balançando a mão. — Não é como se o Pinto Nº 12 fosse a chave mágica que destranca os segredos do universo erótico. Sabe, estou recuperando o fôlego, vamos para a rua.

Elas foram tomar um "drinque tranquilo no bairro" em um bar estreito, meio gótico, com o amigo gay de Emma, Sebastian. Ele tinha uma cabeça pequena e redonda, com características que pareciam ter deslizado para um lado, e ria que nem o Tutubarão.

Delia tinha esquecido não existia essa coisa de "drinque tranquilo" com Emma, que já tinha recuperado seu fôlego.

— Vamos tomar Picklebacks! — Ela gritou. Os Picklebacks eram pura necromancia: uma dose de uísque seguida de uma dose de salmoura.

— O sal ajuda a limpar o gosto do uísque. Todo mundo está bebendo isso no Brooklyn. Junto com tequila — disse Emma, tossindo de leve, como se alguma parte daquela frase fizesse sentido. Delia se recusou a tomar mais água do jarro de picles e preferiu uma cerveja lager.

— Você bebe pints — Sebastian disse, em tom de aprovação para Delia. — Adoro — as mãos dele dançaram no ar em volta do penteado e da tiara enquanto bebia seu drinque favorito, feito de baunilha — esse seu estilo Lucille Ball de brechó. Você se veste para as mulheres, não para os homens.

— Eu me visto para mim... — Disse Delia. — E sou uma mulher. Então acho que você tem razão.

Ela gostava da ideia de que seu estilo tinha um propósito. Sua vida parecia ter acontecido para ela, não para os outros.

— Mais alguma notícia de Adam, o Aristocrático? — Emma perguntou, projetando o maxilar.

— Só que, na minha revolução, ele não vai ser poupado — Delia respondeu, roubando uma expressão de Paul e se recriminando mentalmente por isso.

Sebastian ouviu a história de Adam, incluindo a hospedagem improvisada depois do Cock & Tail.

— Se ele é tão ruim quanto você diz, por que faria isso? — ele perguntou.

— Não sei — Delia admitiu. — Posso jurar que não era interesse carnal, ele deixou isso bem claro. Adam deve achar que mulheres bêbadas em público são um pecado, devido à sua criação.

— Eu criaria ele — Emma comentou, com vigor.

Sebastian brincou com seu cabelo cheio de pomada, formando dois chifres com as mechas perto das têmporas.

— Talvez esse homem tivesse achado que era a coisa certa a fazer — e deu de ombros. — Existem homens com princípios. Não entre os homens que já conheci. Mas já vi uma vez, num filme.

Quarenta e oito

Delia tinha começado a achar que nunca conheceria um cliente político da Twist & Shout, e que o pedido de informações de Adam West sobre clientes dessa esfera seria tão útil para ele quanto um tapa-sexo de algodão doce.

Mas na terça seguinte, pela manhã, Kurt murmurou que queria que ela o acompanhasse para encontrar um membro do Parlamento, Lionel Blunt.

Enquanto estavam saindo, os céus se abriram com uma monção de verão, e os dois foram bombardeados enquanto corriam pelo Soho com guarda-chuvas e ficaram totalmente encharcados.

Quando o viram, Lionel estava embaixo de um toldo do lado de fora de um bar. A chuva estava caindo como uma folha pela borda, fazendo parecer que ele estava atrás de uma cachoeira. Sua razão para estar ao ar livre em um tempo inclemente não tinha nada a ver com o amor pela natureza, mas por um cigarro, acompanhando um copo de brandy, no fim da manhã.

Ele tinha cabelo grisalho penteado para trás e usava óculos de bibliotecário na ponta do nariz e um terno de três peças um tanto gasto. Mas nem tão gasto quanto seu rosto de noz, que parecia menos "vivido" do que "destruído depois de entrar de penetra em uma festa".

— Que merda de mundo é este — ele comentou à guisa de cumprimento, balançando o cigarro — em que um trabalhador e indivíduo privado cujos antepassados lutaram em guerras por seu país é colocado para fora como uma porra de um cachorro por querer gozar dos frutos de uma das nossas indústrias mais bem-sucedidas?

— Os merdas estão no comando da fazenda de merda, a Grã-Bretanha — Kurt concordou solenemente, encostando guardanapos de papel retirado de um suporte de metal no cabelo.

— Como minha querida mãe disse em seu leito de morte, "estou bem feliz por estar a caminho do caixão, Lionel, porque este mundo só está piorando". Que Deus cuide de sua alma, como ela estava certa.

Eu me pergunto se a causa mortis foi câncer de pulmão por fumo passivo, Delia pensou.

— E quem é esta ave do paraíso? — Lionel perguntou, olhando por sobre os óculos para Delia, que estava muito molhada e levemente irrritada, balançando o guarda-chuva e desgrudando seu casaco encharcado.

— Minha menina, Delia. Você pode pedir uns cafés para nós, ruiva? — Disse Kurt, e a alma de Delia murchou diante do machismo gritante.

— E outro... *Courvoisier,* certo? Para o Blunt.

Enquanto entrava no café, ela podia ouvir com clareza a voz de Lionel:

— Que par estupendo de peitos sua secretária tem. Eu gostaria de ver o lançamento desses torpedos no meu encouraçado da Marinha Real.

O rosto de Delia pegou fogo e ela sentiu um calafrio, feliz que a resposta de Kurt tivesse se perdido no barulho do trânsito.

Lionel Blunt era um *bon vivant* e contador de histórias — e outros eufemismos para "alcoólatra funcional". Ele também era um "cronista social" e colunista; sua contribuição semanal, "Blunt Speaking", no *Telegraph,* era o que podia educadamente ser chamada de *polêmica.*

Ele tinha acabado de virar os membros do Parlamento para o Albion Party, esperando ganhar uma eleição extraordinária em Eastleigh Central. Pró-caça, antiproibição do cigarro, anti-Europa, anti-imigração, pró-gorduras saturadas, pró-militares e pró-*cricket,* Lionel era um libertário.

Exceto, ao que parecia, no que se referia a "aquelas hordas de sem-vergonhas andando por aí de nariz empinado", como descreveu dois homens com moicanos e camisetas de tela em cores fluorescentes do outro lado da rua, murmurando:

— Graças a Deus ainda existem homens de verdade para lutar em nossas guerras.

Delia gostava da ideia de que a costa da Inglaterra estaria mais protegida por causa de canalhas velhos e asmáticos como Lionel.

Os quarenta e cinco minutos que ela passou na companhia do homem a fizeram se sentir como se ela tivesse encontrado uma relíquia do passado, e, assim como banheiros fora da casa e língua cozida, era uma parte do passado que qualquer um ficaria feliz em deixar para trás.

— O problema é — disse Lionel, girando seu segundo brandy com a haste do cálice entre os indicadores — que os malditos comunistas, com suas calças coloridas e sapatos baratos na BBC, adoram criar confusão por nada. Eu estava em um convescote em Amersham, no fim de semana passado, e fiz um discurso. Fui ovacionado. No entanto, a mídia implica com uma maldita piada, e os puritanos começam a fazer escândalo sobre minha franqueza...

— Que piada? — Delia perguntou.

Lionel apagou seu cigarro e acendeu outro.

— Eu disse que seria mais a favor de membros mulheres do Parlamento se não houvesse tantas matronas de canela grossa do condado que me lembravam minha ama de leite. Pode acreditar, se você tivesse conhecido minha ama de leite, entenderia por quê. O rosto da mulher podia azedar leite. E quanto menos se falar do resto dela, melhor. Vamos dizer apenas que pintar um rosto naquele traseiro e ensiná-la a andar para trás seria uma tarefa inglória.

Os olhos de Delia se arregalaram. Esse homem estava concorrendo a um cargo público?

— Não se preocupe, minha querida — Lionel emendou, vendo que ela estava desconcertada, batendo de leve em seu joelho, o cigarro preso entre os dentes. — Você é um brinquedo inflável irresistível para qualquer homem com sangue nas veias.

Os olhos dele se apertaram e foram parar nos peitos de Delia.

— Só não conte com o voto dele — Lionel meneou a cabeça na direção de um homem com short de ciclista e uma blusa cortada com as palavras “Não Precisa Correr”.

Delia ficou sentada, muda e em choque. A ideia era, usando a linguagem de Kurt, "jogar um pouco de glitter" e "valorizar" a imagem de Lionel Blunt.

Independente do espetáculo que Kurt estivesse preparando para tornar Lionel mais afável — Delia achou que seria tão útil quanto colocar uma tiara com antenas em um crocodilo e chamá-lo de Miriam —, tudo era muito secreto. Mesmo na presença de Delia, eles estavam sendo discretos a respeito dos detalhes. Lionel e Kurt discutiam o momento e o local para algum encontro futuro, mas nada específico.

Depois de apertos de mão másculos, e de enfrentar um beijo molhado de sapo nas costas da mão, Delia tentou fazer seu chefe contar exatamente quais eram os planos.

— Espere e verá — Kurt respondeu. — Talvez seja meu melhor feito.

Ela entendeu "melhor" como "pior", engolindo uma sensação de mau agouro.

Quarenta e nove

A chuva de verão atípica continuou a semana toda. Delia gostava bastante da combinação de calor úmido, céu fechado, melancolia atmosférica e tempestades tropicais. Apesar de admitir que era melhor admirar esse clima com um drinque, pela janela.

Uma mensagem de texto de Adam anunciou que estava na hora de um encontro, e ele queria discutir Lionel Blunt. Ela pensou: *Bem, boa sorte — eu sei pouco mais do que nada sobre O Plano Blunt.* Delia teve que torcer para que esse plano não envolvesse discursos do parlamentar.

Os dois se encontraram em um cinema independente, no Borough, às sete; Delia aceitou o argumento de Adam de que era aonde alguém tradicionalmente ia para trocar informações em segredo. Apesar de seu bom senso, ela gostava da ideia de sentar em uma matinê vazia de *Disque M Para Matar*, segurando um saco de papel.

O Roxy Bar & Screen só funcionava em termos de iluminação, fora isso, era bem povoado. Delia investiu em uma capa de chuva amarelo--vivo, que cobria o vestido branco de algodão que tinha custado cinco libras em Oxfam, e parecia uma guarda de trânsito brilhante em meio ao salão escuro.

As mesas tinham a iluminação baixa de luminárias de *speakeasy* e cortinas carmim, como os anões dançantes de *Twin Peaks*. Uma tela no fundo passava *Scarface* enquanto as pessoas tomavam drinques e comiam hambúrgueres do tamanho da própria cabeça. Delia fez uma anotação mental para voltar àquele lugar por um motivo melhor. Era um dos cantos de Londres que a faziam se sentir parte das coisas.

Ela pediu uma cerveja, achou um lugar para sentar na área do bar e colocou o cabelo de lado, torcendo-o como se fosse um lençol.

Adam apareceu do outro lado do salão escuro.

Parecia que estava segurando um jornal sobre a cabeça para fazer as vezes de guarda-chuva, depois o jogou fora e colocou as duas mãos no cabelo molhado. Ele se balançou para tirar o casaco e afastou a camisa molhada do corpo, se inclinando para frente. Delia se viu estranhamente hipnotizada pela cena, que aconteceu como um diálogo de cinema mudo. Ela levantou sua cerveja para indicar "peguei uma", e Adam assentiu.

Ele terminou o que estava fazendo no bar, atravessou o salão e se sentou com sua garrafa, colocando o casaco encharcado sobre uma cadeira vazia.

— Você parece um cachorro molhado que precisa de uma toalha — Delia comentou, sem pensar, em volume baixo.

— "Um cachorro molhado que precisa de uma toalha" está no cardápio de uma sauna perto do meu escritório — disse Adam, com a voz igualmente baixa. E disparou um sorriso para ela. — é um prazer ver você.

Ele acrescentou isso com tanta simplicidade e sinceridade que Delia só conseguiu responder:

— Hummmm — para então continuar: — é uma obrigação ver você.

Certo, Adam podia estar mais maleável, mas não tinha jogado limpo desde o começo. Delia estava ali porque ele a tinha forçado.

Adam riu, abafando o som com um gole de cerveja.

Era isso, esse era o problema. Toda vez que ela tentava insultá-lo e lembrar que eram adversários implacáveis, Adam a achava engraçada. No Hyde Park, ele riu por causa de mágicos escoceses inúteis, e isso acabara totalmente com Delia; ela viu isso, por decoro próprio, como uma falta de respeito absurda.

— Se é um castigo, é melhor eu ir direto ao assunto. Lionel Blunt, então. Fale.

— Como você sabe que estamos trabalhando com ele?

— De jeito nenhum — Adam respondeu. — Uma garota precisa manter um pouco de mistério. Blunt é tão limpo quanto manteiga caseira, não é?

Delia fez uma careta. Em um sussurro mais alto, ela contou a Adam algumas das opiniões mais pré-históricas de Lionel, com uma vaga alusão à sua aprovação a Delia como um "bem" da Twist & Shout.

— Sabe, sei que não é segredo que não sou fã do seu chefe, mas, mesmo assim, que tipo de merda ele é para deixar que um cliente fale assim de você? Isso é aceitar assédio no local de trabalho ou o quê?

Houve uma pausa. Adam mexeu no rótulo de sua cerveja.

— Kurt fez mais tentativas contra sua honra?

Delia balançou a cabeça.

— Tem alguma coisa aí, eu acho.

— Estamos namorando — disse Delia, com uma expressão de jogadora de pôquer.

O queixo de Adam caiu.

— Por favor, diga que você está brincando.

— Hahahahaha! — ela riu, e a cerveja se moveu em sua barriga.

— Sei que você me odeia, mas não achei que você se odiasse.

Os dois riram em silêncio, e Delia notou que ninguém parecia se importar que eles pudessem interferir com Al Pacino.

Ela estava correndo o risco de gostar de Adam West, se não ficasse de olho em si mesma. Obviamente, algum tipo de Síndrome de Estocolmo estava acontecendo, considerando que Delia não devia nem estar ali.

Ela se repreendeu: "Adam sabe que é charmoso e razoável! Isso é o que Homens-que-dormem-com-todo-mundo fazem!" Podia fazer tempo que ela estava fora de combate, mas conseguia se lembrar das regras básicas do jogo. Os arquétipos shakespearianos. Esses homens elegem um objeto de interesse e sorrateiramente começar a fazer você se sentir especial. Você fica encantada e começa a tirar as roupas, como em um tipo de hipnose masculina.

Então, na manhã seguinte, ele está assobiando "Another One Bites the Dust" enquanto prende as abotoaduras e promete adicionar você à *fanpage* dele no Facebook.

Não que Delia achasse por um segundo que Adam queria dormir com ela, mas o que quer que esses garanhões estivessem à procura, os métodos continuavam os mesmos.

Voltando a falar de negócios, ela detalhou o pouco que sabia sobre Lionel. Adam anotou uma data, um horário e um local, antes de fechar a caneta e guardar o bloco.

— Se por acaso você estiver lá, vai parecer muito suspeito — ela disse, o nervosismo voltando. — Se somos só eu, Kurt e Lionel que sabemos, não vai demorar muito para descobrirem. Você vai interferir?

— Confie na minha discrição. Eu tirei você daquela situação no Cock & Tail, não tirei? Ele não vai saber que foi você.

— Parece arriscado.

— O risco existe, mas acho que você vai ficar bem. Você vai ter que confiar em mim.

— Qual é o seu problema com Kurt? Parece ser bem pessoal.

— Você está pronta para a verdade inconveniente sobre Kurt?

Delia ficou arrepiada. Na verdade, não estava.

— Então, Maryvn Le Roux, o mágico mais inútil do mundo, que não consegue tirar um coelho de uma gaiola para coelhos...

Delia levantou as sobrancelhas. De todos os clientes da Twist & Shout, ela o considerava o mais inofensivo.

— Sua família muito abastada da Caledônia, os McGraws, fez a fortuna com biscoitos. Eles têm alguns outros interesses, um deles é uma companhia chamada Lively Later Life. Complexos de aposentadoria. Existiam algumas unidades dela na Escócia, e a ideia é expandir pela Inglaterra.

Delia assentiu.

— Lively Later Life está em licitação para assumir o comando de duas casas de assistência das autoridades locais no distrito eleitoral de Lionel Blunt. Eis que, surpresa, Lionel Blunt tem andado ocupado exaltando as virtudes da privatização eficiente para a mídia local. Se isso seguir o padrão das aventuras em que Kurt tem se envolvido anteriormente do outro lado do mundo, acho que sei o motivo. Kurt tem atuado como intermediário e vem subornando Blunt por meio dos McGraws para que eles ganhem a licitação. Kurt também vai ser recompensado, claro. Lively Later Life não é considerado o auge do luxo, para usar um eufemismo. Faça uma pesquisa, muitas histórias de terror sobre condições dignas de uma prisão. *McGrawshank Redemption* é um dos apelidos que circula em Fife. Sabe *Um Sonho de Liberdade*? Então.

— Você não pode falar sobre o conflito de interesses, que Lionel Blunt e Marvyn têm o mesmo relações públicas?

Adam deu de ombros.

— Marvyn não tem nada a ver com a empresa da família. É pura coincidência, a menos que se prove que o dinheiro passou de uma mão para outra. O que não consigo fazer, neste momento. O resultado da licitação vai ser decidido mês que vem, então o tempo está passando.

Delia pensou nos idosos presos em celas encardidas, e em sua pequena participação nisso, e seu estômago se revirou.

— Como você sabe o que Kurt estava fazendo na Austrália?

Ele tomou mais um gole de cerveja. Ela teve a estranha sensação de estar vendo Adam direito pela primeira vez. Os modos dele eram petulantes e despreocupados, mas a imagem não condizia com o interior. Delia se deu conta de ele estava bem bravo e, sim, que tinha princípios.

— Quando era mais novo, consegui um estágio no setor de atendimento do *Sydney Morning Herald*. Eu me interessei por Kurt, investiguei algumas coisas em que ele estava envolvido. De repente, estou na sala do editor-chefe ouvindo que eu não era apto. Eu estava na metade do caminho para o aeroporto quando a ficha de que Kurt estava por trás disso caiu. Em especial, porque ele me mandou uma mensagem de despedida, se gabando. Supostamente, alguém no jornal tem rabo preso com ele. Eu estava muito orgulhoso por ter conseguido aquele emprego. Meu visto dependia dele, então foi isso. Foi um momento de colocar o rabo entre as pernas e voltar para casa bem rápido. Eu andava um pouco perdido, minha mãe achou que seria uma guinada.

Adam fez uma pausa, para desfazer o clima sério.

— Agora, *imagine* minha alegria quando ele reapareceu aqui, Deborah.

Delia sentiu muito por ele. Ela não tinha pensado em Adam como alguém com pais, obrigações e sentimentos de verdade até aquele momento.

— Por que você não me perguntou sobre isso desde o começo? Você disse que estava interessado na área de consumo. Depois disse que não queria saber de Marvyn.

— Ah, bom... — Adam abriu um de seus sorrisos de menino. — Perdoe o meu cinismo. Eu desconfiava que você pudesse se tornar uma agente tripla e contar para Kurt o que eu estava procurando.

Delia se lembrou do encontro no Hyde Park. Sim, ela talvez fizesse isso.

Adam moveu sua cadeira para que algumas pessoas pudessem ocupar a mesa a seu lado. A proximidade deles implicava que a conversa saísse dos tópicos difíceis.

— Por que você saiu do jornalismo? — Delia perguntou.

— Essa doeu.

— Dos jornais, desculpe!

— Uma manhã eu me vi escrevendo uma matéria sobre exportadores de alimentos com a manchete: "A loucura californiana por couve não vai acabar tão cedo." E pensei: chega. Não era o tipo de jornalismo investigativo que eu me imaginava fazendo quando estava de gravata larga e boca de sino no *Scunthorpe Target* assediando sexualmente as secretárias e fumando Benson & Hedges na mesa.

— Hahaha. Você nunca trabalhou no *Scunthorpe Target*...

— E essa é a única parte que não parece verdade? — Adam virou a garrafa na boca. — Você é uma megera.

Delia sorriu.

— Você consegue ganhar dinheiro suficiente com jornalismo on-line?

— Por enquanto, é suficiente — ele deu de ombros. — É o começo do site, a equipe é pequena.

— No começo, achei que fosse um daqueles blogs escandalosos, mas o Sem rodeios é mais meticuloso e profissional do que isso?

— É, não sou só eu batendo um tambor no WordPress. Obrigado por reparar — disse Adam, revirando os olhos e sorrindo. — Eu penso nele como uma espécie de veículo de jornalismo literário. Nem sempre é estritamente sobre atualidades. Podemos seguir nossos próprios interesses e nossas descobertas. Daí o nome, *sem rodeios*.

Delia assentiu.

— E agora é você quem está fazendo todas as perguntas — Adam comentou, recostando e olhando para ela antes de tomar outro gole de cerveja.

— Puxando assunto, como se diz. Quem administra? Quem é seu chefe?

— Ele prefere se manter anônimo. Ele é o típico bilionário benfeitor recluso. — Adam sorriu. — Então, quais são seus planos de longo prazo? Voltar para Newcastle?

Delia engoliu em seco e balançou a cabeça. — As coisas acabaram de vez com o ex? — A expressão de Adam revelou que ele tinha falado sem pensar e que ficou constrangido por um instante. — Desculpe, não quis me intrometer.

Ela abriu um sorriso tenso.

— Tive um fim de semana absurdo no norte, encontrei por acaso a amante do meu ex. Logo depois que meu cachorro teve que ser sacrificado.

Por uma fração de segundo, Delia achou que seria seguro mencionar o Nabo. Demorou mais um segundo para perceber que não era. Seus olhos ficaram marejados, e ela ficou desesperadamente grata pela luz baixa.

— Ah. Merda. Eu sinto muito. — Adam colocou a mão no braço dela e o afastou no mesmo instante.

Delia precisou respirar fundo e engolir rápido para deixar as lágrimas passarem, e Adam comentou, em um momento autêntico de charme e consideração:

— Quer que eu fale umas besteiras por um tempo? Hum... É seguro mostrar uma foto de gato para você?

Ela sorriu agradecida e assentiu enfaticamente. Delia ficou olhando enquanto ele procurava fotos, cabeça baixa, iPhone na mão, relógio à moda antiga com pulseira de couro marrom. Belas mãos. Adam era atraente, ela teve que admitir. Se você gostava desse tipo.

— Então, aqui está meu amor secreto — ele anunciou, virando a tela para mostrar um gato obeso de pelo escuro e manchado sendo segurado pelas patas dianteiras, com uma área branca na barriga à vista, acima das patas traseiras. — Stuart.

Delia estava quase pronta para falar de novo.

— Ele é um balofo que minha irmã gêmea adotou de um abrigo. Ele roubou *poppadoms* da minha mão da última vez que pedi comida indiana. Momentos depois, ele volta correndo da cozinha com o bigode totalmente laranja, e nós percebemos que ele estava com a cabeça enfiada no frango *tandoori*.

Delia riu.

— Outra cerveja? — Adam ofereceu com educação, quando as duas garrafas só tinham espuma.

— Obrigada, mas eu preciso ir. E este é nosso último encontro, a propósito — ela anunciou, com um sorriso. — Você já tem o que queria.

Delia ficou feliz por ter decidido dizer isso de antemão. Ela podia sentir que estava ficando um pouco confortável demais com aquele amigo-inimigo sedutor. Estava na hora de mostrar para Adam que ela não era um brinquedo. Ele ainda estava, ainda que por uma boa causa, colocando seu emprego em risco.

— Ah — disse Adam, franzindo a sobrancelha, sem palavras por um instante. — Achei que eu ditasse as regras aqui.

— Eu estou ditando uma regra, ou melhor, estou cantando seu blefe.

Adam fez uma expressão que dizia "hummm".

— E se eu ligar para Kurt e contar sobre a pasta?

— Você não vai fazer isso — disse Delia, confiante de que estava certa; ela tinha pensado no assunto, e Emma disse o mesmo. Aquilo tinha um prazo de validade. — Se você me salvou das investidas dele, não vai me fazer perder o emprego.

— Lembre, acho que trabalhar para Kurt só é *um pouco* mais aceitável do que ir para a cama com ele.

Delia balançou a cabeça.

— É o justo, eu fiz o que você pediu. Além do mais, eu sei seu segredo.

— É? — Adam pareceu preocupado.

— Você é uma boa pessoa.

Ele pareceu surpreso.

— Um elogio de Delia Moss. Tudo tem uma primeira vez. Foi bom trabalhar com você.

Adam estendeu a mão para ela. Delia apertou a mão dele, sem conseguir pensar em nada melhor para dizer do que:

— Aproveite o resto da sua vida.

Ele pareceu um pouco incomodado, e Delia teve a impressão de que Adam não gostava que ela tomasse as decisões. Típico ego masculino.

Enquanto andava até o metrô, uma garoa indicava que a chuva tinha finalmente assentado, um anúncio do *Evening Standard* em uma esquina quase deixou Delia paralisada. Mencionava "mulas" que transportam drogas. Ela ficou de boca aberta.

Era isso! A conversa no Cock & Tail que tinha ouvido, era isso que precisava lembrar! Adam tinha comparado ela e Steph às meninas do caso Peru Two!

Espere um pouco... Delia ficou totalmente parada, enquanto os transeuntes passavam à sua volta. Freya tinha sugerido que Adam pudesse dormir com ela para obter informações... ele tinha rido e dito que Delia era uma candidata improvável...

E tinha dito algo como "quando chegar a hora, vou jogá-la aos leões; é o que ela merece".

E ela tinha acabado de dizer que Adam era uma *boa pessoa*?

Ah, por cinco minutos, ele a tinha enganado. Por um instante, Delia tinha até achado que havia uma possibilidade remota de que os dois ficassem amigos, se ela sobrevivesse ao desmascaramento de Kurt e, mais tarde, quando tomasse a decisão, saísse da Twist & Shout. O que Adam tinha dito sobre Kurt era horrível, mas era toda a verdade?

Delia sempre achou que não devia confiar nele. Só porque Kurt era mau, não significava que Adam era bom. Agora, evidências concretas de sua traição tinham chegado. Era ainda pior ter ficado ali sentada conversando alegremente sobre a cerca do jardim de sua irmã para Stuart, o gato, e se sentir mal por causa do caso "Austrália: Interrompida".

O que Adam tinha planejado para ela?

Quando chegar a hora...

A hora tinha chegado?

Cinquenta

Delia e Kurt desembarcaram de um carro preto — pelo visto, o homem nunca usava o transporte público — no ponto de encontro: nove e meia, na estátua de bronze de Boudicca, na ponte de Westminster.

Eles se posicionaram ao lado de uma barraca cheia de quinquilharias para turistas com a estampa da bandeira da Inglaterra — chaveiros do Big Ben, globos de neve do Palácio de Buckingham e moletons com *I <3 Londres* estampado, a roda-gigante e as Casas do Parlamento logo atrás.

Delia somente sentiu que estava conhecendo a capital quando estava no turbilhão de Emma, aprendendo os padrões com que os residentes se moviam dentro da imensidão da cidade. Sempre que estava em algum ponto central, ela se sentia um peixe fora d'água, como quando visitava seus tios para pintar o rosto e ir ao Hard Rock Café, na infância.

— Lionel está atrasado — Kurt comentou depois de alguns minutos, olhando para o relógio de pulso. — Espero que ele não tenha atacado uma garrafa de Rémy Martin junto com o cereal matinal e perdido a hora.

— Ele faz isso? — Delia perguntou, e Kurt virou os olhos como quem diz "o que você acha?" — A última empregada dele foi embora quando o encontrou fazendo a "prática matinal de ioga" nu em pelo. Ele disse que era a posição "Bebê Feliz". A mulher disse que não era paga para ver o campinho dele.

— Campinho?

— Sabe, aquela parte que não é na frente nem atrás.

Ela fez uma careta.

Dez minutos desconfortáveis se passaram, com Kurt olhando os dois lados da rua, de uma ponta à outra.

Delia estava com o coração batendo no dobro da velocidade e xingou Adam West por tornar o que deveria ser apenas um dia de trabalho — ainda que inconveniente — em uma situação coberta de mau agouro.

Um ônibus vermelho passou e, ao longe, do outro lado da rua, em meio a um intervalo temporário na massa de corpos, ela viu de relance o cabelo loiro escuro de um homem mais alto. E um casaco bege...

Ah, não. Adam West estava encostado no parapeito da ponte, observando à distância, de celular na mão. Delia teve a sensação de que ele estava tirando fotos, mas não tinha certeza. Eram imagens que iam parar no site dele, e lá estaria ela, o braço direito de Kurt, quando algo terrível estava prestes a acontecer: a câmera nunca mente. Kurt ligaria os pontos e saberia quem foi o dedo-duro. Delia sentiu o pânico se instalar.

Seu chefe ainda estava procurando o atrasado Lionel, e seria uma questão de minutos, ou segundos, até que seus olhos fossem parar no mesmo lugar, e ele visse Adam.

Não havia como tornar plausível que Adam estivesse ali por coincidência. Mas talvez a ideia não fosse essa. Mesmo que Kurt não percebesse que eles estavam sendo vigiados, *alguma coisa* estava prestes a acontecer com Lionel Blunt, e se Adam se enfiasse no meio da confusão, ficaria bem claro.

Delia podia sentir o suor se acumulando no buço e nas axilas.

Naquele momento, ela se deu conta de que estava cansada de sentir medo. Sabe de uma coisa, Adam West que fosse para o *inferno* por colocá-la naquela situação. Ela estava tentando se esquivar como um animal encurralado, deixando outras pessoas criarem as regras.

E aquela conversa com Freya — a maneira horrível e desdenhosa como Adam tinha se referido a ela, para depois fazê-la acreditar que os dois eram amigos.

Delia ainda tinha escolhas — podia sair andando, recuperar um pouco do controle. Ela não ia ficar presa em uma espécie de *ménage à trois* patético entre ele e Kurt. Mais uma vez, ela estava sendo levada pela corrente em vez de escolher a própria direção. Era a história de sua vida.

Delia olhou para Boadiceia, a caminho da batalha. Sair das relações públicas seria tão ruim assim? Qual era a pior coisa que podia acontecer se ela abrisse o jogo? Voltar para casa de transporte público? Se você comete um erro, é melhor admitir. Era o que todo mundo ouvia a vida toda. Delia ia admitir o erro e descobrir para quem estava trabalhando.

— Kurt — ela começou —, preciso contar uma coisa para você. Lembra a primeira vez que encontrei Adam West e eu não sabia quem ele era?

— E...?

Delia estava dividindo a atenção dele com o BlackBerry. Ela limpou a garganta e falou com clareza e confiança.

— A pasta de estratégias estava comigo. Eu deixei lá sem querer, e ele está me chantageando desde então.

— Chantageando? Pelo quê? Ele está comendo você?

Kurt começou a prestar atenção.

— Não! Em troca de informação.

— Ah, certo. E o que você contou para ele?

— Nada além do horário e local do encontro com Lionel hoje.

Kurt colocou a cabeça para o lado.

— Por que você está me contando isso agora?

— Estou vendo Adam ali... — Delia inclinou a cabeça, e os olhos de Kurt acompanharam. — Não posso ser responsável se ele arruinar tudo. Vou entender se você me demitir.

— A questão é: West está jogando com você — Kurt fez uma careta. — Para começo de conversa, eu não demitiria você. Não há nada nessa pasta que seja importante.

Delia ficou boquiaberta.

— Mas... você disse...?

— Pois é, é uma coisa que eu faço. Um teste. Se o conteúdo vazar depois disso, sei que nem todo mundo é confiável. Nem todos os clientes ali são clientes de verdade.

— Ah.

— Tudo de que a Twist & Shout precisa está aqui. — Kurt bateu na própria cabeça. — Ou no amiguinho que está sempre do meu lado.

Delia não sabia o que isso significava, mas achou que cabia um pedido de desculpas ali.

— Eu sinto muito. Eu era muito nova quando aconteceu e não sabia o que fazer. Eu tinha acabado de conseguir este emprego e não queria perdê-lo. Eu queria provar meu valor antes de admitir tudo.

Kurt apertou os olhos e deu de ombros.

— Pelo jeito, você fez a coisa certa na hora certa.

E olhou para o relógio.

— Precisamos nos livrar dele antes do show começar.

Ele olhou em volta. Finalmente, sua visão se fixou em alguma coisa. Kurt voltou a olhar para Delia, e seus olhos dançavam com uma empolgação maligna.

— Como aprendi quando era criança, ruiva: se fizer sujeira, limpe. Entre no jogo.

Dois policiais passaram, um homem e uma mulher, de jaquetas amarelas e *walkie-talkies* gigantes chiando, presos a elas.

— Com licença — Kurt chamou, de um jeito alto e bem australiano. — Aquele sujeito ali se expôs de um jeito indecente para minha namorada.

— O quê? — Delia sussurrou, horrorizada.

Kurt colocou o braço em volta dela em sinal de apoio.

— Ela está constrangida. É preciso contar para as pessoas quando coisas assim acontecem, querida. Você não pode deixar os malucos se safarem.

— Quem vocês estão dizendo que fez isso? — perguntou a policial feminina.

Delia engoliu com dificuldade e não conseguiu responder de imediato.

Kurt apontou para Adam, que viu que tinha sido "visto" e parecia bastante preocupado, de cenho franzido e mãos nos bolsos.

— Hum. Ali. De casaco marrom-claro. Loiro — Delia murmurou.

— O que aconteceu? — perguntou o policial, tirando um bloco de anotações e começando a anotar os detalhes.

Delia teve uma experiência extracorpórea, em que uma versão de si mesma que ela mal reconheceu estava parada em uma ponte histórica de Londres depois do horário do *rush* da manhã, acusando falsamente um homem inocente de mostrar suas partes íntimas para ela.

— Eu... hum. Eu estava daquele lado da ponte tirando uma foto da vista com o celular, ele estava bem do meu lado, olhei para baixo e...

— Canalha imundo! — exclamou Kurt, com veemência, apertando mais o braço ao redor de Delia e balançando a cabeça.

— A senhora está preparada para fazer um depoimento? — perguntou o policial, e Delia assentiu, pensando *meu Deus, o que estou fazendo?* enquanto anotavam seu nome, endereço e número de telefone.

— Não a façam ir para a delegacia com aquele animal depravado! — disse Kurt, raivoso.

— Ela pode depor mais tarde. Deixe conosco — a policial respondeu.

Juntos, os dois atravessaram a via para falar com Adam.

— Não se preocupe, você não precisa depor — disse Kurt, o braço ainda ao redor de Delia. — Diga que mudou de ideia, que o sol estava batendo nos seus olhos. Ou que era pequeno demais para ter certeza, hahaha.

Ela ficou observando infeliz, enquanto os policiais tinham o que parecia ser uma discussão acalorada, Adam lançava olhares furiosos na direção dela e de Kurt e apontava para eles. Delia pensou: *O problema é que ele não tem uma boa razão para estar ali, nem para não ir embora.*

E de fato a polícia o escoltou, protestando furiosamente. Ele foi preso.

— Hahaha. Bem feito. Não devia ter usado aquele casaco de pervertido — Kurt riu. — Ah, Lionel finalmente chegou! LB, vamos levar você para a entrevista de rádio. Talvez, depois a gente consiga dar uma passada no Commons Bar.

— Ah, que bom. Estou um trapo — anunciou Lionel, com os olhos vermelhos.

Cinquenta e um

Delia foi andando atrás de Kurt e Lionel, na direção do Parlamento, se perguntando o que tinha acontecido com Adam West e se estavam fazendo um retrato falado de seu parlamentar.

Ela tinha que fazer alguma coisa, não havia escolha; não deveria ser uma surpresa a perda de controle das coisas quando Kurt se envolveu. Ela devia ter ficado feliz, tinha eliminado a ameaça da pasta e tomado as rédeas do conflito com Adam. Mas não estava.

Ela se repreendeu: "É normal ter arrependimentos por ter se envolvido. Sim, teria sido bom estar 100% segura de que ele entregaria você. O problema é que, à essa altura, ele já teria entregado você." E essa não era a Antiga Delia, era Fox, controlando o próprio destino.

Por mais otimista que Kurt tivesse sido sobre o erro dela, Delia duvidava de que a reação teria sido a mesma se ele tivesse ficado sabendo do ocorrido por Adam West, triunfante, enquanto destruía seus planos.

No meio da ponte, os três se depararam com um monte de gente bloqueando a passagem.

— Com licença, estamos com pressa aqui! — Kurt gritou.

Uma das pessoas disse:

— Ele vai pular.

Em meio aos curiosos, os três viram um homem sentado no parapeito da ponte, encostado no poste vitoriano cor de zinabre. Ele tinha cabelo escuro, devia ter uns quarenta anos e estava todo desarrumado, com uma camiseta suja.

— Não faça isso! Desça! — Alguém gritou, da multidão.

— Não me resta nada! Quero ir — o homem respondeu, com um sotaque forte.

A atmosfera tinha aquela eletricidade dos curiosos que olham para acidentes de carro, quando algo profundamente aberrante acontece em um cenário cotidiano, e todos abrem mão da costumeira frieza britânica para observar, fascinados pelo espetáculo e unidos pela tensão.

Delia ficou com a garganta tensa diante da perspectiva de alguém dar fim à própria vida e lutou para conter o impulso de avançar e puxar o homem de volta a um lugar seguro. Qualquer tentativa de fazer uma intervenção o faria pular, claro.

Então — BUM, como um saco de areia — ela caiu em si. Era isso? Essa era a estratégia? Delia olhou para Kurt e Lionel, ambos parecendo suficientemente curiosos com a cena à frente. Hummm. Se bem que não pareciam muito incomodados em se atrasar para a entrevista, e esses não eram dois homens cujos corações sofriam pelos outros.

Minutos se passaram enquanto a multidão aumentava, e a polícia chegou em duas viaturas com as luzes acesas, mas sem sirene, bloqueando o trânsito na ponte, uma ambulância logo atrás.

— Para trás ou eu pulo! — gritou o homem, virando a cabeça para olhar para o repentino enxame de jaquetas amarelas.

— Ninguém vai fazer nada que você não queira — uma policial tentou tranquilizá-lo. — Fique calmo.

Quem passava sacou os celulares, e começaram a tirar fotos em silêncio, alguns filmando. Delia se perguntou se existia alguma calamidade ou indignidade humana que as pessoas não achassem digno de filmar e postar nas mídias sociais. Considerando o que ela tinha ouvido alguém murmurar algo para o acompanhante, veio a resposta:

— Alguns demoram horas nisso. Vamos, você já conseguiu o que queria, vamos embora.

— Qual é o seu nome? — Lionel gritou, as mãos em volta da boca, fazendo todo mundo virar e olhar para ele.

— Bogdan.

— Você fuma, Boglin? — Lionel perguntou.

— *Bogdan* — Kurt sussurrou.

— O quê, fumar? — O homem perguntou por sobre o ombro, apertando os olhos para ver com quem estava falando. — Fumo?

— Tenho um belo charuto aqui. Cohiba, o nº 1 da escolha dos fumantes de charuto da *Cigar Aficionado*. Eu o estava guardando para uma ocasião especial. Quero oferecê-lo para você, se eu puder.

Os policiais pareciam preocupados. Um deles disse:

— Senhor, por favor, não se envolva. Estamos cuidando disso.

A multidão prendeu a respiração.

— Um charuto? — Bogdan perguntou.

— Sim.

— Eu gosto de charutos.

— Talvez, se você descer, possa... — um policial começou a falar.

— NÃO VOU DESCER, EU VOU PULAR! — Bogdan gritou, se balançando perigosamente enquanto segurava no parapeito, deixando Delia enjoada e fazendo o policial recuar.

— Fique calmo, fique calmo.

— Eu gostaria de um charuto.

Lionel se aproximou, brandindo o charuto, segurando-o com o braço estendido como se estivesse dando uma maçã para um cavalo com dentes do tamanho de lápides.

— Eu coloco na sua boca, fique firme, soldado... — ele disse.

Delia pensou que era mais preocupante Lionel ficar firme.

Bogdan abriu e fechou a mandíbula sobre o charuto, e Lionel pegou um isqueiro prateado na forma de uma mulher nua do bolso, virando a pederneira duas vezes antes de acendê-lo.

Quando Bogdan deu um trago, Lionel tirou o charuto enquanto ele expirava, então colocou de novo na boca do homem, enquanto mantinha a conversa ativa.

— O sabor é esplêndido, não é? A única coisa boa que o comunismo já produziu. O que você faz da vida? Pedreiro? Bom, profissão nobre. Estou notando um sotaque, de onde você vem?

A estranha pantomima de Lionel ajudando Bodgan, da Macedônia, foi em frente; ele fumava mantendo as mãos desocupadas, enquanto os dois conversavam, agora em voz mais baixa.

Estava claro que tinha corrido a notícia de que uma coisa estranha estava acontecendo na ponte de Westminster, e pessoas com cordões de identificação e câmeras de tamanho normal estavam tirando fotos, junto com os paparazzi de iPhone.

Os dois pareceram encerrar a conversa, e Lionel, todo galante, pegou o charuto e apagou o restante no metal, para em seguida abordar a multidão.

— Bogdan, o divórcio é uma coisa terrível. Bom, se você fosse casado com minha ex-mulher, seria uma libertação abençoada, mas isso não entra no mérito. Se você reconsiderar sua decisão hoje, eu gostaria de oferecer um ouvido amigo sempre que você precisar, ajudar você a conseguir um emprego e um fornecimento vitalício de Cohibas. Com essas — Lionel moveu o braço para a multidão — pessoas de bem de testemunha. Você é um bom homem, e o mundo não está em condições de perder homens bons.

Bogdan virou e olhou para o Tâmisa.

A respiração de todos ficou presa enquanto se perguntavam se estavam testemunhando um membro do Parlamento transformar um potencial suicídio em realidade. Delia estava bastante confiante que esse seria o resultado.

— Um fornecimento vitalício de Cohibas? — Bogdan perguntou.

— Você tem minha palavra — Lionel respondeu.

Uma pausa. Bodgan impulsionou o corpo para trás, jogou as pernas por sobre o parapeito e colocou os pés de volta no pavimento.

Lionel deu um abraço caloroso no homem, com tapinhas nas costas. Houve muitos aplausos e gritos de comemoração enquanto Bogdan era levado para a ambulância, com a polícia o conduzindo de perto. Delia sentiu um profundo desconforto. E desejou que estivesse compartilhando as emoções dos curiosos, acreditando que aquilo tinha sido um resgate.

Kurt acompanhou Bogdan, disse algo em seu ouvido e entregou um cartão, antes que a polícia o afastasse.

— O senhor é um herói — uma mulher na casa dos sessenta com maquiagem esbranquiçada estava dizendo para Lionel. — Um herói! O senhor salvou a vida de um homem.

— Eu não, minha cara. Meu charuto — Lionel respondeu, ao som de mais risos de aprovação da multidão.

— Você vai se atrasar para a entrevista, Homem do Charuto, mas por uma bela razão. Seu coração é grande demais, meu amigo. Você sofre de um mal chamado coração aumentado — Kurt comentou com Lionel, mas também para a massa.

— Prefiro isso a hemorroidas.

A multidão se matou de rir, e Delia teve vontade de gritar: "Parem! É um truque!" Tarde demais. Ela era uma cúmplice. Era o braço direito de Kurt e criada de Lionel. Podia alegar desconhecimento e dizer que estava apenas *cumprindo ordens.*

Mesmo assim, estaria do lado errado da história.

Cinquenta e dois

— Então, Lenny, uma coisa bem fora do comum aconteceu com você hoje a caminho do estúdio esta manhã. Você pode nos contar mais?

O apresentador, Stevie, falava com aquela cadência falsamente íntima e quase americana que parecia obrigatória para os locutores de rádio locais. Ele também tinha achado adequado batizar Lionel com o apelido "Lenny". Eles estavam em um estúdio perto do Parlamento, e Delia ponderou que não havia motivo para o encontro do outro lado da ponte, no entanto, isso os forçou a passar por Bogdan.

Kurt Spicer tinha orquestrado a história do imigrante da Macedônia deprimido com a esposa infiel, e o charuto salvador de Lionel, disso ela não tinha dúvidas. Pelo jeito, Kurt tinha se oferecido para "administrar" os pedidos de entrevista de Bogdan para conseguir as melhores oportunidades para ele, o que também significava controlar o acesso a ele.

Lionel, membro do Albion Party, com seu leque de políticas malucas, retrógradas e ofensivas, só receberia perguntas brandas, enquanto arrebatava em uma onda de louvores sentimentais. O locutor manteve a audiência cativa durante a espera, embelezando a demora na chegada de Blunt com a promessa de uma história "milagrosa e apaixonante", que tinha sido solicitamente retransmitida por Kurt a um pesquisador quando eles saíram da ponte.

Lionel estava diminuindo o próprio heroísmo com uma mistura perfeita da humildade de quem diz "ah, não, não foi nada" e a sagacidade confiante, enquanto Stevie e a equipe do estúdio se deliciavam.

— Você não ficou preocupado em se envolver? — Stevie perguntou. — Muita coisa ficaria nos seus ombros, se tivesse dado errado.

— Stephen, a questão é — Lionel respondeu como um político —: eu venho de uma geração em que damos prioridade às ações, antes das palavras. Nestes tempos modernos de crise da saúde e da segurança, administração de risco, você ouve as histórias mais horríveis sobre salva-vidas deixando crianças se afogar porque não tinham o documento certo dizendo que podiam legalmente tirá-las da água. Nós, com mais de sessenta, não nos apegamos a isso. Nos chafurdamos e sujamos as mãos, aconteça o que acontecer. Se isso significar sermos culpados por nossos erros, que seja.

— Incrível. Qualquer jovem ouvindo pode anotar isso, Lenny. Você é um sopro de ar fresco.

Ah, fala sério, Delia pensou.

— Os chatos do lobby antifumo discordariam de você, meu amigo, mas obrigado.

— Hahaha! Sério. Isso é inspirador. Vamos conversar mais com Lionel Blunt depois desta canção, de T'Pau.

Lionel não era mais um bêbado velho e nojento, era um híbrido de Churchill e Gandalf, para o senso comum.

Delia se perguntou de novo o que Adam teria feito para atrapalhar as atividades. A imagem dele sendo escoltado depois de ser preso voltou mais uma vez, e ela se encolheu.

Quando eles voltaram para o escritório, Kurt administrando ligações no celular o caminho todo e tremendo de empolgação com as imagens de Lionel e Bogdan chegando ao *Evening Standard*, Delia se sentiu tão desanimada quanto um pano de chão. A presença do chefe no escritório significava que ela não podia nem fofocar com Steph.

Delia se ofereceu para ir ao Starbucks como forma de sair do mesmo espaço que o chefe, enquanto ele gritava ao telefone sobre o estado psicológico delicado de Bogdan forçar a presença do RP em todas as entrevistas, já que ele não queria que a fragilidade do homem fosse "explorada". Se hipocrisia fosse cabelo, Kurt seria o Pé-Grande.

Ao voltar do café, equilibrando três copos *tall* de papelão em uma bandeja, uma voz atrás dela quase a fez pular e derramar as bebidas.

— Boa tarde, Delia.

Ela virou e encontrou Adam West com a expressão raivosa de um assassino, em uma camisa azul-clara. Era frustrante, mas as duas combinavam com ele.

— Não se preocupe, meu zíper vai ficar fechado. Aprendi minha lição.

— Hã...oi.

— Mentir para a polícia, desperdiçar o tempo deles só para me foder completamente. Parabéns, você um membro pleno da equipe da Twist & Shout. No fim das contas, você chegou lá, não é?

Delia tremeu, junto com as bebidas. Ele ia jogá-la para os leões. *Quid pro quo.*

— Fale mais sobre como eu sou egoísta e falsa, quando você não é diferente.

— Nossa! — Adam deu um passo para trás. — *Eu* não sou diferente? Mal posso esperar. Prossiga.

— Você estava prestes a me fazer perder o emprego. Tudo o que fiz foi impedir você.

— Eu dei várias garantias de que não ia fazer isso, se pudesse evitar. Por mais que fosse apenas um favor para você.

— Se o escritório do Kurt cair, meu emprego vai junto.

— No fim das contas, sim. Não posso impedir isso. Delia, sinto muito se você precisa que isso seja escrito no céu, mas seu chefe é um homem perigoso. Não vou pedir desculpas por acabar com ele, mas aconteceria de um jeito que manteria seu nome limpo.

— Era esse o seu plano hoje, então?

— Eu ia manter uma distância segura.

— Eu vi você.

— Você sabia que devia me procurar. Eu só teria feito minha presença ser notada quando pudesse dizer de modo plausível que recebi a informação de outro lugar. Como um favor para você. E estou realmente me perguntando por que me dei ao trabalho.

— Quando você ia me dedurar, então? Porque, com certeza, ia acontecer. "Quando chegar a hora, vou jogá-la aos leões. Ela merece. A ruiva feia." Soa familiar? Não foi uma citação perfeito, mas chegou perto.

Adam franziu a testa.

— Quando...? O quê?

— Cock & Tail, você e Freya. Eu ouvi vocês falando de mim.

Adam pareceu chocado. *Pois é, se vire com essa,* Delia pensou, com amargura.

— Se você tivesse me perguntado — ele murmurou, para em seguida dizer em voz alta: — Na verdade, eu estava enrolando a Freya para proteger você naquela conversa.

— Haha. Você acha mesmo que eu sou uma caipira idiota. O que você disse, que eu tinha caído de paraquedas?

Adam fez uma expressão exasperada e levou a mão à testa.

— Freya se torna bastante agressiva em relação a qualquer mulher de quem ache que estou me aproximando. Se eu dissesse a ela que você não sabia de nada, ela não teria nada contra você e deixaria você em paz. Eu já expliquei antes, inimigos em jornais de circulação nacional não é algo que se deve querer.

— Você não pretendia me fazer perder o emprego?

— Eu falei a verdade. Que era um risco, mas que eu tentaria minimizá-lo. Sabe, é possível, se você entreouviu uma conversa, que não tenha o contexto ou a história toda entre as pessoas para entender tudo. Se você estava preocupada, podia simplesmente ter *me perguntado.*

Adam conseguia escapar de armadilhas como um furão coberto de manteiga. Aquela conversa com Freya destilou desprezo e desdém puros.

— O tom daquela conversa não dava a entender que alguém tinha qualquer consideração por mim. E aquilo de "hum, até parece que eu dormiria com ELA, eca"....

— Já falei, não tinha nada a ver com o trabalho. Freya tem ciúme, é mais fácil aplacá-la. Se eu não tivesse feito o jogo dela, e não tivesse dito aquelas coisas terríveis, ela teria acabado com você de um jeito ou de outro. Já tive o suficiente indo para casa com você. Aliás, na verdade, me explique isso. Se eu quisesse fazer mal a você, por que a teria salvo das garras de Kurt naquela noite?

— Para ter algo para usar contra mim.

— Eu já tinha alguma coisa para usar contra você.

— Ficar na sua casa me comprometeu ainda mais.

— Eu me certifiquei de que Kurt não descobrisse.

— Você queria que eu me envolvesse na história de Lionel Blunt.

— Você *já estava* envolvida.

Delia arrumou as mãos na bandeja.

— Mesmo que você tenha feito isso para ser gentil, não muda o fato de que estava me usando, e que eu tinha todo direito de me proteger.

— Eu acredito na minha causa; e não queria que você fosse dano colateral, se pudesse evitar. Tentei agir com algum tipo de honra, e veja só no que deu. Na delegacia de polícia de West End Central, respondendo perguntas sobre se eu estava "me tocando com segundas intenções" ou apenas deixando ali à mostra.

Delia fechou os olhos por um instante, constrangida.

— Desculpe — ela disse, com a voz rouca.

— Sabe, eu falei de você para minha irmã, que achava que você era melhor do que o lugar onde trabalhava. Sabe o que ela disse? Se você dorme com os cachorros, acorda cheio de pulgas. Eu devia ter ouvido. Você me enganou totalmente.

— Você enganou a MIM! Você começou a manipulação com a pasta!

— Isso era um ataque à Twist & Shout, não a você. Nada do que eu contei sobre Kurt importa para você?

— Ah, o quê? Eu deveria acreditar cegamente em tudo o que você disse?

— Não, você deveria fazer sua própria investigação, pensar e chegar a uma conclusão sozinha. Parece que você fez isso. Na Guerra Civil, você é do #TimeKurt.

— Pare de envolver tudo o que você fez em nobreza sublime e transformar isso em um julgamento moral sobre mim, quando, na verdade, eu fui encurralada.

— Acho que é um julgamento mesmo, você gostando ou não. É uma descoberta deprimente do que você é capaz de fazer, quando encurralada.

Delia ficou magoada com o desgosto e o desdém na voz dele.

— Por mais divertido que isso tenha sido, preciso voltar ao trabalho — ela disse.

— Ah, sobre isso. Vou aparecer e ter uma conversa com seu chefe sobre uma pasta. O que você tem a dizer sobre isso?

— Divirta-se, é o que tenho a dizer. Já contei sobre a pasta, e ele não se importa.

Isso chocou Adam. Ele ficou pálido e não falou por vários segundos.

— Na ponte, a polícia disse que vocês eram um casal... Você está saindo com ele, não está? O que você disse no cinema era verdade?

Um olhar de repulsa e raiva autêntico se instalou no rosto de Adam, uma arrogância saída de um filme antigo sobre o nazismo.

— Jesus, e pensar que eu senti pena de você — ele disparou. — E pensar que acreditei naquela coisa de "ela está vulnerável e foi magoada pelo namorado adúltero e não se deu conta de quantas mentiras ele contou", que tinha como objetivo me fazer sentir um príncipe num cavalo branco em relação a você. Mentirosos claramente são seu tipo.

Delia podia corrigir o erro, mas pareceria muito pedir a aprovação de Adam — uma tarefa inútil naquela circunstância.

— Até parece que eu estava tentando fazer você se sentir mal por mim quando contei sobre Paul! Eu nem conseguia me lembrar do que falei no dia seguinte.

— No entanto, você se lembra de entreouvir minha conversa com Freya?

Delia abriu a boca para explicar, mas Adam continuou:

— É bem difícil me fazer pensar menos sobre seres humanos do que Kurt Spicer já fazia. Mas parabéns. Você conseguiu.

Adam a olhou com uma mistura tão potente de raiva, decepção e ressentimento, que Delia pôde senti-la.

Como ela tinha ido parar ali? Três meses atrás ela era uma boa pessoa, apaixonada, num emprego respeitável e planejando um futuro impecável. Para ser substituída pela mulher que tinha feito essas coisas desprezíveis e escolhido tão mal em quem depositar sua confiança, entre Adam e Kurt. Ela nunca parou por tempo suficiente para se fazer as perguntas pertinentes, e encontrar respostas honestas, como Adam disse. Tinha se concentrado na própria sobrevivência, não no cenário mais amplo. Fox lutava pelo bem, não para salvar a própria pele.

— Não posso acreditar que já confiei em alguma coisa que saiu da sua boca — disse Adam.

— O sentimento é mútuo — ela retrucou, dando meia-volta e o deixando ali.

Não era. Delia finalmente acreditou em tudo o que Adam dizia.

Cinquenta e três

— Eu quase não vejo você — Emma anunciou, no começo do terceiro mês de Delia em Londres. Ela chegou quase na hora de Delia ir para a cama, tomado suco de maçã direto da garrafa, parecendo exausta. — Vamos passar o domingo juntas. Domingos são os melhores dias em Londres. Sempre volto para a casa do papai e da mamãe aos domingos, parece que estou fazendo uma viagem no tempo para 1955.

— Você fica dizendo que está cansada de Londres e que quer ir morar em uma pequena chácara e criar frangos — disse Delia.

— Eu quero. Também quero três barras de sinal no meu celular, sapatilhas brancas, filiais da Uniqlo e Bloody Marys no Kopapa. É pedir demais?

— Você quer morar no campo quando tiverem construído todas as coisas que existem na cidade lá?

— Exatamente!

Delia foi devidamente apresentada a esses Bloody Marys naquele fim de semana, misturados com xerez além de vodka — Emma teria se dado bem na corte de Calígula — com ovos mexidos turcos com azeite de pimenta-malagueta e torrada queimada. O Kopapa era barulhento, lotado e claro, cheio de gente levando vidas glamorosas em um salão azulejado e agressivo. Delia não achava que sua alma pudesse se acomodar em Londres, mas sua barriga podia ser bem feliz. Ela balançou os pés cobertos por sapatilhas e praticamente cantarolou.

— Gostou? — Emma perguntou, tirando um talo de salsão do caminho da boca enquanto virava seu drinque das onze da manhã. Ela tinha tranças loiras torcidas em sua franja em crescimento, saindo de seu rosto angelical, com grampos, e estava usando uma blusa de babados creme com um grande colar com um pingente de ônix em formato de gota, que Delia tinha lhe dado de presentes dois Natais atrás, comprado em uma feira de artesanato. Emma parecia uma estagiária de vinte e dois anos.

Como o estresse do trabalho e o ritmo das farras não se revelavam na aparência dela, Delia não fazia ideia.

— Uhum — Delia assentiu vigorosamente com a boca cheia de comida, e a gema escapando dela. Ela nunca entenderia quem consegue comer sem entusiasmo.

Naquele momento, ela viu a forma inconfundivelmente letal de Freya Campbell-Brown, em um minivestido que revelava o traseiro, pernas nuas e *ankle boots* com franjas soltas. A mulher estava fumando na rua, com o cigarro solto entre os dedos, a outra segurando o cotovelo, ouvindo sua companhia com uma expressão sagaz. Não era Adam, graças a Deus, e sim um homem com um topete que parecia um James Dean falsificado, com tênis brancos ofuscantes e um piercing que deixou um buraco no lóbulo grande o bastante para caber um lápis. Lionel Blunt não teria aprovado. Freya terminou seu cigarro, jogou a guimba no chão e a esmagou com o salto.

— Emma, fale! Fale alguma coisa para eu não fazer contato visual com aquela mulher passando pela porta... — Delia sussurrou.

Ela estava evitando contar para Emma sobre a última reviravolta na saga com Adam West. Pensar no que tinha se passado entre os dois fazia os músculos de sua barriga parecerem uma planta carnívora.

— Oi.

Delia ouviu uma voz dura à sua esquerda e virou a cabeça para ver Freya com uma expressão dura.

— Olá.

— Ainda estou esperando o "obrigada" por livrar sua cara com seu chefe.

Delia engoliu em seco. Hostilidade aberta não era algo que ela encontrava com frequência. O estilo britânico era hostilidade velada sobre a qual a pessoa sofria depois.

— Desculpe, eu não pedi para você dizer nada. Adam fez aquilo por conta própria.

— Ele achou que precisava limpar a barra para você. Por um motivo *desconhecido*, sabe?

Disparar as palavras desse jeito deixava claro que ela queria dizer "por causa do pênis dele".

— Não estou fazendo nada com Adam — Delia respondeu, como uma idiota, desejando encontrar cem respostas dignas de Mae West que não fossem uma negação estúpida.

— Não por falta de tentativa, tenho certeza. Tem ovo no seu rosto — disse Freya, com um movimento do lábio. Ela desfilou de volta para sua cadeira enquanto Delia limpava o rosto com as costas da mão.

— Ovo no rosto *dela*, isso sim — Emma comentou, fascinada, soltando o garfo e abandonando de repente o salmão defumado com "maionese de yuzu". — O que foi ISSO? Ela está saindo com ele? Ela soltava eletricidade pelo cabelo, que nem a Sigourney Weaver em *Os Caça-Fantasmas*.

Delia ofereceu um breve resumo do que tinha acontecido, concluindo:

— A ironia é que Adam me despreza completamente agora.

Com desconforto, ela precisou concordar que o comportamento de Freya era mais uma comprovação do que Adam tinha dito sobre ter mentido sobre Delia para acalmar um gênio que parecia uma bomba atômica.

— Posso ser franca? Queria que ele tivesse mostrado o pênis de verdade.

Delia olhou para ela confusa e viu a amiga fazendo aquela cara de "eu vou para o inferno".

— Isso parece a faculdade, Delia. Você se mudou para cá e se envolveu em um triângulo amoroso em quanto tempo?

— Não é um triângulo amoroso! Não é nada amoroso. Sou eu, presa entre dois idiotas — Delia respondeu, com um expressão rabugenta de fingimento.

Emma espetou o gelo no fundo de seu copo com o canudo.

— Você não se arrependeu de vir para Londres, não é? Sei que o trabalho é um pouco problemático.

— Não! Isso me mantém lúcida! Tem sido ótimo. E posso ver você — Delia respondeu, tentando se convencer de que o esquema do Pintolão não anulava as coisas boas, como brunches com ovos.

Emma sorriu. Sua temporada em Finsbury Park a fez perceber como tinha passado a ter uma relação muito intermitente e superficial com sua melhor amiga. Ela não deixaria isso acontecer de novo. E já tinha decidido marcar férias só com a amiga, se Emma conseguisse aturá-la mais um pouco.

— É maravilhosamente incrível você estar morando comigo em Londres — Emma comentou. — Eu nunca consigo ver ninguém além de você.

— Parece que você sai com um monte de gente.

— Não, na verdade não. É só socialização, nada de qualidade — Emma respondeu, espetando o cubo de gelo mais uma vez.

Delia se deu conta de que era preciso ver bastante as pessoas que se ama, porque as conversas importantes não aconteciam nas primeiras vinte e quatro horas juntos, nem nas quarenta e oito, nem mesmo nos primeiros dias. Elas aconteciam em momentos assim.

— Você acha que vai ficar aqui? — Emma perguntou.

— Não sei — Delia respondeu. — Acho que vai ser difícil ganhar o suficiente para ter uma vida e vou sentir falta de Newcastle. Mas estou aproveitando, por enquanto.

— Você tem sorte de ser de uma cidade interessante. Se eu sair de Londres, não tenho para onde ir. Bem, Bristol, mas Tamsin está lá — Emma fez uma careta ao mencionar sua irmã insistente. — Espero encontrar alguém de algum lugar bom.

— Você sempre pode voltar para Newcastle comigo. Mostrar para aqueles advogados como se faz. Você pode abrir seu próprio escritório! Imagine o tipo de casa que você poderia comprar.

— Ah, é? — Emma se animou. — Seria incrível. — Para em seguida fazer uma pausa. — Por alguma razão, sempre achei que teria mais chance de conhecer minha alma gêmea aqui. Melhor custo-benefício e tal. Agora acho que a vida em Londres não dá conta de almas gêmeas. Já contei do cretino do Snapchat?

— Cretino de onde?

— Você sabe o que é Snapchat, certo?

Delia meneou a cabeça: vagamente.

— É algo que se autodestrói automaticamente, como no *Inspetor Bugiganga*?

— Um tempo atrás conheci um sujeito legal no Match.com. Estávamos planejando nosso primeiro encontro, e ele perguntou se eu estava no Snapchat. Eu disse que sim, que estou no Snapchat. Ele diz que quer me mandar uma coisa. Eu abro, e é um vídeo dele... — Emma fez um gesto frenético, balançando a mão direita com o punho fechado.

— Nããão! — Delia exclamou. — Mentira?!

— VERDADE — Emma respondeu, voltando para o resto de seu salmão.

— Por que ele pensou que você ia querer ver isso?!

— Não sei. Esse mercado negro do "manda nudes" está além da minha compreensão. Sou advogada, sei que gente como eu dá uma olhada nessas coisas antes que vá parar no tribunal.

— Talvez ele quisesse mandar para outra pessoa...

— Ele me mandou mensagens depois perguntando o que eu achei.

— O que você respondeu?

— Belo relógio, é um Rolex de verdade?

Delia riu, apesar de ter sentido uma leve pontada de curiosidade se Paul e Celine tinham feito esse tipo de coisa. Sua intuição dizia que Paul teria saído correndo — mas esse era o Paul de antes.

— Não dá para não pensar que perdemos alguma coisa, se compararmos com a geração dos nossos avós. Já é ruim o bastante não termos bailes de verdade, mas vídeos de masturbação em vez de cartas de amor?! Quem recebe uma carta de amor hoje em dia? E, no entanto, elas são muito mais excitantes que ver alguém mandando ver como se fosse um macaco.

— É como abrir seus presentes de Natal antes da hora — Delia comentou, distraída.

— Hahaha! — Emma gargalhou. — Um Natal COM PRESENTINHO...

— Chega! — Disse Delia, olhando para as sobras de seus ovos.

Normalmente, Emma suspiraria nesse momento e comentaria como Delia tinha sorte de ter um parceiro como Paul. Isso era uma coisa sobre a nova condição de solteirice dela — Delia podia fazer perguntas sem correr o risco de parecer presunçosa.

— Você fica incomodada de não ter encontrado uma pessoa?

Emma fez um bico, em uma expressão de dúvida.

— Fico... Mas não tanto quanto querer que a próxima fase da minha vida comece. Se não encontrar ninguém aqui, preciso decidir o que vou fazer em seguida. Em termos profissionais, sinto como se eu tivesse chegado ao topo da montanha e visto que não tem nada lá em cima, sabe?

Delia meneou a cabeça.

— Bom, eu não sei, porque nunca fui bem-sucedida — ela riu, e Emma riu junto.

— Você é muito bem-sucedida. Você é muito bem-sucedida em ser Delia. Você estava falando sério sobre eu me mudar para Newcastle?

— Claro! — Delia quase gritou.

As duas passaram a tarde passeando pelo Borough Market.

— É meio clichê, mas acho que você vai gostar.

Quando voltaram para o apartamento, um pequeno envelope gordo endereçado a Delia estava encostado na porta de Emma.

— Hum. Deve ter chegado ontem, e alguém não quis entregar — Emma comentou, entregando-o para a amiga.

Delia reconheceu a letra. Paul ainda estava tentando? Ela não sabia se queria que ele fizesse isso ou não.

Delia abriu o envelope e um CD com o single "Live Forever", do Oasis, caiu.

— Mais coisas de Paul? — Emma perguntou. — O que é esse?

Delia mostrou o CD.

— Ele cantou isso no karaokê uma vez. Para mim. Cretino manipulador.

Emma assentiu.

Não se tocou no assunto pelo resto da noite. Emma recebeu uma ligação dos pais e subiu para atender, deixando Delia sozinha com o aparelho de som. Ela ficou olhando para a capa até finalmente fraquejar para ver se surtiria algum efeito e colocar o CD no aparelho, abaixar bem o volume, sentar no chão e abraçar os joelhos.

O estrondo da bateria começou, e Delia respirou com dificuldade pelo nariz para impedir as lágrimas de saírem.

Tinha sido uma noite no pub, mais ou menos dois anos depois de eles começarem a namorar. Paul tinha fechado em uma noite de quinta para que Rosie, irmã de Aled, fizesse sua despedida de solteira. Normalmente, Paul não deixaria um karaokê chegar a quinze metros de seu estabelecimento, mas em um típico gesto de generosidade seu, ele não poupou esforços e deixou Rosie cobrir o lugar de rosa, preparou daiquiris de banana, enfim, o pacote completo.

Delia chegou para dar uma olhada perto do fim da noite e ajudou Paul a limpar tudo. As garotas da despedida de solteira o estavam atormentando para subir lá e cantar alguma coisa. No fim das contas, Paul fez um espetáculo para se deixar convencer, tímido. Delia ficou olhando por entre os dedos, rindo e se encolhendo de constrangimento na mesma medida.

Depois de mexer na biblioteca de canções, anunciando que estava cheia de músicas de menina, ele escolheu Oasis.

— Dedico essa música para minha namorada Delia — Paul anunciou, no pequeno microfone. — Ela está em algum lugar da multidão. Ah, ali! — Ele fez um gesto de rockstar pela plateia. — Esta é para você, querida.

Durante os acordes de abertura da canção, ele bagunçou o cabelo, apertou os olhos imitando Liam Gallagher, colocou as mãos nas costas e deixou sair uma imitação perfeitamente afinada dos gemidos anasalados com sotaque de Manchester. Ficou igual ao disco.

A galera da despedida de solteira ficou louca. A boca de Delia se abriu. Ele sabia cantar? Paul apontou para Delia durante a faixa — e diversas mulheres, que tinham descoberto uma queda instantânea por ele desde que a música começou, viraram para ela.

Canção terminada, ele fez uma pequena reverência, resistindo às súplicas para cantar mais uma, soprou um beijo para Delia e outro para a noiva.

Depois de alguns minutos, Paul apareceu ao lado dela e passou o braço pela sua cintura.

— Não envergonhei você demais, envergonhei? — perguntou ele.

A expressão dele deixava claro que Paul sabia que Delia estava tão encantada quanto todo mundo com ovários na sala.

Delia, estendida no sofá de Emma, conseguia se lembrar de cada detalhe daquele momento: a batida da música, o calor e o cheiro da pele dele quando Paul se inclinou para beijá-la.

A nostalgia a fez soluçar.

Sozinha na sala de estar de Emma, a centenas de quilômetros de distância, ela pensou: *o charme dele não é mais suficiente.*

Cinquenta e quatro

Na semana seguinte, Kurt estava tendo outro de seus momentos de mau humor, o que era peculiar, considerando que os pupilos da Twist & Shout estavam indo muito bem.

Lionel Blunt tinha ganhado a eleição extraordinária. Delia ficou horrorizada, pois até os grandes jornais fizeram perfis dizendo que o político era "mais do que os olhos podem ver", com fotos dele salvando Bogdan usando um monte de tabaco.

Gideon Coombes tinha conseguido um programa de televisão criado inteiramente ao redor de seus talentos especiais, chamado *Cozinha Sem Graça*. Ele ia comer em restaurantes conhecidos por serem ruins e depois passava um sermão detalhado na equipe da cozinha. Delia o viu decapitando verbalmente um homem que administrava um restaurante marroquino em Bridport chamado M'Ouro por cinco minutos, e desligado a TV.

O spray de banheiro da *Shoo Number Two* estava no centro de uma tempestade de um dia inteiro no Twitter quando a campanha voltada para o público feminino — "Quando Meninas Vão, Meninos Não Precisam Saber" — foi vista por uma jornalista como resultado do *press release* e exposta como obscenamente machista. Uma dupla vitória para a Twist & Shout, que não era responsável pelo marketing, mas estava incumbida de atrair atenção para o produto. Uma colunista do *The Guardian* escreveu o editorial "O último tabu vem do...?" As vendas dispararam, e os fabricantes estavam satisfeitos.

Kurt estava faturando alto com a administração de crise, porque Thom Redcar tinha "inserido seu termômetro de carne" em uma *hostess* gostosa em vez da sra. Redcar. Parecia que tudo girava basicamente em torno de ligar para jornalistas e tentar convencê-los, depois ameaçá-los, como um bêbado bipolar perto do horário de fechamento do bar.

Em resumo, o universo estava avançando como não deveria.

Os melhores momentos no escritório eram quando Kurt fazia um de seus truques de desaparecimento de um, dois ou até três dias, como um nobre foragido, e Delia e Steph podiam rir um pouco. Infelizmente, naquela semana, ele tinha levado seu incômodo rabugento de volta para o escritório.

Quando ele fez a gentileza de sumir uma tarde, Steph levantou e saiu da sala. Delia levantou os olhos do teclado, curiosa, até ela voltar.

— Ele foi embora — disse Steph, um pouco sem fôlego, de costas para a porta que tinha fechado de novo. — Certo. Então ele com certeza está olhando nossos computadores.

Delia parou de digitar e sentiu um calafrio.

— Como você sabe?

— Eu disse uma coisa de propósito para ele, e outra para o jornalista, e mandei uma mensagem pelo meu Gmail, não pela conta do trabalho. Então Kurt apareceu no dia seguinte, e ficou um clima...

Delia podia ver que Steph tinha criado muita antecipação esperando para contar isso. A ideia de Kurt poder ver o conteúdo das caixas de entrada era bem aterrorizante.

— Ele anda rabugento... — disse Delia.

— Eu sei, Delia, mas, sério... sabe quando o ar fica tenso antes que alguém diga alguma coisa que está louco para dizer? Assim. Confie em mim. Aconteceram outras coisas, coisas pequenas.

Delia encostou o rosto na base das mãos.

— Acho que o motivo pelo qual pensei que fosse impossível era a coisa toda de Adam West, mas tudo ficou às claras agora. Você tem razão, ele não pareceu tão chocado quanto eu pensei que ele ficaria.

Steph assentiu e se sentou de novo.

— Vamos precisar tomar muito, muito cuidado com o que mandamos agora.

Delia fez uma pausa no release e imaginou Kurt sentado em algum escritório satélite em algum lugar, as palavras dela enchendo a tela, e estremeceu. Ela mandou uma mensagem para Joe. E torceu para ele não se importar de seu suporte de TI não remunerado.

Certo, minha colega de trabalho tem certeza de que nosso chefe consegue ver o que estamos escrevendo no e-mail pessoal. Mais alguma ideia? Bj, D

Sim. Quero saber o segredo dele, se for verdade! Dei uma xeretada desde que você levantou a questão e, honestamente, se ele estiver, estou confuso sobre como ele consegue. Hora de chamar Fox! Hahaha. Cuide-se. Bjo, J

O papel de parede do laptop de Kurt era uma foto dele pulando de paraquedas, de máscara, com bochechas estufadas. Conforme o tempo passava, Delia se deu conta de que ele era viciado em adrenalina no trabalho também. Quando havia uma calmaria confortável, quando tudo corria bem, Kurt andava de um lado para o outro em sua jaula. Finalmente, as crises de mau humor faziam sentido.

Ele precisava de golpes para continuar aumentando as apostas, ele ficava inquieto quando não estava andando na corda bamba. Então imaginou que não devia ficar surpresa quando Kurt baixou ainda mais o nível.

Uma cliente recém-chegada, Terri Moody, tinha escrito *Vidas Dolorosas* — memórias ficcionais sobre abuso. Seu trabalho mais recente, *Por Favor, Não, Papai*, tinha sacudido as listas de best-sellers. Delia olhou os trabalhos dela, que incluíam *Ele Disse que Era Nosso Segredinho* e, contando uma história parecida com a de Josef Fritzl, que tinha relações incestuosas com sua filha de 11 anos, *A Caverna do Avaro*. Ela não conseguiu imaginar por que alguém queria ler aquilo.

— O problema dela é não ter uma história triste própria, e isso é ruim para a publicidade — Kurt explicou. — Ela escreve coisas como *A Criança Chamada Merda*, sobre ser forçada a comer mingau mijado, mas tem um casamento feliz e dois filhos, em Billericay. Você precisa de uma narrativa. Já vi isso antes, eu me pergunto se ela devia ter um câncer.

— Ela devia... ter um câncer? Ela não tem câncer?

— Pois é. Raspar a cabeça dela, pedir para ela perder uns quilos. Ela pode escrever cartas para os filhos, fazer caixas de memórias e essas coisas. E então ter uma remissão milagrosa.

Delia ficou sem fala de tão horrorizada.

— O quê? Dizer aos filhos que ela pode morrer?

— Não, eles não têm como saber, são bebês. Gêmeos. São feios, na verdade, parecem pequenos buchos de carneiro. Mesmo assim, inseminação artificial não tem reembolso.

Delia engoliu com dificuldade e tentou não gritar. Ela queria lavar o próprio cérebro.

— Não acho que a gente devesse mentir sobre o câncer. É um carma terrível, no mínimo.

— Atenção, Delia Lama chegou — Kurt riu. — Faça um release sobre isso, vou falar com Terri enquanto isso e ver se ela topa. O pai dela era um verdadeiro vilão do East End, conhecia gângsteres, era conhecido como Kenny Dedos. Ela é durona, acho que vai concordar.

A disposição da cliente era a menor das objeções de Delia. Se fizesse isso, ela estaria atravessando o rio Rubicon; não teria volta. Tudo o que tinha aceitado até o momento era de mau gosto, mas aquilo era inequivocamente errado.

Delia não inclinou a cabeça para compartilhar um olhar com Steph, mas estava desesperada para conversar com sua colega de trabalho. Se pedisse demissão, deixaria Steph sozinha com Kurt. Ela não gostava dessa ideia; pelo menos queria que Steph estivesse avisada.

— Ruiva, vá buscar um Starbucks para nós? — Kurt disse, momentos depois. — Minha língua está parecendo o chinelo de Gandhi.

Delia se perguntou por que estava sendo tratada como uma garçonete na casa dos trinta, suspirou por dentro e foi em frente. No caminho, pensou em Terri posando com um lenço na cabeça, e se a maldade moderna era menos terrível que o motivo pelo qual alguém recebe a alcunha de "Kenny Dedos".

Não pela primeira vez, enquanto levava as bebidas, ela pensou na briga com Adam West. Delia ficava checando o site dele com nervosismo, mas não havia nada sobre a Twist & Shout. A julgar pelo tamanho dos comentários e pela frequência com que apareciam links no Twitter, o site estava sendo bastante visitado.

Ela pensou se foi plausível Adam falar mal dela para Freya. Se Delia considerasse que Freya era uma ex amarga — alguma coisa tinha acontecido entre eles, disso não havia dúvidas —, fazia um pouco de sentido. E se você examinasse as ações dele, em vez das palavras, Adam tinha *cuidado* dela naquela noite.

Sem ter aquela conversa como motivação, o que ela tinha feito na ponte de Westminster parecia pura traição. "Maaaas!", ela disse para si mesma, Adam a estava chantageando — ele não estava olhando para ela de um lugar moralmente superior. Ele estava fazendo chantagem, porque disse que seus fins justificavam os meios. Justificavam mesmo? Delia tinha pensado nisso muitas vezes.

Ela odiava ser odiada por Adam, disso não havia dúvidas. Ele disse que nunca mentiria para ela e, olhando com atenção, Delia não conseguia encontrar prova de que ele tivesse mentido.

Ela imaginou a reação de Adam à história do "câncer com *timing* conveniente" de Terri Moody e pensou que nem o cinismo dele poderia dar crédito a um carcinoma inventado.

Delia levou a bandeja com cuidado pelos degraus até o porão e deixou o café de Kurt diante dele, na mesa. Steph não estava em seu lugar.

— Steph foi a algum lugar distante? — perguntou ela.

— Ah, sim, desculpe, eu devia ter falado para você não comprar um café para ela. Steph foi embora.

— Embora para onde?

— Embora. Eu a demiti — Kurt respondeu, sem tirar os olhos da tela do laptop.

— Ela foi demitida?

"Nos últimos dez minutos?" As coisas de Steph tinham desaparecido, a ecobag da Sainsbury's em que ela carregava seus tênis não estava em lugar nenhum.

Kurt olhou para Delia, irritado.

— Sim, quer debater a questão? Você é a chefe agora?

— Não, eu só... por quê?

— Nada de especial sobre ela. Garotas como ela existem aos montes. Isto não é um ônibus, não temos lugar para passageiros.

Steph também era diligente, esperta, aprendia rápido, era boa companhia e popular entre os clientes. Kurt era um canalha. Delia pensou na conversa que as duas tinham tido sobre Kurt saber o que elas faziam on-line. Steph tinha feito alguma coisa que selou seu destino? Por que ela continuou mandando e-mails depois da descoberta — Steph tinha tentado atraí-lo?

Delia não saberia até conseguir encontrá-la. Ela fingiu se ocupar com tarefas administrativas para evitar escrever o release de Terri Moody e sentiu vontade de comemorar quando Kurt foi embora.

Ela mandou uma mensagem para Steph com fortes comiserações, exigindo um encontro no pub e ficou feliz por ela estar louca por um pint de cerveja.

Quando saiu do prédio e começou a andar rápido pela rua, com o Google Maps aberto no celular para encontrar o pub escolhido, Delia teve a estranha sensação de estar sendo seguida.

Ela virou e passou os olhos pela rua, nada. Ahhh, trabalhar na KurtCorps a estava deixando uma pilha de nervos.

Mesmo assim, como precaução, ela mandou uma mensagem pedindo para Steph procurar um canto escondido do pub onde elas não pudessem ser ouvidas.

Quando ela chegou no bar bem sujo, povoado por uma massa de bebedores e um Scottish Terrier preso pela coleira a um banco, Steph, com o rosto rosado, claramente estava no segundo ou terceiro copo. Seu cabelo encaracolado e chamativo estava solto, e Delia teve a estranha sensação de ver alguém com as próprias roupas quando só a tinha visto com roupas de trabalho até então.

— Isso é tão absurdo, Steph — ela comentou, tomando sua primeira cerveja.

— Foi a maneira como ele fez, Delia. Kurt disse que eu não tinha conseguido impressionar e precisava ir embora. Tudo o que consegui dizer foi "ok". Então ele me ameaçou com o acordo de confidencialidade dos nossos contratos. Ele disse que a coisa estava mais bem amarrada que a esposa de um ginecologista francês e que se algum dia eu falasse sobre meu trabalho na Twist & Shout, ele me processaria.

— Isso é horrível. Você não fez nada errado. Seu trabalho era excelente.

— Achei que pudesse acontecer. Estamos chegando aos três meses na empresa, e ele é obrigado a nos dar aviso prévio, e temos alguns direitos. Ele sempre preferiu você. Além do mais, não falei nada antes, mas acho que você precisa saber...

Delia ficou tensa.

— Ele me fez muitas perguntas sobre se você estava saindo com alguém e se você estava em sites de relacionamento. No começo achei que fosse porque Kurt achava que você pudesse estar saindo com aquele jornalista, mas acho que ele está a fim de você. Acho que também vi Kurt olhando para suas fotos no Facebook. Não tenho certeza, ele fechou rápido, mas eu vi o cabelo ruivo.

Delia ficou enjoada. Ela tinha aceitado um convite de amizade de Kurt bem no começo: alguma explicação espúria sobre informações de um cliente no perfil dele. De toda forma, Delia não costumava logar com frequência.

— Ah, meu Deus. Isso faz um tempo?

— Foi semana passada.

Ela se contorceu. Kurt estava falando sobre sair à noite com um cliente em Manchester logo e se Delia podia reservar uma noite; agora ela estava morrendo de medo. E torcendo para Cock & Tail ter sido um caso isolado.

— Além disso... — Delia fez uma pausa, imaginando que Steph teria mencionado isso imediatamente. Era possível que o choque e a sidra tivessem desacelerado suas faculdades mentais. — Você mencionou aquela coisa de Kurt saber o que estávamos fazendo on-line? Talvez isso o tenha feito mandar você embora?

Steph balançou a cabeça.

— Pois é, eu só contei isso para você. Nunca coloquei uma palavra disso on-line. Aliás, mandei um e-mail para minha irmã e comentei como tudo estava ótimo, para despistá-lo.

Delia franziu a testa.

— A vigilância por computador. Não faz sentido. Perguntei para meu amigo de TI. Ele com certeza tem mais habilidades do que Kurt e não sabe como ele pode estar fazendo isso.

— Bom, vou dizer uma coisa, de algum jeito ele sabe das coisas. Sempre que eu fazia algo que não queria que ele soubesse... PÁ... Estou dizendo, Kurt estava de olho em mim no dia seguinte.

Steph apontou o indicador e o dedo médio para seu olhos, formando um V, em seguida para os de Delia, e voltou para os próprios olhos. Seu sotaque de Liverpool ficava mais forte quando ela estava bêbada.

— Espere... — Delia estava tendo uma epifania improvável, enquanto olhava para um balde para carvão feito de metal. — ESPERE. E se ele não estiver *vendo* o que estamos fazendo on-line? E se ele estiver escutando? E se ele estiver grampeado o escritório?

Steph ficou de queixo caído.

— Isso explicaria por que ele sabe de algumas coisas, e não de outras. é muito mais o estilo de Kurt do que acrobacias tecnológicas, e mais fácil. — Delia continuou pensando. — Onde ele teria colocado o microfone?

As duas tamborilaram os dedos na mesa do pub. Então, de olhos arregalados, fixos uma na outra:

— O GATO!

— Meu Deus, aquele gato assustador que acena — disse Steph.

Era uma boa aposta: o escritório não tinha outros ornamentos além desse.

— Devo mudar aquilo de lugar e ver se ele reage? — Delia perguntou.

As duas concordaram que valia tentar, para confirmar a teoria.

— Só que, se eu mudar o gato de lugar, logo depois de você ser mandada embora, ele pode desconfiar que nós sabemos. — Delia comentou.

— Que tal isso? Não mexa no gato, só dê uma olhada nele. Veja se consegue encontrar o microfone. Tome cuidado porque isso pode deixar o som abafado; faça parecer que você o pegou para tirar o pó. Então vamos descobrir um jeito de lidar com isso depois de pensar no assunto.

Delia brindou com Steph. Ela contou as informações de Adam sobre os asilos, e Steph concluiu, com a fala um pouco arrastada, graças às Bulmers:

— Precisamos fazer alguma coisa sobre ele. Não quero que você perca o emprego.

— Tudo bem, eu não continuaria trabalhando para ele — Delia respondeu. — Não depois disso.

Ela não teria problemas em ficar até o bar fechar, mas Steph precisava voltar para Chelmsford.

Delia se despediu com afeto, e as duas prometeram se encontrar para beber mais em breve.

Sozinha com o restante de sua cerveja, Delia parou para pensar. Ela estava trabalhando para um assediador sexual desprovido de princípios que espionava os funcionários e ameaçava membros jovens da equipe que tinham sido demitidos, inventava cânceres, suicídios e fitas de conteúdo sexual para a imprensa e tramava como jogar clientes aos leões, caso suas tramoias fossem expostas. Não exatamente o que ela imaginava e sonhava para sua nova vida na capital.

Delia ficou com vergonha por ter levado tanto tempo para se dar conta do que precisava fazer. Numa onda revigorante, as respostas vieram a ela, altas e claras.

Ela ligou para o número de Adam no celular. Não houve resposta, e Delia não queria deixar recado. Ela mandou uma mensagem, "Por favor, atenda", mas não houve resposta.

Delia teria de levar a batalha até a porta da casa dele.

Cinquenta e cinco

Foi bem fácil encontrar a casa de Adam de novo, considerando que ficava a apenas dois minutos a pé da Clapham High Street, as janelas estavam encobertas por aquela hera não podada. A casa foi propriedade do governo, de tijolos aparentes, geminada, dos anos 1960, em uma rua cheia de uma mistura esquizofrênica de prédios baixos e sobrados georgeanos com carros esportivos de cores brilhantes do lado de fora.

Delia bateu na porta e esperou. Dougie atendeu.

— Olá, Adam está? — perguntou ela, e se sentiu com quinze anos.

— Ele está no trabalho — respondeu Dougie, menos fraco do que da última vez que ela o tinha visto, e parecia um tanto inquieto.

— Posso esperar por ele? Sou Delia. Nós já nos vimos.

Dougie franziu mais a testa.

— Adam disse que se essa garota aparecesse, para não deixá-la entrar. Cabelo ruivo, rosto bonito e... — Dougie fez um gesto côncavo com as mãos, indicando seios fartos.

Delia ficou vermelha.

— Tenho quase certeza de que é você — anunciou ele, solenemente.

— Sem dúvida, a descrição bate um pouco comigo — Delia concordou, apontando para a própria franja, feliz que o dia estivesse encoberto e que, assim, um casaco cobrisse seu peito.

— Desculpe — disse Dougie.

— Não se preocupe, eu espero aqui fora — Delia respondeu.

A sobrancelha dele se afundou mais ainda, enquanto Dougie se perguntava se isso era permitido. Finalmente, ele deu de ombros e disse que seu colega de casa não tinha acrescentado uma cláusula sobre "Esperar Sentada na Mureta do Jardim da Entrada", e havia *Minecraft* e uma Coors Light esperando dentro de casa.

Delia soltou a bolsa, sentou e pensou: *Adam me acha bonita?* Se bem que a mímica dos seios foi um pouco demais.

Adam apareceu pela rua com duas sacolas laranja das Sainsbury cheias, minutos depois, e Delia se levantou em um salto. Ele estava com uma combinação estilosa de peças cinza claras e sapatos marrons surrados.

E pareceu surpreso ao vê-la.

— *Fora* da minha propriedade, por favor.

— Quero falar com você.

— A recíproca não é verdadeira.

— Para pedir desculpas e para oferecer a você uma chance de dar a Kurt o que ele merece. Fazer uma matéria que exponha de fato a Twist & Shout e ponha fim ao esquema do asilo, com a minha ajuda.

— Uma oportunidade de trabalhar com a namorada de Kurt Spicer, me deixe pensar sobre isso.

— Não sou namorada dele.

— Briga de casal? Ou vocês não colocam rótulos nessa relação maluca? Sexo casual, então.

— Não estou fazendo nada desse tipo com Kurt nem nunca fiz.

Adam passou por ela e foi até a entrada.

— Qual Delia estou encontrando hoje? A que tem grandes olhos tristes e está prestes a enxergar os próprios erros, ou a que faz declarações falsas sobre eu cometer crimes sexuais para a polícia? A que ajudou um merda de um homem como Lionel Blunt?

— Kurt mandou Steph embora. Ele vai fazer nossa nova cliente fingir que tem câncer. Nós achamos que estamos sendo gravadas em segredo. Quero trabalhar com você para fazê-lo parar.

— Agora que ele fez algo de ruim com você e com alguém de que você gosta, você se importa? Que pena que não me encaixei na segunda categoria.

Delia tentou responder, mas ele a interrompeu.

— Sabe o que eu considero menos perdoável, Delia? A vez em que encontrei você no cinema, as coisas que você disse sobre eu ser um bom homem. Você precisa ter uma alma tóxica para fingir algo assim. Pelo menos as outras mentiras tinham um objetivo, elas tinham a intenção de conseguir alguma coisa. Essa era opcional, uma mentira deslavada, pelo prazer de me ridicularizar.

Isso fez Delia pensar em Paul e na dor das mentiras grandiosas que ele tinha contado e que eram pura invenção.

— Já mentiram assim para mim e sei como você se sente. Não foi isso que aconteceu. Eu estava falando sério quando disse que você era gentil. Eu não me lembrava da conversa com Freya nesse dia.

— Hã?

— Eu posso explicar. Me deixe entrar por cinco minutos.

— Não, obrigado, tenho um risoto para preparar — Adam mostrou uma das sacolas. — E o resto da vida para aproveitar, já que você prometeu não aparecer mais.

Delia avançou e tirou as sacolas de Adam. Ele ficou tão surpreso, que as entregou. Em seguida, colocou-as na varanda e virou para ele.

— Aconteceu o seguinte. Na noite em que você me salvou de Kurt, minha memória tinha lacunas. Por exemplo, eu me lembro de Freya me dizer que você dorme com qualquer uma, e isso foi bem tarde da noite.

Adam olhou feio e travou o maxilar.

— Mas não me lembro de nada do que disse sobre Paul. Sua conversa com Freya, isso também se perdeu na névoa da bebida. Depois que nos encontramos no cinema, enquanto eu andava para casa... pá, de repente eu me lembrei. Sei que você me falou que não disse aquelas coisas a sério e acredito em você, mas se coloque na minha posição. Se tivesse me entreouvido dizendo para alguém que ia destruir você, você não levaria isso a sério? Naquela manhã, na ponte de Westminster, eu vi você e entrei em pânico. Achei que era uma situação onde alguém tem que atirar primeiro. Contei ao Kurt sobre a pasta, que você estava ali e que era minha culpa. Ele chamou a polícia e disse aquelas coisas horríveis sobre você me mostrar seu pênis. Eu admito que entrei no jogo, não foi meu melhor momento, mas eu não sabia mais o que fazer.

Adam levantou e baixou os ombros em uma expressão que dizia "certo, e daí?".

— Certo, você não teve a intenção de agir tão mal quanto agiu. Isso não me deixa mais inclinado a colaborar com você. Desculpe.

— Mesmo que eu não esteja dormindo com Kurt e esteja genuinamente oferecendo as informações privilegiadas que você queria sobre a Twist & Shout?

— Mesmo assim — Adam respondeu, sem emoção.

Delia teve a sensação repentina e desanimadora de que tinha perdido a confiança dele de modo permanente. Adam passou a pensar nela como a ofídica Lady Macbeth de Kurt, e ela foi ingênua em acreditar que seria possível resolver isso com uma conversa.

— Tipo, como vou saber que este não é um plano de Kurt para me foder ainda mais? Da última vez, você... você não estava muito disposta a se desculpar. Agora você aparece na minha porta do nada, se oferecendo para entregar seu empregador, que você definitivamente não está namorando, apesar de admitir que estava da última vez.

— Eu não admiti nada! Você me acusou, e não houve espaço naquela briga para corrigir você.

— Não confio em você, e isso não vai mudar. Adeus, Delia Moss. Eu não conhecia você.

Adam tirou as chaves do bolso, abriu a porta, levou as sacolas para dentro e a fechou com força na cara de Delia.

Ela se arrastou até metade do quarteirão, quando pensou: *Não. Não vou aceitar um não como resposta. Vou lutar.*

Delia voltou até a casa e bateu com força na porta. Adam abriu, segurando uma embalagem de manteiga Lurpak.

— O que foi agora?

— Essa é uma decisão ruim. Você tem razão em não confiar em mim; eu faria o mesmo, se fosse você. Eu demorei para me entender com tudo. Eu verdadeiramente me dei conta de que Kurt é mau, mas foi como se eu tivesse entrado em um veículo em movimento e tivesse que me segurar. Achei que você fosse me jogar aos leões. Admita, você não foi um aliado completo desde o começo, com toda sua zombaria e chantagem. Eu confundi os inimigos. Levei um tempo para entender o que precisava fazer, mas cheguei lá. Quero fazer a coisa certa. Vou levar essa história dos asilos para um jornalista, mesmo que não seja você.

Adam levantou uma sobrancelha.

— A matéria é minha.

— Exatamente. Deveria ser você.

— Você está me chantageando agora?

— Estou fazendo o que é certo! Se vamos parar o acordo dos asilos, alguém precisa escrever a matéria.

A expressão dele se manteve impassível.

— Pense em um teste, qualquer teste que você queria fazer para provar que não estou de conchavo com Kurt. Eu aceito.

Delia inspirou.

— Além disso, se você está preparando um risoto, coloque um pouco dessa manteiga no final, não só no começo. Deixa a textura melhor.

Ela meneou de leve a cabeça para indicar "agora eu acabei" e deixou Adam com seus pensamentos.

Cinquenta e seis

Depois de um dia difícil em que ela foi até South London para ser chamada de ser humano de terceira categoria, Delia podia pelo menos passar a noite cozinhando para Emma e conversando com Joe por e-mail, laptop equilibrado no colo, vinho na mão. E havia uma pequena tarefa: fazer o upload do próximo capítulo das aventuras da Fantástica Miss Fox. Ela tinha um público. Era uma revelação.

The Fox está recebendo um retorno muito bom! As pessoas estão amando. Eu falei para você. Bj, J

Joe tinha acrescentado um botão "Siga-me no Twitter!", no site da Fantástica Miss Fox com um link para o perfil pessoal de Delia, e sua conta, normalmente calma, estava começando a receber uma onda de positividade e elogios. Delia pensou no que Emma disse na universidade. Ela devia ter ouvido.

Eu sei! Estou tão feliz! As pessoas não estão zoando, estão? Bj, D

Meu Deus! CLARO QUE NÃO. Estou pensando que, se as visitas continuarem aumentando, você devia pensar em levar isso para uma editora. Ei, me ocorreu uma coisa — se você quiser, podemos conversar por Skype? Bj, J

Seria ótimo. Não tem problema para sua ansiedade? Bjo, D

Sim, estranhamente, fica tudo bem. Coloque um computador na minha frente, e consigo lidar com qualquer coisa. Bj, J

Então maravilha! :) Bjo, D

O celular de Delia começou a tocar. Adam? Com cuidado, ela pensou que era um bom sinal.

— Delia — ele disse secamente. — Pensei em um teste para provar que você não está trabalhando com Kurt.

— Ah, é?

— Me mande uma foto sem roupa.

— Como eu faria isso? Já falei para você, não estou dormindo com ele.

— SUA, não dele.

Delia ficou boquiaberta.

— Como isso vai provar alguma coisa?

— Você não precisa entender meus métodos. Mande, e continuamos daí.

Houve um breve silêncio, enquanto a ficha caía. Delia começou a rir.

— Seu filho de uma...

Ela sentiu que estava ouvindo Adam sorrir.

— Valeu a tentativa. Você está mesmo me oferecendo material sobre a Twist & Shout?

Delia controlou a risada.

— Estou.

— Certo, vamos nos encontrar para falar sobre isso. A qualquer sinal de que você está me enganando, eu caio fora. Qual é o plano?

Delia tinha um plano delineado, só precisava checar com a dona da casa. Felizmente, a dona da casa pareceu totalmente entusiasmada com a perspectiva de receber o evento.

— Adam West vem aqui? Para o meu apartamento? Aqui? Para o apartamento?

— Se não for incômodo. Eu, ele e Steph precisamos de um lugar seguro para discutir essa questão, e não temos certeza de que Kurt não vai nos ver em outro lugar.

— Incômodo nenhum. Posso usar um quimono fino e acidentalmente deixá-lo se abrir?

— Melhor não.

Na noite seguinte, Delia atendeu a porta para Steph, rosto limpo, equipamento de ciclismo, balançando os cachos recém-saídos do capacete de plástico amarelo. Pouco depois, Adam, com uma expressão tensa e atipicamente educado, apareceu.

Era estranho vê-lo em terreno familiar. Delia serviu chá para os dois, os convidou a sentar no sofá, assumiu o comando e abriu a pauta. Havia uma dinâmica muito diferente com Adam, e ela ficou feliz.

— A ideia é, entre nós, encontrarmos provas irrefutáveis do que Kurt está fazendo nos esquemas de Lionel Blunt e entregar para que Adam possa escrever sobre a Twist & Shout e os asilos. Kurt vai ter o que merece, e vamos proteger os idosos dele ao mesmo tempo.

— Como foi a inspeção do Gato da Sorte?

Delia se encolheu.

Tive que ser rápida e, como você disse, eu não quis gravar nada que me entregasse. Tem uma base sólida com um painel de energia solar nele, que pode facilmente ter um microfone. Tenho uma sensação de que tem uma câmera também. Procurei Gatos da Sorte on-line, e os olhos costumam ser pintados. Esse tem pupilas de vidro preto.

Delia e Steph se entreolharam e estremeceram.

— Perguntei a Emma sobre as questões legais. Você pode filmar os empregados em segredo, se suspeitar de um crime como roubo. Então Kurt poderia continuar mentindo no tribunal e tentar destruir nossa reputação, acho eu.

— Tenho quase certeza — disse Adam.

— Graças a Deus, o banheiro não tem nada além de um vaso sanitário e uma escova muito suja — Steph comentou.

— Eu poderia dizer que estou surpreso, mas não estou — disse Adam, tomando seu chá. — Imagino que a opção do delator esteja cancelada, tipo, vocês me darem uma entrevista.

— Steph e eu assinamos contratos com cláusulas de confidencialidade — Delia explicou. — Minha amiga Emma é advogada. Pedi para ela dar uma olhada, e Emma disse que uma quebra de contrato não é aconselhável.

Ouviu-se um barulho, e Emma apareceu na porta.

— Alguém mencionou meu nome?

Delia quase caiu na risada com o que Emma estava usando: maquiagem completa, macacão preto e saltos anabella, com quase um palmo de altura. Sua amiga não estava, até onde Delia sabia, indo a lugar nenhum.

Ela se recompôs e fez as apresentações:

— Emma... Steph, Adam.

Adam se levantou e apertou a mão dela, um sinal possível de educação comedida, na opinião de Delia. Paul teria se contentado com um aceno animado.

— Obrigado por nos deixar fazer o encontro aqui. Belo apartamento.

— Ah! Obrigada!

De repente, Emma parecia uma criança tímida que acabou de ouvir dos adultos que fez algo muito inteligente, o tom usado um pouco antes, agora tinha suavizado.

— Vejo que vocês têm bebidas. Querem algo mais forte?

— Acho que estamos bem por enquanto, Em — Delia respondeu.
— Eu estava falando das cláusulas de confidencialidade nos nossos contratos. Não tem muita margem de manobra?

Emma colocou a mão no quadril.

— Não se vocês não quiserem ser processadas e perder. Os casos que conheço sobre conflitos com um acordo de confidencialidade em geral envolvem ex-empregados indo trabalhar para a concorrência. Neles, o juiz está considerando seu direito de trabalhar. Não é provável que exista essa solidariedade pelo seu direito de abrir o bico, mesmo que vocês digam que seu chefe fez coisas ruins ou que tinha um gato com uma câmera secreta nos olhos.

— Obrigado. Uma advogada na casa é útil quando se está lutando contra o crime.

— Um mal necessário — Emma ficou radiante, e Adam sorriu de volta.

Ah, não, Delia pensou, *eles não vão se agarrar, né?* Ela não tinha decidido como se sentia em relação a isso.

— Vou deixar vocês continuarem, então — Emma se despediu, olhando apenas para Adam enquanto saía da sala, com um sorriso gracioso de anfitriã.

— Adam, que outra coisa podemos conseguir para você? — Delia perguntou.

Um barulho lascivo veio do corredor, que Delia torceu para ele não ter ouvido.

— Preciso de provas concretas de que Kurt está agindo como leva e traz entre Blunt e a Lively Later Life. Sem isso, pegá-lo contando uma mentira deslavada sobre qualquer coisa, e continuar daí. Uma coisa que descobri sobre investigações é que você puxa um fio pequeno e outras coisas começam a se desenrolar.

Delia e Steph lançaram vários itens que tinham passado por suas mesas, mas não havia nenhum incidente nem evidência que pudessem trazer à tona que tinha algum uso significativo. Delia tinha colocado canetas e blocos de notas sobre a mesa de centro e percebeu que não haveria necessidade de anotações para aquela breve discussão.

Kurt era ainda pior do acreditavam.

— Ele tem sido esperto sobre esconder as coisas de nós. Toda vez que tem uma ideia a passa verbalmente, não tem nada no sistema do computador. Ele não precisa de lealdade. É assim que nos mantém ignorantes de tudo e joga a merda em nós — Delia explicou.

— Kurt deve ter informações incriminadoras da Twist & Shout em *algum lugar* — disse Adam. — Ele não está fazendo tudo nos pedaços de papel que destrói.

— Ele disse que cópias em papel eram mais seguras que eletrônicas — Steph comentou.

— Kurt usou muitas frases de efeito conosco — disse Delia. — Ele disse que as pastas eram totalmente confidenciais. Quando, na verdade, estavam cheias de clientes fictícios, e ele não se importava muito com o que fizéssemos com elas.

— Podemos virar o jogo e filmá-lo? — disse Steph. — Fazê-lo falar sobre os clientes e gravar?

Delia olhou para Adam.

— Você não disse que ele não costuma elaborar os planos mais vigaristas com antecedência? — Adam comentou. — Imagino que vá demorar um pouco para conseguir alguma coisa, e então os advogados dele vão dizer que era o dia do líder destemido *Colocar o Chapéu das Ideias Malucas e Sentar em Círculo Cantando*, ou algo assim.

— É melhor do que nada, se não conseguirmos outra coisa, acho eu — disse Delia, desanimada. E tentou encontrar alguma coisa para que aquele encontro não fosse uma completa perda de tempo.

— Esperem um pouco, não é muita coisa, mas... Kurt fez um comentário estranho quando contei para ele que tinha deixado minha pasta no Balthazar. Alguma coisa sobre os segredos dele estarem armazenados em seu "amiguinho".

— Ele conhece algum anão desonesto? — Adam perguntou.

— Esperem! — Steph exclamou, levantando a palma das duas mãos. — Uma vez, esqueci meus tênis e voltei para o escritório, e Kurt estava no laptop. Havia um pen drive nele. Eu me lembro disso, porque tinha o formato de um personagem, acho que era o Super-Homem. Ele tirou rápido e guardou no bolso, como se não quisesse que eu visse.

— Exato! Ele disse que o amiguinho está sempre a seu lado! — Delia emendou. — Acho que também vi uma vez. Deve ser *disso* que ele estava falando.

— Booom — disse Adam, batendo a caneta no joelho. — Se há alguma coisa importante no acordo dos asilos, está lá.

— Se está sempre no bolso dele, como vou conseguir pegar esse pen drive? — Delia perguntou. — Espero até ele conectar ao laptop e ir preparar uma xícara de chá?

— Não acho que ele tenha conectado ao laptop quando estávamos lá. Além disso, Kurt nunca prepara chá — disse Steph.

— É verdade.

— Sem querer ser o pessimista, mas mesmo que a gente consiga pegar o pen drive, não vamos conseguir nada com ele. Os conteúdos devem estar criptografados, com uma segurança pesada — Adam interveio.

— Vamos precisar de algum gênio de TI para revelar tudo? — Delia perguntou.

— Isso.

— Tenho uma ideia.

Cinquenta e sete

Delia foi para a cozinha colocar a chaleira no fogo e colocou o laptop sobre a mesa enquanto a ligação de Skype conectava. Era muito estranho "encontrar" Joe pela primeira vez com espectadores.

A ligação foi atendida, e Delia, surpresa e parada na cozinha de Emma, em Londres, se viu frente a frente com um homem magro, na casa dos trinta, vestindo uma camiseta preta, em Newcastle, no que parecia ser um depósito. Delia ficou com vergonha de admitir que ficou surpresa que ele tivesse uma beleza infantil, de um jeito nerd de computadores com traços ossudos e cabelo desarrumado. Ela estava esperando uma figura confinada muito excêntrica.

— Olá! — Ela cumprimentou. — Joe!

— Delia. Finalmente nos encontramos — a voz jovial de Joe, com o sotaque nativo dela, saiu pelas pequenas caixas de som do laptop.

Ele abriu um sorriso tenso e constrangido.

— Ah, meu Deus! É você! E eu!

— Pois é — disse Joe, colocando o cabelo atrás da orelha. — Estou na garagem, a propósito. Caso você ache que estou na prisão. É meu esconderijo. E, sim, eu moro com meus pais.

Delia gargalhou.

O alívio de como era fácil conversar com ele tomou conta de Delia, deixando-a ainda mais falante. Ela estava tagarelando alegremente com a tela enquanto levava o laptop de volta para a sala, colocando-o na mesa de centro, virado para o sofá.

— Este é o Joe — ela apresentou, um pouco sem fôlego. — Ele tem muita habilidade com computadores.

— Minhas habilidades são de fato bem boas — ele comentou. — Ah, são três, não uma. Olá!

Delia podia notar que Joe não estava agindo com naturalidade, mas parecia relativamente confortável no santuário de sua garagem.

Ela se sentou no brilho refletido dos talentos dele enquanto Joe cumprimentava Adam e Steph para depois discutir a Operação Hacker de USB com muito mais conhecimento de causa do que Delia.

— Tudo se resume a senhas hoje em dia, de até vinte caracteres, mais ou menos — Joe explicou. — A dificuldade da senha, em geral, é proporcional ao valor da informação do dono. Se forem, digamos, fotos pornográficas da sua namorada, temos um nível médio. Se for algo que pode mandar você para a cadeia por trinta anos, vai ser muito forte, e assim por diante.

— Conte com a última opção — disse Adam.

— Você não consegue usar um software de descoberta de senhas em que um milhão de opções passam até descobrir a senha, o cursor para, clica e tudo aparece? — Delia perguntou, meio brincando, meio falando sério.

Joe sorriu.

— É assim que se faz nos filmes. Infelizmente, a realidade não é tão simples.

— Se tivermos que adivinhar a senha, vai ser uma agulha em um palheiro, não vai? Ou Shakespeare e os chimpanzés na máquina de escrever.

Adam sorriu para ela.

— Não *exatamente* — Joe respondeu, passando os dedos longos pelo cabelo e parecendo ter dezesseis anos. — Em primeiro lugar, a frequência de acesso está a nosso favor. É uma coisa que ele está usando sempre. Eu chutaria que ele não colocou muitos *underlines* nem numerais, porque seria muito chato de digitar. Vai ser uma frase. Com força bruta, o que podemos fazer é "plantar" o ataque. Com a sua ajuda, vou juntar tudo o que estiver disponível sobre Kurt on-line. Com sorte, em algum lugar vai haver uma pista do que influenciou a escolha da senha. Usamos um programa pré-carregado com a pesquisa, que vai jogar tudo o que tem para adivinhar a senha, *tam, tam, tam, tam*...

— Joe fez movimentos de abrir e fechar a mão. — é uma tempestade de granizo até alguma coisa encaixar. Uma chuva feita sob medida para acertar o alvo. Uma hora aparece.

Tanto Adam quanto Steph pareceram impressionados. Em contraste, Delia tentou não parecer decepcionada. Aquilo ainda parecia irreparavelmente impossível para seus ouvidos destreinados.

— Pode ser qualquer coisa?

— Tecnicamente, sim. Mas não será. Pensem nas suas próprias senhas — Joe respondeu. — Elas vieram de lugar nenhum? Ou estão associadas à sua vida: datas importantes, nomes, animais de estimação, músicas favoritas?

— Músicas — Steph levantou a mão.

— Está vendo? Se você tiver uma conta no Spotify ou iTunes, eu sei o que você escuta.

— Tem muito hair metal — Steph comentou.

— Quanto tempo levaria? — Delia quis saber.

— Não tenho como dizer. Podemos achar petróleo em apenas quinze minutos, ou pode levar duas horas.

Adam balançou a cabeça.

— Não acho que devemos ficar com o pen drive por tempo suficiente para Kurt notar que ele sumiu e descobrir o que aconteceu. Precisamos tentar devolver antes que ele se dê conta. Isso vai nos dar o elemento surpresa quando publicarmos a matéria, e Delia não vai correr tanto risco. Se ele descobrir, vai ser um inferno.

— Então é roleta russa. Vamos tentar pelo tempo que for seguro — disse Joe. — Ou, sabem, você pode drogá-lo, arrastá-lo para um sótão e surrá-lo com uma chave inglesa até ele entregar a senha.

— É um crime maior do que queremos cometer, acho — Adam comentou.

— Como vamos fazer para separar Kurt da calça para eu conseguir pegar o pen drive? — Delia perguntou.

Steph conteve uma risada.

— Você não teria muito problema para fazer isso. — Adam a olhou de soslaio.

— Por mais que eu queira acabar com Kurt, não quero que você precise fazer sexo oral nele.

— Apoiado — disse Joe, sorrindo.

— Obrigada pelo cavalheirismo, mas não ia me oferecer — Delia comentou, levemente ofendida.

Houve uma pausa enquanto todos se debatiam com a questão da calça de Kurt.

— Esperem um pouco, esperem um pouco! — Delia exclamou. — Vai ter uma festa à fantasia no Victoria & Albert que Kurt sugeriu que a gente vá, na sexta, o lançamento de uma vodka. Vamos nos trocar no trabalho. Ele não vai tirar a calça?

Os pensamentos dela se adiantaram, quase se atropelando.

— Ele vai tirar o pen drive e colocar no bolso da fantasia. Fui incumbida de alugar a roupa.

— Ele vai se vestir de quê?

— Gângster dos anos 1920, terno risca de giz, chapéu fedora, arma de brinquedo. — Delia tinha ficado empolgada. — E Kurt disse que não tinha bolsos e perguntou se eu podia levar o BlackBerry dele! Ele não vai deixar o pen drive comigo, claro. Não é coerente tirar um pen drive de um bolso de calça. Mas do bolso do paletó, se ele estiver distraído, salão barulhento, bebida...?

— Você vai de quê, mulher de gângster? — Adam perguntou, olhando para ela com uma expressão satírica.

— De raposa — Delia respondeu. — Nada sexy — ela acrescentou, às pressas. — Consegui uma cauda incrível, com arame curvado e tudo.

— The Fox! Duas se tornam uma! — Joe exclamou. — Vai ser o máximo!

Delia olhou para ele, radiante, e teve a sensação de estar em um clube particular de duas pessoas.

Surpreendentemente, do nada que eles tinham uma hora antes, uma trama se formou, com papéis para todos desempenharem.

Joe conversaria com Adam sobre revelar o código. Delia ficou feliz que não fosse sua responsabilidade, quando a explicação sobre o que Joe faria se tornou ainda menos inteligível.

— Para fazer isso funcionar, vou precisar de mais poder de processamento. Muito mais. Podemos alugar no The Cloud, mas isso deixaria um rastro. Tem um atacadista que faliu e tem montes de Xbox 360s antigos bem baratos à venda. Acho que posso juntá-los para fazer um servidor *monstruoso* para nós. Na minha garagem. Ou na sede do Naan-caverna como Delia a conhece.

Ela riu.

— Faça o que precisar fazer e mande a conta para mim — disse Adam. — Posso colocar na conta da empresa.

Joe estava desligando enquanto Delia agradecia profundamente.

— Não é nada de mais — ele sorriu. — Eu vivo para isso.

— A CIA devia se preocupar com ele — Adam comentou. — Na teoria, com meia dúzia de momentos de desastre prontos para acontecer, a chance remota de descobrir a senha a tempo, pode dar certo. — Ele lançou um olhar de admiração para Delia. — Vamos dizer que a gente encontre algo que eu possa usar. O que acontece com você?

— Não vou voltar para o trabalho depois de sexta, não importa o que aconteça. Tenho um pouco de dinheiro guardado, vou viver dele, se não encontrar outra coisa imediatamente. Posso até virar barista. Sempre quis aprender a fazer um bom café.

Steph assentiu, e Adam a olhou com curiosidade, como se não a tivesse decifrado até aquele momento. Era especialmente gratificante.

Conforme a reunião chegava ao fim, Delia achou que seria melhor dizer a coisa em que estava pensando.

— Isso é legal? Tipo, quão ético é roubar? Quero dizer, não é, claro... — Ela disse, olhando para Steph. — Tive pontadas de culpa.

Steph olhou para baixo.

— Eu não, desculpe. Você devia ter ouvido quando ele me demitiu, Delia. Ele é *nojento*. Além do mais, não é roubo, se devolvermos o pen drive. É bisbilhotar.

Adam olhou de Steph para Delia.

— Exatamente. Eu que tenho que me preocupar com a lei, se publicar alguma coisa, porque posso ser processado. Existe a defesa do interesse público em ver o conteúdo do pen drive dele. Se não encontrarmos nada que seja de interesse público, não vamos usar os dados.

O site tem um advogado para conferir essas coisas antes de publicarmos alguma coisa.

— E se Kurt nos denunciar por roubo assim mesmo? — Delia perguntou.

— Tenho a forte sensação de que ele não vai querer atrair esse tipo de escrutínio para a Twist & Shout. Você está saindo, então mandar você embora não é uma ameaça. Kurt me fez perder o emprego, muito tempo atrás, e está espionando vocês, então nada de ter pena de violar o direito dele à privacidade. Não vou abrir pastas com fotos da ex-mulher dele. Mas, Delia, tem certeza de que quer fazer isso? Você está na linha de frente.

Delia respirou fundo e endireitou os ombros.

— Acho que às vezes é preciso fazer algo errado para fazer o que é certo. Não é crueldade, se a pessoa merecer. Certo, Adam?

Delia esperou ele se dar conta de que estava sendo parafraseado.

— Você é ainda mais espertinha do que eu, Dahlia.

Cinquenta e oito

Enquanto Steph ia pegar sua bicicleta no corredor de Emma, no andar de baixo, Adam ficou para trás, esperando para dizer alguma coisa.

— Delia — ele começou. — Ficar aqui tramando essa *Missão Impossível* é tranquilo. Nenhum de nós precisa se envolver de fato com o escroto. Você precisa tomar cuidado. Essa é a vida de Kurt, e ele vai ser tão feroz quanto for preciso para protegê-la. Sei que ele fica meio mole... e duro... por você. Mas isso não vai significar nada quando chegar a hora de atacar.

— Eu sei — ela respondeu, com um tremor de nervosismo. — Não estou contando com o afeto de Kurt.

— Se não acontecer nessa noite, não vai acontecer. Nenhum de nós vai culpar você, se não conseguir o pen drive.

— Obrigada.

Delia tentou encarar isso como ceticismo sobre suas habilidades como agente Fox. Adam lançou um olhar intenso para ela.

— Quando enfiar a mão no bolso... não vá longe demais. Nada vale a pena, se fizer você se sentir menos humana depois.

Por mais que soubesse que as intenções eram boas, Delia ficou com um pouco de raiva. Ela tinha assumido o controle, e Adam continuava agindo como se ainda tivesse a vantagem. Ela cruzou os braços.

— Você acha que precisa me dizer para não fazer um boquete nele, Adam? Não acha que isso pode ser considerado condescendente e ofensivo?

— Não é o que quero dizer, *exatamemte*. Durante a busca, quando a adrenalina está correndo solta, coisas estranhas acontecem. Isso toma conta de você. Já fiz coisas estúpidas indo atrás de uma matéria. Passei por baixo de um cordão policial durante uma busca por impressões digitais...

— Não vou passar por baixo do cordão de Kurt e realizar uma busca por impressões digitais!

— Não estou brincando nem acusando você de nada, estou cuidando de você. Kurt não é um bom homem. Ele vai mais longe do qualquer um. Ele construiu uma carreira assim.

— É por isso que estamos todos aqui — disse Delia.

— Sério. Tome cuidado — Adam insistiu.

Ela murmurou, tensa.

— Certo, obrigada. Entendi. Vou tomar.

Os dois se despediram de um jeito menos caloroso do que Delia teria esperado, depois dos pontos altos da noite.

A cabeça invertida de Emma apareceu de repente, quase na altura da de Delia, fazendo-a gritar de susto. Ela estava no fim da escada, de onde estava ouvindo a conversa, o chanel loiro a fazia parecer uma estudante travessa depois do toque de recolher em uma história da Enid Blyton.

— Ele já foi?

— Foi.

— Meu Deus, vocês dois!

— O quê?

— Você não tinha me contado que vocês se comportavam assim juntos!

— Assim como?

— Discutindo, flertando, próximos, com tensão sexual.

— Eca! De jeito nenhum!

— Você não acha que Adam estava sendo macho e protetor em relação a uma mulher de quem ele gosta demais?

— Você viu a parte em que ele insinuou que eu sou fácil?

— Ele não estava insinuando *isso*. Uau, você precisa criar caso, não é? Aquilo era o calor do ciúme diante da ideia de outro homem colocar as mãos em você.

Delia fez uma careta.

— Seu julgamento está totalmente prejudicado pelo seu despudoramento — Delia virou a cabeça para o lado. — O sangue não foi para a sua cabeça.

— Estou drenando ele da minha...

— Pare, PARE! — gritou Delia, e Emma riu, recolheu a cabeça, desceu metade da escada e sentou em um degrau.

— Sua vaca dissimulada. Aquela noite em que você conheceu Sebastian, você estava toda... — Emma piscou os olhos, pronunciou os lábios. — "Por que o homem que não aprovo fez alguma coisa boa por mim?" Pois é, que quebra-cabeça difícil.

— Reconheço que Adam tem um *pouco* de decência. Ele não estaria aqui, se eu não achasse isso. Você está totalmente errada sobre o resto. Aliás... — Era um tanto desonesto, mas Delia queria cortar aquela ideia de Emma pela raiz — uma vez eu o entreouvi dizer que preferia virar gay a dormir comigo. Então pronto.

— Hahaha! Negações grandiosas para tirar os outros do rastro. É um caso clássico do encantamento.

Delia suspirou.

— Ele se importa com você — disse Emma, arrumando o vestido sobre os joelhos. — Foi bom ouvir isso.

Delia não tinha resposta para isso, então disse:

— Venha ver uma coisa.

E levou sua amiga para a sala, até o laptop. Ela abriu a HQ on-line de *The Fox*.

Emma colocou o cabelo para trás enquanto olhava para a tela:

— Esses são os quadrinhos que você estava fazendo na faculdade? Está fantástico. A Fantástica Miss Fox, perfeito! Eu tinha esquecido de como você desenha bem. Delia, isso é muito legal. Você está fazendo isso desde que veio para cá? Você é muito sorrateira. Não é à toa que gosta de raposas.

— Eu tirei do depósito quando voltei para casa e comecei a escrever de novo. Achei que poderia... Tenho pesquisado alguns agentes, editores ou algo assim para entrar em contato e ver se algum profissional gosta. O que você acha?

— Acho que você deve fazer isso com certeza, com toda certeza! — Emma olhou para ela. — Você recuperou sua chama, sabia? Não quero assumir o crédito, mas sem dúvida eu mereço crédito. Vir para Londres fez bem para você.

— Fez, sim — Delia concordou, feliz de poder ser totalmente honesta. — Fez mesmo. Ela abraçou Emma. — Deus, precisava tomar banho de perfume?

Delia estava apreensiva com a Operação Pen Drive, ainda mais depois dos alertas de Adam, mas estava se sentindo especialmente energizada. Estava fazendo as coisas acontecerem. Estava fazendo escolhas, defendendo aquilo em que acreditava, fazendo algo bom para os outros e correndo riscos pelos motivos certos.

Essa era a vida que estava construindo para si mesma.

EU CONTROLO ESTA CIDADE, VOCÊ NÃO PODE ME DETER!
... NINGUÉM VAI ACREDITAR EM VOCÊ. SE TENTAR ME DETER, VOU ACABAR COM A SUA RAÇA... VOCÊ NÃO PASSA DE UMA PESTE SEM VALOR.
SEJA QUAL FOR O PREÇO, EU PAGO. A VERDADE IMPORTA MAIS DO QUE THE FOX.

Cinquenta e nove

Podia-se dizer que Delia nunca tinha enfrentado o problema de "como se sentar em um táxi preto quando se tem uma enorme cauda de raposa saindo do traseiro" antes. Mesmo tentando colocar aquilo para o lado, mas ainda havia um monte de material entre ela e o assento. Ela se empoleirou, sentando-se de um jeito que parecia mais um agachamento.

— Por que você quer parecer uma criatura que revira o lixo? — Kurt perguntou, olhando para ela do assento dobrável do lado oposto do carro, com uma mão enorme no apoio acima da porta para se equilibrar, a outra segurando a metralhadora falsa de Bugsy Malone.

— Eu gosto de raposas — Delia respondeu, tentando não cair para frente, no colo dele, quando o táxi fez uma curva fechada. — São misteriosas, noturnas e se esgueiram pelo nosso mundo quando estamos dormindo.

— São ladras horrorosas que precisam estar do lado errado de uma arma.

Ele não sabia o quanto estava certo.

— Mas olhe para a minha cauda! — Delia exclamou.

— Pois é. Acho que você está fazendo maravilhas pela fantasia — Kurt comentou, acompanhando as formas dela de um jeito escancarado, que deixaria Lionel Blunt orgulhoso.

Aliás, Delia estava arrependida de sua escolha de fantasia. Tinha parecido uma ideia deliciosamente engraçada, mas na realidade era desajeitada e constrangedora.

Havia um tema para fantasias femininas, pelo que parecia — se você não quisesse um traje de Empregada Francesa nem um figurino de stripper, precisava ser a versão vadia de alguma coisa. Alemã vadia, Bruxa vadia, Branca de Neve vadia.

Quando a fantasia de raposa chegou, era menos bonitinha e mais provocante do que ela tinha imaginado, um tubinho feito de lycra laranja justa. Era decotado e tinha uma pelúcia branca embaixo da linha dos seios, atraindo o máximo de atenção para a região, enquanto a cauda era um convite aberto para olhar para a bunda. A franja pesada de Delia estava aparecendo embaixo de um capuz preso ao vestido, que tinha grandes orelhas triangulares.

Delia estava certa, a cauda era a melhor parte — trinta centímetros de um material fofo castanho-avermelhado com uma ponta branca e preta, tão volumosa quanto uma pequena árvore de Natal e desenhada para ficar em pé sozinha.

Ela usou um kajal para desenhar o focinho e os bigodes no rosto. Delia estava se sentindo ridícula e estava feliz com a máscara de zorro preta que cobria seu olhos, impedindo-a de ser reconhecida imediatamente.

Em contraste com ela, Kurt claramente tinha amado sua fantasia; um terno preto de abotoamento duplo com riscas de giz brancas e largas, polainas, camisa preta, gravata branca e chapéu fedora preto. Um Al Capone de desenho animado.

Apesar de ter dito que Delia teria de carregar o BlackBerry, ele não conseguiu se separar do aparelho, que ficava aparecendo no bolso raso do paletó.

Delia viu a silhueta do Super-Homem no outro bolso, enquanto tentava não ser pega — ela não queria de jeito nenhum que Kurt achasse que ela estava olhando para sua virilha.

Ele devia ter colocado o pen drive no paletó. *Devia*. Mas Adam tinha razão ao dizer que havia muitos "ses", "mas" e suposições naquele plano. O mundo costumava lançar mais variáveis do que se imaginava em uma sessão de planejamento.

O próprio Kurt era uma grande variável beligerante, uma pessoa perigosa que Delia tinha decidido enfrentar pelo bem maior.

Depois de passar por uns poucos paparazzi entediados, os dois entraram no átrio abobadado do museu Victoria & Albert, onde os nomes foram riscados da lista de convidados. Delia esticou o pescoço para olhar para o extraordinário lustre de vidro verde-neon, azul e amarelo que pendia do teto, parecendo o interior emaranhado de uma espaçonave alienígena caída na terra.

Dentro de um lugar tão magistral e elegante, Delia sentiu a força total do plano de roubar Kurt. Aquilo era assustador.

Ela o acompanhou até o hall de ladrilhos de mármore, com seus passos ecoando.

Os dois saíram para o pátio, com seu lago oval, e o pôr do sol se refletia na água. Delia se sentiu em um episódio do *Doctor Who*: o espaço estava cheio de Incríveis Hulks, Stormtroopers, princesas de contos de fadas e Cleópatras.

Sem dúvida, aquilo era uma festa à fantasia chique na qual todos tinham se vestido com esmero. Delia só estava acostumada com fantasias baratas de estudante em que as pessoas apareciam de chapéu de caubói e gravatas de bolinha que eram perdidas em meia-hora.

Garçons com máscaras de *O Fantasma da Ópera*, carregando bandejas de martinis, circulavam, um tobogã de gelo em forma de cisne vertia vodka. O tema motivacional do slogan da marca, *Torne-se Quem Você Quer Ser*, estava espalhado pelo local, fazendo todos se lembrarem porque estavam vestidos como idiotas. Delia ficou feliz com sua fantasia naquele momento; ela não estava mais deslocada, o que fez o papel daquela noite parecer mais fácil.

Ela aceitou um drinque, feliz com a coragem alcoólica e ao mesmo tempo ciente de que precisava se manter atenta.

Ela tinha visto vídeos no YouTube sobre bater carteiras, pensando no quanto era útil e igualmente preocupante que existissem vídeos ensinando a cometer crimes hoje em dia. Ela aprendeu que precisava distraí-lo mencionando outra coisa sobre Kurt, de modo que a "área de concentração" dele estivesse em outro lugar.

Delia também precisava substituir o peso no bolso com algo equivalente ao pen drive, para que ele achasse que o objeto estava ali enquanto não estivesse. Ela quase tinha optado por um porta-absorvente interno quando se deu conta: "Dã, era só comprar outro pen drive em forma de Super-Homem." Delia estava morrendo de medo de misturar os dois, ou que Kurt notasse o outro toda vez que ela abrisse sua bolsa não vulpina: Steph tinha os achado idênticos.

Um martini depois, ela se sentiu com coragem suficiente para respirar fundo e dizer: "está na hora". Ela pegou o pen drive vazio, sentindo os batimentos de seu coração.

— Seu lenço está costurado ou é de verdade? — perguntou ela, se inclinando de um jeito propositalmente embriagado e mexendo na seda vermelha do lado direito do paletó.

Os olhos de Kurt seguiram a mão dela.

Ao mesmo tempo, ela passou os dedos pelo bolso do paletó mais próximo, tateando o pen drive — Sim! Estava ali! Meu Deus! Delia nunca tinha acreditado de verdade que a teoria se tornaria realidade. Ela trocou os dois objetos, segurando o Super-Homem de Kurt entre os dedos e soltando o outro. As palmas das mãos de Delia estavam molhadas de suor por causa da culpa transgressora e constrangida de uma ladra.

Kurt, com o queixo no peito, respondeu:

— É de verdade, precisa ser, pelo preço.

Ele arrancou o lenço e o balançou em uma demonstração, enquanto Delia recolhia a mão de uma vez. Impressionante — a distração tinha funcionado perfeitamente. Ela teve a impressão de que poderia ter sido menos ágil e mesmo assim teria conseguido.

Delia não atreveu a olhar para o que tinha na mão; seus dedos estavam fechados como um torno em volta do objeto de plástico.

— Vou ao banheiro — ela anunciou animada, com a voz entrecortada. — A arma está atrapalhando, quer que eu veja se me deixam colocar na chapelaria?

— Não, eu meio que estou gostando — ele respondeu, fingindo atirar nos convidados.

Que lindo.

Depois de se certificar de que não tinha sido seguida, Delia foi até os banheiros e mandou uma mensagem para Steph com dedos desajeitados.

Consegui.

Sessenta

Delia fingiu estar retocando o bigode no espelho. Ela sentiu um leve toque no ombro e viu uma versão mais baixa do assassino do filme *Pânico* aparecer perto de seu cotovelo.

Eles tinham combinado que a fantasia de Steph precisava ser ao mesmo tempo totalmente anônima e fácil de tirar, uma vez que Adam estava enfurnado em um escritório alugado do outro lado da rua. Atrair muita atenção do lado de fora do Victoria & Albert Museum não era ideal.

Delia colocou o pequeno super-herói na mão coberta por uma luva preta e torceu para estar lidando com a assassina mascarada certa. Ela se sentiu no cinema, só que, em vez de os eventos acontecerem com outra pessoa na tela e estarem resolvidas quando os créditos subiam, ela estava bem no olho do tornado.

Ela voltou até Kurt e partiu para o segundo martini, sem ouvir uma única palavra de uma conversa de trabalho entre seu chefe e um *Avatar*, com dreadlocks, tinta azul no corpo e uma lança.

Delia não conseguia acreditar que a troca ocorrera tão bem. Em uma versão diferente do plano, esse seria o fim, ponto final — eles tinham discutido sobre deixar ou não Kurt com o USB falso. Por mais atraente que fosse fazer a troca uma única vez, todos chegaram à conclusão de que Kurt se daria conta de que estava com um pen drive falso assim que saísse da festa.

Adam achava que dar a ele qualquer espaço para acionar a lei e conseguir mandados de segurança antes que o artigo fosse publicado seria má ideia. Ou algo pior.

— Se ele desconfiar do que estamos fazendo, não descarto a possibilidade de Kurt mandar alguém com um taco de beisebol destruir meu computador, além de possivelmente me arrebentar no processo. Não estamos jogando 100% limpo, então não seria fácil ir até a polícia. Ele precisa ficar sabendo bem na hora em que eu estiver pronto para postar o artigo sobre o Lively Later Life, nem um minuto antes. A publicação é a proteção.

A ideia de Adam levando uma surra depois de um plano que Delia tinha inventado era horrível, e ela concordou com a argumentação. Mas Kurt podia acabar decidindo ir embora da festa de repente, outra variável que deixava Delia com a garganta tensa.

Depois de dizer a si mesma para ir devagar com a bebida, ela já estava meio zonza e fora do eixo. E se lembrou da sabedoria de que martinis eram como seios — um não era suficiente, e três eram demais — e só fingiu tomar aquele.

O tempo passou, e Delia sabia que eles deviam estar correndo contra o tempo para hackear o pen drive; estabeleceram o prazo de uma hora. Era perfeitamente possível que isso desse errado — nesse caso, ela precisava admitir que era muito desanimador pensar em sair sem os dados, e ainda precisar fazer a troca de novo.

Delia sentiu o celular vibrar dentro de sua bolsa.

Pelo menos quarenta e cinco minutos tinham se passado. Obviamente, era um aviso para que ela se preparasse para a entrega de um pen drive intocado.

BINGO. DEU CERTO. Nossa, seu garoto é bom. Está voltando para você. Bj, A

Delia teve que absorver a notícia avassaladora sem revelar nenhum sinal de emoção. Ela não acreditava que, de fato, fosse dar certo. Claro que Joe era bom, mas isso merecia um prêmio.

Delia esperou cinco minutos e pediu licença para ir ao banheiro de novo. Lá dentro, o assassino enluvado e com máscara do filme *Pânico* colocou o talismã na mão dela, enquanto ela fingia retocar seu nariz de raposa. Apesar de o rosto de Steph estar totalmente encoberto, e o seu próprio, bastante disfarçado, Delia sentiu o momento que se passou entre as duas.

Quando voltou para a companhia de Kurt, ela lutou para se manter calma e puxar conversa enquanto estava embriagada pela euforia, pela adrenalina e pelos martinis. Talvez grandes criminosos que enganavam cassinos e roubavam obras de arte famosas o fizessem por causa dessa sensação, além do dinheiro.

Mesmo assim, com o final em vista, Delia se surpreendeu com a própria hesitação em desfazer a troca. Ela estava quase em casa. Tinha provado para si mesma que era capaz. De certa forma, a segunda parte era mais difícil. Havia mais em jogo agora.

Prevaricando, ela deixou o tempo passar. E sentiu celular vibrar com mensagens de texto. Delia não queria que Kurt se perguntasse por que ela não parava de olhar para o celular e deixou todos esperando dez minutos antes de olhar

Está tudo bem? Bj, S

Foi tudo bem? Bj, A

Era óbvio que eles estavam preocupados que Delia tivesse sido agarrada por Kurt, e que ele estivesse tentando aplicar a *sharia* islâmica com um cutelo de borracha.

O que ela podia usar como distração? Não podia ser o lenço uma segunda vez. Precisava ser alguma coisa na linha de visão dos dois.

— Espero que aquele membro da Ku Klux Klan não seja cliente da Twist & Shout — ela comentou, puxando assunto.

Kurt tinha mencionado que Gideon Coombes estava ali, em algum lugar, sob uma camada de base ou com uma peruca. Os dois não conversariam, porque ele "não acreditava em confraternizar com clientes em ambientes sociais".

Kurt olhou em volta. Rapidamente, Delia enfiou a mão no bolso de seu chefe e colocou o pen drive. E então — uma variável inesperada — ele olhou de volta de disse:

— Acho que é só um fantasma de merda.

O movimento fez com que o corpo dele se aproximasse mais do bolso, e a pressão da mão de Delia, que segurava o USB falso, se tornou maior do que deveria. Era bem provável que Kurt tivesse sentido o contato, e ela tinha uma fração de segundo para decidir o que fazer. Delia não conseguiu pensar em nada além de retirar a mão delicadamente e fingir que tinha tentado segurá-lo pela cintura, rezando desesperadamente para que Kurt não tivesse percebido o lugar exato onde a mão dela estava.

— Então, acho que vou embora — ela disse, se aproximando para dar um beijo no rosto de seu chefe, como se a tudo aquilo fosse um jeito muito familiar e tranquilo de se despedir.

Foi um momento estranho, pois Delia pareceu se comportar de um jeito totalmente diferente, e dava para ver que Kurt estava tentando entender a situação.

— Quer ir para um lugar mais discreto? Eu acharia bom — ele disse, retribuindo a mão na cintura dela.

Normalmente, Delia o teria colocado em seu lugar. Ali, ela estava presa em uma farsa em que, de repente, suas mãos foram mais táteis que o devido com Kurt. Se saísse do papel, ele talvez se desse conta do que estava acontecendo.

— É melhor eu ir embora. Acordo cedo amanhã. Vou para Newcastle. Um batizado.

Um batizado?

Mesmo assim, funcionava para o plano de ligar para ele na segunda e avisar que ela não ia voltar.

— Não é cedo, se você não dormir.

Enojada, Delia se deu conta de que Kurt estava movendo a mão pelas costelas dela.

— Nunca achei que uma mulher com pelos no peito pudesse ser tão bonita.

— Hahaha — Delia se forçou a rir e afastou a mão dele, tentando abrir um sorriso tímido, mas cúmplice. Ela ainda estava com o pen drive extra na mão esquerda. — Nos vemos na segunda.

Kurt apertou os olhos.

— Quente e frio, hein? Está me pedindo para fazer uma caça à raposa? O que houve com...?

Quando se afastou, ela esbarrou em um garçom mascarado. Ou, para ser mais exata, seu enorme apêndice esbarrou no homem. O tamanho e o volume da cauda fizeram com que ela, sem esforço, derrubasse uma bandeja inteira de martinis, que foi para no chão, respingando em um Elmo, da *Vila Sésamo*, e em uma Eva vestindo um body cor da pele com folhas de figueira, que gritaram coisas que não combinavam nem com um programa de televisão infantil nem como o Jardim do Éden.

Ao virar, o pen drive voou da mão dela. "Oh, merda, merda, merda, merda, oh, não..." Por sorte, o corpo estaria bloqueando a visão de Kurt. Delia precisava recuperar o USB antes que ele o visse, ou tudo estaria perdido.

O garçom balançou a mão com raiva e desdém para ela, que não parava de se mexer, agachando sobre o estrago de vidro quebrado e azeitonas Queen Green em misturadores de coquetel.

Delia ficou vendo horrorizada quando, com uma mão enluvada, ele rapidamente juntou o pen drive com o resto do lixo, jogando tudo na bandeja.

Adapte, adapte, pense, ela disse a si mesma: não havia nada naquele pen drive. Contanto que Kurt não o visse, não fazia mal que fosse parar no lixo. Delia se colocou entre ele e o garçom, bloqueando a visão de seu chefe. O garçom segurava a bandeja com as duas mãos e estava voltando para o prédio principal.

— Tchau, Kurt! — Ela disse, quase não olhando para ele, abrindo caminho pela multidão multicolorida e múltiplas espécies até o interior do Victoria & Albert, rumo à liberdade.

Sessenta e um

Delia saiu correndo pela rua, eufórica, como se tivesse conseguido escapar da prisão. Ela mandou uma mensagem para Adam e Steph dizendo que estava a caminho do ponto de encontro, a algumas ruas dali, desamarrando a máscara e tirando o capuz. Era bem constrangedor estar em público com uma enorme cauda de ponta branca balançando atrás do corpo, porém, isso era o de menos.

Com o coração batendo em um ritmo "rápido e controlado", Delia olhou por sobre o ombro algumas vezes. Até onde era possível ver, ela estava sozinha. *Sucesso?* Ela não conseguia acreditar até comemorarem como jogadores de futebol americano.

Steph estava usando roupas normais, depois de guardar a fantasia em uma mochila, e seu cabelo bagunçado estava contido por uma presilha que parecia uma piranha.

— Conseguimos? Extraímos as informações? — Delia perguntou, e Steph sorriu de uma orelha à outra, assentindo. — Cadê o Adam?

— Você não o viu? — perguntou ela.

— O quê?

— Estávamos preocupados que você tivesse sido pega quando não chegou nenhuma resposta, então ele foi para a festa. Estava parecendo um dos garçons.

— Não...! Eu nem sabia que Adam tinha uma fantasia! Ou um convite.

— Adam trouxe uma, caso fosse necessário. E disse que ia entrar para procurar você. Eu também ia, mas ele me pediu para cuidar do laptop. — Ela mostrou uma bolsa. — Lá está ele — Steph apontou enquanto Adam virava a esquina oposta, com a máscara na mão.

— Sabe, com qualquer plano, você pensa "espero não ter de usar o Plano B" — ele comentou. — Estou *fedendo* a vodka martini. Isso é seu, madame?

Adam apresentou o pen drive do Super-Homem. Ele e Delia olharam um para o outro, ele satisfeito, ela chocada.

— O quê? Onde você estava?

— Eu era o garçom jogando bebida para todo lado.

— Achei que minha cauda tivesse derrubado aquilo.

— Eu esbarrei em você de propósito. Vi você sendo apalpada e pensei em dar uma mão. Por assim dizer.

Delia se distraiu por um instante.

— Desculpe. Sim. Mas conseguimos acesso? Você tirou as coisas do pen drive?

— Demoramos quase o tempo limite, mas, sim. Aquele sujeito é talentoso em um grau assustador.

— Queria que você tivesse visto, Delia — Steph comentou. — Parecia que estávamos num filme. Era Adam andando de um lado para o outro: "Droga, não temos muito tempo!"

— Tudo tem backup? — Delia perguntou.

— Está no meu laptop, e Joe também fez uma cópia — Adam respondeu.

— Não acredito que deu certo! — disse Delia, olhando para cada um deles.

— Ah. Pode ter ido menos bem do que imaginamos — ele comentou, a expressão endurecendo.

Ele estava olhando por sobre o ombro das duas, com expressão ansiosa. Delia virou e se deparou com Kurt, parecendo disposto a desempenhar um papel fundamental em qualquer massacre de St. Valentine's Day, caso sua arma não fosse de brinquedo.

O corpo de Delia começou a tremer.

— Adivinhe o que *você* — Kurt apontou um dedo indicador para ela — tem em comum com *ela*. — Ele apontou para Steph.

Delia, Adam e Steph ficaram paralisados, boquiabertos.

— Acha que eu não sei o que está acontecendo, quando de repente você não para de pegar em mim? — perguntou ele para Delia. — Você pode agradecer a esse cretino — ele gesticulou na direção de Adam — por confirmar.

— Estou bem certa de que era *você* que não parava de pegar em *mim* — disse Delia, tentando encher sua fala com muito mais confiança do que estava sentindo.

Kurt tirou o pen drive do bolso, e todos os pares de olhos acompanharam.

— Era isso que você estava procurando quando estava me apalpando? — Ele balançou o objeto, guardando-o de novo. — Foi o que pensei. Se deu mal. Não seria útil mesmo que você fosse boa o bastante para tirá-lo de mim. Tenho tanta criptografia nele que deixaria o Serviço de Segurança Nacional com enxaqueca.

Delia olhou para Adam e depois para Steph. Os três se entreolharam e então viraram para Kurt, que entendeu a ausência de palavras como uma vitória sua, e não o contrário.

— Foi ideia dele, para conseguir um furo, não é? — Kurt gesticulou para Adam. — Puta merda, mulheres são idiotas.

— Na verdade, foi ideia minha. Acho o que você faz, e a maneira como trata as pessoas, desprezível. Você não pode reclamar quando táticas sorrateiras são usadas contra você — disse Delia.

Kurt deu um passo para trás como se tivesse achado graça.

— Ah, querida, você acha que eu sou um vilão? Nesta cidade? Coitada. Você devia voltar para o lugar de onde veio e começar a fazer filhos. Seu corpo foi feito sob medida para isso, afinal.

Adam deu um passo para frente.

— Você a mandou embora. Vamos parar por aqui, que tal?

Kurt o ignorou e continuou falando com Delia.

— Não se engane achando que é muito melhor, querida. Você é uma vagabunda pior do que eu.

Adam começou a gargalhar.

— Essa discussão tem algum outro tema que não seja você?

— Você precisava vê-la procurando, agora há pouco. — Delia estava com a mão na coisa. — Pois é, não achei que ela fosse contar para você.

Adam não disse nada, e Delia devolveu com:

— Kurt, infelizmente, todo mundo aqui sabe que você inventa coisas.

Kurt virou para Adam.

— Se você publicar uma vírgula sequer sobre mim naquele blog chato, vou processar você com tanta violência, que seus dentes vão quebrar, e suas obturações vão parar na loja de penhores. Estou avisando, é a última vez que nos encontramos. Ou você vai se arrepender.

— De acordo.

— Honestamente — Kurt balançou a cabeça para Delia e Steph, — não dá para contratar ninguém, hoje em dia. Dou uma chance para duas inúteis, e é assim que vocês me agradecem.

De repente, Steph gritou, alto o bastante para assustar o grupo todo, o sotaque mais forte do que nunca diante do estresse:

— Ah, por que você não vai à merda, seu filho da puta?!

Kurt abriu um sorriso afetado. Ele tirou o pen drive do bolso, o beijou e guardou de novo. Mostrando o dedo médio das duas mãos enquanto se afastava, ele deu meia-volta e foi embora.

— Não sei de vocês, mas vou sentir falta dele — Adam comentou. Os três caíram na gargalhada, aliviando a tensão.

— Como ele nos encontrou? — Delia perguntou.

— Deve ter me reconhecido e me seguido. Desculpem — Adam respondeu, passando a mão no pescoço.

— Não importa. Ele não se deu conta do que aconteceu — Steph olhou para o relógio e avisou que precisava ir para o ensaio de sua banda. Ela apertou a mão de Adam e deu um abraço em Delia: — Mantenha o contato.

— Você conseguiu o que precisava? — Delia perguntou para Adam.

— Só de passar os olhos no conteúdo, desconfio que vou precisar de terapia quando mergulhar nos arquivos confidenciais de Kurt.

Adam estendeu uma mão melada de bebida para Delia apertar.

— Excelente trabalho esta noite. Você foi brilhante.

Delia apertou a mão dele.

— Finalmente consegui seu respeito!

— Você sempre teve o meu respeito — disse ele. — Só que a minha desaprovação também.

Adam sorriu, e Delia se jogou sobre ele para um abraço de comemoração, um abraço estranho em que os dois ficaram afastados apenas pelos dois centímetros da pelúcia no peito dela. Ele se demorou mais do que Delia esperava, apertando-a num gesto orquestrado de despedida.

Quando se afastaram, ela viu uma expressão no rosto de Adam que não conseguiu decifrar de imediato e soube que se lembraria dela mais tarde.

— Seu bigode — ele comentou, sorrindo. Em seguida, inclinou o corpo: — E essa cauda...

— Cale a boca! — Delia disse, vermelha.

Adam a estava encarando com um desafio nos olhos que ela não conseguiu identificar direito. Delia se sentiu ainda mais trêmula, além de quente, com uma empolgação atordoante e desajeitada.

— Eu sugeriria um drinque de comemoração, mas... — Adam gesticulou para si mesmo. — Talvez, quando não estivermos fazendo cosplay nem parecendo animais, e eu não estiver fedendo a bebida.

— Combinado — disse Delia, abanando a cauda.

Ela estava a caminho de casa quando Adam mandou uma mensagem.

Hahaha, esqueci de contar qual era a senha! Odeio a Puta da Minha Ex-Mulher. Seu ex-chefe é um gentleman. Bj, A

Sessenta e dois

— Aqui vai um teste. Então, o que Kurt Spicer fez depois, Daria? — disse Adam.

Delia sorriu ao ouvir a voz dele e equilibrou o celular entre o ouvido e o ombro enquanto segurava o bloco de desenho com mais firmeza embaixo do braço. Ela estava andando pela Serpentine sob o sol. Estar — com sorte, por pouco tempo — desempregada até o momento estava sendo ótimo.

— É uma pergunta muito vaga.

O pen drive tinha revelado tudo de que Adam precisava, e mais. O site dele tinha publicado uma matéria sobre o político, o mágico e um relações públicas muito sorrateiro que os unia. O resto da mídia aproveitou a deixa, Lionel Blunt enfrentou perguntas no Parlamento e uma investigação policial, e a Lively Later Life se retirou da licitação dos asilos. O modo como os "documentos vistos" por Adam chegaram até ele foi mantido oculto para "proteger a fonte".

Adam contou para Delia que, quando ligou para ele na véspera da publicação e pediu uma declaração, Kurt no começo teve um surto e atacou, ameaçou e foi arrogante. Depois, ele se acalmou quando se deu conta de que, se Adam tivesse visto o que havia no aparelho, ele estava de fato encrencado, e seria melhor não contrariar ainda mais o repórter.

Uma das muitas descobertas revoltantes da Caixa de Pandora de Kurt não era só que ele promovia os interesses de seus clientes, mas também desacreditava e difamava ativamente aqueles que identificava como inimigos. Ou se empenhava em "jogar sombras" sobre eles, como Kurt dizia em suas comunicações.

A vigilância era como uma segunda natureza — ele estava ocupado grampeando telefones e hackeando e-mails para encontrar material comprometedor, então não foi uma surpresa que Kurt estivesse espionando as próprias funcionárias. Qualquer culpa que Delia tivesse sentido sobre o que eles fizeram de dissipou por completo, e a possibilidade de Kurt reclamar de invasão de privacidade foi invalidada.

— A profundidade da corrupção dele não me surpreende mais — ela comentou.

— É a amplitude da corrupção que me surpreende — Adam respondeu, e Delia caiu na risada, sentindo uma onda genuína de afeto.

De algum jeito, eles tinham se tornado amigos. Como isso tinha acontecido?

— Kurt fugiu — Adam revelou.

— Jura? Para onde?

— Voltou para Austrália.

— Não!

— Sim, a boa e velha *Down Under*. Pelo menos estão acostumados com criminosos.

— Não acredito que ele simplesmente foi embora.

— É como ele age. Kurt já bancou o *Pimpinela Escarlate* antes, pelo que sei. Ele vai aparecer em algum lugar, provavelmente com um nome diferente. É problema da Interpol agora. Ou da mídia australiana, quem sabe. O principal é, se você e Steph estiverem preocupadas com qualquer problema que ele possa causar, acho que podem dormir sossegadas. Ele está do outro lado do mundo e deve ficar lá por muito tempo. Ele não vai vir atrás de mim, sabendo que tenho munição infinita.

Delia ficou comovida por Adam pensar nas duas. Na verdade, ela andava aflita, e saber que Kurt estava do outro do mundo era um grande alívio.

E Steph já tinha arrumado um emprego como gerente de contas júnior em um escritório decente. Delia estava preocupada com a garota, caso Kurt tentasse estragar tudo.

— Fizemos a coisa certa, não fizemos? — perguntou ela.

— A coisa certa é sempre uma questão de opinião — Adam respondeu. — Acho que, quando estivermos em nossos leitos de morte, vamos pensar no dia em que ficamos perambulando pelo Victoria & Albert Museum como um dos mais produtivos.

Delia sorriu e colocou o celular no outro ouvido.

— Nossos leitos de morte? Estou imaginando camas dobráveis, lado a lado.

— Se eu tivesse dito nosso leito de morte, no singular, teria soado mais estranho.

— Nós só morreríamos juntos se bebêssemos de uma escultura de gelo em que Kurt colocou as mãos.

— Não sei. Talvez uma aventura futura nos leve para um palácio veneziano com uma infraestrutura histórica, porém muito insegura. Nossa cabeça seria esmagada pela alvenaria em ruínas.

— Sinto informar, mas acho que esse foi meu primeiro e último trabalho com você, Adam. Não aguento a pressão.

— Que pena. Acho que formamos um belo time.

— Hahaha. Nos vemos por aí — disse Delia, rindo.

— Conte com isso. Ah, seus quadrinhos são geniais, a propósito.

— Você viu? — Delia perguntou. — Como assim?

— Aham. Sou um repórter investigativo, lembra? Sério, fiquei impressionado. Você é muito criativa. Mas acho que desenhou um maxilar muito pronunciado para Kurt.

Delia riu.

Ela voltou para o apartamento de Emma e encontrou um pacote à sua espera na mesa do corredor. Os envelopes de Paul continuavam. Delia ficou apreensiva e agitada. Enquanto ela ignorava as investidas por mensagem de voz e texto de seu ex-namorado, essa era a única via de contato aberta.

No silêncio do apartamento, ela balançou o envelope e desamarrou o laço verde do presente.

No interior do pacote, havia um queijo com uma crosta cinzenta envolto em papel manteiga da Valvona & Crolla, uma iguaria de uma delicatessen com que Delia tinha ficado obcecada em uma viagem a Edimburgo. Ela apelidou o lugar de “Caverna do Salame”, até Paul comentar que isso lhe dava um duplo sentido.

Havia um bilhete.

Comprei o certo? Ele sobreviveu à viagem? Eu me lembro que fiquei impressionado com todas as comidas malucas que você comia quando ficamos juntos. Lembra do arenque sueco que você comprou e, quando abriu a lata, Nabo escondeu? Enfim. Por favor, volte para casa, Delia. Eu amo você. Bj, P

Casa? Mas quem disse que casa era onde ele estava?.

Sessenta e três

Delia combinou de tomar drinques com Adam e Steph, o que pareceu um pequeno milagre. Ela conhecia pessoas em Londres! Pessoas suficientes para encher uma barraca de dois lugares!

Três amigos novos, se você contasse Joe, no norte. Delia agradeceu efusivamente pelos esforços no Victoria & Albert Museum. E queria fazer algo por ele em retribuição. Ele disse que havia uma coisa, mas que era tímido demais para dizer por Skype.

— Não é nada sexual! — ele enfatizou, quando Delia ficou um pouco espantada.

Minutos depois, chegou a mensagem:

Só continue sendo minha amiga e conversando comigo. Sua companhia abrilhantou meus dias, Fantástica Miss Delia! Um dia vamos nos encontrar pessoalmente, eu prometo. Estou trabalhando nisso. PN (Vou sempre ser PN para você, né? :) Bj

Delia prometeu que sim para Joe. No entanto, quando chegou o momento de beber off-line com o resto da gangue do Victoria & Albert, ela tinha um novo emprego dificultando esse encontro.

Ou mais ou menos. Delia estava trabalhando em um bistrô-bar, no Soho. Era o tipo de lugar onde, se você pedisse castanhas, recebia um pote Kilner cheio de pistaches descascados, não um pacotinho fechado da KP. A casa servia "porções" em tábuas de corte, o cardápio estava escrito com batom em um espelho. O salão estava cheio de coqueiros e música alta demais de um DJ, e as paredes brilhavam de umidade quando a casa atingia dois terços da lotação máxima.

Delia sabia se virar nesse ambiente de olhos vendados graças à frequência com que ajudava Paul quando alguém faltava. Ela tinha visto uma placa na vitrine na semana anterior procurando funcionários para o verão e entrado, por impulso, achando que iam perguntar "você não tem trinta e três anos?", em vez de "sim, por favor, você pode começar hoje à noite?"

Delia estava gostando: a simplicidade do trabalho físico sem esforço mental envolvido, e nenhum dilema moral. Em geral a casa precisava dela do meio-dia às seis, e depois disso, ela voltava para a casa de Emma, tomava um banho fresco e pegava seu bloco de desenhos.

Quando ligou para Adam para pedir desculpas porque o turno do sábado ia atrapalhar os planos, ele sugeriu encontrá-la no trabalho para "fazer companhia" e que Delia podia se juntar a eles quando terminasse.

Ela concordou e só se deu conta de que talvez se sentisse um pouco boba quando estava servindo uma lager para Adam, com cabelo preso em tranças de Heidi e suor escorrendo pelo sutiã, embaixo do avental.

— Não se atreva a rir de mim — ela disse por antecipação, enquanto Adam apoiava os cotovelos cobertos por uma camisa clara no balcão, vendo-a trabalhar.

— Não estou rindo de você, Delia Moss. Estou levemente impressionado.

— *Arrá*! Impressionado o bastante para finalmente aprender meu nome.

Ela pegou a espátula e limpou o topo da cerveja, como se estivesse assentando tijolos. Adam a estava observando com carinho. Delia ficou tímida, mas satisfeita.

— Estou falando sério. Você não para de me surpreender.

Os colegas de trabalho dela atrás do balcão eram duas garotas bonitas na casa dos vinte viajando em ano sabático, uma holandesa e uma irlandesa, respectivamente, ambas fãs de shorts curtos. Os olhos da maioria dos homens iam parar nos traseiros delas quando as meninas abaixavam nas geladeiras de cerveja ou se alongavam para alcançar os medidores de bebida. Delia estava gostando da relativa invisibilidade ao lado delas. No entanto, com Adam, ela percebia um escrutínio completo; os olhos dele nunca iam na direção das meninas. Delia virou para a geladeira para pegar um rosé para Steph e fez questão de ajoelhar, em vez de abaixar, como sempre fazia.

— Estarmos aqui não a atrapalha? — Adam perguntou, tomando o primeiro gole de sua bebida enquanto ela servia o vinho.

— De jeito nenhum. Estou gostando.

Adam juntou os copos.

— Ok, então. Vamos pegar leve para ainda estarmos bem quando você terminar.

Olhando na direção da mesa no canto, Delia sentiu pontadas por não poder cuidar direito das duas pessoas que ela tinha aproximado — no entanto, eles pareciam estar se virando bem sem ela.

Delia ficou vendo Adam conversar com Steph. Ele estava animado, gesticulando para ilustrar a história que estava contando. Não era comum poder simplesmente observar alguém. Delia se pegou olhando fixamente para ele, catalogando seus maneirismos: a maneira como ele passava a mão no cabelo, como apertava a palma da mão na testa quando estava consternado, o fato de ouvir com atenção de verdade quando os outros falavam, projetando o queixo na direção da pessoa.

Isso era engraçado sobre Adam: quanto mais o conhecia, menos bonito e mais atraente ele se tornava. Delia muitas vezes esquecia que ele tinha uma aparência tão perfeita, porque era apenas o Adam. Quando ria, o rosto dele se contorcia com uma alegria boba. Delia amava como ele lançava um olhar direto para ela quando estava sendo sarcástico, para em seguida se render à satisfação, se ela risse junto.

Adam ficava olhando para ela com uma expressão cúmplice no rosto, como se os dois estivessem compartilhando uma piada interna.

Foi então que aconteceu algo que Delia achou que podia acontecer, em algum momento. E tornou seus devaneios ridículos, deixando seus sentimentos estranhamento feridos. Um loira de cabelo enrolado e um rosto bonito e forte entrou. Ela estava com óculos de armação de tartaruga na cabeça, um maxi vestido fluido e tinha uma maneira de se portar digna da realeza. Adam passou o braço pelo pescoço dela, prendendo-a no ângulo do cotovelo e beijando-a no alto da cabeça, apresentando-a para Steph com um entusiasmo evidente.

Delia ficou feliz por estar em constante movimento para servir a massa de clientes. "Pelo amor de Deus, por que agora?" Ela viu Adam ser territorialmente educado, se levantando para procurar uma cadeira para a mulher. Não era uma ocasião para acompanhante, era a comemoração não oficial da aventura do Victoria & Albert. *Insensível.*

Quando a amazona sexy intrusa se acomodou, Adam foi direto para o bar e se inclinou para quase gritar o pedido de um gim tônica light por sobre a música.

— Posso apresentar você para Alice? Eu adoraria que você a conhecesse — ele acrescentou, enquanto Delia se concentrava em jogar gelo picado em um copo quente por causa da lava-louça para resfriá-lo.

Ela não sabia o que dizer, descartando o gelo e servindo a tônica de um sifão com agressividade, como se estivesse disparando uma arma.

— Hum, tudo bem.

— Não se preocupe com ela se comportar mal com você. Ela sabe qual é a história entre nós.

— Por que ela se comportaria mal comigo? Como Freya fez? Você escolhe bem, não é?

A decepção deixou Delia mais agressiva do que de costume.

— Certo. Desculpe por ter perguntado — disse Adam, arregalando os olhos. — Alice não é a Freya. Além do mais, eu não a escolhi...

— Tanto faz. — Ela virou e serviu uma dose de gin no copo, perguntando por sobre o ombro: — Dose única ou dupla?

— Faça um grande, dadas as circunstâncias — Adam murmurou.

Delia fechou a garrafa de tônica e colocou a bebida sobre a esteira do balcão.

— Mais alguma coisa?

— Uma explicação sobre o que eu teria feito de errado seria... Espere. Você sabe que Alice é minha *irmã*, não é?

Ops.

— Ah — Delia exclamou, com a constatação.

Beleza! Alivio. Mas também "ah, não".

Delia tinha esquecido a rodela de limão e ficou feliz por poder virar para cuidar disso. Ela queria desaparecer no sótão e nunca mais voltar. Meu Deus, ela tinha se comportado como uma namorada ciumenta. Ou rejeitada. Esse era um papel que ela não tinha nenhuma intenção de desempenhar de novo. Por que estava sendo tão territorial e tão melindrosa? A experiência com Paul a tinha afetado tanto assim?

Delia estava esperando que Adam parecesse bem ofendido ou bravo quando arriscou fazer contato visual de novo ao receber o dinheiro, mas ele só pareceu perplexo, e talvez curioso.

— Hum — Adam fez uma pausa, e fez aquela coisa de passar a mão no cabelo enquanto ela entregava o troco. — Tem uma coisa que quero dizer. Estou me sentindo mal por fechar a porta na sua cara no jantar, daquela vez.

— Está?

— Estou. Quando você fez um juramento na minha porta enquanto eu estava com um pacote de cogumelos porcini na mão.

Delia riu, com vontade e de alívio por Adam não a estar atacando.

— Era manteiga.

— Ah, é, manteiga. Se você puder ir até Clapham, eu preparo um jantar para compensar. Se Dougie se juntar a nós, aviso que ele coloca montes de pimenta *sriracha* em tudo. é de revirar o estômago.

Delia respondeu que parecia ótimo e colocou um misturador na bebida de Alice, tentando não se encolher de vergonha diante do que tinha acabado de acontecer entre eles. Houve uma intensidade em suas palavras que ela não sabia explicar, nem para Adam nem para si mesma.

Delia ficou muito apreensiva em tirar o avental quando chegou a hora de se juntar aos três; mesmo assim, o fato de eles terem começado a beber tão antes deixou a atmosfera tranquila.

Ela fez um esforço ainda maior com Alice do que normalmente faria, determinada e afogá-la em gentileza depois das histórias de Adam sobre a Twist & Shout. Se bem que, no fim das contas, não havia por que ficar nervosa: Alice era afetuosa, inteligente e amigável de um jeito não afetado. Delia imaginou que as duas podiam ser amigas.

Quando ela agradeceu por ter aguentado aquele lugar, Alice respondeu:

— Eu não perderia a chance de conhecer a famosa Delia, de quem ouvi falar tanto.

Adam fez uma bola com um guardanapo de papel e jogou na irmã. Delia ficou radiante.

Meia hora depois, Emma e Sebastian apareceram, e as coisas ficaram ainda mais barulhentas. Delia estava bem exausta quando todos saíram para a rua, às dez. Ela nunca ia se acostumar com a distância a que estava da própria cama, em Londres.

A caminho de casa, ela e Emma iniciaram um debate bêbado sem fim sobre o significado dos acontecimentos da noite.

— Um encontro! Você tem um encontro! — Emma exclamou, quando Delia contou sobre o convite de Adam para jantar. Ela parou e agarrou a mão da amiga com tanta força enquanto as duas andavam até o metrô, que parecia que os ossos de Delia estavam esmagados.

— Não é um encontro! Dougie vai estar lá!

— É um encontro!

— Dougie!

— ENCONTRO!

— DOUGIE!

Emma colocou os dedos nos ouvidos.

— ENCONTRO, LALALA! SNVR!

— O que significa SNVR?

— Se Negou, Vai Rolar.

— Emma, estamos com trinta e três anos.

Sessenta e quatro

Delia estava parada na porta da casa em Clapham com um vestido de verão estampado com andorinhas e sapatos de salto verdes, cujas etiquetas ela tinha acabado de arrancar no metrô. Ela estava carregando uma garrafa feita em casa de vodka com amora, em vez de vinho, e dizendo a si mesma que não era um encontro, porque Dougie estaria lá.

Adam atendeu a porta com uma camiseta branca, cheirando a fumaça, de pinças na mão, e agradeceu pela bebida.

— Dougie desapareceu, sinto em informar.

"Argh, era um encontro então?" Não — ela o acompanhou pelo corredor estreito até a cozinha e viu a pequena mesa de jantar redonda, posta para três.

A porta do quintal estava aberta, e o cheiro de acendedor e carne temperada estava entrando na casa.

— Pensei em fazer um churrasco, para ser másculo. Como todos os pais ao longo dos tempos, eu fiz merda e carbonizei tudo.

Adam secou a testa suada com a manga da camiseta, e Delia inspecionou as coisas chamuscadas que pareciam cocôs se desintegrando na grelha e começou a rir.

— Por sorte, também tenho costelas. Merda, você não é vegetariana, é?

— Hahaha, não, totalmente carnívora — Delia respondeu. — Por mim, pode arrancar o chifres e limpar o traseiro.

Adam caiu na risada.

— Não tive tempo de preparar a salada de batata. Ah, Delia, isso é um desastre.

Se havia uma emergência com que Delia podia ajudar, era com culinária.

— Eu cuido da salada, você cuida disso — ela disse, apontando para a grelha.

Delia assumiu a cozinha, e em meia hora eles estavam sentados com uma refeição bastante decente, embriagados de cerveja gelada e ar fresco. Adam tinha deixado a porta aberta, enquanto aviões passavam sobre eles de tempos em tempos.

— Estamos na rota de voo do Heathrow — ele explicou, olhando para cima. — Por que esta salada de batata está tão boa?

— Cebola roxa, suco de limão e picles. Corta esse monte de maionese.

Ela mordeu uma costela e pensou no quanto Adam tinha se tornado uma companhia confortável.

— Por que você escolheu Clapham? — Delia perguntou.

— Foi onde vim parar quando me mudei para cá, e você tende a ficar onde vai parar. Não era um festival de idiotas tão grande na época. Mas a área ainda é boa.

Adam explicou que Dougie estava ali perto, no pub Bread & Roses com seus amigos escoceses e ia aparecer pela porta a qualquer momento. Delia não conseguia acreditar que pensou que aquilo seria desconfortável.

Certo, ela estava bem bêbada, mas os dois estavam conversando, rindo, zombando um do outro e discutindo como velhos amigos.

Delia desejou estar um pouco menos relaxada quando foi ao banheiro no andar de cima. Ela não tinha visto a cortina de chuveiro transparente saindo da banheira e pisou nela, rasgando a parte do trilho do teto e fazendo uma pequena chuva de gesso cair junto.

Depois que ela voltou para a cozinha tossindo, Adam não pareceu preocupado e se recusou a deixá-la pagar pelo estrago. O desentendimento se intensificou.

— Adam, eu insisto. Na verdade, esqueça. Não preciso da sua permissão. Mando o dinheiro para você dentro de uma meia.

— Não! Não quero ficar com seu pagamento de um expediente.

— Não preciso da sua caridade — Delia respondeu. — Sério. Por que você e Dougie deveriam pagar?

— O senhorio é tranquilo.

— Ele deixa vocês destruírem a casa? — Delia perguntou, sorrindo.

Adam segurou a borda da mesa e expirou.

— Seu apelido deveria ser Delia, a Tenaz. Certo, escute. O senhorio sou eu. Estou dizendo que *não* quero o seu dinheiro.

Em meio a uma garfada em um belo cheesecake — que Adam admitiu ter comprado, colocado em um prato e coberto com açúcar de confeiteiro — Delia parou.

— Como você pode ser o senhorio?

— A casa é minha. Eu sou o proprietário.

— É verdade? Por que você não disse nada antes?

— É a minha politica. Não quero pessoas aleatórias tentando se mudar para cá. Não estou falando de você.

Delia engoliu um pouco de cheesecake.

— Mas alugar os quartos não é uma bela fonte de renda? Jornalismo on-line não deve pagar muito bem.

Adam suspirou.

— Perguntas demais.

— Desculpe — disse Delia, constrangida. Especular sobre o salário dele era passar do limite. — Eu não quis ser tão... interiorana e indiscreta.

Adam olhou para ela por sobre a sobremesa, empurrou o prato e respirou fundo.

— Não sei se deveria contar isso para você. Não dá para esquecer a informação.

Delia se pegou inesperadamente nervosa. Ela gostava do Adam com quem estava comendo um cheesecake de baunilha, que tinha se dado ao trabalho de acender uma vela no peitoril e colocar Stevie Wonder no aparelho de som. Ele e Dougie tinham quartos vagos para quê, promover festas de swing? Abrigar criminosos?

— Eu sou rico.

— Certo.

— Meu pai administrava fundos de investimento na City e abriu a própria empresa. Foi muito bem. Ele parou de trabalhar antes dos cinquenta. Minha irmã e eu recebemos um fundo aos vinte e um anos. Um belo fundo.

Delia o encarou.

— Ooh. O quê, milhões?

— Sim.

Não eram más notícias, no entanto. Delia sentiu que a distância entre eles tinha se tornado maior. Clapham já parecia muito arrumadinho e cheio de camisas polo para ela. Com isso, ela se deu conta de que estava totalmente fora de seu nicho.

— Viu? — disse Adam. — Você já está ajustando o que pensa de mim. É por isso que nunca conto para as pessoas. — Ele a olhou fixamente. — Estou falando sério, Delia, por favor, não conte para ninguém. Dougie sabe, e só. Garanto que, se você contar, vou saber, pois verei isso no rosto das pessoas em segundos.

— Prometo não contar.

Delia processou as informações na sua cabeça e examinou os próprios sentimentos. A confiança óbvia não era ao que ela estava acostumada. Ela acreditava que em parte fosse por causa da educação de escola particular dele. Agora, ela o estava imaginando em iates e estudando em Hogwarts. Eles tinham tão pouco em comum...

— Você trabalhava para aqueles jornais? Isso não era inventado? — Delia perguntou.

— Eu fiz o trabalho e tenho as cicatrizes para provar.

— Alice é professora?

— Alice é uma professora em tempo integral, exausta, esgotada, que ama as férias de verão, odeia a Secretaria de Educação, cem por cento licenciada em Tower Hamlets.

— Ela também é rica?

Adam assentiu.

— O que aconteceu foi que meu pais se divorciaram quando éramos adolescentes. Nós crescemos em Surrey, fomos para a universidade, tínhamos vidas privilegiadas normais e *bum*. Meu pai anuncia que tem dinheiro, antes de desaparecer na França com a Esposa nº 2. Minha mãe ficou furiosa. No entanto, meu pai disse, em termos bastante veementes, para não contarmos para ninguém, como uma condição para receber o dinheiro. Fico feliz que ele tenha feito isso, porque, na época, eu não entendi os motivos dele.

Adam respirou fundo.

— No começo, eu pensava "por que se preocupar com isso, eram todos os Natais de uma vez." Alice ficou receosa. O Adam de vinte e um anos decidiu viver como um príncipe saudita libertino. Viajei, comprei aparelhos idiotas. Eu tinha um carro esporte vermelho que pesava tanto quanto uma lata de Coca-Cola, e o amassei como se fosse uma.

Delia fez uma careta.

— Pois é, todos os clichês idiotas, sinto em informar — Adam contou, não entendendo o real significado da careta de Delia diante da ideia dele destruir um carro. — Eu disse para Alice que ela era louca de se matricular na pós-graduação em pedagogia. Desde então ela me contou que ficou preocupada que eu tivesse me tornado um imbecil incorrigível. Um dia acordei e notei algo que eu vinha escondendo de mim mesmo com os excessos. Eu estava incrivelmente entediado e isolado.

— Isolado? — Delia perguntou. — Você não podia comprar companhia? Ou *uma* companhia?

— Pense nisso, Delia — Adam respondeu, se levantando para fechar a porta dos fundos.

Ela não sabia se ele tinha feito isso porque, ao cair da noite, havia esfriado, ou porque a conversa era segredo.

— Pense no que significa nunca mais precisar trabalhar. Não ser igual a ninguém que você vai conhecer. É como viver na gravidade zero. Meus amigos estavam no primeiro emprego, aprendendo coisas, conhecendo gente. Lá estava eu, deitado no sofá, me empanturrando de salgadinhos, me tornando rapidamente uma pessoa muito chata. Eu me dei conta de que a única maneira daquilo funcionar seria se eu fizesse o que Alice já tinha percebido que precisávamos fazer. Agir como se o dinheiro não existisse, até precisarmos dele para algo importante.

— Não devia importar tanto. Emma ganha muito mais do que eu, à sétima potência, e isso nunca nos afetou. Você trabalha, você não é um parasita — disse Delia.

— Esse é o problema. Pense bem. Você está reclamando sobre o trabalho no pub. Mais cedo ou mais tarde, alguém comenta com amargura: "Não sei por que você não sai, isso não é problema para você." Admiração pela ética profissional fica a um passo do ressentimento. Você está tirando o emprego de outra pessoa. Você é promovido, em vez de um colega. Imagine como as pessoas ficam incomodadas. Elas precisam da renda extra para conseguir uma hipoteca. Digamos que é véspera do dia do pagamento, todo mundo está duro, por que você só paga sua própria conta, por que não pagar as de todos? Você sente culpa, mas quando paga a conta, eles acabam odiando você por isso. Você é pão-duro quando não paga, e é exibido se paga. Logo, estão evitando você, porque as regras normais não se aplicam, e é desconfortável. No fim das contas, *querem* que você vá para o clube Boujis, tome drinques caros, jogue polo e ande com gente igual a você.

Adam de repente ficou alarmado.

— Merda, não era para ser um discurso vitimista. Tenho muita sorte, claro. Estou só exagerando, caso você ache que isso significa que sou um fanfarrão exibido e nojento.

— Haha. Não!

Delia inclinou a cabeça para o lado. Dava para entender quando ele punha naqueles termos.

— Nem você nem Alice nunca contam para *ninguém*? — perguntou ela, sentindo um orgulho cada vez maior por estar entre fazer parte do pequeno grupo de pessoas dignas de confiança.

— Ninguém. Nem mesmo bêbados.

— Nem namoradas?

— Especialmente para as namoradas.

— Nem Freya?

Adam levantou uma sobrancelha.

— Nem é namorada. E não.

O orgulho piscou de novo. Era uma honra ficar sabendo? Adam fazia parecer que Delia era uma completa anomalia.

Em que categoria ela se encaixava? Cúmplice de golpes tecnológicos? Destruidora de banheiros?

— Por que especialmente não para as namoradas?

— Eu nunca quero me perguntar se o dinheiro foi o motivo. É uma questão de ego.

Delia riu.

— Acho que, com a pessoa certa, não seria uma questão — ela comentou. — Você confiaria na pessoa. Quando você se apaixonar por alguém, vai querer que ela saiba tudo sobre você.

— Pois é — ele respondeu. — Você tem razão.

Adam tomou um belo gole de cerveja.

Delia suspirou.

— Nunca pensei que ser absurdamente rico fosse tão complicado.

— Não é, se você deixar tudo na mão dos contadores, se pagar um salário razoável e praticamente ignorar o fato.

— É assim que você financia o site?

— É — Adam respondeu, tirando a mesa e ignorando as tentativas de Delia de ajudar. — Com o poder, vem a responsabilidade e tudo mais. Você doa para a caridade, mas é algo passivo. Quando fiquei muito desiludido com a situação da imprensa em geral, pensei "você tem uma chance única de fazer isso de um jeito diferente". Tenho um trabalho para o qual sempre posso voltar, se tudo der muito errado. Garotos ricos amam suas aventuras vaidosas fadadas ao fracasso, pelo menos essa tem um objetivo nobre. Não é uma casa noturna horrível para aristocratas.

Delia pensou no assunto, processando a informação.

— Não quero me tornar um rico hippie — Adam explicou, deixando a louça na pia e voltando para a mesa.

— Adam. Você é um garoto rico do sul que provavelmente pendura os óculos de sol na camisa — Delia anunciou.

— Tem uma coisa engraçada que você descobre com o dinheiro. é muito melhor para aliviar a dor do que para dar prazer. Pense em um dos melhores momentos da sua vida até agora...

Delia inclinou a cabeça e pensou nela e Emma bebendo sidra com vestidos de tafetá e luvas até o cotovelo. Adam lançou um olhar estranho e intenso.

— Está pensando?

— Estou.

— Custou muito dinheiro?

Delia levantou a mão e movimentou os dedos como se estivesse contando as libras.

— Quase nada.

— O que foi? Eu quero saber? — ele perguntou.

— Festa de formatura.

O olhar intenso de Adam se foi.

— Certo. Está vendo? Com que frequência a resposta é "um restaurante de Alain Ducasse"? Ou "esquiar em Meribel"? Quase nunca. Ficar chapado enquanto mata aula e rir com um amigo até doer. Custo: seu PlayStation, um saco de maconha e os problemas que você vai ter depois por não saber nada sobre a Reforma Protestante.

Delia assentiu.

— As melhores coisas da vida não custam nada — Delia concluiu, fazendo uma expressão de clichê e balançando as mãos.

— Ah, mas não custam mesmo — Adam concordou. Lá estava aquela expressão indecifrável de novo. — Como as garrafas de champanhe que ganhei em uma premiação uns dois meses atrás. Quer me ajudar a tomá-las?

— Hummmm. Champanhe foi a minha ruína naquele bar.

— A luta da vida de Delia Moss: ser forçada repetidas vezes a beber champanhe de graça.

— Posso escrever um livro de memórias trágicas: *Por Favor, Barman, Pare.*

Sessenta e cinco

— Dougie trabalha com o quê? — Delia perguntou, enquanto Adam tirava o arame do gargalo da garrafa de Moët & Chandon no balcão de fórmica.

— Ele trabalha para o Coutts. Sabe, o banco da realeza? É preciso ter duzentos e cinquenta mil libras para abrir uma conta. Antes que você pergunte, não, eu não tenho conta lá.

— Não é o que eu esperava, de jeito nenhum.

— Parece o trabalho mais improvável do mundo para ele, não parece? Ele tem uma cabeça absurdamente boa para números. Apesar de estar sempre devendo. Dougie é meio lá, meio cá, como se diz. Bom sujeito.

Adam tirou a rolha e serviu o champanhe em taças de vinho, enquanto Delia observava a cozinha furtivamente. Ela pensava nas coisas que faria se fosse sua dona. Pintar, repensar a mobília... Não tinha como evitar, cuidar de uma casa estava em seu sangue. Mesmo assim, sem dúvida, parecia uma casa alugada, então o disfarce de Adam estava funcionando.

Eles brindaram e levaram a bebida para os sofás molengas da sala de visitas.

— Você e aquele hacker mágico, vocês se conhecem bem? — Adam perguntou.

Delia contou a lenda de Peshwari Naan, deixando de fora os problemas de Joe com encontros reais; ela não tinha certeza se tinha autorização para compartilhar isso.

— Vocês têm uma... relação especial — ele comentou, como quem não quer nada, tomando um gole de champanhe.

— Não é assim.

— Assim como, exatamente?

Delia deu de ombros e sorriu. Ela queria desviar a atenção de si mesma.

— Você não está envolvido com ninguém?

— Não.

— Ninguém quer dizer *todo mundo ao mesmo tempo*? Freya disse... — Delia fez uma careta.

— Você nunca vai me deixar esquecer isso, vai?

— A maioria dos homens não se importaria de ser conhecido como popular entre as mulheres.

— Bom, eu me importo. Me faz parecer um louva-a-deus nojento e sem critério. O que, claro, era a intenção dela.

— Você não é, então? — Delia perguntou.

— Estou solteiro faz um tempo e fiz o que homens solteiros fazem. Freya estava exagerando bem as coisas.

— Freya está entre "todo mundo", pelo jeito?

Adam assentiu, e Delia ficou surpresa de descobrir que, apesar de estar tentando provocá-lo, o tiro tinha saído pela culatra. Ela sentiu uma pontada diante da confirmação, e descobriu que estava torcendo por uma negativa. Devia ser por que tinha começado a pensar em Adam como seu tipo de pessoa, não o de Freya.

— Foi só uma vez, mas ela queria um relacionamento, e eu não. Nós ficamos amigos. Não uma amizade colorida, já vou avisando. Uma amizade com inconveniências.

— Ela torna a vida das suas namoradas um inferno?

— Ela faria isso, se pudesse, mas faz muito tempo que não tenho uma namorada. A questão é... — Adam passou a mão no cabelo. — Digo isto sabendo perfeitamente como soa ruim. Não conheci muita gente de quem eu gostasse o suficiente para me comprometer. Achei que estivesse apaixonado umas duas vezes, me enrolei e então me dei conta de que não estava apaixonado... Pelo menos não o suficiente. Causei muita dor. Então pensei em deixar as relações para lá. É melhor ser honesto sobre o que você quer e seguir em frente. Não era o que planejei nem necessariamente quis, mas foi o que aconteceu.

— Você nunca se apaixonou?

— Já me encantei, talvez... mas não. Nada profundo e duradouro. Obviamente.

Ele estava o quê, na metade da casa dos trinta? Não parecia que ele levava jeito para a coisa. Delia podia imaginar facilmente que qualquer mulher investindo suas esperanças e seus desejos românticos em Adam era a mesma coisa que guardar creme de ovos em um escorredor. Ela não duvidava de que muitas tivessem tentado. Por algum motivo, isso a deixou chateada.

— Imagino você com alguém no estilo Jemima Khan — Delia comentou, tentando se animar.

Adam gargalhou.

— Jemima Khan? Não é nem um pouco meu tipo. Mais fácil eu comer o Aga Khan.

— Ou o Shere Khan? — Delia emendou.

— Amir Khan.

— Genghis Khan.

— *A Ira de Khan.*

Os dois riram.

— Fico desconfortável com rótulos como "espadachim incrível" ou "eroticista habilidoso". Não gosto de estereótipos.

Delia riu até engasgar, e Adam pareceu satisfeito.

— Você se importa se eu perguntar se você se envolveu com alguém desde que se mudou para cá? — disse Adam.

— Não — Delia bufou.

— Não é uma ideia tão absurda — ele emendou.

— Vai soar patético. A ideia de estar... *com* alguém que não seja o Paul ainda me aflige. É como se meu lugar ainda fosse ao lado dele.

— O quê? Você se sentiria cometendo uma traição?

A pele de Delia ficou quente. Ela não teria dito isso sóbria.

— Sim.

— Que bobagem. Paul não se sentiu muito exclusivo sobre os seus direitos em relação ao pinto dele, não foi?

Delia riu da palavra "pinto" e ficou surpresa — o golpe de dor sobre pensar em Paul e Celine juntos não veio. O tempo curava *tudo*.

— Pare de viver para ele. O seu corpo não pertence a ele, pertence a você.

— Estou com *medo* de dormir com outra pessoa. E se ele quiser...

Delia ficou em silêncio.

— Quiser...? — Adam fez um gesto com a mão para ela continuar.

Ela começou a rir e não conseguiu parar, as palavras saindo engasgadas. Era bom desabafar com Adam.

— Digamos... *sexo anal, de cara*? — Ela sussurrou as palavras.

Ele apertou os olhos.

— Diga para ele que é bem difícil fazer sexo anal de cara.

Delia riu.

— Você sabe do que estou falando! — Ela disse, reclamando de mentira. — Sou muito antiquada.

— Se você não gostar de alguma coisa, é só dizer — ele continuou. — Prossiga.

— Aí ele vai e conta para todo mundo na internet que fez o sexo mais chato de sua vida comigo.

— Se ele fizer esse tipo de coisa, eu questionaria por que você estava dormindo com ele, para começo de conversa. Quem é ele, a propósito? Alguém que eu conheço? Ele vai atacar você com um vírus?

— Não! Um homem hipotético.

— Um valentão virtual hipotético que gosta de sexo anal e fala demais. Entendi por que você está preocupada. Esse homem totalmente fictício com quem você fez sexo imaginário é um perfeito canalha inexistente.

Delia estava tremendo de tanto rir.

— Ou... você pode dormir com um homem que gosta de sexo e não tem um badge de "Prefeito da sua Bunda" no Foursquare.

— Como vou saber quando esse pretendente se apresentar? — Delia perguntou. — Como você distingue os bons dos maus? Como os esquilos testando as nozes em *A Fantástica Fábrica de Chocola*...

— Ele vai beijar você assim.

Adam se aproximou, puxou o queixo de Delia, inclinou a cabeça e a beijou. Foi perfeito — não muito invasivo nem intenso demais, mas, sem dúvida, cheio de propósito.

De início, ela ficou parada, em choque, imóvel. Em seguida, Delia se pegou reagindo. Muito.

Quando ela retribuiu, Adam parou, se afastou um pouco, olhos nos olhos dela e se moveu para beijá-la de novo, sem pressa, como se os dois se beijassem daquele jeito o tempo todo.

Delia se sentiu ao mesmo tempo tomada pelo terror e excitada como uma adolescente beijando um garoto quando deveria estar servindo de babá. Aquilo era um oportunismo descarado? A amizade deles significava tão pouco? Ele achava que ia... como tinha se atrevido... por que ela estava... meu Deus, ela sem dúvida o estava beijando com um pouco de entusiasmo demais para culpá-lo quando acabasse...

Adam parou de novo. Eles olharam um para o outro, o peito ofegante, a respiração saindo bem pesada.

Ele moveu a mão:

— Ou, sabe, alguma coisa *assim*.

Delia estava arfando:

— Por que você fez isso?

— Cheguei a um ponto em que eu não podia não fazer isso. Não deveria ter feito?

Ela ficou encarando Adam. Ele retribuiu sem hesitar. Ela estava confusa e constrangida, em vez de ofendida, mas ofendida era a pose mais fácil.

— Você achou que ia se divertir porque estabelecemos que estou desesperada, e você é um sedutor inescrupuloso? Achei que fôssemos amigos.

— Nós somos. Eu estava torcendo para sermos mais do que isso.

Adam estava olhando diretamente para Delia e sendo mais corajoso do que ela.

Ela engoliu em seco e testou a própria reação à notícia de que Adam a considerava atraente.

— Não achei que você gostasse de mim assim — ela comentou.

Que idiota, ela pensou, assim que o disse. Era óbvio que Adam gostava bastante dela, e fogos de artifício dignos do Tâmisa na virada do milênio estavam explodindo dentro dela.

Por que ela precisava de confirmações de que aquilo não arruinaria a amizade? Essa era uma chance de lidar com o sexo como as outras pessoas faziam, aquelas que não tinham passado uma década com o mesmo parceiro.

— Sério? Achei que eu tivesse dados várias pistas. Como resgatar você de Kurt.

— Pensei que você achasse que era a coisa certa a fazer!

— Haha. Eu achei. Mas acontece que eu também quis fazer aquilo, considerando a dimensão debilitante da minha atração por você.

Ela ficou vermelha. Emma estava certa desde o começo?

Delia o observou para ver se ele estava falando a verdade. Adam parecia acanhado e até tímido naquele momento, a camisa meio desabotoada, o cabelo bagunçado, os olhos um pouco brilhantes por causa do champanhe e do... desejo? A casa estava em silêncio, ainda não havia sinal de Dougie. Delia analisou como se sentia sobre como eles, talvez, passariam as próximas horas.

A resposta de seu corpo foi um enfático "sim, por favor, vá em frente", e seu intelecto também não podia estar num embate muito grande.

Suas emoções estavam correndo para alcançar o resto. Meu Deus, por que colocar emoções no meio disso? Por que ela estava duvidando daquilo? O beijo tinha sido *incrível.* As emoções pediram que ela considerasse se ia se machucar.

"Seja honesta sobre o quanto quer isso, e siga em frente." Seria ingenuidade acreditar que algo além de uma aventura estava sendo oferecido ali. Ele era alguém que dormia com todo mundo. Mas se Delia fosse derrotar o demônio do medo do "Primeiro depois de Paul", Adam seria uma escolha elegante.

Ela inclinou o corpo para frente e o beijou novamente. Ele colocou a mão na parte de trás da cabeça de Delia dessa vez e aprofundou o beijo. O estômago dela fez aquele movimento de subir e descer de quando você se inclina para trás, no balanço.

Ela subiu no colo de Adam, colocando um joelho de cada lado das pernas dele. Quem era aquela pessoa? Delia gostava dela.

— Delia — ele disse, parando para respirar, as mãos na cintura dela, minutos depois. — Delia?

— O quê? — Ela sussurrou. Era estranho como movimentos sexuais de repente exigiam sussurros.

— Você quer isso mesmo? Tem certeza?

Ela recuou, com os calcanhares fincados nas coxas, e sorriu.

— Isto é algum tipo de tática de supersedução do rei da cantada, me fazer dizer oficialmente que foi ideia minha? *Declarar quaisquer objeções que possam constar nos registros?*

— Não — Adam respondeu, segurando a cintura dela com mais força, a expressão séria. — É óbvio que começou como ideia minha. Quando digo que gosto de você, quero dizer que gosto muito de você. Eu ficaria arrasado se você se arrepender e fugir. Eu não quero isso agora, se agora significar que não vai acontecer de novo. Faz algum sentido?

Na verdade, não fazia. Ele estava fazendo um discurso para conseguir o que queria? Delia não estava agindo como fosse necessário. Só que ele tinha admitido que perdia o interesse com facilidade em se tratando de mulheres, e o que achava que sentia no começo não durava. Ela decidiu que não se importava. Naquela noite, ela queria Adam.

— Escute — ele começou a falar, em voz baixa, — sobre o que eu disse antes...

— Shhh, estou bem com relação a isto. Mais do que bem — Delia interrompeu, se inclinando para beijá-lo de novo.

Mas quando as coisas se tornaram intensas o bastante para Adam murmurar sugestões de eles irem para o quarto, ela desejou que sua coragem tivesse se mantido, enquanto murmurava:

— Espere. Posso ficar mais bêbada antes?

Adam respondeu:

— Ah, puta merda, Obrigado!

E os dois começaram a gargalhar.

— É que do jeito que as coisas estão, eu sou a Mulher Ferrugem.

— Esse é seu nome de atriz pornô?

Eles riram até doer. Ajudava a aliviar a tensão.

— Uma anestesia, saindo — ele disse, levantando do sofá e indo para a cozinha. Delia se pegou sorrindo para o ar.

Adam trouxe a garrafa para repor o champanhe. Os olhos dos dois se encontraram sobre as taças depois do primeiro gole, e a bebida logo foi ignorada em favor de eles se agarrarem de novo. Delia descobriu que não conseguia tirar as mãos, nem a boca, dele.

Os dois quase não falaram de novo, até estarem cambaleando pelo quarto, e Adam sussurrar algo com urgência, que a surpreendeu.

— Você acha mesmo que seu lugar é com Paul?

— Não — Delia mentiu.

Sessenta e seis

Delia tinha gastado muita energia emocional se preocupando se fazer sexo era besteira. Ela não pensou no quão desconcertante seria se fosse incrível.

Ela e Paul tinham sido bons juntos. Era mais gostoso do que emocionante, para ser honesta. Havia um quê de "vá lá, faça o trabalho, termine e saia no momento certo" com ele. Você recomendaria os serviços eficientes e diligentes de Paul sem receio. Ao passo que a resenha do desempenho de Adam envolvia rir, suspiros reflexivos, um sorriso bobo e olhares intensos.

Eles eram bons juntos. *Talvez isso seja o que as pessoas querem dizer com química.* Delia pensou. Ela achava que era um mito. Ela esperava que Adam "não fosse como Paul" e que essa característica a deixasse aflita, que houvesse surtos de desorientação e autorrecriminação. Mas não aconteceu.

Apesar de Adam ser diferente — mais alto, mais magro, mais bonito, mais comunicativo, no entanto, menos afeito a reclamar sobre ser empurrado da cama —, ele não era não familiar.

— Sabe aquilo de você já ter dormido com um monte de gente? — Delia comentou, enquanto os dois estavam deitados lado a lado arrebatados.

O quarto dele tinha uma decoração masculina clássica: uma cama de casal de pinheiro, lençóis escuros, tapete cinza-exército, uma pia com poucos produtos masculinos, um mural de cortiça cheio de ingressos, cartões-postais e uma ou outra foto da irmã dele e do gato gordo. Delia ficou feliz com a luminária de mesa com cúpula azul que lançava uma luz discreta.

— O quê? — Adam respondeu, sério.

Delia olhou para ele. Ela achou que Adam fosse fazer outra piada sobre ser o melhor vendedor de salame do sul de Londres, mas ele não parecia desconfortável com aquela linha de investigação.

— É muito difícil não comparar? Você se pega pensando "o jeito como ela mexe o quadril me faz lembrar aquela menina de Kettering que conheci em Ibiza, em 2006" e tal? — Delia perguntou.

De repente, Adam se virou no travesseiro para olhar bem para o rosto dela. Ele era uma criatura tão ridiculamente bela que podia fazer um teste para James Bond. Só que estava com uma expressão carrancuda, como se estivesse em uma cena em que ficou sabendo que o traficante de armas com uma iguana no ombro ganhou a partida mental de vinte-e-um.

— Meu Deus, que coisa para dizer neste momento. O que isso quer dizer? "Se eu pensei em outras pessoas quando estava com você?" Claro que não, por que eu faria isso? Você pensou em Paul enquanto estava comigo?

— Não! — Delia respondeu imediatamente, um pouco chateada por ter errado tanto sobre uma conversa pós-sexo, quando estava se felicitando por aquela coisa toda de "sexo com alguém que não fosse o Paul" ter dado tão certo.

— Tem certeza? — Adam insistiu. — Porque, se não for o caso, foi uma pergunta estranha.

— Eu estava fazendo um comentário casual sobre a nossa experiência relativa — ela disse. — Esqueça.

Era mais do que isso. Delia estava com ciúme, o que a deixava irritada e determinada a mostrar que não.

— Experiência não é um cálculo — disse Adam. — Eu não passei uma década com alguém, nem pedi ninguém em casamento.

Delia pensou no assunto.

— Acho que não.

— Eu me preocupo com o que você pensa de mim. Eu disse que não vejo isso como um ponto no placar, não disse?

— Eu sei — Delia respondeu, e mudou o braço de posição, colocando-o sobre o peito dele. Adam estava falando sério? Ela não acreditava totalmente, ainda que estivesse feliz por acreditar naquele momento.

Os dois ficaram deitados em silêncio por um tempo.

— Seu cabelo é incrível — Adam comentou, acariciando-o sobre o travesseiro. — Uma cor ruiva-dourada que, em geral, só se vê em pinturas.

— Você gosta?

— Por que tudo o que é bom é sempre recebido com surpresa por você? — Ele perguntou, mas com carinho desta vez. — Você é linda.

Ela sentiu uma onda de prazer ao ouvir isso: "linda."

— Nem todo mundo gosta de coisas ruivas — Delia disse, para depois desejar ter usado outra terminologia.

— Não tenho certeza se eu gostaria de *coisas* ruivas — ele respondeu, e os dois riram.

Adam se afastou um pouco dela e olhou para baixo. Delia tinha atravessado a fronteira do medo e entrado no território anteriormente desconhecido de conseguir ficar nua com uma pessoa nova. No âmbito abstrato, ficar nua era algo gigantesco. E, no entanto, no fim das contas, um sutiã e uma calça eram bem pouco material e podiam estar sendo usados ou não sem que o céu desabasse.

Os olhos deles se encontraram, de um jeito inebriado, e Delia pensou que precisava se preparar para a segunda rodada.

— Acho que vou usar o banheiro — ela avisou, pensando que estava feliz com a luz baixa, se precisasse se levantar na frente dele. Ficar nua deitada não era a mesma coisa que ficar nua andando.

Delia se sentou, ao mesmo tempo em que ouviu o barulho de uma voz do outro lado da porta chamando:

— Adam?

A maçaneta girou, e a porta começou a se abrir. Com reflexos de um ninja, Adam se jogou sobre Delia e a prendeu de volta na cama com a parte superior do corpo, gritando:

— Dougie, você pode, por favor, aprender a bater?!

— Ah, merda, desculpe — ela ouviu Dougie dizer. Pausa. — é a... Delia?

— SIM É A DELIA, INFERNO, VÁ EMBORA!

— Oi, Dougie — ela disse num gemido abafado, embaixo de Adam.

— Olá! Vocês dois fizeram as pazes, então? — Dougie parecia bêbado.

— Não, estamos no meio de uma discussão! O que você acha, porra? — Adam gritou.

— Eu fiquei fora por tempo suficiente?

Delia caiu na gargalhada.

— Não por tempo suficiente para o meu gosto. TCHAU.

A porta se fechou, e Adam grunhiu.

— Jesus, Maria e José.

Em seguida, ele saiu de cima de Delia para deixá-la respirar de novo, em meio ao riso.

— Isso foi muito galante — ela disse, puxando os lençol até as axilas, caso Dougie se lembrasse de mais alguma coisa.

— Não foi nada. Não quero imagens da minha Delia armazenadas no HD mental de Dougie.

Minha Delia? O estômago dela ficou apertado. O que tinha acontecido entre eles, exatamente? Por mais que quisesse estar com Adam, ela sentiu que precisava fazer uma longa caminhada sozinha, para começar a processar aquilo. A coisa estava indo rápido demais.

— Então. O que acontece agora? — Adam perguntou.

Delia parou.

— Sabe onde Dougie não vai estar no próximo fim de semana? — Ele continuou, sentando e apoiando o queixo na mão. — Em Paris.

Delia levou um susto.

— Paris? — Ela repetiu, atônita.

— Sim — disse Adam, colocando uma mecha do cabelo dela atrás da orelha. — Você gostaria de ir?

— Por quê? — Delia perguntou.

— Porque seria divertido. Posso passar dias e noites inteiros com você. E vou voltar ao argumento anterior de Dougie não estar lá.

— Você já foi antes?

— Já, meu pai mora na França. — Adam fez uma pausa. — Não fui para lá com outra mulher, se é disso que você está falando.

— Não é isso... — disse Delia. — é uma bela ideia.

Adam sorriu, um pouco triste.

— Não estou sentindo uma grande onda de entusiasmo, para ser sincero.

— Não! Seria ótimo... Mas Celine queria ir para lá para um fim de semana de "vai ou racha" com Paul, é isso. Uma associação estranha.

Adam afundou de novo nos travesseiros e ficou em silêncio.

— Sabe o que eu gostaria de fazer? Um fim de semana em Londres — ela disse.

Ele apertou os olhos.

— Me mostre todos os seus lugares preferidos aqui. Faça um tour comigo. Podemos ficar em um hotel, um hotel sem Dougie?

— Pode ser bom. Podemos começar com um encontro? Conheço um restaurante francês muito bom onde me devem um favor.

— Ah, é?

— *O* maître, não *A* maître!

— Sim!

Adam bufou de brincadeira, e ela o beijou no rosto e respondeu que achava ótimo.

Lá embaixo, a televisão fez barulho de repente, e a voz de Dougie surgiu murmurando:

— Rodésia! Zimbábue! É Zimbábue!

— Ah, não. Ele está de novo em um daqueles chats de perguntas em que uma mulher de shorts curtos faz você ligar para um número especial. O extrato bancário dele parece uma lista de contravenções penais.

— Não acredito que você falou para ele que eu tenho peitos grandes, a propósito. Quando eu vim aqui daquela vez, e Dougie não me deixou entrar. Você deu minha ficha médica para ele?

— Eu precisava pensar em características que se destacassem para Dougie. Pessoalmente, eu estava ocupado demais com a sua personalidade para pensar nos seus peitos. O tamanho grande ou o que seja deles não é nem lá, nem cá para mim.

Delia se mexeu para deixar o lençol cair.
— Eles estão aqui.
— ... Ah, é. Não tinha notado.
Adam investiu, e a segunda rodada começou, pontuada por um grito distante:
— CARBONATO DE CÁLCIO!

Sessenta e sete

Delia entrou voando pela porta, louca para contar para Emma, em termos vagos, sobre a vigorosa invasão e como tinha sido muito proveitoso o saque da noite anterior.

Ela estava radiante, vibrando. E estava se sentindo como se fosse feita de argila mole e ainda pudesse ver as impressões digitais de Adam em seu corpo. Eles quase não tinham dormido, e ela estava embriagada pela adrenalina. Aquilo podia ser o começo de...? Delia não sabia. Ela estava flutuando, voando, suspensa entre um lugar e o outro. O que Adam tinha dito — "nem lá, nem cá" — descrevia o estado de Delia com perfeição.

Para sua surpresa, Emma estava com uma expressão preocupada em vez de ansiosa com a história de Delia ter passado a noite fora. Ela estava balançando a cabaça enfaticamente e fazendo o gesto assassino de passar o dedo pela garganta.

— Eu liguei e deixei uma mensagem, você não recebeu? — perguntou ela, a voz alta e aguda.

Delia franziu a testa.

— Ah. Não olhei meu celular.

Ela tinha pegado o metrô com uma expressão feliz no rosto, ouvindo música pelo iPod e sorrindo sem parar para estranhos.

Delia tirou o aparelho do bolso e viu que tinha muitas ligações perdidas, um símbolo de mensagem de voz e três mensagens de texto.

— Eu estava na casa do Adam — ela explicou, sabendo de algum jeito que não era isso que Emma queria que ela dissesse, mas, mesmo assim, sem conseguir se conter.

Emma fez um gesto de alguém com uma corda no pescoço e língua para fora.

— Paul está aqui para ver você — ela acrescentou, como quem diz animadamente "mais chá, vigário?"

Paul apareceu na entrada da sala de estar, de mãos no bolso.

Delia e ele se encararam, igualmente surpresos e evasivos. O olhar dele passou pelo vestido dela, pelos saltos baixos e pelo rosto pálido, quase sem maquiagem, de quem dormiu pouco. Ela observou o surpreendente estilo elegante de Paul, suéter azul escuro novo, calça jeans. Até o branco dos Adidas Gazelles estava brilhando, em vez de encardido.

— Vou deixar vocês dois a sós! — Emma anunciou, indo pegar sua bolsa.

Delia tentou dar a resposta instintiva, "não precisa", mas era besteira fazer isso, e ela não conseguiu pensar em nada melhor para dizer nos segundos que sua amiga levou para se arrumar e partir.

— Obrigado, Bez — disse Paul, e ela cantarolou "sem problema!" enquanto seus saltos desciam as escadas. Bez, ele tinha voltado a chamá-la assim? Era o apelido de Paul para Emma, por causa do Berry, o que mostrou que fazia mais de cinco minutos que ele estava naquele sofá. Paul adorava apelidos.

Quando ficaram a sós, um silêncio gélido caiu sobre os dois como uma camada fina de neve.

— Então — Paul disse finalmente, e Delia podia ver que ele estava chocado e magoado com a noite fora, mas estava tentando manter o controle. — Quem é Adam?

— Um amigo — ela respondeu.

Por que ela estava se sentindo culpada? Não havia razão para sentir culpa.

Outra pausa.

Ela quis saber tudo quando Paul dormiu com outra pessoa. Ainda que ele não tivesse os mesmos direitos de interrogá-la, Delia sentiu que ele não ia querer saber, mesmo que pudesse. Ele fez uma careta. Um momento se passou, e Paul disse:

— Desculpe aparecer assim. Às vezes o telefone não demonstra o devido respeito, sabe?

Delia assentiu. Além do mais, ela tinha uma política de ignorar as ligações dele, mas pensou melhor e não mencionou isso. Ele devia ter pegado o trem noturno para ter chegado a Londres àquela hora.

— Posso conversar com você? — Paul perguntou.

Delia soltou a bolsa e foi com ele até a sala de visitas. O sol estava entrando pelas majestosas cortinas de Emma, formando poças de luz no piso de madeira clara. Os dois se sentaram nos extremos do gigantesco sofá em L.

— Hum — ele limpou a garganta. — Eu parei para pensar desde a última vez que vi você. A casa está tão quieta sem você, nem ele...

Paul compartilhou um olhar com Delia, que balançou a cabeça: agora não. Ele assentiu e foi em frente.

— Eu me dei conta de que, para existir alguma chance de me perdoar, você precisava saber por que eu fiz o que fiz. Eu não tinha uma resposta para você, porque não perguntei a mim mesmo quais eram os motivos. Quero encontrar uma expressão melhor do que "busca interna", mas é só o que está me ocorrendo.

Ele abriu um sorriso fraco para Delia e juntou as mãos. — Certo. Aqui vai. Quando meus pais morreram...

Delia ficou dura. Era melhor ele não tentar se fazer de vítima. Paul tinha vulgarizado isso para sempre quando mentiu sobre o cartão de Valentine's Day.

— Sabe como a versão oficial diz que Michael era problemático, e eu, o equilibrado? Parecia que eu estava lidando bem, e eu estava... mais ou menos. Até ser expulso da escola.

— Você foi expulso?

Aquilo era novidade para ela. "Considerado não adequado para a academia, não ter feito os exames classificatórios, começar a trabalhar em um bar" era a versão que ela conhecia.

— Eu costumava tirar boas notas, então comecei a andar com más companhias e a beber no almoço, esse tipo de coisa. Eu estava a poucos meses de me formar, mas isso me impediu de fazer o preparatório ou ir para a faculdade.

— Ah.

— Não contei para meu tio e minha tia o que aconteceu. Consegui pegar a carta antes deles. Quando o diretor ligou para a casa deles, atendi o telefone, coloquei Michael na linha e o fiz fingir que era meu tio. Em vez de enfrentar a ruína da minha vida, achei que era um perfeito Ferris Bueller, um espertalhão. Continuei fingindo que ia para a escola, saindo de casa todo dia e zanzando por aí, arrumando confusão.

— O quê? Você estava transando por aí com dezesseis anos? — Delia perguntou.

— Não, haha. Meu eu adolescente bem que queria. Indo para lojas de bebidas, roubando. Então um dia fui pego roubando, fui preso, e tudo veio à tona. Meu tio e minha tia ficaram arrasados. Eu os fiz sentir que tinham decepcionado meus pais. — Paul engoliu em seco para se recompor. — Eles disseram que o pior era que eu tinha mentido. O problema era que eu não queria que ninguém visse que eu estava mal. Eu era muito orgulhoso e me tornei muito bom em esconder meus sentimentos. Sou muito bom em criar uma fachada, sabe?

Delia assentiu. Disso, ela sabia.

— Então — Paul esfregou o rosto, e Delia se perguntou como era possível conhecê-lo há tanto tempo e não saber nada disso. — Estou evitando psicólogos desde o acidente porque, acredite, todo mundo fica perguntando como você está se sentindo a cada cinco minutos, e você só quer sair para jogar uma bola. Depois da prisão, tive que fazer terapia. Disseram que eu tive um episódio de depressão.

— Paul — Delia interrompeu, com cuidado —, não estou dizendo isso de um jeito descuidado, mas você está falando de vinte anos atrás. Como isso afeta você ter dormindo com Celine?

Ele a encarou, colocando as mãos dos dois lados do corpo no sofá.

— Não, eu tenho trinta e cinco anos. Nada serve de desculpa para o que eu fiz, Dee. Mas, se ajudar você a entender, estou tentando explicar que, no fim do ano passado, a cortina se fechou. Eu me senti do mesmo jeito que na época em que matava aula, mentindo para as pessoas que me amavam. É estranho, você não pensaria que o vigésimo aniversário significaria tanto, e eu também não. Considerando como eu me comportei, é obvio que importa. Vai soar estranho, mas nunca superei o fato de que meus pais nunca mais vão voltar. Mesmo agora, alguma parte pequena de mim acha que eles vão passar pela porta e dizer: "Surpresa! Viu, isso fez você e Mike se virarem sozinhos, não fez?"

Delia olhou para ele e viu sua expressão, a maneira como seus músculos se contraíram, um olhar que ela nunca tinha visto antes, e soube que aquilo era sincero. "Todo dia, você pode escolher ser feliz." Como ela nunca tinha tido perspectiva o suficiente para ver que técnicas de sobrevivência também podiam significar negação? Era porque estava apaixonada demais pela *persona* que Paul apresentava para o mundo.

— O terapeuta me disse que eu teria esses episódios de sair do eixo de novo, e que precisava pedir ajuda se visse as nuvens se fechando. Claro, eu não fiz isso. Pensei, tenho minha namorada, o pub, o cachorro e vou dar conta, com a minha arrogância de sempre. Mesmo que estivesse tendo pensamentos sombrios sobre envelhecer e morrer, me sentindo vazio por dentro. E me perguntando por que meus funcionários me pareciam tão absurdamente *jovens.*

Ele fingiu sentir um calafrio.

Delia ficou surpresa. Muito. Animado, cheio de vida. Onde estava o Paul festeiro?

Ele respirou fundo.

— O que aconteceu com Celine. Não consigo nem imaginar a quantidade de dor e mágoa que causei a você. Quero dizer, você acabou de... e eu...

Delia se contorceu, e Paul teve a sabedoria de abandonar a analogia com Adam.

— Não tinha nada a ver com sexo nem com não estar feliz em casa, Dee. Eu tenho... tinha... tudo o que queria com você e nunca abriria mão disso de propósito. Era uma distração. Essa coisa ridícula começou e, quando estava fazendo isso, eu não precisava pensar nos meus outros problemas. Criei um problema diferente para mim mesmo para evitar o problema real. "Comportamento de risco atípico", como meu terapeuta chamou. Como autoflagelação psicológica.

Ele tinha voltado para a terapia?

— Garotas aparecerem flertando com quem trabalha no bar é algo que acontece com muita frequência, como você sabe. Não é que ela era especial ou diferente, se comparada com você. É só que, dessa vez, eu não estava sendo meu eu de sempre.

Delia olhou para as próprias mãos sobre o colo.

— Existiram outras além de Celine? — ela perguntou apenas, olhando para a frente.

— Outras mulheres?

— Sim.

— Não, nunca. Nunca. Por que você acharia isso?

— Meu amigo — Delia respondeu. — Ele disse que homens como você nunca traem só uma vez.

Delia teve a estranha sensação de que estava traindo Adam ao contar isso, apesar do fato de haver uma pequena chance de ela estar arruinando uma amizade em potencial entre eles dois. Mesmo assim, Adam tinha dito que Paul traía quando estava feliz, não quando estava triste. Pelo jeito, estava errado.

— *Homens como eu* — Paul repetiu, a sobrancelha franzida. — Eu gostaria de conhecer esse modelo de virtude. Ele está num pedestal, segurando um arco e flecha? Não houve outras. De jeito nenhum.

— Você mentiu muito para mim.

— Menti.

Delia sentiu que eles estavam em uma linha de montagem industrial, com apenas os componentes essenciais: eles estavam em condição de funcionamento?

— As mentiras que você me disse, depois que eu descobri. Elas me machucaram mais do que tudo.

Os olhos de Paul estavam brilhando

— Eu vi o amor da minha vida prestes a ir embora e pensei que a honestidade completa significaria perder você para sempre. Foi só agora que entendi que a honestidade completa era minha única esperança.

Paul limpou os olhos na manga da blusa.

— Delia. É isso. Essa é a história toda de como fui tão estúpido a ponto de colocar tudo o que era importante para mim em risco, por algo tão insignificante.

Delia acreditava nele. E finalmente tinha entendido. Ela não sentia mais nenhuma raiva. Só tristeza.

Sessenta e oito

— Tem mais uma coisa — Paul continuou. — Considerando que estou aqui implorando mais uma chance, não estou fazendo minha melhor apresentação...

Delia não sabia como se sentir. Não sabia o que estava sentindo.

Paul esfregou a palma da mão na calça jeans.

— Você já ouviu aquela história de que os terapeutas não estão ali para julgar, mas para ajudar você a lidar por conta própria com as coisas e tal? Bom, puta merda, eu vou e encontro logo a que não segue as regras. Essa adora falar. Ela me dá um parecer bem duro sem nem hesitar.

Paul sorriu, e Delia retribuiu com um sorriso pequeno e hesitante.

— Nós falamos sobre minha atitude em relação a casamento e filhos. Sabe o que ela disse? Ela disse que eu inconscientemente fico resistindo e sendo um eterno garoto grande para ser o menino que meus pais deixaram. Como se eu estivesse esperando, ou algo assim.

Os músculos da garganta de Delia se fecharam.

— Isso me fez ver como fui injusto com você. Querendo que você se adaptasse a mim, que esperasse por mim.

Paul levantou o quadril do sofá, revirou o bolso da calça e tirou alguma coisa de lá, que ficou na palma de sua mão.

Ele abriu uma caixa de anel. Lá dentro, estava o anel de diamante e esmeralda em estilo *art déco* que Delia tinha escolhido. Ela não fazia ideia como Paul o tinha encontrado.

Ele virou para ela.

— Este não é o lugar, muito menos a ocasião, para dizer estas palavras. Você merece algo romântico, feito direito, como você fez por mim. Quero que você aceite isso como uma espécie de pré-proposta, para saber que estou pronto para ficar de joelhos se você estiver pronta para ouvir. Delia, eu amo você. Mais do que sou capaz de dizer com palavras. Quero que fiquemos juntos pelo resto da vida. Quero me casar com você. Quanto antes, melhor.

Delia ficou olhando para o anel estupefata.

— Como você...?

Paul ficou vermelho de satisfação com a reação dela.

— É esse? Sei que tem uma joalheria vintage de que você gosta e pensei que você tivesse ido lá. Descrevi você para a vendedora, e ela se lembrou. Passamos por uns cinco ou seis anéis que ela disse que você viu e, quando eu vi esse, soube que era o certo. Esse é o gosto da minha Delia. Ajustei o tamanho com alguns anéis que você deixou em casa.

Ela estava impressionada. Isso era o que dez anos juntos podiam fazer. Paul a conhecia melhor do que ninguém.

O anel brilhou e cintilou sob a luz da sala. Delia soltou o ar.

— Paul, não posso voltar ao que nós tínhamos. Eu vivia a minha vida em volta de você e para você. Encontrei meu velho eu de novo e não quero perder isso.

— O que você tem feito desde... desde que nós nos separamos é incrível, construindo uma vida aqui. Você está dizendo que quer ficar em Londres?

Delia balançou a cabeça.

— Não é uma questão de geografia. É sobre continuar sendo dona de mim. Se eu voltar, não vou ser aquela pessoa de novo, sempre esperando por você, fazendo que você quer.

— Você quer ser um time — disse Paul. — Eu entendi. Eu também.

— Você quer isso de volta porque me ama mesmo e quer ficar comigo, ou porque não sabe mais o que fazer?

— Estou surpreso que você esteja perguntando isso. Quem não ia querer ficar com você? Delia, não estou dizendo isso como um ultimato, porque você sempre pode voltar para casa. Mas se não existe nenhuma chance, é melhor você me dizer. Não saber está me matando. E você parece estar bem aqui...

Ele deixou a frase no ar. Adam era o elefante na sala de novo.

Delia pensou em todos os Pauls que tinha conhecido.

O Paul que sempre a deixava misturar os drinques atrás do balcão e a deixava desperdiçar a bebida, porque ela sempre derramava, e limpava a sujeira sem reclamar. O Paul que se sentava com a família dela à mesa de jantar e discutia fast-food respeitosamente com Ralph como se os dois fossem pequenos empresários. O Paul que massageava os pés dela quando Delia usava sapatos ridículos, que consertava a bicicleta dela, que devorava sua comida e dizia para as pessoas que ela não tinha seguido sua verdadeira vocação de chef. O Paul que a chamava, nos momentos mais íntimos e cafonas de afeto, de Moranguinho, por causa da boneca de cabelo absurdamente vermelho dos desenhos dos anos 1980. Acho que você é igual a mim... Paul e Delia, Delia e Paul. Ele tinha sido um ótimo namorado, na maior parte do tempo.

Todos esses Pauls tinham sido apagados pelo Paul que tinha feito sexo com outra mulher e mentido sobre isso? O Paul que, ela percebia agora, sempre tentava impressioná-la à sua própria maneira e não conseguia sair do personagem quando estava mal. Delia quis que ele bancasse o herói. Era uma via de mão dupla, um pacto.

A parte boa era muito maior que a ruim. A história deles falava por si só — Delia não podia abrir mão disso. Ela ainda amava Paul.

Ela assentiu, devagar.

— Certo. Vamos tentar de novo. Sem noivado, por enquanto. Quero voltar para Newcastle.

Paul se inclinou e colocou os braços em volta dela, e os dois ficaram naquela posição por um momento, mergulhados no ombro um do outro. Delia se perguntou se estava com o cheiro de Adam. *Adam*. Tinha sido uma fantasia maravilhosa — estranha, nova e excitante — mas aquela era sua realidade.

— A propósito, pedi a bênção de Emma para pedir você em casamento — ele contou, se desvencilhando. — Espero que você não se importe. Eu não podia pedir para o seu pai nestas circunstâncias, e queria o aval de alguém que você ama.

— E ela deu sua bênção?

— Você está brincando? Ela acabou comigo. Mas depois, sim.

Delia começou a rir. A tensão na sala se desfez enquanto os dois cuidaram de preparativos práticos, conversaram sobre coisas leves e planejaram jantar fora com Emma.

— Outra coisa, preciso ir falar com meu amigo e contar que estou indo embora — Delia disse finalmente, forçando sua voz a se manter confiante.

Paul mordeu o lábio e moveu a cabeça num meneio. — Às vezes o telefone não demonstra o devido respeito — ela acrescentou.

— Vou ficar com o anel, por enquanto — disse Paul, colocando a caixa de novo no bolso.

Sessenta e nove

Delia não sabia a terminologia oficial para o que estava prestes a fazer. Seria possível terminar com alguém que não estava exatamente "com" você? Estaria ela prestes a fazer papel de boba, revelando que seu exemplar do manual de relacionamentos estava defasado?

Parecia que ela tinha sido vendada e a puseram para girar curvada segurando um cabo de vassoura. Fazia poucas horas que ela tinha saído daquela casa, com um humor totalmente diferente. O sol forte que acompanhou sua tarefa de ir até Clapham parecia um erro. Mais uma vez, abalos sísmicos podiam acontecer na sua vida, mas a existência de modo geral tinha a audácia de continuar normalmente.

Delia queria chuva. O diretor de arte da vida real cometeu um furo.

Adam atendeu a porta, e ela tentou não pensar no olhar de apreensão no rosto dele. Delia obviamente não tinha ligado para propor uma "conversa" em vez de um encontro para colocar Paris de novo nas possibilidades.

— Oi. Podemos conversar lá em cima? — disse Delia.

Adam não disse nada, apenas assentiu, e ela ficou tensa com a dificuldade do que estava prestes a fazer. Para piorar as coisas, ele a pegou pela mão e a levou até o quarto, enquanto Delia tentava não pensar naquela sensação.

Quando chegaram ao quarto, ele fechou a porta, cruzou os braços e encostou no guarda-roupa. Sua expressão deixava claro que Adam sabia mais ou menos o que estava por vir. Delia fechou os dedos na mão.

— Hum. Paul veio falar comigo.

Uma pausa. Ela estava esperando alguma coisa, mas Adam não disse nada.

— Vamos voltar — Delia concluiu, um pouco rouca.

— Vão voltar ou voltaram?

— Voltamos.

Adam encostou o queixo no peito.

— Eu sinto muito — ela acrescentou.

O silêncio estava carregado. Adam limpou a garganta e moveu as coisas, endireitando o corpo.

— Foi rápido — ele disse.

Delia não podia negar que o *timing* tinha sido constrangedor, se envolver com um segundo homem enquanto seu corpo ainda estava vibrando pelo encontro com o primeiro.

— Ele parou com a coisa de "fazer sexo com outra mulher", então?

Delia não podia entrar nos detalhes do luto e da depressão.

— Não posso explicar agora, mas ele teve seus motivos.

— Tenho certeza disso.

— Ele prometeu que nunca mais vai acontecer.

— Claro que prometeu.

— Escute. Adam. Não estou fazendo isso levianamente. Eu não sou um capacho.

— Eu não disse que era.

Diante daquele silêncio perigoso, Delia se atrapalhou.

— Ele fez um gesto grandioso. Ele me pediu em casamento, com um anel. Ele pediu a bênção de Emma.

— Sua *amiga*?

— Sim.

— Ele fez sua amiga dizer que você devia se casar com ele? — Adam perguntou, finalmente demonstrando a raiva, revirando os olhos. Delia notou que ele estava tão branco, que sua pele parecia verde-pálido. — Canalha manipulador.

— Não acho que essa era a intenção dele. Ele está se redimindo.

Delia tentou falar, e sua garganta falhou. Lágrimas ameaçaram cair, e ela se esforçou para se controlar. Não era justo com Adam começar a chorar e se transformar na vítima da história.

— Você o está perdoando pela maneira como ele tratou você? — Adam perguntou. — Na verdade, não responda, porque você obviamente está. Certo. Nada do que eu disser vai importar. — Ele balançou a cabeça. Uma lágrima escorreu pelo rosto, e ele não a limpou.

— Nós não... estávamos só nos divertindo, não é? — Delia disparou, chocada.

— Pelo jeito, sim — Adam respondeu, dando de ombros, mas com a voz oscilante. Ela nunca o tinha visto tão vulnerável. — Você vai voltar para Newcastle?

— Vou.

Adam balançou a cabeça e desviou os olhos, e ela teve a sensação de que ele não confiava em si mesmo para falar.

Delia estava chocada e envergonhada. Ela não pensou muito em como ele ia reagir. Ela sabia que não receberia calorosas congratulações de Adam, mas, apesar das palavras carinhosas, Delia não teve tempo de avaliar quão fortes eram os sentimentos dele. Sim, ele tinha dito coisas, mas as pessoas faziam isso quando desejavam alguém. A possibilidade de ele agir com indiferença e dar de ombros, tipo "ah, que pena, a gente podia ter se divertido, boa viagem" era real.

Aquela estava sendo uma descoberta desconcertante, da maneira mais torturante — Adam gostava de verdade dela. Delia engoliu com dificuldade. Não era constrangedor. Era arrasador.

— Quando você vai? — ele perguntou.

— Amanhã — ela respondeu. — Já fiz as malas. Não tenho muitas coisas aqui.

— Obviamente — Adam emendou, levantando os olhos vazios para encará-la.

— Adam, eu sinto muito...

Ele balançou a cabeça.

— Não se desculpe. Você quer aquilo mais do que quer isto. Não há mais nada a dizer.

Silêncio de novo. Na verdade, havia muito mais a dizer. Delia queria falar de tudo o que Adam tinha feito por ela, e o que ele passou a significar para ela. Como ela tinha ido para Londres no pior momento de sua vida. Como a transformação dele de inimigo para esse amigo incrível — e o sexo incrível que aconteceu — tinha sido o melhor de tudo.

Que Adam mudou a vida dela e restaurou sua fé nos homens, e que ela mudou de ideia e passou a achar que ele ficava bem de rosa. Que ela nunca, jamais, o esqueceria.

Compreensivelmente, tudo o que importava para ele era que Delia estava indo embora com Paul.

Era isso. Ela nunca mais falaria com Adam, nunca mais riria com ele, nunca mais o abraçaria. Parecia errado. Com certeza não era para ser assim. Os dois não deveriam sair valsando cheios de lembranças boas, não podiam manter contato? Não era necessário perguntar. Ela desejou que soubesse o preço de sua escolha antes. Que o sexo significava um ponto final na amizade. Aquilo tinha se transformado em outra coisa na noite anterior, algo que tinha terminado antes mesmo de começar.

Saber que a última vez era a última mesmo era insuportável.

Delia olhou para ele e tentou guardar aquele rosto na memória. Ela queria desenhá-lo. Mas podia ver que Adam preferia que ela fosse embora.

— Tchau, Adam.

— Pois é, tchau — ele respondeu, com uma voz tão baixa, que Delia quase não ouviu. De braços cruzados, ele virou para o chão de novo, sem olhar para ela.

Delia saiu pela cozinha, onde Dougie estava batucando ao som do rádio com uma espátula no aparador, e o barulho de uma frigideira acompanhando a percussão.

— Ei, Delia! Como vai a vida?

— Bem — ela respondeu, sem expressão, sem saber o que mais dizer e sem saber se estava dizendo a verdade ou não.

Setenta

Delia tinha voltado para casa. Ela navegava pelas ruas em sua bicicleta vermelha como se fosse dona delas, conversando com as pessoas nas lojas e com o sotaque um tom mais acentuado. O ar mais frio de Newcastle estava ganhando o cheiro do outono que estava chegando.

Ela limpou a casa de uma ponta a outra e cozinhou usando as próprias panelas. Ela pegou vestidos que não usava há meses do guarda-roupas e passou o delineador em sua penteadeira estilo anos 1950 com espelho oval. Delia saiu para beber com Paul no bar deles, e os dois comeram curry para viagem diante da televisão; ela tomou café em sua caneca favorita. As coisas ainda estavam bem diferentes entre eles, era uma tentativa de voltar a ser um casal. Ela disse a si mesma que era um recomeço, o que significava que estavam namorando de novo, tentando se reencontrar. Logo chegaria uma noite em que haveria um estalo, e tudo faria sentido; não dava para apressar essas coisas.

Ela e Paul espalharam as cinzas de Nabo no rio Tyne, de mãos dadas.

— Sinto falta dele — Delia comentou.

Os dois concordaram que não estavam nem um pouco prontos para outro cachorro, que só queriam Nabo. Mas poderiam estar prontos para outra coisa? Enquanto se afastavam do rio, secando os olhos, um jovem pai estava lutando com uma criança de colo que queria fazer xixi em um muro na Dean Street. Eles olharam um para o outro e sorriram. Um momento de compreensão se passou entre eles.

Alguns dias depois, Paul pediu para Delia ir ao pub no fim da noite. Ela encontrou as luzes ainda acesas; todos já tinham ido embora. Havia uma placa dizendo que fecharam mais cedo por "Razões Pessoais".

— Está tudo bem? — perguntou ela, preocupada.

Delia viu duas taças de champanhe no bar, e uma garrafa de Laurent-Perrier rosé ao lado, com um grande buquê de suas peônias cor-de-rosa favoritas. Seu herói, David Bowie, surgiu no aparelho de som — "Be My Wife" —, e Paul apareceu atrás do balcão, segurando uma pequena caixa de veludo.

Ele ajoelhou e deslizou o anel pelo dedo de Delia, enquanto ela se pegou incapaz de parar de rir descontroladamente, sentindo como se estivessem jogando um jogo de adultos. Os dois ficaram embriagados pela bebida, discutindo planos de casamento no pub deserto de Paul com as bandejas empilhadas na pia e os caixas desligados. Naquela noite, eles consumaram o reencontro.

Delia disse a si mesma que era o que queria, e que seguir em frente era essencial: o momento de certeza feliz, em que seus sentimentos encontrariam seu lugar, estava no horizonte: era só lutar por ele.

No dia seguinte, ela olhou os anúncios de emprego e destacou os que poderia ter, fez uma lista, um plano de ação. Ela não estava preocupada em conseguir outro trabalho. Tinha sobrevivido à Twist & Shout, então tudo era possível. As coisas estavam diferentes agora que ela tinha ressuscitado sua paixão de meio período, *The Fox*. Quem sabe, talvez em algum momento, isso pudesse evoluir para uma paixão em período integral? Era um pensamento reconfortante.

Delia tentava não pensar em coisas que eram doloridas, coisas que não ajudavam, sobre alguém que estava longe. Ele ia superar. Ele disse que tinha magoado outras pessoas. E a teria machucado da mesma forma, muito provavelmente, caso Delia tivesse ficado por perto por tempo suficiente e tivesse se deixado acreditar naquilo. Ela tentava não pensar sobre ele, mas Adam surgia em seus pensamentos o tempo todo, como tinta se espalhando no papel. Ela ficava fazendo anotações mentais, observações para anedotas e conversas que nunca teria com ele, só na sua cabeça.

O principal: ela tentava não notar que não sentia mais o desejo de colocar os braços em volta de Paul e beijá-lo. Isso voltaria. Estava voltando. Ela fizera sua escolha.

Delia usou o calhambeque prateado para ir a Hexham mostrar a seus pais, que estavam educadamente tensos, o anel. ("Não vai ser um casamento grande", ela garantiu, e eles abriram e fixaram o sorriso de pessoas que achavam que nenhum casamento seria pequeno o bastante para eles. Delia nunca precisou se perguntar de onde viera seu lado caseiro.)

Mostrar o anel não era o motivo pelo qual ela estava ansiosa pela primeira visita. Delia também tinha levado o laptop. E fez Ralph se conectar também sob o pretexto de estar interessada no novo videogame dele.

— Lembra que você me disse que The Fox era boa? — comentou ela, abrindo a embalagem de bolo esponjoso amarelo da French Fancy, enquanto seu irmão jogava seu game mais novo. — Eu a coloquei na internet. As pessoas parecem estar gostando. Então mandei para alguns editores. Sabe, de pequenas editoras indie. Tenho uma reunião com um deles, em Leeds. Talvez seja publicado.

Ela abriu o laptop e mostrou a Ralph o site da Fantástica Miss Fox.

— Em um livro? — perguntou ele, hipnotizado pelas imagens na tela. — Um livro que vai ser vendido?

Delia assentiu, engolindo a cobertura.

— Tudo por causa do que você me disse neste quarto, alguns meses atrás. Eu não teria me atrevido a fazer isso se não fosse você.

Ralph pareceu satisfeito.

— Legal. Eu só estava falando a verdade.

— Eu sei, você sempre fala a verdade — disse Delia. — Se for publicado, vou dedicá-lo a você. Aquele helicóptero vai cair?

— Vai — seu irmão respondeu, voltando a atenção para o jogo e pegando o console de novo. — Está tudo bem, não somos nós. Nós atiramos nele.

— Andei pensando. Passei por muita coisa desde então que nunca achei que fosse superar. Terminar com Paul. Mudar para Londres. Fazer um trabalho assustador. Conhecer pessoas assustadoras. Impedir uma pessoa assustadora de fazer coisas erradas. Isso me fez perceber que a mamãe e o papai são ótimos. Mas nos fizeram amar nossa casa um pouco demais. Nós dois ficamos com medo do mundo lá fora, às vezes.

Ralph parecia estar ouvindo, além de conduzir a ação na tela. Ela não sabia se estava se fazendo entender.

— Mas eu consegui enfrentar tudo isso, Ralph, e me tornei uma pessoa melhor. Como você me falou sobre The Fox: estou no comando. Você também está no comando. Você não precisa ficar na lanchonete, nem em casa. Se ficar com medo, tudo bem. Só porque está assustado, não significa que vai dar errado. Se tiver alguma coisa que você quiser fazer, me diga. Quero ajudar você também.

Ralph coçou sua cabeça ruiva e desarrumada.

— Eu pensei em fazer *reviews* de jogos. — Ele olhou para Delia, desconfortável. — No YouTube. Mas, sabe, um monte de gente faz isso. Ninguém vai querer me ver, acho.

— Essa ideia é genial! Ralph, você devia fazer isso! Você é muito divertido quando fala de games. Adoro ouvir você. Seria um sucesso cult.

— Eu tenho algumas opiniões boas, verdade. Um cliente que frequenta a lanchonete, John, sempre me pergunta o que eu acho, e tivemos conversas muito boas, até o chefe reclamar. Agora John pede hadoque em vez de salsicha. O peixe é fresco, e isso nos dá mais tempo para conversar enquanto cozinha.

Delia olhou radiante para seu irmão.

Ralph voltou para a tela.

— Não sei se eu faria alguma coisa que valesse a pena assistir.

A mente de Delia começou a trabalhar.

— O que pode ajudar? Alguém que possa ajudar você a fazer os vídeos e começar a ter seguidores? Como fizeram comigo e com o site de The Fox?

— Acho que sim.

— Ralph, eu conheço alguém! A pessoa certa. — Ela sabia que Ralph ficaria nervoso em apresentar essa ideia a um estranho, então continuou tagarelando: — Mas ele tem fobia de encontrar pessoas.

Bom, é mais de socializar. Mas pode conversar por Skype. Ele pode explicar para você sobre as coisas com que me ajudou. Foi in-crí-vel. Ele é tão bom, que até descobriu um código criptografado superdifícil. Posso apresentar vocês? Só pelo meu laptop.

Os olhos de Ralph se arregalaram diante da parte da "criptografia decodificada", e Delia soube que o tinha convencido. Além do mais, outro fantasma que não sai do quarto o intimidaria muito menos.

Minutos depois, com a permissão de seu irmão, ela fez a ligação, e Joe, da garagem de seus pais, estava no quarto de Ralph, em Hexham.

— Olá! — cumprimentou ele, colocando o cabelo atrás da orelha. — Estou vendo dois de vocês. Sinais vermelhos.

Logo eles estavam conversando como amigos, enquanto Delia encorajava Joe a contar a história do Victoria & Albert. Eles compartilharam detalhes, e Joe prometeu não somente ajudar Ralph, mas disse que adoraria fazer isso.

Delia foi embora de Hexham saltitante, praticamente se abraçando. Ela sabia que tinha conhecido Joe por um motivo, para que os dois pudessem se ajudar. Agora, talvez, ela tivesse semeado uma relação frutífera que beneficiaria tanto seu irmão quanto Naan.

Bom, ou era o começo de uma linda amizade, ou eles cairiam na toca do coelho e jogariam videogames sem parar juntos, e acabariam com barbas de náufragos e enormes unhas do pé.

Mantendo sua promessa de nunca mais deixar as duas se afastarem, Delia programou uma viagem de uma semana para Barcelona, com Emma.

O plano era um festival de tapas, xerez e Gaudí.

— Sinto tanta falta de ter você aqui — sua amiga disse, quando ligou para confirmar que as passagens estavam compradas. — Estou pensando no plano para o futuro. E se eu voltar mesmo para Newcastle? Vou atrapalhar você? Posso abrir meu próprio escritório. Estou imaginando aquela cena em *De Caso com o Acaso* em que abrem um escritório de RP bem-sucedido financiado por um banco, pintando umas paredes e dando uma festa de inauguração, sexy, com flores no cabelo.

— Vai ser exatamente assim — disse Delia, rindo. — Tirando a parte de o banco dar dinheiro para você. Esse filme é bem antigo.

— Você me inspirou, Deels. Você veio para cá e arrasou. Me fez pensar que posso fazer qualquer coisa também.

— Eu inspirei você?

— Sim. Você é a Fantástica Miss Fox.

Os olhos de Delia ficaram marejados. Ela tinha engavetado *The Fox* porque achou que era bobo e infantil. Em vez disso, estava dando a ela o que era mais necessário: coragem.

... VOLTEI, ENTÃO.
É BOM ESTAR DE VOLTA.
E A CIDADE ESTÁ EM SEGURANÇA DE NOVO.
MESMO ASSIM, SINTO UMA INQUIETAÇÃO
QUEM É FOX?
QUAL É MEU VERDADEIRO PROPÓSITO?
TALVEZ EU TENHA MAIS A FAZER...

Setenta e um

Fazia três semanas que Delia estava de volta a Newcastle quando olhava a correspondência sozinha, um sábado de manhã.

Ela quase não viu o envelope fino e amassado, endereçado a ela com uma letra desconhecida, que quase teve uma morte instantânea e inglória, pendurado no que ia se tornar lixo reciclável, preso entre um catálogo da Land's End e a oferta de um cartão de crédito com juros de 4,8% ao ano. Ela resgatou o envelope e o abriu.

Era um cartão com uma imagem da Tate Gallery, uma pintura de uma jovem com cabelo brilhante. Delia o abriu. Os dois lados estavam cobertos de tinta de caneta preta.

Querida Delia,

Olá de novo. Não falei muito da última vez que vi você. Peço desculpas por isso. Aquelas palavras eram tudo o que meu coração enciumado podiam aguentar. Vou conseguir dizer mais aqui. Isso não requer uma resposta, preciso enfatizar. É um gesto de mim para você, porque não posso deixar as coisas como elas ficaram.

Em primeiro lugar, eu sinto sua falta. Meu Deus, e como sinto. Como se as cores tivessem saído do filme. Estou cansado, entediado e triste de entrar em lugares onde Delia não está, mas parece que vou ter que me acostumar com isso acontecendo pelo resto da vida.

Em segundo lugar, estou apaixonado por você. Você sabia que eu me apaixonei por você? Provavelmente não. Eu não dei sinais fortes e consistentes de que estava.

E você achou que eu só queria algo casual. Não a culpo por pensar isso, considerando quem eu era antes de conhecer você.

Não é o que eu queria. Eu já sabia que estava totalmente encantado e tentando decidir a melhor maneira de mostrar para você como é sério, sem assustar você completamente com o tamanho da minha adoração.

Por exemplo, pense nas coisas que sempre achei que não fossem para mim: casamento, filhos, vida doméstica. Acrescentei "com Delia" à equação e, de repente, elas pareciam muito atraentes. Eu finalmente entendi. Todas aquelas vezes rindo das pessoas que me diziam que, quando A Pessoa Certa aparecesse, eu saberia; e, então, lá estava você, e eu soube.

Eu queria discutir por causa de prateleiras na Ikea, jantares de Natal usando chapéus de papel com seus pais, jogar videogames com Ralph no dia seguinte, e nossos nomes sempre serem usados em par (como Hepburn e Tracy; ou Catchup e Maionese).

Além disso, sem querer transformar isso em uma competição — eu nunca dormiria com outra mulher pelas suas costas. (Ok, transformei isso em uma competição.)

Quando você me disse que ia embora com Paul, eu pensei, por que admitir qualquer uma dessas coisas? Por que ferir meu orgulho ainda mais?

Então eu me dei conta de que isso importa. Você precisava saber os sentimentos que inspirou, e eu precisava ter a coragem de dizer isso para você.

Mesmo que não exista esperança de mudar alguma coisa. Mesmo que não seja recíproco.

Nada disso tem a intenção, nem deveria, de fazer você se sentir culpada, a propósito. Você tem tanta escolha sobre quem ama quanto eu.

Parte de mim deseja muito ter dito isso para você pessoalmente, na esperança de que as coisas tivessem sido diferentes. Achei que fosse cedo demais. Eu ia tentar murmurar a maior parte às três da madrugada, no escuro a seguir. Mas não havia mais "a seguir", e acho que bem no fundo eu sempre soube que não haveria.

Delia, querida, maravilhosa, melhor, mais engraçada, com aquela voz adorável que nunca mais vou ouvir — adeus. Sempre vou estar um pouco mais solitário sem você.

Por favor, cuide-se, para que eu possa pensar que você está feliz. E se algum dia ele deixar você triste de novo, vou fazê-lo engolir colheradas do próprio sangue fervendo.

Bj,

Adam

Delia leu e releu as palavras, primeiro com incredulidade, depois com alegria, e depois com um tipo extasiado de dor, até que elas se borraram e misturaram com suas lágrimas quentes. Era impressionante pensar que aquelas palavras cheias de paixão eram sobre ela, que, inconscientemente, tinha conseguido fazer alguém sentir algo tão intenso.

— Seu cretino — ela disse em voz alta e engasgada, soluçando e rindo, para o cartão.

Adam estava apaixonado por ela? Era para ser só um caso. Ele não pertencia ao mundo de Delia, nem ela ao dele. Por que nada fazia sentido? Por que seu peito parecia estar queimando e suas pernas estavam líquidas? Seu estômago parecia ter desaparecido completamente.

No mínimo, Adam tinha provado que o dinheiro não trazia as coisas mais valiosas na vida. Esse cartão não tinha custado quase nada, além do orgulho dele.

E valia tudo para ela.

Setenta e dois

Delia andou de um cômodo para o outro, entorpecida, segurando o cartão, relendo-o. Finalmente, com um calombo enorme na garganta, ela ligou para Emma.

— Oi, Em, eu não sei o que fazer. Adam me mandou uma... me sinto boba chamando de carta de amor, incrível, mas é isso. Um cartão. Dizendo que era louco por mim e queria uma vida inteira juntos e nunca teve a chance de me contar. Que está apaixonado por mim.

— Uau! Mesmo? Ele usou essa palavra?

— Sim, ele usou muitas palavras. E disse que quer fazer uma vida comigo.

O corpo de Delia vibrava com tantas emoções: prazer, gratidão, arrependimento, incredulidade, felicidade, tristeza. Culpa.

— Você não fazia ideia antes? Ele nunca falou nada?

— Não exatamente. Ele fazia várias menções sobre gostar de mim, e disse que não queria uma noite só e queria começar uma relação. Nós dormimos juntos e, se você se lembra, Paul apareceu no dia seguinte.

— Eeeeta. Uma noite com você, e ele se transformou em alguém que escreve cartas de amor. Você deve ter uma pélvis incrível.

— Estou me sentindo mal de tanta vontade de vê-lo. Achei que ia passar, mas não passou. Só piorou. O que eu vou fazer?

— Fazer? Tem alguma coisa a ser feita?

— Não sei.

Emma fez uma pausa.

— Certo. Você sabe que eu acho ele um gato. Parte de mim quer dizer "vá em frente". Sabe, "pise fundo", no final de *Thelma e Louise*. Mas não vamos nos esquecer que elas se jogaram no Grand Canyon.

Delia riu fraquinho.

— Vou ser a melhor amiga que eu puder — Emma anunciou. — Sendo sincera: por mais difícil que seja, tome uma taça de vinho, chore e coloque o cartão em algum lugar onde Paul não vá descobrir. Ou em algum lugar onde ele *vá* descobrir, porque talvez o faça lembrar a sorte que tem. E esqueça.

— Você não acha que Adam está falando sério?

— Acho que ele está falando sério. Mas acho que existe uma diferença entre falar sério e as coisas funcionarem entre vocês.

— Somos diferentes demais?

Emma expirou.

— Não exatamente. Acho que é uma aposta enorme. Você quer uma família, e você sabe bem da situação com Paul.

— Eu achava que sabia antes, lembra?

— Lembro, mas ele jurou para você que aprendeu a lição, ou você não teria voltado. Adam é o desconhecido. Quero dizer, podemos afirmar com certeza de que essa não é uma reação exagerada porque ele não está acostumado a ser rejeitado por mulheres? Não que eu ache que ele não está totalmente encantado com você. Mas falo da natureza dele.

Delia achou que era um bom argumento, ainda que tivesse ferido um pouco seu ego. Sem querer, ela tinha virado o jogo. Talvez fosse uma experiência nova para ele.

— Qual é o histórico de relações dele? Muita monogamia? Ou alta contagem de corpos e um rastro de devastação e pessoas sofrendo, como um serial killer?

— Problemático, eu acho. Ele me disse que nunca se apaixonou. E, sim, ele circulou muito...

— É uma atitude de mulher com coragem cega acreditar que ele vai mudar de vida, Deels. Acredite em mim, já fui essa mulher. Um dia, você se dá conta de que as mulheres que vieram antes também acharam que eram essa mulher.

"Achei que estivesse apaixonado umas duas vezes, me enrolei e então me dei conta de que não estava apaixonado, pelo menos não o suficiente. Causei muita dor..."

— Ainda que Adam esteja claramente apaixonado. Você sabe que eu vi isso antes de você — Emma continuou. — Ele pode estar sendo totalmente sincero e, mesmo assim, não ser uma aposta segura.

— Haha. Adam disse que Paul nunca seria uma aposta segura. Que esse tipo de traição aconteceria de novo.

— Por acaso ele disse isso por volta da época em que estava tentando levar você para a cama?

Delia teve que admitir que era uma grande coincidência.

— Você quer morar em Newcastle também?

Delia murmurou que sim. Ela sabia que estava pedindo para Emma mudar de direção quando, não muito tempo atrás, sua melhor amiga estava lhe dando os parabéns pelo noivado porque "era como o mundo devia ser: Paul e Delia juntos".

— No fim das contas, acho que jogar tudo para o alto para ficar com Adam é o risco mais alto — Emma concluiu. — Eu vi você passar por muita coisa e se sair bem. Eu detestaria que desse errado uma segunda vez. Ele é maravilhoso, eu sei. Isso significa que recebe muita atenção das mulheres. Você quer mesmo passar o resto da vida enxotando outras Emmas?

Delia riu.

— Ele nunca mentiria para mim — ela disse. E estava falando sério. Por mais que Adam possa ser considerado superficial, havia algo de muito consistente nele. Se uma verdade fosse horrível, mesmo assim, ele a contaria para Delia. *E algumas coisas além... Argh, não se deixe engolir por uma névoa de luxúria,* ela pensou. Sexo ótimo não necessariamente traz uma decisão ótima. "Se bem que esse aspecto é um bônus", uma voz disse. Ela e Paul não tinham sido muito animados na cama desde que ela voltara. Delia ainda tinha medo de pensar nele com Celine, no ato. Seria também medo de outra coisa?

— Paul tem o pub e a casa. Você sabe como a vida dele funciona. Adam é um jornalista freelancer sem renda regular, e tem um dom para enfurecer pessoas.

— Ah, ele é totalmente estável do ponto de vista financeiro — Delia explicou, mordendo o lábio. — Ele tem dinheiro guardado.

Era muito importante guardar o segredo de Adam, então ela não disse mais nada. Delia agora sabia com certeza que tinha sido um grande passo contar para ela. O que a fez sentir outra pontada difícil. Aquela conversa toda foi uma maneira de mostrar que Delia era importante para ele de um jeito que ninguém mais tinha sido. Adam quase tinha dito isso com todas as palavras, e ela ignorou essa entrelinha completamente.

— Se apaixonar é uma coisa. Ficar junto é discutir sobre de quem é a vez de comprar pastilhas para a lava-louça. Se pergunte se quer a reviravolta de ter essas discussões com outro homem.

Emma tinha acertado muita coisa. Ela tinha analisado muita coisa sem o coração, a cabeça e as partes íntimas consumidos por um desejo adolescente por Adam. Delia era velha o bastante para saber que paixões tempestuosas eram uma droga de efeito temporário, e o que ficava quando a loucura passava era o que importava.

— Além disso, quero ser sua madrinha. Não roube isso de mim uma segunda vez.

Delia sorriu:

— Eu prometo, você vai sempre ser minha madrinha.

Depois de desligar, Delia notou que Emma não tinha feito a pergunta principal.

Talvez porque soubesse a resposta. Talvez porque — e Delia achou que era mais provável — ela diria que a resposta não seria nada útil para uma decisão sábia. O problema era que, naquele momento, descobrir a resposta para a pergunta parecia a única coisa que importava.

Ela não podia responder para Adam. Delia não sabia o que ia dizer. E pegou o lápis de novo.

Setenta e três

A vida continuou, e novas caras chegariam ao círculo de Newcastle. Delia estava nervosa em encontrar Aled e Gina pela primeira vez desde o rompimento com Paul, e ela imaginou que eles também estivessem apreensivos.

No fim das contas, a volta de Paul e Delia não foi a notícia principal. Eles trariam outro convidado misterioso.

Isso significava que o jantar barulhento e regado a álcool de sempre se transformou em um almoço, para facilitar para a Gina, que estava sofrendo de enjoos matinais.

Delia fez os rituais pré-visita de Aled e Gina: colocar flores nos vasos, pegar as melhores taças, repor os castiçais. Limpar o xixi de Nabo não estava mais na programação, e ela se sentiu um pouco vazia por não haver mais poças de urina escondidas nos cantos da casa. Ah, a falta que faziam essas coisas.

Delia estava experimentando uma receita turca com molho de tomate apimentado e ovos assados, e colocou uma frigideira pesada sob a grelha até borbulhar.

Enquanto olhava pela janela, ela pensou nas coisas que nunca prepararia para Adam. Havia um caminho desconhecido em Londres, que ela tinha começado a percorrer e abandonado.

Desde a chegada do cartão, experiências perdidas e coisas desconhecidas, que antes tinham merecido uma curiosidade dolorida, se tornaram um desejo ardente.

Havia o jantar que eles nunca tiveram, em Clos Maggiore, em Covent Garden. Ela pesquisou. O salão tinha uma lareira e um telhado coberto de flores brancas, naquele estilo *kitsch* de que Delia gostava. Ela olhou para as mesas redondas com toalha de linho e imaginou a noite que nunca aconteceu, a conversa que eles nunca tiveram. Nenhum dos dois conseguiu parar de pensar que iam embora juntos e ver esse pensamento nos olhos do outro a noite toda. A caminhada de volta para casa pelas ruas de mãos dadas, vendo como era pertencerem um ao outro pela primeira vez.

— Estranho não ter o Canguru Mijão aqui, não é? — Paul entrou, atrás dela. — Aled sempre trazia aqueles *buttons* para ele. Você está bem? — perguntou ele, ao ver o rosto dela quando Delia virou, e fazendo uma pausa.

— Estou, por quê?

— Você parece estar a um milhão de quilômetros de distância.

Não, só a uns quatrocentos e oitenta.

— Ah. É... Aled e Gina. Eles foram péssimos comigo quando tudo aconteceu. Aled me ligou e me deixou muito mal com a história de Paris, e Gina só se deu ao trabalho de mandar uma mensagem.

Paul ficou desconfortável.

— Eles estavam tentando ter consideração, Dee. Foi desconfortável. Foi minha culpa. Mesmo. Não pense nada ruim deles.

Paul apertou o ombro dela, e Delia fingiu sorrir.

— Cinco minutos depois que eles chegarem, você vai ter esquecido tudo, e eles também.

No fim das contas, Delia não tinha esquecido depois de cinco, quinze nem cinquenta minutos.

Os dois pareciam os mesmos Aled e Gina — fisicamente opostos; ele, com seu cabelo preto e volumoso, e ela, com o corpo esbelto e o cabelo curto e oxigenado — mas todo o resto estava diferente. Eles evitaram contato visual com Delia e não perguntaram nada sobre a temporada em Londres, mantendo a conversa sobre trabalho constante com Paul.

Ela tinha sido um acréscimo bem-vindo ao grupo como namorada divertida e simpática de Paul que cozinhava muito bem. Como uma pessoa, alguém com quem estavam desconfortáveis depois do que ela passou, que os fazia sentir culpa: *essa* Delia precisava ser sutilmente ignorada até que a rotina regular se reestabelecesse. Ela tinha descoberto que algumas amizades se tornavam mais antigas sem se tornar mais profundas.

Ela se recolheu em seus próprios pensamentos, enchendo taças e oferecendo pratos para dar a ilusão de estar participando. Gina mostrou a imagem do ultrassom, e Delia pensou em Adam dizendo que queria ter filhos com ela. Discussões na Ikea. Almoços de Natal com chapéus de papel. Conhecer Ralph. Ser um casal. A ideia dava calafrios, dos bons.

Aled fez uma piada sobre quantas vezes eles tiveram que fazer sexo em um mês para engravidar. Delia pensou em como seria fazer sexo tantas vezes com Adam em uma noite, corpos entrelaçados, e ele sussurrando coisas ardentes no ouvido dela. Delia achou que as coisas que ele tinha dito naquela noite sobre como ela o fazia se sentir eram parte do número, mas ele devia estar falando a verdade...

— Que raios é uma *babymoon*? Viajar antes do bebê nascer? — Paul estava dizendo. — Já temos que pagar uma lua de mel, não me diga que teremos mais gastos pela frente.

Ele olhou para Delia, esperando um sorriso diante da menção aos planos de formar uma família

A imaginação dela foi parar em Paris; uma viagem no Eurostar, uma caminhada pelo Sena à noite, vinho tinto em um café com aquelas cadeiras de vime...

— Delia? Delia? — A voz de Paul atravessou a imagem. — Terra chamando Delia?

— Sim?

— Eu estava falando daquele lugar aonde fomos em Yorkshire, daquela vez. Onde ficava?

— Ah! Swaledale?

— Swaledale, isso. Lindo. Al estava dizendo que eles vão acampar em Ponce.

— Acampar com glamour — Gina corrigiu.

— Se você não sofre, não é acampar — disse Paul. — Dee não acampa. Ela é uma garota que gosta dos confortos de uma casa. Nem me lembrem da vez em que ela tentou levar um secador de cabelo para Glastonbury.

Paul esbarrou o ombro no dela, que sorriu por obrigação. Aled e Gina fingiram sorrir como teriam sorrido no passado.

Delia pensou que a antiga atuação teatral de Paul como o antagonista irreverente, mas devotado para o estoicismo doce e sofredor dela, não funcionava mais. Ela queria acreditar que estava ali esperando pelo retorno, como voltar para um lugar cheio de seus pertences, intocados.

Aled e Gina foram embora esbanjando sentimentos positivos e promessas de convidar Paul e Delia, e ela sabia que os dois estavam loucos para entrar no carro e fazer uma análise esmiuçada sobre ela estar normal ou não, se aquilo estava fadado ao fracasso, se algum deles tinha dito a coisa errada e mencionado a França, a infidelidade ou Celine Dion. Então eles suspirariam, diriam, magnânimos "ah, bom, espero que fique tudo bem" e ficariam felizes por isso não ter acontecido com eles.

Delia se ocupou com a limpeza. Ela tinha notado que, quando fazia o trabalho doméstico, a atividade acalmava suas sensações internas. Era como se ela tivesse um saco de facas dentro de seu corpo e às vezes as lâminas a espetassem.

— Foi ótimo vê-los, não foi? Como nos velhos tempos — Paul comentou, dizendo exatamente o contrário do que ela achava. E passou os braços ao redor dela por trás.

— Meio que deixa você com inveja, a febre dos filhos. Eles vão ter um bebê de seis meses quando nos casarmos — ele continuou.

Os dois tinham definido uma data, mesmo que ainda não tivessem escolhido o lugar.

— Ah, sim. Não tinha feito a conta.

— Claro que, se você quiser, bebês não precisam ir à festa. Nós sempre dissemos que íamos querer algo à moda antiga e relaxado. Uma festança. Crianças correndo com o rosto coberto de bolo.

— Com certeza. Quero dizer, não é ideal ter eles berrando durante a cerimônia — ela comentou, distraída.

— Precisamos de um juiz de paz com uma voz igual à do Cid Moreira, para poder competir com eles.

Delia se concentrou em uma parte difícil na panela, então soltou a palha de aço e virou para ele.

— Paul — ela disse, tirando as luvas de borracha rosa. — Lembra quando você foi me encontrar na casa de Emma? Você perguntou se eu queria ficar em Londres. O que você teria feito se eu tivesse dito sim?

— Hã? — Paul passou a mão no lábio superior como se estivesse arrumando o bigode. — Tentar convencer você a mudar de ideia, acho. Sabe quanto custa morar lá? Você precisa fazer parte de uma oligarquia para ter um jardim.

— Mas e se eu tivesse dito que ia ficar? — Delia insistiu.

— Não sei. Não posso desenterrar o pub e levar para lá, não é?

Delia notou a ordem de prioridades, os desejos dela *versus* as necessidades do pub. Era possível que Paul tivesse se arrependido do que disse.

— Nós teríamos arrumado um jeito. Se fosse o que você realmente quisesse — ele disse, não totalmente convencido.

— Hum.

— Por quê? Você quer morar em Londres? — Paul perguntou, de novo revisando o sentido do que eles estavam dizendo, com um leve atraso.

— Não — ela respondeu, com sinceridade. — Mas preciso falar com você.

Setenta e quatro

Foi a vez de Delia de responder a uma avalanche de perguntas e aceitar a dor que suas respostas causariam. Não que ela não o amasse. Não que ela tivesse ficado com medo do casamento. Não era, no fim das contas, porque ele tinha dormido com outra mulher. Era porque ela tinha mudado, no período da separação, e tinha descoberto que era irreversível.

Delia não era mais aquela pessoa na ponte que pediu Paul em casamento, que teria feito qualquer coisa para que a vida deles desse certo, mesmo quando o sentia se afastando. Sentir-se como se quer não vem apenas pela força de vontade, ela percebeu. Delia queria um amor que fosse mútuo, em pé de igualdade. E descobriu que, mesmo que Paul finalmente lhe desse isso, ela não podia mais retribuir.

Ela tinha isso, com esse tal de Adam?

Delia respondeu com sinceridade: esperava que sim. Mas apesar de tê-la ajudado a acordar para a realidade, ele não a criava. O que ela e Paul tinham estava no passado, quer a história com Adam desse certo ou não.

Ela o abraçou enquanto Paul chorava e o deixou dizer que não tinha acabado, que não desistiria. Acima de tudo, ainda mais que a tristeza dele, ela podia ver que Paul estava chocado. Ele estava tendo dificuldade de aceitar a própria impotência na situação. Não havia nada que ele pudesse oferecer, nada que pudesse dizer nem fazer. Não adiantava ele estar frágil — não funcionava assim. Na sua visão do mundo, Paul sempre seria o protagonista, e ela seria seu amor.

"O que acontece agora?" Ela podia dar uma resposta.

Agora, finalmente, Delia estava se vendo como a heroína de sua própria vida. Uma heroína no trem de Newcastle para a estação King's Cross, munida com o conhecimento de que o risco e o medo não eram motivos para não fazer algo. Ela não seguiu seus sonhos artísticos antes por causa do risco do fracasso, quando as consequências de não tentar eram muito piores do que qualquer rejeição.

Perguntar a si mesma se Paul a machucaria de novo com outra traição era a indagação errada, assim como perguntar se Adam era uma aposta muito alta. Nada que tinha valor vinha sem riscos. Era preciso decidir se seus sentimentos eram fortes o bastante para que o risco valesse a pena.

Delia chegou tarde à casa em Clapham. Era uma noite agradável, e ela sentiu uma onda de histeria contida dentro de si quando bateu na porta.

Como dizer para alguém, à guisa de cumprimento: *Apostei tudo no vermelho. Estou aqui, sou sua, espero que você esteja falando sério. Espero que você não tenha escrito para mim num surto de emoção regado a álcool, acordado no dia seguinte e pensado: ainda bem que não vou esbarrar nela na Piccadilly Line.*

Dougie atendeu, parecendo compreensivelmente surpreso.

— Adam está aí? — perguntou ela, com delicadeza, como se fosse normal estar parada na porta de alguém quase dez da noite com uma mala e sem aviso.

— Ele saiu — Dougie respondeu.

— Posso esperar por ele?

— Claro — disse Dougie, abrindo espaço para deixá-la entrar. — Ele deve estar com o celular.

Não era exatamente uma conversa a ser feita por telefone.

— Quero fazer uma surpresa.

Os dois se sentaram e tomaram uma cerveja juntos nos sofás molengas e conversaram, Delia sentindo culpa por Dougie, sincero e gentil, ter que puxar assunto com aquela mulher que não parava de se mexer, com olhos indo para o relógio na parede o tempo todo.

Enquanto os minutos somavam uma hora, ela não podia deixar de notar que nenhum dos dois estava mencionando onde Adam pudesse estar, quase à meia-noite de um sábado.

— Vou deixar você ir deitar — disse Delia, depois que Dougie conteve o segundo bocejo. — Vou esperar no quarto de Adam, tudo bem?

Dougie fez barulhos educados e neutros, e ela não o culpou por estar totalmente perdido àquela altura sobre quais eram os direitos de acesso de Delia.

Pareceu estranho e invasivo estar no quarto de Adam sem um convite. Ela tentou não encostar em nada nem fazer nada que pudesse ser remotamente considerado bisbilhotar. Ela tirou a mala de perto da porta, pensando que podia parecer presunçoso.

Mais opressor, agora que estava sozinha, era o pensamento que rondava sua cabeça e se tornava cada vez mais alto: "Onde ele estava? Onde ele estava?" Delia estava vendo imagens mentais que não queria ver. Ainda pior, sua imaginação ficava voltando para Freya.

Ela deitou-se na cama e fechou os olhos. O que deixou o vídeo pornô no seu cérebro de Adam e Freya tendo uma transa descabelada e de costas unhadas ainda mais nítida, então ela os abriu de novo. E se ele estivesse fazendo isso? E se ele tivesse tido uma recaída? Eles não estavam juntos, Delia não tinha direitos sobre ele que o tornassem infiel. Mas se ele estivesse passando por mulheres como um trator para enfrentar o coração partido, não era um bom indicador de como Adam lidaria com problemas reais de uma relação.

Além disso, não havia nada naquele cartão que dissesse que ela era bem-vinda na vida dele de novo. Ele dizia muito sobre o que *teria sido*, o que era inevitável quando ela anunciou a intenção de se casar e se mudou para centenas de quilômetros de distância. Poucas horas antes, ela teria dito que o cartão não tocou nenhuma nota errada. Na solidão de um quarto deserto do qual, pelo jeito, Adam não precisaria naquela noite, Delia estava com medo de que Emma tivesse lido as entrelinhas com muito mais eficiência, ao contrário dela mesma. Talvez o cartão estivesse cheio de extravagâncias passíveis de declaração para alguém que você tinha certeza que nunca mais veria. Um cheque que você nunca precisaria descontar.

Não havia garantias de que ele voltaria naquele fim de semana. Talvez ele tivesse viajado! O pai de Adam na França? Não. Dougie saberia se fosse o caso.

Delia não dormiria. Ela só colocou as pernas na cama e a cabeça no travesseiro que tinha o cheiro fraco, mas maravilhoso, da loção pós-barba de Adam e...ah. Dormiu.

Setenta e cinco

Delia acordou de sobressalto com o barulho da porta da frente batendo e pensou *fodeeeeeu*. Ela caiu da cama. O display de LED do despertador dizia 7h41. Adam tinha passado a noite em algum lugar. A ideia doeu muito.

Ah, não. E se se ele estivesse *com* a mulher, e se a tivesse trazido para a casa? Ela não tinha considerado essa possibilidade grotesca. Mas não dava para ouvir nenhuma voz. Os batimentos de seu coração se desaceleraram um pouco.

Por sorte, Adam devia estar checando a correspondência, colocando a chaleira no fogo ou algo assim, porque Delia teve alguns momentos de misericórdia para escovar os dentes e arrumar um pouco o cabelo. Ela olhou com cautela para o próprio reflexo cansado e o ouviu subindo os degraus, dois por vez, e então entrando pela porta.

Adam soltou um grito contido de surpresa ao ver Delia e deu um passo para trás.

— Olá — ela cumprimentou, levantando a palma de uma mão.

Adam ficou imóvel, ainda a encarando.

— Dougie me deixou entrar, ontem à noite — ela continuou. — Acabei dormindo aqui enquanto esperava. Espero não ter causado nenhum incômodo.

Adam continuou sem dizer nada. Ele estava usando um casaco preto que Delia nunca tinha visto antes. A vida dele continuar, mesmo em algo tão simples quanto escolher uma peça de roupa, a deixou abalada. Ele tinha perdido peso, o que fez ainda mais maravilhas pela estrutura de seu rosto e deixava seus olhos cansados.

Adam não estava com a mesma aparência que tinha na cabeça dela. O que mais estava diferente?

Por que ele não estava dizendo nada? *Onde ele esteve?*

Delia teve um momento de medo irracional de que o cartão tivesse sido uma farsa elegante.

— Por que você está aqui? — perguntou ele, sem soar acolhedor.

Adam com certeza tinha estado com outra mulher.

— Eu queria falar com você.

— Delia — ele disse, e passou a mão no cabelo, aquele lindo cabelo loiro escuro. — Que bom, mas, se você está aqui para ver se eu estou bem, não estou tão bem. Sem querer soar como um canalha amargo, mas você não pode me ajudar com isso, em nada. Por favor, não vire a faca vindo me ver como amiga, para depois ir embora de novo. Você ir embora é uma coisa que só quero vivenciar uma vez.

— Passar noite fora com outras pessoas ajuda? — perguntou ela, com cuidado.

Adam franziu a testa.

— O quê?

— Estou imaginando... considerando o horário...?

Houve uma pausa intensa.

Então Adam disse:

— Espere um pouco. Você se muda para o outro lado do país para se casar com alguém, e eu não posso passar uma noite fora?

— Você pode — Delia respondeu, a voz carregada, os olhos brilhando. — Ah, eu deixei o Paul.

Adam a encarou, absorvendo aquilo tudo.

— Bom, podendo ou não, não consigo pensar em nada que eu gostaria de fazer menos do que dormir com alguém que não seja você. Eu estava na casa da minha irmã, em Leytonstone. Bebendo vinho tinto até um horário ridículo, sendo piegas e sentindo pena de mim mesmo.

— É mesmo? — Delia perguntou, sentindo uma lágrima quente de alívio exultante escorrer pelo rosto, que não era como ela tinha planejado fazer isso.

— Mesmo — ele respondeu, parecendo perplexo. — Por que você deixou o Paul?

— Porque eu não queria me casar com ele. Você não está feliz em me ver? — Delia perguntou.

— Estou surpreso em ver você. Mas se é uma surpresa boa ou ruim depende do que você veio dizer — ele respondeu, com mais gentileza.

Delia respirou fundo.

— Eu vim dizer que também estou apaixonada por você — ela começou.

Adam engoliu em seco e limpou a garganta.

— Certo, agora eu queria não ter soado tão estúpido.

Ele sorriu, e Delia soltou um misto de soluço e risada.

— Ainda que você saiba que isso é uma loucura completa. Você nunca se apaixonou antes. E se você descobrir mês que vem que foi outro engano?

— Meu Deus, eu sei que contei para você que comprei um carro ridículo, mas não sou um completo idiota — disse Adam.

A alegria e a antecipação compartilhadas vibrou e estalou entre os dois, enquanto eles riam. Era, sem dúvida, o momento mais feliz da vida de Delia.

— Delia. Você passou a maior parte do tempo desde que nos conhecemos sofrendo por outro. Você não detém o monopólio da insegurança. Eu não diria que tenho sentimentos por você sem ter muita certeza de que sérios e que continuarão sendo.

Ela assentiu.

— Sobre querer uma vida juntos. Sei que mal começamos, não quero apressar nada. Mas eu tenho trinta e três.

— Eu tenho trinta e quatro, então eu ganho.

— Sim, mas você é homem. Você pode continuar ejaculando para sempre.

— Acho que chegamos na parte do discurso improvisado, né?

— Não, está tudo nas minhas anotações — Delia respondeu, e Adam abriu um sorriso que a deixou radiante. — Continuar apaixonado não é a mesma coisa que se apaixonar. Não são golpes de espionagem em fantasias de animais gigantes, transar três vezes e meia em uma noite e restaurantes com toldos de flor. É discutir sobre de quem é a vez de comprar pastilhas para a lava-louça.

— Eu peço por delivery, no Ocado. Você devia procurar. Pera aí, *e meia*? Você tem que mostrar mais serviço.

Delia riu.

— Estou falando sério!

— Eu também. Sei o que você está dizendo. Não quero algo intenso, irreal e curto. Quero o dia todo, todo dia, normal. Quero a mesma chance que você deu para o Paul.

Era o que Delia precisava ouvir.

— Venha aqui — disse Adam, puxando-a para um abraço tão forte, que quase a deixou sem ar, e então eles se beijaram.

Foi o melhor beijo, o mais excitante e promissor da vida dela, que tinha gosto de vinho tinto, pasta de dente e uma vida nova em que aquela era a pessoa que ela sempre beijava.

— Obrigado por voltar. Muito obrigado — Adam disse no cabelo dela enquanto a abraçava forte.

— Me perdoe por ter demorado tanto. Eu tinha acabado de começar a processar as coisas entre nós quando Paul apareceu...

Adam se afastou, e sua expressão ficou tensa diante da menção de Paul.

— As coisas acabaram mesmo entre vocês desta vez?

— Sim. Mas tem uma coisa — disse Delia.

— Tem?

— Não sei ao certo se quero morar em Londres. Você se mudaria para Newcastle?

— Num piscar de olhos.

Delia ficou um pouco chocada. Adam era tão parte da paisagem de Londres quanto os ônibus vermelhos.

— Você faria isso?

— Claro. Posso alugar este quarto. Só fui uma vez para lá, anos atrás, parece uma boa cidade. Ainda que faça frio. Por que não? Vamos experimentar.

— Não acredito que você faria isso por mim. Você deixaria sua casa por mim?

— Minha casa é você — Adam respondeu, colocando a mão no rosto dela.

* * *

Do lado fora da janela, a cidade estava começando a acordar tarde para um dia nublado de verão. Tinha chovido forte à noite, o que tinha deixado o verde parecendo selvagem e as ruas cheirando a vapor. A maioria das pessoas estava dormindo e não notou. Delia e Adam a ficaram escutando por uma hora, enroscados um no outro.

— Adam?

— Delia.

— Quando você soube que estava apaixonado por mim? Consigo imaginar melhor você apaixonado por mim do que dizendo para si mesmo: "Espere! Adivinhe? Acho que me apaixonei por aquela RP ruiva. *Davina*." Você sempre me achou boba.

— Não, eu achava o seu *trabalho* bobo. Eu achava *você* a pessoa mais intrigante, enfurecedora e interessante que eu já conheci. Toda vez que eu passava algum tempo com você, não era suficiente.

— Exceto quando você estava me dando um sermão, achando que eu era amante de Kurt.

— Ugh, aquilo foi horrível. Chutei muitos móveis, xinguei sem parar e pratiquei muitos esportes violentos de contato depois. Fui ver minha irmã e no meio de um comentário grosseiro sobre sua degeneração moral, eu disse: "é tão errado ela estar com ele. Ela devia estar comigo." E pronto. Eu nem sabia que diria isso.

— Hahaha! O que a Alice disse?

— Ela disse "meu Deus, você se apaixonou por ela, seu idiota". Respondi "não, não, não, de jeito nenhum". Eu estava apenas sentindo uma onda de emoção irracional num grau esmagador que me fazia querer empurrar umas pedras até a porta como um Flintstone e aprisioná-la, até ela se dar conta de que devia escolher a mim. Não vou ser um carcereiro cruel, ela vai ser alimentada e pode tomar banhos supervisionados. Minha irmã disse "pois é, isso é amor." E você?

— Foi quando você me disse que era rico. Nessa hora vi seu lado sensível.

Os dois riram.

— Eu sabia que estava apaixonada por você quando pensava em você a cada quarenta e oito segundos. Um zumbido de Adam. Eu não podia subir ao altar me perguntando como você estaria passando o fim de semana.

Adam soltou um "haha", mas Delia sentiu que isso ainda estava muito fresco na memória para fazer menção aos planos de casamento.

Ela continuou com mais cuidado:

— Quando li seu cartão, não consegui parar de reler. Finalmente admiti: "não é só o que ele sente por você, é sobre o que você sente por ele." Você me disse: "Você não tem controle sobre por quem se apaixona." Você queria dizer que não me culpava por estar com Paul. Mas isso descreveu exatamente por que eu deveria estar com você.

— Uau. Aquilo não foi escrito na esperança de que você voltasse. Foi uma despedida honesta.

— Eu sei. Por isso foi tão eficiente — Delia sorriu.

Ela sabia que, mesmo que as coisas não dessem certo com Adam, ela nunca se arrependeria de tentar. Já tinha valido a pena.

— Não que seja uma competição, mas você teria voltado para me procurar, se eu não tivesse escrito? — perguntou ele.

— Tenho certeza de que teria — Delia respondeu, e seus olhos momentaneamente ficaram fascinados pela luz entrando pelas cortinas vermelhas, transformando Adam em apenas uma silhueta no azul do quarto.

— Tem? Como?

— Eu comecei a escrever você na minha história.

Fim

Publisher
Kaíke Nanne

Editora de aquisição
Renata Sturm

Editora executiva
Carolina Chagas

Coordenação de produção
Thalita Aragão Ramalho

Produção editorial
Jaciara Lima

Copidesque
Rafael Surgek

Revisão
Daniel Siqueira
Janilson Torres Junior

Diagramação
Abreu's System

Capa
Julio Moreira

Este livro foi impresso no Rio de Janeiro, em 2015,
pela Edigráfica, para a HarperCollins Brasil.
A fonte usada no miolo é Warnock Pro, corpo 11,5/15.
O papel do miolo é Chambril Avena 80g/m², e o da capa é cartão 250g/m².